读客®

读客悬疑文库

认准读客读悬疑，本本都是大师级。

沉默的影子

逸安　著

北京日报出版社

图书在版编目（CIP）数据

沉默的影子 / 逸安著 . -- 北京：北京日报出版社，
2023.9

ISBN 978-7-5477-4586-1

Ⅰ.①沉… Ⅱ.①逸… Ⅲ.①长篇小说－中国－当代
Ⅳ.① I247.5

中国国家版本馆 CIP 数据核字 (2023) 第 045193 号

沉默的影子

作　　者：	逸　安
责任编辑：	辛岐波
特约编辑：	谢晴皓　　高　洁
封面设计：	陈艳丽
出版发行：	北京日报出版社
地　　址：	北京市东城区东单三条8-16号东方广场东配楼四层
邮　　编：	100005
电　　话：	发行部：（010）65255876
	总编室：（010）65252135
印　　刷：	嘉业印刷（天津）有限公司
经　　销：	各地新华书店
版　　次：	2023年9月第1版
	2023年9月第1次印刷
开　　本：	890毫米×1270毫米　1/32
印　　张：	13.25
字　　数：	370千字
定　　价：	59.90元

引　子

嘘……看到了吗？应该就是那个人，过去吧，就照我刚才教你的！

可我害怕！

不怕！他要靠近，你就大喊，拿刀扎他！再说还有我呢！

可我真的害怕……要不你陪我过去吧？

他传呼里不说了吗，见面的话只能一个人……哎呀，真麻烦，我说了我替你去，你又不肯！

我怕万一有事连累你——

这种事我好歹比你有经验！算了，刀给我！我去！

哎，回来！

你好，是赵先生吗？

你就是程丽秋？

你真的能帮我？你说的东西呢？

看到那边了吗？冰面上有个塑料袋，都在那里面……不好意思啊，刚才鬼鬼祟祟过来个人，我还以为是他们的人呢，万一被抓到，我就完蛋了！

他们？他们是谁？

就是搞这些事的人，惹不起！总之东西就在那里，你自己过去拿就是了！

你没骗我？这冰都没冻结实，太危险……你扔的，你去拿！

你这个人！我好心帮忙，冒着风险把材料偷出来复印的，你这样胆小，将来万一出事了也会连累我！算了算了！我走了，不管了！

等等！赵先生……

东西反正在那个袋子里，自己去拿！你一个小姑娘总比我一个大男人体重轻吧？

好吧，你等着，我去拿……这冰真的好薄啊！

不要紧，就算掉下去水也不深，淹不死你的！

不行，真过不去了……

都走这么远了，别半途而废！还差一点点了嘛！再走两步不就到了……塑料袋看到没有？

看到了……咦？里面什么也没有啊？……你干吗扔石头？！……救命！救命！！

同学，早死早托生，大家都轻松……哈哈，新年快乐。

一

死者名叫程丽秋。

根据校办钱主任的辨认，她是中州师大八年前的毕业生。1996年入学，教育系学前教育专业，2000年毕业，之后经历不详。

最早发现死者的是学校保安。

正值寒假师生离校，中州师大的校园里冷冷清清。这位保安按常规于夜里10点巡视了校园西侧他负责的片区，一切正常，于是回了值班室。第二天是大年初一，早上7点他再次打着哈欠来到校园西北角的芙蓉湖，却意外发现前夜冰封的湖面上开了一个洞，一件红色羽绒服泡在冰水里，旁边还有黑色的浓密长发挟着碎冰起起伏伏。

接到报警后，城西分局的老刑警罗忠平带着徒弟童维嘉匆匆赶到现场。年轻的女刑警似乎第一次接触真正的命案现场，好奇地东瞧西看，问个不停，但她的师傅始终面无表情，默默看着死尸被打捞上岸。

死者被小心打捞上来，惨白的肤色不知道是天生还是冰水浸泡所致。初步检查没有发现明显外伤，随身衣物整齐，口鼻附近有冷水溺液造成的蕈样泡沫，应该是溺水死亡。

罗忠平问钱主任，中州师大每年的毕业生上千人，他怎么会记得一名八年前的普通毕业生？钱主任回答，程丽秋在校期间一点儿也不普通，不但经常迟到早退，各种违纪都是家常便饭。自己曾担任教务处副处长，好几次考虑将其开除，只是看她考试成绩还说得过去才留了下来。2000年毕业后便不清楚去向，反正今年五十周年校庆的邀请校友名单中肯定不会有她的名字。

现场没有目击者也没有监控，最近一处探头位于不远的北小门。芙蓉湖靠近学校北墙，墙外是师大北路，路北是教职工居住的杏园小区。为了出入方便，墙上开有一道仅供行人出入的小门。根据门口唯一的监控显示，除夕夜的23点47分，一名身穿红色羽绒服的女子进入了校园。监控拍下了女子无意中抬头的瞬间，从容貌上可以清晰辨认出就是死者。根据死者的相貌和衣着特征走访，很快得知女子正是从杏园小区地下室走出来的。

城中一些老旧小区会把地下室租给黑中介，黑中介再用三合板打成无数隔断，零租给外来务工人员，杏园小区也是如此。在那间潮湿阴暗、散发着霉味、四面漏风的地下室里，根据简陋的陈设可以大致推测出死者所过的生活。床边的电暖气是唯一的取暖设备，插电的接线板松松垮垮，随时有漏电的可能；砖头垫起的三条腿桌子少了一个抽屉，上面摆着至少泡了一周的剩方便面；地上垃圾遍布，十多个空酒瓶横七竖八，好像密集的地雷阵；被子没有叠，胡乱堆在床角，露出床单上褐色的污渍——童维嘉很快意识到那是什么。

幸好她很快有了真正的收获——为了遮盖斑驳的墙面，不知是死者还是前任租客在床边墙上贴了许多美女海报，在一名香港艳星白花花的大腿上，她注意到一行潦草的字迹：

丽秋，我们来世再见！

字是用红色水笔写的，十分醒目，看起来也十分新鲜。只是这寥寥几个字到底是什么意思呢？

从语气上看像是他人所写，但根据法医老张的初步尸检，已基本排除他杀的可能。回到警队，童维嘉又通过钱主任找来一份死者大学时为考试作弊交的悔过书，经对比与墙上的字体一致。

虽然有点儿奇怪，但独居的人自说自话也算合理吧……童维嘉轻松愉快地整理好结案报告，没想到罗忠平却不肯签字，让她先联络死者家属。

童维嘉通过保存的学籍卡查到死者户籍，得知程丽秋来自隔壁H省西原县下面一个名叫九河湾的小村庄。电话打过去，当地派出所反馈说九河湾村已不复存在。2003年前后，旁边的水库扩容，抬升的水位将村庄淹没，村民已被分散安置。具体到程家的情况，程丽秋的父亲在她四岁时因病亡故，母亲含辛茹苦将两个孩子拉扯大，因为身体不好，搬迁时没要房子而是直接住进了乡里的敬老院。程丽秋还有一个弟弟，可惜两年前也意外身亡。

放下电话，童维嘉不禁唏嘘：可以想象，在万家团圆的除夕夜，生活困苦的程丽秋想起死去的父亲和弟弟，独自借酒浇愁……也许想排遣心中的烦闷，也许对自己的生活彻底绝望，总之她走出杏园小区地下室，步行穿过师大北路，经北小门进入师大校园。在酒精的作用下，她走上芙蓉湖的冰面，就在距离岸边二十余米处，她脚下的冰面裂开了……手臂上的几道划伤说明她试图自救，但是冰面太薄支撑不住，一次次将她丢回水中。热量迅速流失，即便她会游泳，很可能也坚持不到三五分钟。随着体力耗尽，冰水开始从口鼻灌入，呛入她的呼吸道，那是极端痛苦的时刻。也许持续了两三分钟，也许更久一点儿，终于每一个肺泡都失去了空气，肺水肿造成室性心动过速，并发展为心室纤维性颤动，最终导致呼吸衰竭、心脏完全停止了跳动……

一条生命，就这样无人知晓地消逝了。

童维嘉没想到，师傅仍然不肯在结案报告上签字，还非要拉着她回芙蓉湖岸边捡垃圾。

天气陡变，仿佛老天爷算准了要给牛年来个下马威似的，一夜间北风呼啸。童维嘉缩在羽绒服里瑟瑟发抖，望着老刑警佝偻着身子在湖边草丛和垃圾桶里翻翻拣拣。因为大风降温，湖中间的那个洞已经消失了，甚至大约的位置也有些辨别不清。天空阴霾，不知何时竟飘起了雪花，落在冰面上如一层薄雾。

"咱们找什么？"童维嘉问。

"酒瓶。"

"什么酒瓶？"

"尸检报告上写，死者体内的酒精含量远超醉酒水平，可你看监控里，她像喝醉的样子吗？"

童维嘉急忙回忆，女子的步履有些沉重，但并没有丁点儿醉态。"也许她是到了芙蓉湖湖边才喝的？"

一无所获的罗忠平掸掸手，看向光溜溜的冰面。"给白队打电话，弄几台水泵来。"

白队是城西分局刑警大队的大队长，每天为了经费问题愁眉苦脸。他眉头紧锁地听完童维嘉的牢骚，直接在租水泵的申请上签了字，这令年轻的女刑警大为惊讶。

"老罗没告诉你吗，十二年前的那桩案子？"

白队没有多解释，童维嘉后来从霍达口中才问到详情。霍达是队里的骨干，这些年破了不少大案要案，而罗忠平正是当年带他入行的师傅。

原来十二年前发生过一起极其相似的案子。同样发生在寒假期间，同样发生在中州师大校园内的芙蓉湖，死者同样为身穿红色羽绒服的年轻女性，同样因冰面开裂而溺亡。唯一不同的是，十二年前的死者始终没能查明身份。

"这种意外不是挺常见的吗？"听霍达讲完，童维嘉挠头说，"每年冬天都会有几起？除夕夜，出来找个空旷的地方看烟火……"

"可在死者身上找到了一把水果刀。"霍达叹息道，"罗师傅死活想不通，一个半夜出来看烟火的人，为什么要带一把刀呢？"

十二年前的案子最终被定性为意外，不了了之，但罗忠平认定其中有蹊跷，一直念念不忘。有人说经验丰富的老刑警会有过人的直觉，也许这就是吧。总之他立刻将相隔十二年的两起死亡事件联系了起来，只是在童维嘉眼中，师傅未免有些杯弓蛇影。

在令人抓狂的协调、沟通、扯皮、磨牙之后，校方总算勉强同意了抽水作业。冰冷的湖水日夜不息地通过水泵被排进城市的雨水管网，引来了若干处返涌。经过又一圈令人抓狂的协调、沟通、扯皮、磨牙和装傻充愣，等到相关部门的抗议电话打到分局领导的桌头时，湖水刚好已被全部抽光。

半天的时间，陆续在湖底找到了三十多个酒瓶。大的小的、方的圆的、中的洋的、整的碎的，看来畅饮之后将酒瓶当手榴弹抛入湖中是该校心照不宣的一项运动。只不过所有酒瓶上都多多少少有些附着物——除了一个经典款的人头马XO瓶子。

童维嘉不解，光凭一个空酒瓶，怎么能判断出程丽秋是不是自杀呢？罗忠平把那个酒瓶高举过头顶，对着头顶的灯光仔细端详了许久，向她示意瓶口上一点儿微不足道的痕迹。那是一抹淡到基本看不见的红色，像是对瓶吹留下的口红印。童维嘉立刻想起来，死者程丽秋的住处没有发现口红，她的尸体嘴唇上也没有近期涂抹过口红的迹象。

酒瓶被送去技术室。经过微量成分化验和对比，确认瓶口的那一抹红色就是口红，而且属于某国际大牌的新品。酒瓶经过鉴定也是正品，一瓶市价在两千元以上。两千多元的酒，六七百元的口红，显然不是程丽秋的经济条件能享受的。但这酒瓶也不可能是湖面冰封之前落水的，否则一个多月的时间里多少会有些附着物。而在程丽秋死亡之后，西伯利亚寒流光临，湖面又重新上冻了，因此唯一的时间节点只有程丽秋落水的除夕夜。

但这又能证明什么呢？童维嘉想，就算这瓶酒最后陪着程丽秋踏上了不归路，也无法推翻她自杀的判断。有厌世情绪、孤苦伶仃地一个人过新年、打算结束这一切可又下不了决心，于是找出一瓶过去存下的洋酒，徒步回到留下美好记忆的校园……

不，口红印不属于死者，那就说明死亡现场还有另一个人存在，跟她分享了这瓶酒……

因为恰逢春节，外地务工人员大多回家过年了，平常人满为患的地下室变得冷冷清清。童维嘉跟随师傅逐一走访仅剩的几家住户，可惜没有收获任何有用的信息。一个孤老太说除夕傍晚程丽秋房间有说话声，好像有个女的来找她；但见到童维嘉拿出本子做记录，老太又忙说自己年迈耳背，可能是谁家的电视声音，她听错了。

总算电话联系到黑中介，对方说程丽秋是差不多半年前住进来的，工作、年龄、籍贯、社会关系一概不知。地下室租户流动性大，他只关心对方能否按时付房租，而程丽秋一次付了一年的。

两位刑警只好再次回到那间陋室，里里外外翻了个底朝天。程丽秋的衣服并不全是几十块钱的地摊货，有一件驼色羊绒大衣看得童维嘉都流口水；还有一个绛红色的名牌双肩背包，衬里已经破了，又用粗陋的针脚缝了起来。

罗忠平告诉徒弟，尽量寻找跟死者这几年经历有关的物证，至少搞清她的经济来源。但一番搜寻后既没有发现她的身份证，也没有找到银行卡，只在抽屉里找到了一个信封，里面有五百多块钱。

"估计是做皮肉生意的，"童维嘉说，"也许可以上附近发廊或者小旅馆问问。"

罗忠平从她手中拿过装钱的信封，里外看了看。

"打114，查一个单位的电话。"他盯着信封的右下角，那里有一行红色的印刷字，"南山市儿童福利院。"

电话很快接通了，对面一个热情的声音自称姓齐，是福利院的院长。童维嘉本来没抱太大希望，结果对方立刻说记得程丽秋。"怎么会忘呢，小程人很好啊，可惜两年前辞职了，还盼着她有机会回来呢……"

听说程丽秋的死讯，齐院长既惊讶又惋惜。她拉拉杂杂说了一堆程丽秋的好话，什么温柔体贴、善解人意、工作认真、一丝不苟，尤其对待残疾孩子特别有耐心。这么好的姑娘怎么就死了呢？老天爷真是不公平！

她说的时候，童维嘉打开手机免提放给师傅听。罗忠平一边听一边看向墙上美女白花花的大腿。

"你刚才说每天都有工作日志，手写的吧？能不能找一篇她写的，发个传真？"

齐院长的效率很高，第二天中午，传真纸就在罗忠平的桌上放着了。他戴上老花镜，仔仔细细将工作日志与墙上留言以及十年前那份悔过书上的笔迹做交叉对比。

童维嘉和霍达伸着脖子看，只听到老罗的一声叹息。毫无疑问，就是同一个人的笔迹。

"我看也是自杀，跟十二年前相似纯属巧合！"霍达翻了翻童维嘉手上的结案报告，"至于那瓶酒，说不定是死者从哪里偷来的，人家喝了一半，她顺手牵羊……"

罗忠平看看霍达没说话。霍达向童维嘉挤挤眼睛，示意她跟着自己去白队办公室签字。走之前，他又同情地拍了拍老罗的肩膀："没事！念念不忘，必有回响！"

案子结了，尸体也被送去火化了。骨灰在殡仪馆暂存三个月，如果期间没有亲属认领，便做无害化处理。

随后的日子波澜不惊。西伯利亚寒流走了，路边的迎春花开了。队里陆陆续续案子不断，所有人都很忙碌，除了罗忠平。考虑到他年底就要退休，队里没再给他安排什么工作，他便每天来到中州师大校园内，坐在芙蓉湖岸边望着平静的湖水发呆。十二年前的无名女溺亡案是他心头的刺——就像许多老刑警一样，他漫长的职业生涯破获大案无数，却总有一个莫名其妙的案子卡在那里，让所有的成功都黯然失色。

但对童维嘉来说，十二年前太过遥远，十二年后不过是一桩普通的自杀案而已。她很快将程丽秋这个名字忘到脑后，直到某天桌上的电话响起。

"童警官您好，我在您警队门口，是否方便见您一面？"一个有些稚嫩的声音从电话中传来，"我从南山来的，想问问您关于程老师的事。"

童维嘉匆匆跑到传达室。眼前的女孩很清秀，十七八岁的样子，有些不安地交叉着双手。

"你说的程老师，是程丽秋？"

"您的电话是齐院长告诉我的，"女孩点点头说，"我就想问一下，程老师的墓地在什么地方？"

女孩名叫孟瑶，她说自己从小是孤儿，在南山市儿童福利院长大，前几年最迷茫的时候得到过程老师的帮助，一直铭记在心。现在自己长大了，马上面临高考，想找最信赖的程老师征询意见，才从齐院长口中得知程老师已死的噩耗。

说到动情处，孟瑶眼圈红了，泪水夺眶而出。她又拿出手机，给童维嘉看屏幕上的照片。那是孩子们在户外活动时的抓拍，程老师似乎听到了喊声，看向镜头，脸上的笑容无比灿烂。

"我想把她的骨灰接回去，埋在福利院后面她最喜欢的山坡上，这样她就不会觉得孤单了……"女孩哽咽道，"还有，程老师为什么会自杀？我不明白，程老师不是会轻言放弃的人！她吃过很多苦，可她也说过，没有困难能打败她！"

是啊，我也不明白……童维嘉望着手机上的照片一阵眩晕。

那张笑容灿烂的美丽面庞，竟是她从未见过的。

二

亲爱的，这是你的故事。

你的童年和少年，以及你那可笑的家庭就不提了。虽然那些背景和经历同样重要，但很多细节你比我清楚；我想告诉你的，是你到中州之后的故事。

确切地说，是那一夜之后，直至十二年后的今天，你应该知道的故事。

那一夜你吓傻了。

无数焰火照亮了夜空，你手脚冰凉一动不敢动。你躲在黑暗的角落里无声痛哭，耳边传来央视春晚的新年钟声。

那个魔鬼已经离开，但你仍然不敢发出声音。你觉得自己就像一只落在蛛网上的飞蛾，虽然还活着，其实已经死了。

那一刻，你真的想死。

你忍不住想，为什么落入湖中淹死的不是自己。

你完全忘记自己是怎么离开的。你只记得自己在街上徘徊，像一具没有生命的行尸走肉，路灯在你身后投下长长的影子。

经过派出所时，你有报警的冲动。但转念又想，谁会相信呢？你刚刚目睹了一场谋杀，但没有任何证据，报警只会告诉凶手，瞧，下一个讨厌鬼在这儿。

你痛哭流涕，终于承认了自己的愚蠢和怯懦。你发现你可笑地高估了自己，而代价是一条鲜活的生命。

你不过是一只蝼蚁，却妄想绊倒大象，所以害死人的不是那个魔鬼，而是你。

你觉得自己必须为死者偿命。

你回到湖边，在彻骨的寒风中苦苦思索。你想了很多，中间哭过一次又一次，终于在见到第一缕霞光的时候，你想明白了，你确实要为死者偿命，但偿命的方式也有许多种。

你决定选择最难的一种。

下定决心后，你花了半个月平复心情，并重新安顿下来。你很快找到一份火锅店服务员的工作，店名叫"四川好吃馆"，位于中州师范北门外，以地道的麻辣底料、恶劣的卫生环境和爱搭不理的服务态度著称。你选择这里当然有充分的理由，你不再是一只扑火的飞蛾，而是一只毫不起眼的小蜘蛛，躲在角落悄悄织起自己的网，等待目标靠近。

虽然心底没有多大把握，但幸运女神降临了。你记得很清楚，1997年3月19日星期三，一个普通的春夜，她和一群叽叽喳喳的同学来到火锅店。别的同学忙着点餐，但她从进门就开始抱怨。有蟑螂、桌子没擦干净、茶水是上一桌客人留下来的、地上的垃圾没人清理……

她真的太爱抱怨了，但你当时在后厨忙着收拾，根本没注意到她进店。你只听到胖玲玲的公鸭嗓在一声声召唤。

"小陈，小陈，小陈……小陈快点！小陈你听见没有！小陈你干吗呢……"

胖玲玲是店里的领班，你从后厨出来的时候，她正仰头看电视上的《康熙微服私访记》，笑得花枝乱颤。

你忙着清理地面垃圾，忙着更换桌上的塑料布，忙着分发碗筷，忙着在三条腿的桌子下面垫上硬纸板，忙着更换用完的煤气罐……你仍然没有注意到她，直到在上菜时不小心打翻了一碗油碟。

香油载着芝麻和香菜末流到唯一那名男生的白衬衫上，瞬间印出乳头的形状，并引来一阵放肆的笑声。

"我就说吧，活该，来这种地方……"

那女孩嘲笑着，向你看过来。

四目相对的瞬间，你终于认出了她，不由得一阵战栗。

幸好，她那时并不认得你。

很快你便发现这顿饭是鸿门宴，专门针对她的。吃到一半，白衬衫突然举起酒杯，滔滔不绝地说起自己作为班长的心酸与无奈。这份心酸与无奈，显然与她有关。

其他女生跟着帮腔，前后左右说个没完。她起先还辩解，很快沉默下来，一杯接一杯地灌酒。白衬衫以为她心虚了，正准备说几句既往不咎的场面话，女孩突然掀了桌子。

椅子倒了，桌子翻了，空酒瓶滴溜溜地满屋子乱滚。她抄起酒瓶向白衬衫头上砸去，一名女生急忙阻拦。你在旁边看着，为这突然的变故不知所措。

胖玲玲大吼一声加入战局，她肥硕的身躯让局面彻底失控。冒着热气的火锅热油洒了一地。你深吸一口气，麻辣的香味沁人心脾。

服务员小四川喊着要报警，另一个服务员牛喜妹上前劝解，可她们都不如一只油光水滑的大耗子管用。也许是被满地香喷喷的热油吸引，你看到一只足有小猫大小的耗子如利箭一般从后厨蹿出，吓得几个女生尖叫着跳到了椅子上。

胖玲玲歇斯底里地对你大喊，你捡起扫帚象征性地拦住耗子的去路。然而耗子一龇牙，你就吓得躲闪到一旁，引来那女孩更大声的嘲笑："哈哈，好玩儿！"

混乱随着耗子钻回后厨而结束。白衬衫气呼呼地拂袖而出，几个女生像鹌鹑一样跟在后面。他们走了，你最关注的那个她却没有要走的意思。

她坐在另一张桌旁自斟自饮，一副桀骜的样子。不大的店里只剩下你们两个，不知道胖玲玲、小四川和牛喜妹跑去了哪里。

"全他妈有病，有病！神经病！你说是不是？"

凌厉的目光向你瞪过来。你慌张地想说点儿什么，但一个字也说不出来。

"算了，还不如死了算了！"

她突然放下酒瓶，起身向外走去，却忘了挂在椅子靠背上的双肩背包。

接近午夜，路上没什么人。你跟着女孩从火锅店出来，沿着路边的污水一路向东。她走上一座过街天桥，你犹豫了一下也跟上去；她在天桥中间停下，你便也停下；她望着下方稀疏的车流，倚着栏杆呕吐，你默默看着她吐，下意识握紧兜里的纸巾。

吐完了，她草草用衣袖擦了擦嘴，又对着栏杆猛踢了几脚，然后扭头向你看过来。

"跟着我干吗？"她向你喊，然后又对着下方的车流大喊，"没劲！真他妈没劲！"

你急忙蹲下，以为这样她就看不见你了。

"好玩儿，好玩儿！哈哈！"

她忽然哼起了歌，快活地向天桥另一边走去。你急忙直起腰追，她却突然掉头，直奔你而来："火锅店的？"

你躲不开了，低头看看身上脏兮兮的工服，只好点头。又恍然大悟似的，连忙把背包递过去。

她接过包，摸出一百块塞到你手里。你下意识接过，却感到钱如烧红的烙铁般烫手。

她转身走了，似乎不想再跟你发生任何关系。你正犹豫要不要继续跟上，忽然伴随着一阵轰鸣，一辆改装摩托挡住了你的去路。两个男人从摩托上跳下来，一个身材高大，英俊的脸上顶着一撮黄毛；另一个小黑胖子，染着一头绿毛。

"你是那边火锅店的吧？"黄毛对你说，"别怕，我哥们儿喜欢你，想交个朋友。"

你想起好像是在店里见过他们，附近的小混混。你害怕想跑，却发现自己无路可逃。绿毛抱住了你，臭烘烘的嘴贴上来，手也不老实。

你吓得缩成一个球，张开嘴想大叫，却不知为何叫不出声。你拼命抱住眼前的栏杆，仿佛那是你救命的稻草；你无助地望向下方的车流，脑海中浮现出自己一跃而下的样子……

绿毛却突然放了手，在你耳边大呼求饶。回头看去，他和黄毛正被一只从天而降的绛红色背包砸得抱头鼠窜。

"滚！他妈的不嫌丢人！"那个女孩边打边向你喊，"傻呀，还不跑？"

你回过神来，掉头就跑。冲下天桥，拐进一条逼仄的巷子，又从巷口另一边跑出。前方有警灯闪烁，你冲到警车旁，拼命敲打车窗，一张黢黑的国字脸探出来。

"有坏人追你？"国字脸示意你上车，一边看向你跑来的方向。

警车从滨河路右转，缓缓驶入了幸福大街。向南两个红绿灯，便是那座过街天桥。他伸着脖子向两边看，一边问你坏人长什么样。你想了想说，追自己的是两条野狗。

野狗？

国字脸警官将车停在路边。你说没事了，匆匆忙忙要下车，但他坚持要你出示身份证。你没办法，只好战战兢兢拿出来……

"你叫陈芳雪？"

你连忙点头，匆匆拿回身份证，跳下了警车。

昏黄的路灯下灯蛾扑飞，卖烤串和臭豆腐的小贩守着热气腾腾的推车；垃圾桶边，真有两条野狗在争抢骨头；一辆出租车打着双闪停在路边，司机正对着电线杆小便……天桥上的黄毛和绿毛不见了，但那个绛红色的书包就挂在栏杆外面，在你的面前轻轻摇摆。

半个小时后你回到了宿舍。推开门，熟悉的臭味扑面而来，就像黑暗中的一堵墙。

还好，就像往常一样，没人在意你的晚归。你蹑手蹑脚爬上自己的铺位。

没有窗户，也就没有月光。你从床架的一根空心铁管中抠出一个一次性打火机，小心翼翼地打着了。微弱的火苗照亮你面前的女款双肩背包，绛红色皮质，金色锁扣和拉链，超出使用功能的繁复造型。你费了番工夫才明白那锁扣怎么打开，却不小心把里面的东西都倒了出来。

粉饼盒、睫毛夹、眼线笔、口红、防晒霜、粉底液……五颜六色就像开一场热闹的联欢会。最后掉出来的是学生证和钱包，钱包墨绿色，外皮疙疙瘩瘩，里面夹着厚厚一叠百元大钞。卡槽里有中州师范的饭卡，另一边夹有钱包主人的照片。十八九岁的年轻女孩，上身穿一件短袖花格衬衫，下摆在腰间打结露出腰肢；下身穿一条浅蓝色破洞牛仔裤，巨大的皮带扣在阳光下闪闪发亮。外面还披了一件驼色羊毛大衣，厚厚的毛领让人分不清照片拍摄的季节。

手中的打火机越来越烫。你强忍着，把其他东西塞回包里，最后才翻开那本学生证。右上角贴有女孩的照片，漂亮的波浪卷发下是一张严肃而无精打采的脸。下面是女生的院系、班级和名字。

教育系　学前教育专业　九六级
程丽秋

没错，就是她。

因为兴奋和忐忑，你一夜无眠。早上8点昏昏沉沉起来洗漱，甚至有片刻恍惚，不确定昨夜的历险是否为一场梦。偷偷拉开自己床下的编织袋，看到露出的那一抹绛红色，你才算稍稍心定。

但你没想到，上午10点多绿毛来火锅店了。胖玲玲没让他进门，两人在门口小声嘀咕什么，一边回头看向店里。

他们居然认识，他们居然是老乡。

你在后厨洗昨天积压的碗筷。关了水龙头仔细听，却完全听不懂他们的方言，但你有预感，他们在说你。

幸好绿毛很快走了。胖玲玲掀帘进来后厨，倚着门框一边抽烟看你洗碗，一边用轻松的语气问你昨天是否看到一个红色的背包。

是有一个包，你说，但已经交还给失主了。

胖玲玲将烟灰掸在刚洗净的菜盘里，一双豆眼对着你冷笑。

匆匆洗完碗，趁胖玲玲没注意，你悄悄溜出后门跑回宿舍。进了门，你直奔自己床下的编织袋。取出那个绛红色背包的瞬间，令人作呕的公鸭嗓在身后响起来："瞧，有的人就是喜欢自作聪明。"

不等你反应，胖玲玲已经把背包抢了去。你急了，扑过去争夺，却仿佛撞上一座肉山。

这一天剩下的时间里，你一直心神不宁。晚上10点多，最后一桌客人走了，胖玲玲匆匆关了店门，你注意到那个绛红色背包就挂在她肥硕的肩上。牛喜妹喊你一起回宿舍，你说自己还没打扫完。

胖玲玲答应你，如果干掉那只耗子就把背包还你，但你不确定她是否说话算数。况且就算拿回来了，下一步又该如何是好呢？

你一边布置粘鼠板，一边想也许可以写信。

"程丽秋，你好"——不，这样的开头太客气了。

"你这个骗子，我死也不会放过你！"——也不好。空洞的咒骂反而显得心虚。

"要想人不知，除非己莫为。不要以为你们的勾当没人知道"——嗯，感觉语气差不多了，可又不像一封信的开头……

你意外发现，自己居然很享受布设陷阱的过程。每固定好一块粘鼠板，你就想象那只大耗子粘上去会怎样：如何垂死挣扎，如何精疲力竭，如何瞪着眼睛向你求饶——如果她也能这样求饶就好了。

如果它真的求饶了，自己会放过它吗？你很认真地思考了几分钟，最后觉得也许把大耗子塞进胖玲玲的被窝里更合适……但她呢，那个程丽秋呢？

陷阱布置好了，可等到半夜，一点儿动静也没有。街上传来改装摩托车的轰鸣，不知扰了多少人的清梦。你无聊地听了一会儿广播，全是深夜卖药节目，治灰指甲的、治牛皮癣的、壮阳的、减肥的，每个打进电话的患者都用最虚假的语气诉说着绝望，然后在操着怪异口音的专家几句宽慰后便打了鸡血一般重燃希望。

你关了收音机想，如果人的命运真能那么容易转变就好了。从希望到绝望似乎很容易，一个意外、一次重病、一场灾祸就足够了，但从绝望到希望需要多久呢？

你想不出。

关上灯，点上一支白蜡烛。望着跃动的火苗，你又想起在发现真相后，我们的那次谈话。

  不能认输！不认输，就还有希望，你认输，就真的输了！

  可我真的不知道该怎么办了……

  有什么可害怕的？反正一无所有了，该害怕的是他们，跟他们拼命，反正你的命又不值钱！

  你摇头，哭泣，泣不成声。

  好了好了，要怕死的话，我替你去，反正我的命更不值钱……

  你又哭了起来……

窗户被吹开了，一阵穿堂风刮灭了烛火，你眼前的人影消失了，只剩下一片黑暗。

"吱吱吱，吱吱吱。"

黑暗中传来窸窣的声音。

"吱吱，吱吱。"

你竖起耳朵倾听声音传来的方位。似乎在后厨，又似乎到了过道，感觉越来越近……

"吱！吱！"

最后几声短促的尖叫就来自你脚旁的啤酒箱后面。你记得那里摆了最大的一张粘鼠板，上面放了最松脆的一块饼干，浇了最多的花生酱和香油。

什么东西蹿上了你的脚面！

你尖叫着跳起来，推开椅子向门口逃去，却发现门从外面反锁了。你蜷缩在地上，捂住自己的嘴，发现尖叫声还在持续！

"吱——"

月光从窗户投进来，你看到一个怪物正在桌椅腿和杂物堆中间左冲右撞。它的身体由好几块粘鼠板构成，就像一辆粗制滥造的坦克。巨大的爪子从缝隙中探出来，奋力撕扯着眼前的一切。

"吱——"

它笔直向你冲过来！

你跌跌撞撞地冲向后厨，那怪物却在关门的最后一刻挤了进来。黑暗中什么都看不见，但你知道它就在附近；你发疯地拍打踢腿，恐怖的尖叫声刺穿耳膜！你随手乱抓，也不知道从灶台上抓到了什么，反正劈头盖脸向四周的虚空砍去；你栽倒在地，又向身前的地面乱砍……

乒乒乓乓，满手的湿滑油腻，温热的液体溅到你脸上，空气中充满腥甜的味道。你的眼前仍然一团漆黑，但已经不重要了，你知道自己赢了——面对命运的不公，你终于扳回一城！

不知过了多久，灯光亮起。小四川和牛喜妹出现在门口，一个张大了嘴，一个捂住了嘴。

在她们的面前，是地狱一般的景象——整个后厨满是飞溅的血污，你正蜷伏在地上的血水中，浑身沾满带灰色皮毛的碎骨烂肉；你的喉咙里发出歇斯底里的古怪笑声，手上疯狂挥舞着卷了刃的剔骨尖刀……

看到没，不用怕！

你怒吼道，他们欺负我们，我们就这样报复回去！

三

据孟瑶介绍，照片里的"程丽秋"在南山市儿童福利院工作了近三年时间，从2004年夏直到2007年春。果然，用电脑登录福利院官网，历史动态一栏中可以找到更多照片。

"欢度中秋，联欢会上程丽秋老师献唱一曲，赢得满堂彩"

"海外同行莅临我院交流，程丽秋老师介绍餐食标准"

"我院年终评比，程丽秋等五人获得先进个人荣誉"

童维嘉仔细端详每一张照片上的"程丽秋"，再与记忆中那具苍白冰冷的女尸对比，有一瞬间她甚至怀疑自己的判断出错了。

技术室里，法医老张扫了一眼便把照片丢还给童维嘉。

"五官脸型有点儿像，但明显不是同一个人。你不会是脸盲吧？干咱们这行脸盲可不行。"

"你才脸盲呢，只是跟你确认一下！"她不服气地说。

老张打开电脑，调出他做尸检时拍的照片，与福利院女孩对照。两名女子脸型轮廓相似，但细看仍能发现许多不同。比如福利院女孩眼眸是纯黑的，但死者的更接近于深棕色。此外，死者的鼻翼宽度明显更窄一些，鼻梁也更高一点儿。

"最明显的差别在耳朵，死者的耳朵很顺贴，耳垂较大；但照片上的女子，耳朵有一点点招风，耳垂也很小。不过女孩子嘛，小心一点儿，靠发型遮住了也可以蒙混过去。"

"还有吗？"

"最明显的还有肤质。死者长年酗酒，有重度的酒精性肝硬化，生活肯定也晨昏颠倒不规律，所以肤色黯淡、毛孔粗大、橘皮组织一片一片的……但这照片上的人呢，虽然岁数到了也有细纹吧，但保养得不错，光滑细腻，一看就是生活挺规律挺讲究的。"

老人总说，耳朵大有福，然而有福的程丽秋却死于非命。死了也就罢了，名字和身份还被人盗用。只是不知道盗用她名字身份的人，是否与她的死有关？

另一个问题更让童维嘉百思不得其解——福利院的工作日志与死者大学时悔过书的笔迹一致，也与地下室墙上的厌世留言字迹一致，这到底是怎么回事呢？如果是冒充者刻意模仿的话，那么这家伙一定与死者非常熟悉才有可能——可话说回来，她又有什么必要在工作日志这样无关紧要的地方模仿别人的笔迹？

"看来我们有必要去趟南山。"

听完徒弟介绍的新发现，罗忠平随手把那份白队签字的结案报告扔进了垃圾桶。他冷漠的脸上看不出丝毫兴奋。

南山市距离中州不太远，不到两百公里的路程，走高速向东南方向两个小时就到。南山儿童福利院位于市区西南郊外，一处风景优美的山谷中。

女孩孟瑶一路与两位刑警同行，她全程抱着黄色缎布包裹的骨灰盒。童维嘉曾想告诉她真相，但被老罗阻止了，无论是为她的情绪还是为案件的调查，这时候她知道的越少越好。

暂且还是叫福利院的这个冒牌货为打引号的"程老师"吧。根据工作日志的记载，在福利院工作的近三年中，她一直属于育教部，每一天都过得忙碌而充实。

　　早上6点半就要督促所有学龄孩子起床、洗漱、吃早餐，检查所有孩子的铺位，确认没有违禁物品；8点开早会，9点准时给学龄前孩子上早教课，语言、认数、画画、音乐和舞蹈，穿插两次喝水和上厕所时间。午饭不晚于11点半，饭后两个小时的午休也是老师可以稍稍喘口气的时候。根据季节不同，下午的活动在2点半或者3点开始。天气好的话，会带着孩子们在院里活动，有时也会在保证安全的前提下将他们带去后山坡种树、挖野菜、捉蚯蚓；天气不好的话，就在活动室里讲故事、做游戏。5点过后，院外上学的大孩子们陆续回来，根据年龄分批吃晚饭，7点准时看《新闻联播》，然后监督大孩子们做作业，帮小孩子们洗澡。一个小时的晚间娱乐后，学龄前孩子于9点半准时上床，有作业功课的大孩子允许亮灯到10点半甚至11点，但无论如何不能超过11点。所有孩子就寝后，当班的老师、阿姨和医务、后勤等部门的负责人开晚会，总结一天的工作并撰写工作日志。

　　学龄前的孩子，再加上部分有残疾的，拉了、吐了、尿了、哭了、打起来了都是分分钟的事，因此无论上什么课，实际上一多半的时间都在处理各种状况。这样的工作日复一日，显然需要极大的爱心和耐心。大些的孩子则有另外的问题，由于特殊的成长环境，他们的叛逆比一般孩子来得更早也更猛烈，表现形式也更多样：打架、撒谎、偷窃、挑衅。所以对付他们，除了爱心和耐心，还要兼具勇气和智慧。

　　毫无疑问，在福利院所有孩子和老师眼中，"程老师"就是这样一位兼具爱心和耐心、勇气和智慧的人。齐院长还记得她刚来时的样子，朴素的格子衫和牛仔裤，利落的马尾辫梳在脑后，没有浓妆艳抹，脸上总挂着笑容，看起来清爽干练又亲切。专门为她组织的欢迎会上，她动情地讲述了自己选择这份工作的原因，直至现在回想起来还令人动容。

　　"她说她的童年虽然不是孤儿，但也差不多，有无数坎坷。她还希望以自己的经验帮孩子们战胜上天的不公，提高能力和增强自信，夺回自己人生的决定权……"齐院长从墙上摘下某年中秋的大团圆照片，指着上面的"程老师"给两位刑警看。"我们之前也招过不少人，会说漂亮话的也不少，可一上手工作，猴子屁股就露出来了。所以起初也对小程有过怀疑，但通过一件事，她很快就证明了自己……"

齐院长说的这件事，孟瑶也讲过，发生在"程老师"到福利院工作的半年后。市里的一家爱心机构约好了要来慰问联欢，可偏偏天公不作美，赶上了台风，他们临时打电话说不来了。类似的慰问活动常有，有时甚至多到令人厌烦的程度，然而这次不同，因为这一天是中秋。

中国的人字典里，中秋就等于团圆，团圆就是要全家人聚在一起热热闹闹地吃月饼。现在慰问取消，不但热闹没了，月饼也没了——那家慰问机构本来说好会送来月饼。

孩子们当然很失望。如果慰问来了，他们未必有多高兴——但没来，电视晚会主持人频频提及的"团圆"二字，就等于在一遍遍刺激他们敏感的神经。就在这时，"程老师"突然关掉了电视，她把孩子们聚在一起，问谁要吃月饼。

大孩子知道今天没有月饼，但小孩子总有嘴馋的，"程老师"似乎发了疯，鼓动着所有孩子一起冲向了食堂，说我们现在自己做月饼！别的老师被吓到了，面粉、鸡蛋、色拉油有现成的，可馅儿料需要的豆沙、枣泥等需要外购；"程老师"说没关系，有什么用什么，她抓了一把准备第二天做紫菜汤的虾皮，说我们来做海鲜月饼！

后厨彻底乱了，一位看不过眼的老师慌忙向领导告状。齐院长匆匆赶来弹压，却发现所有孩子的脸上都焕发出久违的笑容。那几个刺儿头正乖乖听"程老师"的指挥和馅儿、擀皮，其他人扯着脖子争论应该在月饼上刻什么样的字。经过举手表决，"梦想"两个字赢得了最多孩子的认同。

齐院长被打动了，她特批推迟了熄灯时间。孩子们围坐在一起，一边等待自己的劳动成果出烤箱，一边开心地轮流表演节目。有人喊"程老师来一个"，她大大方方地给大家唱了一首郑智化的《水手》，又唱了一首张惠妹的《姐妹》。有孩子问她中秋节为什么不回家陪父母，她忽然动了情，潸然泪下说自己在这世上已没有亲人了，所以孩子们就是她的亲人……

海鲜月饼的滋味不久就忘记了，但这一夜的狂欢和最后的泪水，永远刻在包括孟瑶在内的所有孩子的心中。

三年的福利院时光无比美好，但在2007年的初春，"程老师"突然不辞而别，走时跟来时一样突然。

"程老师"离开那天是3月初的一个周六。她像往常一样6点钟起床，叫醒并督促孩子们洗漱吃早饭，开过早会后，她给低龄孩子们讲了美人鱼的童话。故事中小美人鱼得到了王子的爱却又失去了爱，最终可怜地化为泡沫；搭班老师提醒不要讲这么悲惨的故事，她却前所未见地顶撞了对方，说原文便是如此。到了午饭时间，一名叫孟珂的小朋友不肯好好吃饭，她亲自去后厨做了一碗鸡蛋羹，然后跑回来一勺一勺地喂；但小孟珂还是发脾气不肯吃，结果她在众目睽睽下给了孩子一记响亮的耳光。

进入福利院将近三年，"程老师"从未对任何孩子说过一句重话，更别说动手了，因此旁边的孩子们全都目瞪口呆。但她一句对不起也没说，转身便往外走，这一去就再也没有回来。

乱糟糟地吃过了午饭，好不容易伺候小孩子们午睡了，搭班老师出来找人。院子里找过了，后山坡也找过了，孟瑶等几个大孩子跟着一起找，还是不见人影。他们只好问大门口的保安，对方说她中午就离开了，走时跟来时一样，就背了一个普普通通的书包。

孟瑶跑去"程老师"的宿舍，才发现东西已经整理得干干净净、整整齐齐，所有不要的物品都已标明该如何处理。桌上有一封辞职信，说自己计划开始人生的新篇章，因此决定辞去福利院的工作，对给大家造成的不便表示歉意。孟瑶不甘心，满以为等她气消了就能回来，这一等就是两年多，直到齐院长接到来自中州的电话……

"程老师"的骨灰被安葬在福利院的后山坡。

从后门出去，沿一条小径蜿蜒而上，穿过一片竹林，大约十分钟便来到一片半个足球场大小的草坪。这里是孩子们常来做游戏的地方，也是亲近大自然之所。站在缓坡上，可以遥望下方的福利院全景；但要想看清远方城市的天际线，就需要顺着小径再往上走，到上方的观景平台。

仪式很简短。齐院长和几个老师分别讲了话，孟瑶则代表孩子们发言，大致意思就是不要辜负程老师生前的厚望，努力赢回自己人生的选择权。几乎所有人都落泪了，最后安放骨灰时，几个孩子甚至哭得站不住，但一名六七岁男童的脸上却看不到丝毫悲伤。

旁边老师介绍说，男孩叫孟珂。童维嘉立刻想起，就是他在"程老师"离开那天被打了耳光。他没有丝毫的悲伤，因为记仇吗？但老师的话很快打消了她的疑问——这孩子患有唐氏综合征。

所以"程老师"不但动手打了孩子，还打了一个心智不全的孩子……童维嘉忍不住向师傅嘀咕，难道她之前的完美形象都是伪装？

但其他孩子的悲伤又无比真实。如果这个冒牌货只想混日子，她完全有更省心的办法。再说她冒名顶替的目的是什么呢？福利院的待遇微薄，与辛劳付出完全不成正比；作为外聘人员，也解决不了户口。

根据齐院长的说法，当初"程丽秋"来福利院工作，是通过正常渠道应聘来的。她有中州师范大学颁发的学前教育专业的本科毕业证和学位证，在相关部门的网站上查询，证书都真实有效。

因此当罗忠平旁敲侧击，暗示"程老师"有没有可能是旁人冒名顶替的，齐院长立刻摇头否认，说绝对不可能。近三年的工作实践也足以看出，她的业务能力很强，理论功底扎实，很明显是科班出身。

她是冒名顶替的，但又不像冒名顶替的。这到底是怎么回事？

带着疑问，罗忠平和童维嘉告别南山市儿童福利院。回到中州，两人再次缓步于芙蓉湖岸边的小径。春暖花开，曾经冰封的湖面早已碧波荡漾，几对学生情侣携手在岸边的林荫道散步，一个小男孩在母亲的看护下蹲在岸边捞蝌蚪。日头渐渐低垂，给湖面洒上了一层碎金，几名同学坐在湖边的太湖石上讨论晚饭吃什么。

"我希望福利院那个是真的，"憋了很久，童维嘉忍不住说道，"淹死的那个才是冒牌货！"

"为什么呢？因为福利院那个是受爱戴、有爱心的好老师，而淹死的这个不像什么好人？"

"也不能说一定不是好人，但从对社会的贡献来说……当然，我知道这么想不对，不应该把人分成三六九等……"

罗忠平笑起来。他告诉自己要保持耐心，因为小童是自己漫长刑警生涯带的最后一个徒弟了。

"你问谁才是真正的程丽秋，可为什么这世界上只能有一个程丽秋呢？"

童维嘉愣住，被师傅的话搞糊涂了。

"通常来说，一个名字代表一个人。"罗忠平语重心长地说，"然而别忘了，名字也只是代号。假设在出生时，我的父母给我起名叫童维嘉，而你的父母给你起名罗忠平，难道我们两个人就会灵魂交换吗？"

"当然不会！"童维嘉试图去揣摩师傅话中的深意，但想来想去只觉得可笑。"你爹姓罗，我爸姓童，怎么可能反过来起名？除非不是亲生的！"

"我们习惯了一个人对应一个名字，就像一个人站在太阳下，也必然会有一个影子。"

童维嘉想了想，是这么回事。

"但如果在晚上，你走在路灯下呢？"

罗忠平没有再说下去，只是将目光再一次投向波光粼粼的芙蓉湖，仿佛那里藏着最终的答案。

四

又是一个不眠夜，但你发现自己居然不困。你后半夜一直在水龙头下洗手，毛巾扯烂两条，肥皂用掉四块，还是洗不掉手上的味道。不单手上、胳膊上、脸上、头发上，甚至换过的衣服上，仍然散发出阵阵令人作呕的腥臭味。

牛喜妹同情，说差不多行了，这是心理作用，再搓下去就真见血了。

小四川挖苦，说最好烧一大铁锅开水，脱光了像烫猪蹄一样下去打个滚儿，才能彻底去腥。

你知道自己应该洗个澡，那种真正的澡，而不是简单烧一壶水、用破毛巾擦擦。但店里没有这个条件，宿舍也没有。常去的大众浴室倒不远，但不巧上个礼拜因为管道维修停业了。

你想起还有一个地方。那地方干净、卫生、没那么多乱七八糟的，距离也不远——但自己有勇气去吗？

熬到了早上，熬过了中午，直到午市的最后一桌客人离开，你悄悄拿了换洗衣服和洗漱用品，从北边的小门进入中州师范。

学校澡堂在校园的东北角，临近北区食堂。大门外的告示说，下午3

点半才对女生开放，你却到早了，还有差不多一个钟头。

你在校园里闲逛，发现自己不知不觉间走到了湖边。那一夜后你再没回来过，你望着平静的湖水，觉得自己应该流几滴眼泪，却怎么也挤不出来。

对不起啊，你在心里对某人说，没有眼泪，不代表我把你忘了。

离开芙蓉湖，你继续漫无目的地在校园内闲逛。

天气很好。主教学楼前开阔的广场上，伟人的塑像巍峨耸立，高举大手挥斥方遒。主楼的后面，庄严肃穆的气氛一扫而空，到处是鸟语花香。玉兰树还没生出新叶，洁白的玉兰花却已挂满枝头。一个男生骑自行车载着女生，欢天喜地地不知要去哪里；几个高年级学生围着导师，热烈讨论着论文选题。阳光照在身上暖洋洋的，橘黄色的胖猫卧在窗台上伸懒腰，不远处的宿舍楼传来悠扬的大提琴声。

真好，你痴痴望着，心里想，真好。

走在玉兰树下，没有人注意到你，也没有人多看你一眼。周围所有人都忙忙碌碌，仿佛只有你的时间停在这一刻。

如果能永远停在这一刻该多好。

可惜这美梦并不属于你。睁开眼睛，看到玻璃窗中映出的自己，你知道噩梦仍然没有醒来。就像一把旧锉刀在生锈的铁板上刮擦，刺耳的噪音永远回荡在耳边——那一夜的恐怖记忆，也注定刻在你的脑海中无法抹去。

程丽秋。你默念着那个熟悉的名字，程丽秋。

3点半，你准时回到浴室门口排队。

你低头缩着脖子排在队伍里，生怕与别人的视线接触。好在女生都是三三两两结伙而来的，没人注意到你。

身后两个女生在讨论洗澡是早来好还是晚来好。一个说早来好，因为干净；另一个说晚来好，更暖和。你偷偷听着不敢插嘴，猜想大学里的澡堂跟自己想象的是否一样。到了门口你却突然紧张起来，因为前面每位同学都摸出一模一样的澡票给守门的阿姨，而没有人用现金。

难道只能用学校的澡票？

排到你了，你装模作样地摸兜，却什么也掏不出来。后面那两个女生不耐烦了，连声催促，你尴尬地只想掉头逃跑，可又不甘心。

你抬头说自己是大一新生，忘了规矩，想现买一张澡票，但守门阿姨一副洞穿你拙劣谎话的表情。

身后一阵窃窃的笑声。排在后面的两个女生故意向前挤，将你推了个跟头，带来的衣服也掉到了地上。你默默捡起来，掸去上面的泥，灰溜溜地向外走，却忽然觉得自己太傻了。

你走回去，从怀里摸出一本学生证和五块钱。阿姨接过学生证看了看，又上下打量你，仍然很怀疑的样子。

你的心跳得几乎要从胸口蹦出来，但在漫长而安静的几秒钟后，阿姨拉开面前的抽屉，拿出四块零钱和学生证一起还给你，然后又拿出一张澡票当着你的面撕了。

"下次记着。"

你攥紧了学生证，努力克制住脸上的笑容。

洗完澡出来，从里到外都舒服了，每个毛孔都熨帖通畅。走在小路上，你感觉脚步轻飘飘的，恍惚觉得自己就是这座校园里的一分子。

凭空而来的勇气驱使你想去程丽秋的宿舍看看。

宿舍是一栋老旧的六层红砖楼，站在楼下仰望，阳台挂满了五颜六色的内衣，万国旗一般壮观。你跟着几个打开水的女生走进去，昏昏欲睡的宿管大妈看了你一眼，什么也没说。

一层一层寻找，看到有敞开的门便向里面探头张望。干净整洁的宿舍太少了，大多数就像难民营。在四层的水房，你注意到一个眼熟的女生正在卖力刷洗，便走到旁边装着洗手，你看清水池里是一件白衬衫，上面满是火锅的油污。

"热水洗，用牙膏。"你装作随意地说。

"牙膏？"女生没戴眼镜，大概觉得戴着洗衣服不方便，可你认出了她，那天吃火锅她就坐在白衬衫的旁边，好像姓乔。

"用盐也行，浓盐水，热的。"

女生又看了你一眼，仍然没有认出你："你是哪个宿舍的，以前没见过你？"

"程丽秋你认识吗？我是她同学，高中同学，"你在搭话那一刻已想好了计划，此刻坦然回答，"从老家来找她的。她跟我说过她的宿舍，但我忘了……407？"

"她跟我一个宿舍，403。"女生用沾满肥皂的手把垂下的头发捋到脑后，又揉了揉眼睛，然后继续跟一块油污较劲。"程丽秋叫你来宿舍找她的吗？她不怎么住宿。"

"是吗？"

"她应该外面有地方住。"

你道过谢，转身往外走。经过403宿舍，发现门敞着，一张空空的上铺没有人住，显然应该就是她的铺位。

你忽然有了灵感。

"同学，能否麻烦你转告丽秋一声？"你回到水房对那名女生说，"就说我来找过她，还留了东西给她。"

"好啊，你叫什么名字？"

你当然不敢说出自己的名字。

"她看见东西就知道了，就在她的铺位上。"

从宿舍楼出来，走回火锅店的路上，你兴奋地想象她看到你的"礼物"会是什么样的表情。

她会有什么样的反应呢？设身处地地想，当听说有高中同学找上门来，她肯定慌得六神无主吧。等她回到宿舍，发现铺位上的身份证，是否能猜出怎么回事？她的学习不好，但看上去并不傻……你的嘴角露出笑容，心中遗憾不能目睹她的表情。可惜你没料到，随后事态的发展竟会远远偏离你的预期。

这一晚打烊后，胖玲玲突然把你拉上后门外的一辆微型面包车，让你陪她去市场进货。你之前两晚没有睡好，所以头昏昏沉沉的，完全忘了这会儿根本不是进货的时间。

　　车灯照亮路边的荒草和凌乱低矮的平房，你才发现自己被面包车拉到一处陌生的地方。司机在一扇铁门前熄火下车，借着车灯，你终于看清他头顶的绿毛。

　　绿毛离开不久又回来，示意你跟胖玲玲下车。他带着你们进入铁门，三绕两绕，来到一座高大仓库的近前，沿着一道吱吱作响的消防梯向上爬。

　　仓库共有三层，一楼是台球厅，二楼是酒吧KTV，三楼是一家小旅馆。外墙最高处的铁架上挂有简陋的霓虹广告牌，"龙兴娱乐城"几个字散发出廉价的光芒。绿毛将你和胖玲玲带到房顶天台，自己又沿着消防梯下去了。你从天台上向下张望，发现实际高度至少有普通楼房的五六层。

　　"我们来这儿干什么？"你忍不住发问。

　　"等着。"胖玲玲望着你，冷笑回答。

　　你更加疑惑："等什么？"

　　"等着失主来抓小偷啊！"

　　那一瞬间，你终于明白了。你想起绿毛和黄毛是一伙的，而黄毛好像跟你念念不忘的程丽秋很熟……

　　如果真是这样，你下午的举动就犯了大错。一番打草惊蛇，她肯定会猜到偷包的人就是冒充"高中同学"的人，进而知道你就是知晓她全部秘密的家伙。

　　你感到彻骨的寒意，因为前一个被发现知晓秘密的人，已经永远沉入了湖底。

　　你慌了，哀求胖玲玲手下留情。你说愿意给她三个月工资，求她放过自己。但胖玲玲说，人家答应的价码，找到包给五千元，找到小偷给一万元。

你又想索性抵赖到底，但那个绛红色的背包就在胖玲玲的肩上挎着。

下方铁梯传来脚步声，听起来像是两个人，应该就是绿毛和她了吧？你决定做垂死挣扎，于是轻轻向后退了一步，然后用轻蔑的语气说——

"你这么说我就不懂了。玲姐，包明明在你手里，凭什么说是我偷的？"

胖玲玲愣住了："你说什么？"

"我说，包在你的手里，只能证明偷包的是你。"说着，你又向后退了两步，让自己看起来更像个局外人。胖玲玲果然被激怒了，指着你的鼻子大喊："就是你偷的！"

月光下，气急败坏的胖玲玲一步步威逼过来，浑身的肥肉都在颤动。你不得不继续后退，直到天台的边缘。回头看了眼，除了霓虹灯牌，什么保护也没有。

"你不知道吗？你老乡一直在追我。我已经答应做他女朋友了，所以你觉得他更愿意向着谁呢？"你打出最后的子弹，然后只能听天由命。但这最后一颗子弹正中靶心，胖玲玲爆炸了，疯狂大叫着向你冲过来。你侧身完美地躲了过去，随即便听见身后的尖叫。

"啊——小陈，救命！"

那是你听过最美妙的声音。

五

日子一天天过去，案件却陷入僵局。无论怎样努力，程丽秋这个名字以及背后的人都如泥牛入海，再不见踪影。

进入夏季，舒适的晚风带来热闹的夜生活，辖区内的各大酒吧、大排档和娱乐场所纷纷人满为患。派出所接连上报多起夜场女子遭遇暴力抢劫的案子，一时间人心惶惶。作为队里为数不多的年轻女性，童维嘉被霍达拉去扮演诱饵，在每个深夜踩着高跟鞋扭着屁股，穿行于一条条路灯昏暗的小巷。

又一个夜晚，她一边小心地观察周围，一边留意自己在灯下的影子。影子长了又短，短了又长，而当她走向下一盏路灯时，身旁就会有两个影子同时出现。再往前走，先前的影子淡去，新的影子变成了唯一，仿佛接力赛跑中的交接。如是反复，长长短短，来来去去，直到走出最后一盏路灯的范围……

她终于茅塞顿开。兴冲冲摸出手机准备给师傅打电话，却没留意身后靠近的黑影。一柄锋利的匕首横在咽喉，尖厉的嗓音要她把钱包交出来，直到同事冲上来将人按住，她仍然魂不守舍，死死握着手机望着地上的影子。

霍达破口大骂："童维嘉！你他妈想什么呢？"

她却露出诡异笑容："我不叫童维嘉。我扮演的这个站街女，名叫程丽秋。"

"这个冒牌货，应该与程丽秋认识很久了，很可能早到程丽秋的大学时代！"

系列抢劫案告破的第二天，童维嘉匆匆找到师傅，说自己对程丽秋的案子已经有了思路。

"理由？"

"首先，从案发现场找到的酒瓶来看，如果杀害程丽秋的凶手就是这个冒牌货，她们能同喝一瓶酒，说明两个人认识，而且很熟——"罗忠平点了点头，示意她往下说。

"其次，冒牌货的笔迹与真程丽秋大学时期的字迹相同，说明有意的模仿很早就开始了！"

"还有吗？"

"师傅，我一直在想你说的关于影子的比喻！"童维嘉激动地说，"通常情况下一个人可能有不同名字，大名、小名、化名，就像站在灯下的一个人，落在地上有好几个影子；但这个案子的特殊之处就在于，人和名字倒了过来！站在灯下的不再是人了，而是一个名字——程丽秋，落在地下的影子才是人！"

罗忠平不禁颔首。

"顺着这个思路想，怎么才能看清影子呢？影子的来源是什么呢？起初我一直陷入误区，觉得投下影子的无非是那个名字，程丽秋——可那天夜里我突然明白了，真正投下影子的不是影子前的那个物体、那个名字，而是路灯，是光源！"

"什么才是光源？"

"就是她们的历史，她们的过去，造就她们之所以成为现在的样子的、她们所经历的一切！"

罗忠平由衷地笑了起来。他意识到自己最后半年的刑警生涯里还有一件跟破案一样重要的事情可做——再培养一位优秀的刑警。

第二天，罗忠平将童维嘉带进一间空会议室。长条会议桌上，堆着十几个大纸箱。

"你的猜测很可能是对的，两个人在大学时代就认识，"他对徒弟说，"而证据很可能就藏在这里某个地方。"

"全是您办过的旧案子？"童维嘉随手打开一个纸箱看了眼，立刻叫出声来。

罗忠平告诉徒弟，自己有模糊的印象，"程丽秋"这个名字曾在某件案子中出现过。也许藏在某句证词里，某份废话连篇的报告的字里行间，或者某一段精神病患者的呓语中。人的记忆就像一座规模庞大的图书馆，随着年岁的增长，里面的东西其实还在，只是索引丢失了。

所以现在只能用笨办法，将图书馆中所有的藏书从第一页翻到最后一页。

"不能大致划个范围吗？"

罗忠平想了想："从1996年程丽秋上大学开始，到2004年冒牌货去南山福利院当老师，这中间七八年的先看。"

"还有跟中州师大有关的！"

"不一定。"

随着科技发展，档案电子化早已是大势所趋。童维嘉一边往酸胀的眼睛里滴眼药水一边想，说不定十年后这样折磨人的工作两秒钟就能完成。输入关键词，点击搜索按钮，就像网上的搜索引擎一样方便。

虽然师傅说不一定，但她还是优先找跟中州师大有关的案宗开始看。只可惜看了两天两夜，眼睛疼得睁不开，也没发现"程丽秋"的蛛丝马迹。

第三天傍晚，童维嘉趴在桌上睡着了。她梦到自己出现在深更半夜的芙蓉湖边，头顶有新年烟火绽放。冻结的湖面光亮如镜，映出烟火的影子。一个声音从天边传来，说亲爱的你知道吗？天上的烟火才是影子，冰面以下才是真的，真的世界，真的烟火，真的生命与死亡。

冰面一片片裂开了，童维嘉却没感到多少恐惧。那个声音在笑，是悦耳的女人笑声，回头看去，那个女人也站在了冰面上，并投下属于自己的影子。那个女人长着程丽秋的脸，冰面下影子的脸却是那个冒牌货的。

终于感觉到害怕了，梦中的童维嘉看向自己脚下。脚下也有一个影子，那张脸却模糊不清。那是谁？是自己吗？

她惊叫着醒来，发现打翻了桌上的水杯，桌上的材料洇湿一片。她连忙抽纸巾擦拭，心仍然跳得厉害。看看墙上的时钟，已是子夜时分。起身推开窗户，百合花的香气飘进来。空荡荡的会议室里只剩下自己，还有灯下的影子。

童维嘉拿起一份皱巴巴的讯问笔录准备放回档案袋，无意中瞥向签名栏。那里有龙飞凤舞的三个字——"程丽秋"。

1997年3月21日夜里10点39分，城西分局刑警大队接到110指挥中心转来的警情，称辖区内的西郊农贸市场发生坠楼事件。

当夜值班的罗忠平立刻带人赶赴现场。事发地在市场南区的二号楼，这是一栋高大的仓储式建筑，被出租改造为名叫"龙兴娱乐城"的娱乐场所。一二楼是台球厅、酒吧和KTV，三楼有几间客房。

虽然只有三层，但实际高度接近二十米，相当于普通楼房六七层。从这样的高度摔下来，自然凶多吉少。

坠楼者一共两人。男性二十岁出头，名叫于正超，是台球厅新招的伙计；女性三十三岁，名叫韩玲玲，是师院北路一家火锅店的领班。两个人均当场死亡。

经过现场勘查，两人是从楼顶天台一起摔下来的。一条摇摇欲坠的消防铁梯从地面直通向楼顶，虽然有"危险勿入"的牌子，但来消遣的青年们都喜欢到天台上抽烟喝酒看景。可惜除了龙兴娱乐城的霓虹灯架外，天台边缘没有任何遮挡防护。

换言之，发生意外是早晚的事，但对于出警的罗忠平来说，必须先排除其他可能。

勘查过程中，两个女孩作为目击者接受了警方盘问。一个女孩自称是死者韩玲玲在火锅店的同事，另一个正是程丽秋。

据程丽秋说，自己心烦喝多了，想到天台上发会儿呆。走上天台时，正好看见两个人用听不懂的方言吵架。男的一头绿毛，似乎是龙兴娱乐城的伙计；女的很胖，自己不认识。两个人越吵越凶，隐约听出跟钱有关，很快动起手来。旁边还有一个瘦弱的女孩想拉架但拉不住，总之两人拉扯着向天台的边缘而去，最终一起跌落。

那个火锅店女孩与程丽秋供述一致，只是补充了韩玲玲到这边来的理由。女孩说自己是陪韩玲玲来讨债的，之前于正超曾向韩玲玲借钱，因为两人是老乡就借了，不料那家伙翻脸不认账，韩玲玲气得跟他撕打起来。

做出供述的两名女孩此前并不相识，看不出她们有撒谎串供的动机；问话过程又是分开的，因而她们的证言可以互为佐证。于正超和韩玲玲因为讨债纠纷而坠楼，纯属意外，与他人无关。

结论即定，罗忠平便将案子移交给派出所处理善后，同时将这起意外连同程丽秋的名字永远封存在了他大脑皮层的某个角落中。

而现在，尘封的记忆又被激活。

当年的两份笔录有各自的签名，看上去再正常不过；然而那个龙飞凤舞的"程丽秋"，笔迹不但与地下室墙上和福利院日志上的笔迹大相径庭，与当年大学检讨书的字体也有显著不同。

但也不是简单的同名同姓，因为身份一栏明明写着"中州师范学院学生"。

童维嘉拿起另一份火锅店小妹的证词，突感毛骨悚然。签名栏娟秀的字体写着一个陌生的名字，但笔画结构却与十二年后的程丽秋神似——

陈芳雪。

罗忠平不想退休。他觉得自己身体还好，再干几年不成问题。他会跟年轻人比赛俯卧撑，比赛十公里长跑，得知白队想给自己筹划一个热闹的欢送会，一个礼拜没跟他说话。

但如今把自己独自关在办公室里，关了所有的灯坐在黑暗中，他忽然觉得也许自己真该退了。

一名刑警真正重要的不是体力，而是脑子——分析能力、判断能力，以及记忆力。

二十年前的罗忠平以过目不忘著称。街上随便拉一个小毛贼出来，只要之前打过交道，扫一眼就能说清对方的姓名、年龄、籍贯、爱好和社会关系，还有所有的案底。可二十年后的罗忠平坐在黑暗中苦思冥想，怎么也想不起那个陈芳雪究竟什么样子。

普普通通的女孩，好像有点儿怯生生的。还有什么？

对了，隐约还有个印象，这女孩在别处见过，好像是街上巡逻的时候，就在出事的前几天。因为什么来着？

童维嘉敲门进来，问师傅想起什么没有。罗忠平硬撑起身子开灯，看到窗玻璃映出一张胡子拉碴的脸，上面写满年深月久的疲惫。

第二天一早，两名刑警来到中州师大北小门，十二年前名为"四川好吃馆"的火锅店便开在门外不远处。

正如猜测，在程丽秋的大学时代，这个名叫陈芳雪的女孩就在距离她不远的地方；然而该怎样证明，这个陈芳雪就是后来福利院的冒牌货呢？

火锅店早就倒了，原址现为一家连锁便利店；走访周围店铺，也没人能记得十二年前这里某个服务员的样貌。但如果程丽秋的死亡真与十二年前的冰湖悬案有关，那么陈芳雪多半也与此案有关，她也一定曾进出那道小门，往返于火锅店和芙蓉湖之间。

"钱主任，上班啊？"

正发愁没有头绪时，童维嘉无意中瞥见校办钱主任正穿过马路，打算从北小门进入校园。

"哦，上班。"钱主任有些尴尬地笑笑，"对了，不知道春节的案子有进展了吗？"

童维嘉看了眼师傅，拿出手机调出福利院神秘女子的照片："这个女的，你认识吗？"

钱主任皱眉凝视了很久，似乎在努力回忆，可惜最后还是摇了摇头。

"好像有那么一丁点儿眼熟，但实在想不起来了……不好意思啊，每年学校的新生、毕业生那么多，真的记不住……跟案子有关系吗？"

"没什么关系，随便问问。"罗忠平抢在童维嘉之前说，"十多年前这里有家火锅店，叫作'四川好吃馆'，钱主任还记得吗？"

钱主任的眉头立刻舒展开来："记得，听他们说味道不错，就是小店，不太讲卫生，后来关张了。"

"没吃过？"

"我肠胃不好，不太敢在外面的小店乱吃。"钱主任抱歉地笑笑，"不好意思，等着开会呢，先走了。"

望着钱主任匆匆而去的背影，童维嘉突然喊起来："请问，您认识陈芳雪吗？或对这个名字有没有印象？"

钱主任停下脚步，过了两秒才回头。

"没印象。"

离开中州师大，罗忠平驱车带徒弟前往曾经的西郊市场。作为20世纪八九十年代中州最大的农产品和小商品批发基地，西郊市场拥有过自己的辉煌；可惜随着"新世纪新中州"的宏伟蓝图推出，最终在1999年被全面关闭，并在几年后改建为一片经适房小区。

童维嘉从车上下来，哭笑不得。她告诉师傅，自己早上刚刚从这里离开——警校毕业后，她便和朋友在这个名叫西苑豪庭的小区合租。

罗忠平抬手指向远处，小区一角矗立着一座方形建筑。童维嘉说知道啊，那是物业；老刑警点头，当年的意外事件就发生在那里。

走到楼前，罗忠平没有从东侧楼门进入，而是沿着外墙绕到了建筑的南面。那里有一道锈迹斑斑的消防梯，看上去可以直接抵达二、三楼和楼顶。童维嘉跟着师傅向上爬，发现通向二楼和三楼的入口被砌死了。

"住了大半年，但没怎么来过物业……"童维嘉好奇地问，"这里就是当年的龙兴娱乐城？怎么别的都拆了，就这一栋建筑保留下来？"

"大概为了省钱，"罗忠平回答，"要不你去问问开发商？"

两人小心翼翼上到天台，"龙兴娱乐城"的霓虹灯牌早已拆除，固定用的铁架还在。罗忠平蹲下来，望着上面的一处弯折："就是这儿。勘验时发现，女死者左胳膊肘内侧有剐蹭痕迹，与同时掉下来的灯牌残片痕迹相符。"

听了师傅的说明，童维嘉不禁皱眉："这就有点儿说不通了呀！我看当初报告上写，发现尸体的时候，女死者的右手仍然死死攥着男死者的脖领子？"

"那又怎样？"

"她掉下去的瞬间，一只胳膊抱住了灯牌，另一只手抓住了男死者？"

罗忠平略一沉吟，明白了童维嘉的意思。女死者能同时右手抓着男死者的脖领，左手胳膊攀住灯牌，说明两人并非同时跌出，否则人的下意识会腾出右手去抓认为是固定物的灯牌保命。

"也可能是女死者先掉出去，攀住了灯牌；但灯牌很快松脱了，而男的想救她，却被她用右手死死攥住不放。"

童维嘉点头："这样确实比较合理。女死者很胖，男的拉不住，一起掉下去。但——"

"什么？"

"这就说明女死者在灯牌上支撑了至少一两秒，所以严格说来不是跟男死者同时摔出去的？"

罗忠平沉吟，似乎是这么个道理。

"可这跟程丽秋和陈芳雪的供词不符啊！而且这两个目击者，在这宝贵的一两秒中，就在旁边看戏吗？"

"很可能吓傻了，没反应过来，两个人就掉下去了。"老刑警想想又说，"突发事件，我们不能以事后的上帝视角来要求当事人。"

童维嘉扶着铁架向下方看了看。很高，掉下去确实凶多吉少。

"当时采信她们的证词，是因为相信她们之前不认识，所以证言可以彼此佐证，对吧？"

"不可能是故意杀人！"罗忠平脱口而出，心底却隐隐不安，怀疑自己当年或许真的疏忽了什么，"我们当时也考虑过其他可能，但两个瘦弱的女孩子，恐怕没有足够的力气将一个男人和一个两百斤的女人同时推下去。"

"如果是分开推的呢？"

"那么女死者不可能还攥着男死者的衣领。"

童维嘉不得不承认师傅说得有道理。所以真就是意外？

不管怎样，从1997年3月21日那一刻起，这个名叫陈芳雪的神秘女孩出现在程丽秋的生命中；很可能就是她，七年后又冒充程丽秋进入南山儿童福利院，又在十二年后目睹甚至一手造成了程丽秋的死亡。

"我们下一步做什么？"童维嘉看向师傅，发现他正望着中州师大的方向出神。

"找到这个陈芳雪。"

六

1997年3月21日，星期五，你将永远记得这一天。

许多年后，你曾回望自己走过的路，思索是否还有其他可能。你做出了无数假设，却发现最终总是殊途同归。你终于意识到，正是这一天发生的事以及你做出的选择，决定了你未来的命运。

晚上10点23分，西郊市场南二区的天台上，你在电光石火间做出了选择。

几秒钟之前，你还不顾一切拉着胖玲玲。她的双臂挂在"龙兴娱乐城"的灯牌上，霓虹灯的光芒照亮她绝望的脸。灯牌与固定铁架之间只有几处不牢靠的焊点，在胖玲玲的重压之下正一处接一处地断开。

胖玲玲不再咒骂你，而是尖叫着向你求救；她也感觉到了灯牌的松动，于是伸出右手抓住了你的手腕。她的力气如此之大，以至于你感觉自己下一秒就要被一起扯下天台。

千钧一发之际，他们一起冲过来伸出了援手。那一刻你们只想齐心协力拯救一条生命，但下一秒你注意到程丽秋的眼神有了变化。

她留意到胖玲玲肥硕的胳膊上挂着的绛红色背包："这包哪儿来的？"

胖玲玲已经疯了，根本听不到她的提问，只会歇斯底里地大叫。于是她看向你，你立刻摇头表示不知道。

你注意到她拉住胖玲玲的左手腕上系着根红绳。

绿毛对着你俩大喊："不行！这样我们都会掉下去的！放手吧，撑不住了！"

你知道他说得对，但还是不忍放手。你从小就是有爱心的孩子，曾为被车轧死的小狗哭泣整夜，知道生命的可贵。

"你这包到底哪儿来的？"

她又问了一遍。胖玲玲终于听清了，仰头看向你，你看到她眼中的仇恨。

"我捡的，是我——"

你知道，胖玲玲这样说是怕你突然放手。但她没料到，偏偏这句话断送了自己的性命。

"好吧，既然如此——"

程丽秋用方言嘟囔了一句，好像是顺口溜。绿毛没懂，但你立刻懂了。

"我数三二一喽？"她说着，看了你一眼，"三，二，一……"

绿毛误会了，还以为是一起用力，没想到程丽秋突然松开了手。就在那一瞬间，你做出了决定自己人生的选择——与程丽秋一起放手。

大概有那么一秒钟，似乎什么事也没有，胖玲玲神奇地悬挂在空中，但下一秒便在绿毛的惊恐尖叫中，带着他和失去光芒的霓虹灯牌一起坠入下方的黑暗中。

完全没有想象中的惊天动地。沉闷的几声轻响，就像一串消化不良的屁。

你惊魂未定，喘着粗气瘫在天台边上，抬头却发现她正盯着你看。

你的耳边又回想起她嘟囔的那句顺口溜，意思是"早死早托生，大家都轻松"……你其实不懂她的方言，但你在另一个场合听到过一模一样的话，并迅速通过亲眼所见明白了这句话的意思。

就在除夕夜的芙蓉湖边。

沿消防梯下楼的时候，她问了你的名字。你告诉她你叫陈芳雪。你们沿着仓库外墙绕行，来到一座黑魆魆的垃圾山。你们模模糊糊看到了霓虹灯牌的轮廓，却没找到人。

"那个包是我的，你拿过来。"她吩咐，仿佛你生来就是她的小跟班，然后她想了想又补上一句，"顺便看看死没死透。"

你沉默着爬上垃圾山，深一脚浅一脚地接近那块灯牌。借着月光你终于看到了，灯牌下面，胖玲玲四仰八叉地靠着一个失去了床垫的床架，身体随着身下的弹簧微微颤动，仿佛还活着；而在她的旁边，绿毛的肚子被一根长长的铁管刺穿，脖领还被胖玲玲死死攥住。

那个背包挂在胖玲玲肥硕的胳膊上。你摘下来，精准扔到她的脚下。

"死透了。"你说，声音出奇地镇定。

你们俩都如释重负，因为各自的秘密都保住了。当然真正的获胜者是你，你是张网以待的小蜘蛛，而趾高气昂的飞蛾正好撞入了你的网心。

拨通报警电话前，你们已经商量好了怎么应付警察。你装出疑惑的样子，问她为什么不能实话实说；她撇撇嘴，说自己是中州师范的大学生，不想惹一身臊让公安到学校去问东问西，所以最简单的办法，就是说胖玲玲和绿毛是自己掉下去的。

警察来了，为首的正是前几天你见过的国字脸警官。他把你们带回公安局，让你们分别交代事件经过。曾有一瞬间你闪过念头，是否可以借此机会把你的秘密说出来？但最终你还是遵守了约定，告诉警察胖玲玲和绿毛因为债务问题发生了纠纷，扭打中从天台摔下；你们目睹了过程，却来不及伸手相救。

做完笔录出来，你发现她就等在公安局大门外。她用可笑的方式套你的话，你说自己是陪胖玲玲来的，胖玲玲也真的跟绿毛有债务纠纷。

你精湛的表演可以拿奥斯卡奖，至少她脸上的表情深信不疑。她在路边电话亭打了电话，几分钟后黄毛骑着一辆改装摩托轰鸣而来。你望着她跨上后座，身影消失在茫茫夜色中，心里终于一块石头落地。

因为胖玲玲的死，老板嫌晦气关了火锅店，你和牛喜妹、小四川丢了工作也没了住处。

小四川年轻漂亮，看了招聘广告决定去幸福大街那边的天歌夜总会当服务员。她还想拉你一起去，但牛喜妹的建议更诱人。她和厨子老刘凑钱承包了中州师范北区食堂的一间档口，正好缺一个打杂的。为了解除你的后顾之忧，她还帮你租好了一间地下室，她告诉你每月一百二的房租在学校附近算是非常便宜了。

地下室位于学校北门外的杏园小区内。牛喜妹带着你从自行车棚旁的狭窄入口下去，绕过横七竖八的私接电线，踩着满地的污水和垃圾，来到一扇摇摇欲坠的木门前。

"一百二一个月，要是没钱我先帮你垫上，开支了再还我。"牛喜妹说，"瞧，还有天窗能透气呢，比隔壁我那间都好。"

你小心地推开门，仔细往里看。歪斜的三合板墙壁上贴着美女海报，上面还留有可疑的污渍。头顶的管道裸露着，可疑的棕色液体像定时器一样滴落。整个房间不超过四平方米，阴暗潮湿四面漏风，绿色的霉斑爬满四边顶角，混浊的空气中满是霉味和下水道的臭味。

"哦，可能有几天没开窗了，开窗透透气就好。"牛喜妹将你推进屋里，扔给你一把钥匙。那意思是，就这么定了。

入住三天后，你终于明白为什么自己的房间比牛喜妹的多了天窗，却一个价钱——头顶漏水的是污水管，滴下来的是上层住户的排泄混合物。而天窗保持关闭也有其道理，因为总有酒鬼喜欢对着那里小便。

但能有一个属于自己的小窝，你仍然感到知足。

每天天不亮，你便早早起床洗漱，匆匆赶去学校协助老刘准备当日早点。路过芙蓉湖旁边的运动场，你总能看到那名穿白衬衫的男生。他会一边拉单杠一边听半导体收音机，清晨6点有个美文诵读节目。每次看到他你都会想，人的差距恐怕就是这么越拉越大的吧，宝贵的光阴有的人用来学习和锻炼，而有的人只能烧水揉面。

又一个清晨，你再次看到悦目的白衬衫。收音机里传出马丁·路德·金的名篇——《我有一个梦想》。

虽然只是一个食堂档口的杂工，但你也喜欢读书看报。虽然不太了解马丁·路德·金其人，但你知道这是一篇著名的演讲，内容是关于平等的。

关键是，白衬衫的神情感染了你。

他从单杠上下来，拿起半导体举在耳边，面向芙蓉湖挺胸而立，仿佛他就是马丁·路德·金，而面前平静的湖水是千万人聚集的广场。

　　我有一个梦想！我梦想有一天，幽谷上升，高山下降，坎坷曲折之路成坦途，圣光披露，满照人间！

你忍不住停下脚步，扪心自问，我有什么梦想？

用不着费力思考，答案就在那里。就像春天积雪消融，露出大地本来的颜色。

你当然有你的梦想，只不过以前不肯承认，因为不相信它还能成真，但这一刻你开始认真思考，真的就没有可能吗？

你在心里给白衬衫一个大大的拥抱。凭什么不可能？事在人为！

从这天起，你开始与时间赛跑。你丢了太多，又是孤军奋斗，但你曾经是个好学生，你相信自己有足够的潜能。深夜收工回到自己小小的蜗居，你都会翻开从旧书摊买来的习题集挑灯夜战；白天在后厨择菜，你也会机械地背诵英文单词。

有志者，事竟成。

除了复习功课，你也不放过校园内的任何学习机会。

阶梯教室经常会有不点名的公共课，你有时间就去听。图书馆或小礼堂偶尔邀请校外学者来开讲座，你更不会放过。你从来不坐前排，总是找最不起眼的角落；但你绝对听得最认真，不到两个小时的讲座、笔记能写上半本。

你也纠结过，毕竟这些内容暂时用不到，是不是有点儿浪费精力？幸好一名老师的话点醒了你。他问同学们上大学的目的是什么呢？为了文凭？分配工作？还是学习知识打开眼界，成就更好的自己？

一次校外专家的讲座，正好是那位老师组织的，他注意到了你，在他的再三追问下，你才红着脸说出自己的身份。这位老师很感动，从胸前口袋摸出一支派克牌钢笔送给你，作为肯定和激励。你推辞再三后不得不收下礼物，并将这支钢笔视若珍宝。这支钢笔陪伴你度过了许多艰难岁月，可惜又在若干年后被无情抛弃。

但在那时，你还没想过要放弃。你告诉那位老师，如果顺利的话，自己会在一年后换个身份回到校园。这并非空口大话，你已有了一个激动人心的计划，而眼下只有一个障碍——

程丽秋。

忙于自己的事情的同时，你并没有忘记她。你当然也不可能忘记。只不过她很少在学校出现，你们相遇的机会极其有限。她不住宿舍，也很少上课，不点名的大课一次没出现过，记考勤的小课也经常迟到早退。

与你相比，无论从哪个角度，她都不配在这所学校念书，偏偏堂而皇之坐在课堂里的是她而不是你——这是多么大的讽刺？

更可气的是，她竟然觉得一切理所当然。

那天你在食堂擦桌子，她突然一屁股坐到你的面前。

"刚才就觉得眼熟，果然是你！"她带着奚落的神情，对你上下打量，"换工作了？火锅店不干了？"

"对。"你懒得多费口舌。

"想不想挣外快？"

你停下来。谁不缺钱呢？但不知道她葫芦里卖的什么药。

她见你有兴趣，从包里取出一个笔记本还有一叠稿纸，摊开本子指着上面的一部分内容给你看："这是我同学的笔记，你照着样子，帮我写一份作业……不许抄啊，改头换面。两千字，给你十块钱。"

你接过笔记本看了眼，字迹苍劲有力，内容一目了然："题目一样的吗？"

"反正就是论述题，也可以换个角度，参考前面笔记的内容，随便写一些正确的废话。"

你皱眉思索，想着同样的题目还有什么角度可以切入。她却误会了。

"好吧，给你二十。也不用两千字，一千五百字，或者一千字以上就行了。反正我也不是什么好学生，能交代过去就行。"

你点点头，二十块钱对你而言不少了。合上笔记本，看到封面上有名字——"宋光明"。你眼前立刻浮现出那个白衬衫男生的模样。

三天后的傍晚，你和她再次在食堂见面。你拿出写好的作业，没想到她看了一眼立刻跳起来。

"干吗写这么长？我让你对付一下就行了！"她不顾周围人的目光，对你大喊大叫，"不满意，我可不给你钱！"

你试图辩解："你说的，要两千字……"

"我说了一千字就够！还有内容，用那么多我都没听过的成语干吗？"她的吐沫喷了你一脸，"我看上去像那种好学生吗？"

你盯着她，真心诚意地摇了摇头。

她让你重新写，一边把你辛苦写的作业撕成碎片。你望着她，怒火中烧，但心底不愿放过这样的机会。飞蛾在蛛网上挣扎，小蜘蛛不会贸然上前，只会寻找好攻击角度，耐心等待。

第二天是你难得的休息日。洗了积攒几天的脏衣服，你刚刚开始做一套模拟题，外面便传来喊声。

你急忙踩着床板站上那张三条腿的桌子，伸脖子向天窗外看去，却只看到一双缀有流苏的棕色矮靴。靴子的主人突然蹲下来，正是她。

她说是通过档口的大姐找到这里的。她的嘴里叼着一根烟，示意你开窗，又故意将烟圈吐到你脸上。

"昨天忘了问你，"她说，"警察后来有再找过你吗？"

你摇了摇头，并注意到她仍背着那个绛红色的背包。你告诉她作业要晚上才能写好，但她说等不及了。

她扔了烟屁股，转了一圈找到自行车棚旁的地下室入口。你急忙跳下桌子跑出去迎接，看到她踩着满地脏水和垃圾，沿逼仄弯折的夹道向你走来。

"你住在粪坑里吗？"她站在你陋室的门口掩住鼻子，然后从包里拿出一瓶香水向里面喷了喷。

你沉默不语，知道自己浑身上下每个毛孔都散发出臭气和穷酸气。

她掏出二十块钱，然后直接躺到你的床上，靴子都没脱。

"现在就写，我看着你写。"

你只好先把模拟题放到一旁，认真写她的作业。不到一个小时就写好了，不料她看了一眼便再次撕成碎片。

"我说了不要写那么好！傻叉！"她咒骂道，"还有，你的字迹就不能写乱点？"

她在纸上胡乱写了两行字要你模仿，你看了哭笑不得，真跟狗爬一样。你尽量模仿她的字迹，但就像好人做不出违背良心的坏事一样，你的手也无法划拉出那样的鬼符。最后她望着你痛苦挣扎的样子长叹一声说，算了，潦草一点儿就好，反正自己之前也没怎么交过作业，估计老师也不认识自己的字迹。你如释重负，转念又想，难道今后她所有的作业都要自己代笔了吗？

"对啊，我以后的作业都交给你，"她果然说，"每份作业不管长短都十块钱，每周结一次账。怎么样？"

"如果写得好有奖励吗？"

"写得好？谁要你写得好？写得太好不给钱！"

她故意拧眉瞪眼，那样子有些吓人；但随即你便恍然大悟，一起哈哈大笑起来。

你意识到，她缺的不是作业枪手，而是一个可以放松说话的伴儿。

你们共同经历过生死，又背靠背扛过警察的审问，所以她相信你，选择了你。

她其实跟你一样孤单，但她比你更害怕孤单。

命运的转折总是这样意想不到，何其幸运，又何其残酷……从那天开始，你们居然成了朋友。

最初两周，她频频以写作业的名义到食堂找你，后来索性直接到地下室堵门。她每次都对你屋内的臭气龇牙咧嘴，可一旦躺下又迟迟不肯起身。她会带来零食和啤酒，在你为她写作业的时候，她便吃吃喝喝、自说自话，说她的男朋友有多么帅气又有多么花心，说她自己心里憋着巨大的苦闷，说这个世界没有人能理解自己，还说自己真正的理想是去西藏，当一名无拘无束的流浪歌手……

她经常要你发表意见，你的回答总是模棱两可。你也曾试图套话，问她心里的苦闷除了男朋友花心还有什么。好几次她话到嘴边，仿佛下一秒就要说出答案，可惜转眼又板起脸来教训你："不该问的别问。"

公平而言，她算个不错的朋友。性格坦直，不拘小节，说话风趣，出手阔绰。虽然对你的穷酸各种嘲笑，但并没有真正看不起的意思。

与她不同，你从不说自己的事。幸好，她也不问。

转眼到了6月，临近期末。六一儿童节那天，你用替她写作业挣的钱买来防水胶等工具，准备自己动手把头顶的污水管修好。牛喜妹好心劝阻，说你肯定搞不定，还可能漏得更严重影响到隔壁。你平常总是好说话的，这次却犯起了倔，不但执意要干，还说自己最多住到6月底，之后就可以把这间带天窗的房间收拾好让给她。

牛喜妹万分惊讶，问6月之后呢？你说准备回老家。

污水管真的奇迹般修好了，你大喜过望，觉得是个好兆头。果然这天晚上她来了，提着一个大号塑料袋，里面塞满了羊肉、鸭血、毛肚以及各种蔬菜和菌类。

"想吃火锅了，你来弄！"她大言不惭地说，"火锅底料还有吧，从店里拿回来的？"

底料确实有，无非牛油、豆瓣酱、辣椒、花椒和葱姜蒜及各种香料用色拉油炒出来，牛喜妹弄了一大瓶放在公共冰箱里，偶尔你会在吃方便面的时候加一点儿。

"用你的搪瓷盆倒上水，加上底料。"她挠头想了想说，"对了，要用热得快，我看她们都用。"

热得快是插在暖瓶上烧开水的，你确实有一个，但牛喜妹不许你用，因为功率太大很容易跳闸。再说用洗脸盆吃火锅……

"废话，外面随便一家火锅店都可以吃，这还用你说吗？但我现在就想在你这儿吃！"她坚持道，"而且就想吃你们店里原来的味儿！"

你说服不了她，只能按她的吩咐准备。她照旧笑嘻嘻地跷脚躺在床上看你忙碌，忽然又叹息起来。

"下周一期末考试，连考两天。真搞不懂学校为什么非要考试，写作业已经够烦的了！"

怕桌面被烫坏，你把脸盆放在地上。底料倒进去，用暖瓶里的开水化开，再小心翼翼放入热得快。你发现这是个需要钻研的技术活，如何在保证不漏电的前提下顺利加热。

"你自己写过作业吗，还烦？"你一边调整热得快的角度一边挖苦她，想想又觉得没必要纠缠，"再说上学就要考试，天经地义吧？"

香气弥散开，跟当初火锅店的感觉差不多。羊肉和鸭血放下去，味道出乎意料地好。

"考试的时候老师不会认出你的字迹和平常作业不一样吗？"

"无所谓喽，反正最后的结果都是不及格。"

你们俩肩并肩蹲在地上面对脸盆，那样子现在想想都觉得好笑。你们俩埋头猛吃，为了一块午餐肉用筷子打架。她被辣得涕泪横流，你故意倒进更多的辣椒油……

突然砰的一声，黑了。

跳闸了。

外面立刻响起南腔北调的咒骂声。有人要跟别人的祖母发生肉体关系，有人痛斥弱智的社会危害，还有人充当福尔摩斯，分析到底是谁家臭不要脸用了大功率电器。

她刚要回骂，你捂住她的嘴。你们悄悄放下手里的碗筷，坐到床上，在黑暗中一动不动地静静听着。似乎有人打了起来，你们忍不住偷笑。

"怎么了？哭啦？"

她摸到你的脸，发现湿漉漉的。

"辣的。"

黑暗中你们紧贴在一起，她悄悄搔你痒，你忍住不动，又实在忍不住，只好还击。

你们俩像《动物世界》片头里的那两只猩猩，互相抓挠，享受着简单的快乐，有片刻你忘了自己是一只小蜘蛛，而她是你的敌人。你们无声地欢笑，在床上翻滚，她压住了你，你又压住了她，最后你们一同筋疲力尽，相拥着瘫在床上，枕着彼此的臂弯。

你多希望能停留在这一刻，但头顶的灯泡亮起来，逼你回到现实。

"考试不用太担心，老师也不愿意看到自己的课有太多同学挂科。再说周末还有两天时间，抓紧突击一下来得及。"你推开她匆匆下了床，努力恢复平常的语气。

"两天？！我两个学期都没学明白，两天管用吗？"

她大声抱怨，又用方言嘟囔了一句。这次你听懂了每一个字："早死早托生，大家都轻松。"

你拉开抽屉，拿出早就替她准备好的礼物，一叠密密麻麻写满蝇头小楷的纸片。

"这是什么？小抄？"

"别说作弊也不会。"

她从床上跳起来，再次将你紧紧抱住。

"天哪！我上辈子做了什么好事，让我这辈子碰到你？小陈老师你放心，作弊这种事我还是挺有经验的！"

"我知道。"你看着她的眼睛回答。

转眼到了下周一，你忐忑不安地在食堂等候。烈日炎炎，蝉鸣刺耳，你感觉比自己考试还紧张。上午的科目考完，同学们涌入食堂，你一边忙着打饭一边在人流中寻找她的身影。

直到快1点，午饭的高峰过去，她才笑嘻嘻地出现在你面前。

"看起来考得不错？"你问。

"我今天特意早到，挑了个后排靠窗的位子，窗台下面有道裂缝，正好把你给的小抄塞进去。"

"下午的呢？"

"也准备好啦，反正混个及格没问题吧。"

她得意地吐了吐舌头，样子俏皮可爱。你也笑起来，将菜盘中特意留出的一个大号鸡腿盛给她。

"丽秋，跟你说个事儿。"你尽量装作轻松的样子说，"可能以后我们不会再见面了。"

她愣住了："为什么？"

"我要回老家了，今天是最后一天。一会儿结了账，回去收拾收拾东西，明天一早的火车。"

她盯着你，看起来既失落又生气。

"临走了才说，真够朋友啊！明天还要考一天，就不送你了。"

你连忙摇头说不用送。她赌气地把鸡腿扔进了泔水桶，转身离开。走到门口又折回来，掏出钱包里所有的钞票塞给你。

你没想到她的反应这么大，连忙推让，但她坚持把钱塞进你围裙的兜里。

"小抄的钱。"她说，"我不喜欢占人便宜。"

我也不喜欢，你在心里说，可相比咱们之间的深仇大恨，这点钱根本弥补不了什么。

她走出食堂，化入明晃晃的阳光中。你解开围裙，跟了上去。

空气闷热潮湿，衣服汗津津地贴在皮肤上，又黏又痒。但你加快了脚步，一直跟着她来到主教学楼外。她头也不回地进去了，你拐向另一侧的办公楼。教务处在三层，你拾级而上，从怀里摸出一个信封。

如你所愿，午休时间的教务处办公室房门虚掩，而且里面没人。你迅速走进去，将那封写有"举报"两个字的信放在桌上。

定了定神，你匆匆转身离开，却在办公室门口与一位男同学撞了个满怀。

那位男同学穿着雪白的衬衫。

他上下打量你，似乎对你出现在这里感到意外。你顾不得许多，慌张逃向楼梯，但正好电梯门打开，涌出的几位老师挡住了走廊，让他两步便追上了你。

他把你拉进教务处办公室，关上门。扫了一眼，便注意到桌上的信封。你的心狂跳，还没想好怎么解释，他已拆开信看清了里面的内容。

"你放这儿的？"

"这不是给你的！"

"我姓宋，是学生会纪检部的副部长，"他底气十足地说，"你怎么知道有人作弊？"

"在食堂偶然听到的。"

你盯着他，不确定他能起多大作用。

"我认出你了！你是原来北门外火锅店的服务员吧，现在在我们北区食堂卖小碗菜的？"

你垂下头，不敢直视他的目光。

白衬衫示意你坐下，然后拿起桌上电话，向教务处的某位老师报告此事。他的声音很大，应该是故意让你听到好安心。

"不瞒你说，这上面写的正好是我下午的科目和考场。但你放心，我已经跟老师报告了，绝不会放过任何作弊行为！"

放下电话，他认真向你解释。见他义正词严的样子，你悬着的心放下一半。

"请问如果作弊被发现，学校会怎么处理？会不会开除？"

"我们学校对违规违纪的处理一向严格。如果证实有考场作弊，没二话，一律退学处理！"

"你确定？"

"当然！学校有专门的《违纪处分管理办法》，白纸黑字！要不要我拿给你看？"

"不用了……"你藏住心中的狂喜，转身冲向门外。

七

童维嘉站在电子厂的传达室里，望着穿过空旷院子走过来的女工，心里咯噔一下。

不是陈芳雪。更准确地说，不是她以为的陈芳雪。

她看向一旁的师傅，他布满皱纹的黑脸上看不出表情的变化。来之前他就说了不要抱太大希望——可他是怎么知道的呢？

找到陈芳雪的过程很顺利。当年的笔录上有身份证号，根据前六位判断归属地，她和程丽秋一样来自邻省的西原县，只是分属不同乡镇。西原县地狭人多经济落后，历来为劳务输出大县，而作为区域经济中心的中州市恰是西原籍外出务工人员的首选。

几通电话，通过当地派出所联系到了陈芳雪老家的村委会，进而问到她眼下正在中州的一家电子厂上班。可惜面前的女人令人大失所望，她两手不安地揪着衣角，目光低垂看向脚面，就像犯了错等着被训诫的小学生。

"你叫陈芳雪？身份证拿出来。"

听到命令，女人慌手慌脚地找出身份证。童维嘉伸手接过，心情彻底沉到谷底。上面的号码与当年口供笔录上留下的身份证号基本一致，只不过当年是十五位，现在是十八位。

"这是二代身份证，原来办过一代证吧，有没有丢过？"

"有！不是丢的，是被人骗了！"

虽然过去了许多年，女人仍然记得清清楚楚。

大约在1996年年初，那时她在一家足疗店做按摩技师，店里有个女孩叫璐璐，由于年龄相仿又是西原县老乡，两个人关系很好。这个璐璐有时向她借用身份证，说要去银行存钱；问她为什么不用自己的，她说没有。

"她说自己没办过身份证。"女人回忆道，"我跟她关系好嘛，就借了，谁想到有一天拿着我的身份证就不见了！"

名叫璐璐的女孩骗走身份证一去不返，当然璐璐很可能也是假名。

"还记得那个女孩的长相吗？"

女人皱眉想了想，说也没什么特别的，瘦瘦小小的，但模样不难看，也许跟自己长得有点儿像，有些人还误会女孩跟自己是姐妹……

童维嘉又看向手中的二代身份证。出生于1977年，今年应该三十二岁，而签发日期是2001年，因此身份证上的照片应该是她二十出头时的样子。

面前的女人结了婚、生过孩子，已被艰辛的生活折磨得面目全非；但身份证上的模样仍青春靓丽。弯而长的眉毛、一双含笑的凤眼、小巧精致的鼻子、饱满而丰润的嘴唇……竟真与福利院的神秘女子有几分相似。

说不定，她是对方精心挑选的目标。那个名叫璐璐的女孩需要一个新身份，发现她跟自己长得有点儿像，于是故意接近她骗取身份证。眼前的陈芳雪不幸上当，于是这世上又多了另一个陈芳雪，许多年后，那个新的陈芳雪又蜕变成了程丽秋……对了，就像寄居蟹，童维嘉想到，这种小动物会随着生长，抛弃旧壳寻找新壳。只不过寄居蟹的壳都是捡别人不要的，而那个神秘女孩却会骗会偷——只是不知道，她会不会为了一个壳去杀人呢？

从电子厂返回的路上，童维嘉讲了自己关于寄居蟹的联想，随后才意识到刚才整个问话过程中，师傅罗忠平始终眉头紧锁一言不发。

"师傅，你已经猜到陈芳雪的身份也是假的了？"

"假设陈芳雪……"罗忠平叹息了一声，"暂且还叫她陈芳雪吧，她是一只寄居蟹，那么换壳的目的是什么呢？"

"陈芳雪真身不过一个普普通通的打工妹，确实没什么可图的……不过她要的也许就是一个身份？比如从小是黑户没上过户口，小时候无所谓，大了需要找工作、银行开户，等等——"

童维嘉忽然明白了师傅为什么愁容不展。记得警校的课上讲过，同样办案，中国公安相比西方警察有一项得天独厚的优势，那就是中国特有的户籍和档案制度。从出生到死亡，一个人不仅活在看得见摸得着的现实世界，还存在于牛皮纸口袋里的无数证明材料和一个个鲜红公章之下。但如果生来便是黑户……

"你之前说得没错，留下影子的是光，而在我们的案子里，光就是当事人的过往经历。"罗忠平沉默良久，才望着车窗外如织的人流重新开口，"人的一生就像一条河流，虽然暂时不知道河流的源头在哪里，但它总会按照一定的物理规律流淌，所以这个影子做的所有事也一定有其原因和规律……"

是啊，寄居蟹换壳是为了安全，可嫌疑人已经有了陈芳雪的身份，为什么还要大费周章再去冒充程丽秋？两句瞎话骗个身份证解决生存困境，这样的冒险性价比极高；但冒充一个认识的人去福利院打工，劳心劳力又不挣钱，收益与风险完全不成正比……

"换个更具体的问题吧，"罗忠平收回视线，看了眼徒弟说，"如果突然冒出来一个女的，说从今往后我也叫童维嘉了，你能同意吗？"

"当然不同意！"童维嘉立刻回答，随即意识到了真正问题所在，"所以关键在于，嫌疑人化名程丽秋去福利院当老师，正主本人到底知不知道？对了，程丽秋本人肯定知道，因为那个装钱的信封就来自福利院！"

"这就怪了，你童维嘉决不同意的事，她程丽秋为什么会答应呢？"

童维嘉目瞪口呆。她从没想过这个问题。

苦思冥想了半天也没结果，年轻的女刑警不禁心烦意乱。以前跟着师傅办的几个案子虽说不大，但都干脆利落，犯罪事实清楚，证据链条清晰，想办法拿人就是了；可这一件呢，感觉就像雾天行船，放眼望去全是模糊一团，以为能抓到点什么，努力半天依然两手空空。

"这什么鬼案子，一点儿不爽快，简直要把人逼疯了！"她忍不住大声抱怨，"几个破名字折腾来折腾去，说不定查到最后一看，还是自杀或者意外，跟十二年前的案子一点儿关系没有！十二年前——"

猛地一脚刹车，轮胎摩擦地面发出刺耳的尖叫。童维嘉双手紧握方向盘，瞪着眼直视前方，耳边传来后车愤怒的喇叭声。

"师傅，十二年前的女死者长什么样子？跟陈芳雪和程丽秋像吗？"

罗忠平摇下车窗，向后车抱歉地挥了挥手，又打开双闪，这才不慌不忙地从怀里摸出钱包，又从钱包中抽出一张照片。童维嘉颤抖地接过，那是十二年前无名女死者验尸时的照片。

一张陌生的面孔，却又那么熟悉，仿佛刚刚见过。

回到队里，童维嘉按照师傅的指点，将四张照片贴在会议室的白板上。起初连成一个三角，电子厂女工和十二年前的无名女死者及程丽秋构成三角形的顶点，那个神秘的冒牌货放在三角的中间；但罗忠平想了片刻说不对，他将冒牌货替换女工放置在三角形的一个顶点，甚至把陈芳雪的名字也留给了她。

童维嘉略一思索便明白了师傅的意思。今天见的正牌陈芳雪除了贡献一张身份证之外，她本人与案件并无实质关联；有关联的是现在三角形顶点上三个年龄相仿的女子：程丽秋、陈芳雪，以及无名女。她们三个两两之间都存在着某种特别的联系——

程丽秋与无名女的死相隔十二年，死法却离奇地酷似，仿佛一个轮回。

陈芳雪与程丽秋在大学时代相识，若干年后更冒充对方当了福利院老师。

陈芳雪和无名女目前没有直接关联，但她们的相貌却有七八分相似。

另外，陈芳雪和程丽秋的脸型五官有相似之处，但不足以被错认。

童维嘉写完了，后退两步歪着脑袋看，总觉得还遗漏了什么。

"你这两笔字写的，比程丽秋好看不了多少……"罗忠平端着茶杯说，明显话里有话。

对了，还有笔迹！

首先，陈芳雪在福利院工作日志上的笔迹与程丽秋地下室和大学悔过书上的相似，如果是刻意模仿后者的话，在福利院那种环境下完全没有必要。

其次，西郊市场意外坠楼事件的笔录上，程丽秋的签名像狗爬一样，而上述三个不同来源的字迹虽然潦草程度不一，但书写人是正经练过字的，反而与陈芳雪的签名更为接近……

不，这不可能啊！难道当年的悔过书，也是陈芳雪写的？

"没什么不可能，"罗忠平仿佛看穿了徒弟的心思，"如果你排除了其他所有可能的话。"

可程丽秋难道不怕露馅儿吗？任何脑子正常的人都不会这样做吧……本身就是因为考试作弊被抓的，悔过书的目的无非恳求学校网开一面，这样的文字还请人代笔，不怕发现后罪上加罪吗？

这样想着，一个更加骇人的念头冒了出来——

如果悔过书是陈芳雪的亲笔，那么地下室墙上的留言也是！

"丽秋，我们来世再见！"

如果这不是死者怅然的绝笔告别，那就只能是凶手对她的死亡宣判！

两天后再次来到中州师大，校园内外一派热闹景象。正门处悬挂着庆祝五十周年校庆的巨型横幅，玉兰大道两旁彩旗飘飘。童维嘉从办公楼里出来，随手取了一份校庆宣传册。

一张张珍贵的图片从黑白到彩色，记载了这所学校筚路蓝缕、砥砺奋进的发展历程。它的前身是1959年成立的中州师范专科学校，1977年改称中州师范学院，1998年12月升格为中州师范大学。在党和政府的热心关怀和全体师生的不懈努力下，如今的中州师大已成为一所特色鲜明、前景良好的区域性优秀师范大学。

火辣辣的阳光下，几名同学正汗流浃背地布置花坛，拼出"五十华诞，相伴一生"的标语。童维嘉看了一眼，没来由地想起钱主任的一句话——

"反正今年五十周年校庆的邀请校友名单中肯定不会有她的名字。"

程丽秋也是这所学校的毕业生，而且死在这里，算得上名副其实的"相伴一生"了，但不知周日的校庆活动中，会有人想起她吗？

想到此处，童维嘉从怀里摸出钱主任刚刚给的一份名单，那上面列有三十多个名字和联系电话，都是程丽秋的同班同学。不过钱主任打了预防针，说程丽秋在上学时跟所有同学都很疏远，平常又不住校，多半也问不出什么有用的信息。

童维嘉拿出手机，按照上面的联络电话依次打过去，发现钱主任并没有夸大其词。绝大多数人的反应都是一愣，反问程丽秋是谁。有些人回忆片刻能想起来，还有的干脆咬死没有这么一位同学。

当然也不是所有人都那么健忘。一名姓乔的女生还能清晰回忆起大一时曾在学校北门外的火锅店跟她吃过一顿饭。忘了什么原因，饭桌上她与班上一位姓宋的男生大打出手，差点儿把人家店都砸了……

童维嘉急忙忙看向自己手中的名单，发现上面根本没有姓宋的。电话那边的乔同学说不奇怪，因为老宋在大二那年就离校了。他的离开让女生们好一阵伤心，本来师范院校的男生就稀少得像大熊猫，老宋不但身材高大、长得精神，还是学生会干部，为人又热情耿直，是很多女生暗恋的对象……

"明白，辍学了，所以学校的毕业生通讯录上没他。"童维嘉抱着一线希望问，"那你有没有他现在的电话，或者有什么办法能找到他吗？"

电话那边沉默了片刻，似乎有些为难。

"如果不方便也不勉强，或者别的哪位同学跟他有联系也行。"

"恐怕所有同学都跟他没联系了……"乔同学停了两秒，发出一声悠长的叹息，"他离校，其实是被开除了。"

回到队里，大会议室的门仍然关着。童维嘉扒门缝向里瞟了一眼，发现还没散会，长方形会议桌的前后左后挤满了人，而且几乎每一张脸都在愁眉苦脸地吞云吐雾。

许是听到了动静，白队一声暴喝传出来。

"谁啊？进来！"

童维嘉悔得肠子都青了，心想真是好奇害死猫，只好赔着笑脸装作一脸无辜地开门进来。

"白队，开大会呢？没人通知我啊。"

中午通知开会的时候，童维嘉其实听见了，但罗忠平说案子第一，别把时间浪费在领导的车轱辘话上。

"也别都哭丧个脸！知道你们每个人都忙，手上都有不少案子，但上级有命令，我们就得执行！"白队说着，故意恶狠狠瞪了旁边的霍达一眼，仿佛他是反面典型，"今天的会先到这儿，老罗还有小童留一下。"

霍达等人如释重负地出去了。白队打开窗户，驱散屋里的烟气。童维嘉心里藏了许多话，见师傅不开口，也只好憋着。

许久，白队又扔给罗忠平一支烟："老罗，你手头的事要不急——"

"急！"罗忠平立刻打断，"急得很。"

"你资格老，经验足，这事交给别人我都不放心……"白队给罗忠平点上烟，"再说也没让你彻底放下，你们的案子小童不还跑着吗？下午她偷偷摸摸溜出去我也没管……"

原来自己那点小把戏早被白队看在眼里了，童维嘉哭笑不得，却也更加好奇，到底什么事能让向来沉稳的白队如临大敌？

"不是什么案子，维稳方面的事。"

这些年，"维稳"这个词的使用频率越来越高，简直成为各级公安部门的首要任务。马上进入下半年，10月要庆祝新中国成立六十周年，北京有阅兵和大庆，地方也有各自的一系列安排。在这样的关键节点，所有领导最怕冒出难以控制的群体性事件，而偏偏在城西分局的辖区内，就存在这样的隐患。一家名叫世纪诚天的房地产公司拖欠了巨额工程款，施工方也只好拖欠供货商和农民工的钱。拿不到血汗钱的倒霉蛋们正在组织串联，要到市政府门口静坐请愿。

"维稳的工作，主要还是综治办吧？"童维嘉问，"公司经济层面有问题，那也是经侦的活儿，干吗找咱们刑侦？"

"嘴上说没钱，实际银行贷了好多钱，都不知道弄到哪儿去了。"白队叹了口气，"钱的事，市里牵头成立了工作组，咱们不用管。但综治办那边反映，公司收到不少恐吓信，对公司高层进行人身威胁，不还钱就拆胳膊卸腿儿的……对付这种事还是老罗你有经验！"

老刑警面无表情，从童维嘉手里接过文件夹，右手拇指顶在太阳穴上，聚精会神地看起来。那张黑黢黢的国字脸上分明写着四个大字——恕不奉陪。

文件夹里除了那份程丽秋的同学名单，还有侥幸留存的两份期末考试试卷，从钱主任那里要来作为对比笔迹的旁证。一份大一的考卷字迹明显不同，而大二的那份则与之前发现的笔迹一致。

也就是说，陈芳雪不但帮程丽秋写作业、写检讨，还帮她考试！想来实在有些匪夷所思——陈芳雪一个火锅店小妹，不但能应付大学考试，而且成绩优异？

"大一的这份考卷只做了一半是怎么回事？"

"哦，这张应该是程丽秋的亲笔。"童维嘉回答，"应该是作弊打小抄被抓了现行，所以才有了后面的悔过书。"

罗忠平看完，起身踱步，忽然转移了话题："我记得，世纪诚天的老板姓杜，是南山市人，从建筑起家做房地产的，早些年接过中州师大的不少工程，后来西郊市场拆迁，开发了西苑豪庭小区成功转型。"

"老罗你行啊，比我还清楚！"白队急忙点头，"现在的麻烦就在于，这位杜老板失联了！你要能找到他，问题解决一半！"

老刑警沉吟片刻："正好，中州师大五十年校庆，我们可以去碰碰运气。"

周日上午9点，罗忠平和童维嘉准时来到中州师大。他们先在校门口的五十年成就展的展板前签到，领了一袋子宣传册和纪念品，然后跟着人流走向大礼堂。一路上都有服务的同学，穿着印有校庆图案、统一款式的T恤衫，每个人脸上都洋溢着灿烂的笑容。

在大礼堂落座不久，两位朝气蓬勃的男女同学上台，宣布校庆大会正式开始。照例先是讲话，校长讲完书记讲，市领导讲完教育局领导讲，内容重复了无新意，听得令人打瞌睡。童维嘉看向一旁的师傅，见他正目不转睛地望着台上一侧的大屏幕，那上面正扫过前排就座的主要嘉宾。

"有那个姓杜的吗？"

罗忠平摇了摇头。

那天会后，童维嘉问师傅为什么要接这个烫手山芋，罗忠平打哈哈，说还不是怕白队给咱穿小鞋，自己马上退了无所谓，你童维嘉可还有的熬呢……童维嘉知道这不是师傅的心里话，她隐隐觉得或许这与程丽秋的案子有关，只是没有把握，师傅暂时不想说罢了。

校长讲话中有长长的致谢名单，念到名字的嘉宾都会起身致意接受掌声。可念到世纪诚天董事长杜传宗时，现场并没有人起身。

既然人没到，再坐下去听陈词滥调也没什么意义。两位刑警悄悄溜出大礼堂，沿着两边栽有玉兰树的主干道，再次来到芙蓉湖边。

暖风拂动岸边的柳条，送来阵阵花香。精心栽种的月季和牡丹争奇斗艳，成双成对的蝴蝶飞舞其间。大片的芙蓉还没到花期，浓密的绿叶间点缀着粉嫩的花苞。童维嘉感觉心旷神怡，又不禁想起春节案发时这里的肃杀景象。

"师傅，您给我详细讲讲十二年前的案子吧！我看了当年的案宗，始终有些想不明白。"

罗忠平望着平静的湖面，示意她说下去。

"十二年前的无名女溺亡，没有遭受暴力的痕迹，十二年后的程丽秋也是……如果是谋杀，难道她们是被人逼迫走上冰面的吗？就为了伪造成自杀或者意外？"

"你觉得呢？"

"十二年前的死者特意拿了水果刀防身，说明她与人约好在这里见面。程丽秋就不用说了，还与人一起喝酒……假定凶手是同一个人，为什么要选择这里作案呢？毕竟大学属于半封闭的环境，被人发现的可能性高，又不利于事后逃脱……"

"问得好。"老刑警点头道，"通常来说，犯罪地点要么与被害者有关，要么与行凶者有关。程丽秋是中州师大的毕业生，但当年无名女死者不是，所以如果真有凶手，这个凶手很可能与学校存在某种关联，至少非常了解这里的环境。"

"那当年走访的情况呢？有没有问过那家火锅店？"

"别忘了那是春节，"罗忠平回答，"大学周边的饭馆都指着学校，放寒假就等于没了生意。而且服务员一般也都是外地的，要回家过年……"

"所以火锅店当时没开？等于陈芳雪并不在学校附近？"

罗忠平沉吟不语。等了十二年，总算看到曙光，但陈芳雪真是自己辛苦寻找的真凶吗？十二年前自己见过她的，那时的她究竟什么样子？闭上眼睛努力回想，眼前浮现出一双怯生生又透着光芒的眼眸……像什么呢？对了，一双小鹿似的杏眼，充满对世间的好奇，却又时刻保持着警惕……

"师傅，你看！"

童维嘉的喊声打断了他的遐思。罗忠平顺着她的视线看去，一群同学正簇拥着几位领导和嘉宾沿着玉兰大道走过来。

看来大会结束了，但整个校庆要持续一天，后面还有许多活动环节。

"应该是11点的新图书馆启用剪彩仪式！"童维嘉看了看手中的宣传册，"这上面写了，新图书馆就是世纪诚天赞助翻建的！"

图书馆在芙蓉湖南侧，剪彩仪式就设在湖畔一片草坪上。现场已经布置好了，一条红毯通向临时搭建的礼台，图书馆外墙的大屏幕循环播放着宣传片。见领导和嘉宾就位，一名帅气的男生充任司仪，在音乐声中登台，宣布剪彩仪式正式开始。

照例先是致辞，校长、嘉宾和师生代表先后上台，大概是长篇大论已经在刚才的校庆大会上说得差不多了，随口几句轻松幽默的玩笑倒成功活跃了气氛。

可惜，登台致辞的嘉宾中仍然没有世纪诚天的杜总。

随后进入正式剪彩环节。刚才讲了话的所有领导和嘉宾一起上台，一字排开站在红毯上。漂亮的女学生用托盘为每个人送上金光闪闪的剪刀，这时钱主任却匆匆赶来，把司仪叫到一旁，在他耳边低语了两句。司仪点点头，快步走回话筒前。

"非常抱歉啊，刚刚遗漏了一个重要环节。大家看眼前的图书馆焕然一新、美轮美奂，离不开一位老朋友的大力支持。他就是世纪诚天实业发展有限公司的杜传宗杜总！"

童维嘉立刻瞪大眼睛，可惜周围的掌声稀稀落落。

"杜总因为身体有恙，正在美国疗养，不能来到我们的现场。但我们要把掌声送给他，送给世纪诚天公司！希望在我校未来发展的道路上，始终有好朋友相伴！"

服务组的同学们得了提示，拼命鼓掌。童维嘉觉得不好袖手旁观，象征性地拍了两下。台上的司仪又看了眼台下的钱主任，突然提高音量："下面我们热烈欢迎，世纪诚天公司的常务副总经理，陈雪女士上台，代表杜总为我们的新图书馆启用剪彩！"

掌声中，一名长发及肩、身穿宝蓝色旗袍、踩着金色高跟鞋的漂亮女子上台了。她看起来三十岁上下，薄施粉黛的脸上带着职业的笑容，手上拎一个香奈儿的小包；她的嘴唇饱满发亮，显然用了带珠光的名贵口红。

她翩翩上台，用轻快而坚定的步伐走到校长旁边。她不慌不忙地从托盘中取了剪刀，在手上把玩着，忽然俏皮地做了一个剪头发的动作，引来台下同学们的一片笑声。

随着司仪所喊的倒计时归零，女子和台上所有领导嘉宾一起剪断了面前的红绸。彩屑喷出，音乐声起，其他领导和嘉宾匆匆下台，彼此握手寒暄；女子却没有动，有些感慨地抬头环顾四周，仿佛沉浸于自己的世界，直到最后台上就剩下她一个人，这才满足地长吁了一声……

似乎直到那一刻，她才注意到台下两位穿着制服的警官正望着自己。

"你好，我们是城西分局刑警队的，"童维嘉跳上礼台，"现在有个案子，想请你配合调查。"

八

亲爱的，还记得我们初次见面的场景吗？

我们相约在火车站见面，又担心见了面不认得对方。你提议，要不我们约一个接头暗号，就像特务电影里那样；但我说，不如我们彼此寄一张照片吧。

我收到了你夹在最后一封信中的照片，你也收到了我的。我相信你跟我是一样的反应："天哪，我们好像姐妹！"

我们在火车站见面了。记得你穿了件土里土气的蓝色运动服，背着个印有卡通图案的破书包；我则挎着一个帆布兜，嘴边还留着早上刷牙的白沫子。

我们在火车站边的苍蝇馆子吃了午饭，一人一碗兰州拉面。我知道你有一个惹是生非的弟弟，还有一位含辛茹苦将你们拉扯大的母亲；你知道我是孤儿，从小在街头流浪长大。我开玩笑说你比我幸福多了，你却忽然哭了起来，连声说对不起，说让我失望了，你的高考分数虽然不错，却还是莫名其妙地落榜了。

我静静听完你的倾诉，擦干你脸上的眼泪，然后一起吸溜面。吃完面走到街上，深秋的寒风卷起路边的落叶，眼前一片肃杀景象。你望着熙来攘往的广场，紧紧握住了我的手，然后大声说："不管怎样，我相信这个世界是公平的！"

差不多一年后，你把同样的话写进了一份悔过书里。

"世界是公平的，"你写道，"一分耕耘便有一分收获，上天会眷顾诚实而努力的人！"

放下笔，你看着自己的文字发出一阵冷笑。

程丽秋告诉你，她在考场打小抄时被捉了现形，但不要紧，教务处说过了暑假补一份悔过书就好。

没有退学，没有处分，甚至连补考都不用，整件事就像没有发生过。她讲的时候扬扬得意，你装模作样地夸她运气好，心里却在滴血。

这世界真的公平吗？

你爱读书，读过许多依靠自己奋斗逆转悲剧命运的故事。张海迪、保尔·柯察金、海伦·凯勒，他们都比你惨得多；你当然也会背孟子的那段名言："天将降大任于是人也，必先苦其心志……"

所以夜深人静的时候你自我安慰，这会不会是老天爷的考验？如果是的话，这考验还要持续多久？

你感到信念在流失，勇气在溃散，就像一堵出现裂缝的堤坝，面对着汹涌潮水的冲刷。

你不知道自己还能挺多久。你迫切需要有人来帮你加固堤坝。

幸运的是，这个人总算出现了。

9月新学期开学的第一天，白衬衫到食堂你的档口打饭。你有些诧异，因为记忆中他平常都去排队的窗口，那里打饭比你们这些外租的档口便宜。他要了三块钱一份的小碗红烧肉，还有一块钱的青菜，接过餐卡的时候，你听到他紧咬的牙关中蹦出三个字："对不起。"

你沉默无语，把红烧肉和青菜放进餐盘里，又盛了一大勺米饭。

"我才知道……刚才开学典礼上见到她了，真的对不起！"

你觉得有些可笑。说对不起有什么用呢？

"四块五，米饭五毛，不够免费加。"

"她有后台！我去问了，可老师说让我别多管闲事！"

"那就别管了，我也不管了。"你停了下又说，"我已经都忘了。"

他端了餐盘坐到无人处吃起来。肉和米饭一起塞进嘴里咀嚼，腮帮子鼓鼓的，仿佛在跟谁赌气。

他突然又起身走回来："你不会放弃吧？"

"放弃什么？"

"这事不能就这么算了！"

你想到自己刚刚写好交给程丽秋的悔过书……不这样算了，还能怎样呢？

"不懂你在说什么。要加米饭吗？"

他悻悻地坐回去，待了片刻，第三次来到你面前。

"你相信这世界是公平的吧？"

你望着他雪白的衬衫下胸脯起伏，终于迟疑地点了点头。

这天下午你俩在芙蓉湖边散步。他说自己早就怀疑程丽秋了，高考分数那么高，学习态度和能力却完全没有，怎么可能呢？而且她的日常生活也很可疑，学校的免费宿舍不住，却自称在外面租房，一个农村贫困生怎么有这样的经济条件？

你佯装惊讶。他说自己还在调查，但从轻易摆平作弊这件事来看，她的背景很深，后台很硬。

"她借过我的课堂笔记，还以为她要自己用功，后来才发现作业也是别人替写的！把这个替写的枪手找到，就人赃俱获了！"

你差点儿笑出声，总算忍住了："这个枪手怎么找？"

"这次作弊，是你在食堂偶然听到她和别人说的，对吧？"白衬衫盯着你的眼睛，"那个人什么样子？"

你瞬间有些慌乱，幸好他没发现。你说自己也不记得那人的样貌了，只记得是个女的，岁数不大，不知是不是在校生。

"不管怎样，这件事落在我手里，就绝不会半途而废！"他郑重其事地向你伸出手，战友一般地握了握手，"社会的公平与正义需要我们每个人的努力，我宋光明发誓，一定会给你一个交代，给天底下所有苦读的学子一个交代！"

宋光明……你喜欢这个名字，也喜欢那件总是一尘不染的白衬衫。

新学年开始，表面上你同程丽秋的关系没有太多变化。你仍旧替她写作业换取额外收入，她也时不时拿些不值钱的小礼物送你。当然"值钱"的标准不同，比如一支买错色号的口红，你拿到商场专柜去问，发现可以抵两个月的房租。

你们之间的友谊以一种奇怪的方式生长着。她和那个喜欢骑摩托的男朋友吵架了，到你的破烂地下室哭鼻子，你大方地把肩膀借给她；有一次你感冒发高烧，她兴师动众叫了救护车，又在医院走廊陪了你一夜。

你渐渐心怀愧疚。你对她的关心，有不可告人的目的；而她关心你，却出于真心实意。某次喝醉了，她倾诉自己从小到大没有朋友，你是第一个也是唯一一个。说这话的时候她看上去可怜极了，你毫不怀疑这话的真实性，但也有些不解。

"我有一个秘密，打死不能说的秘密，"她深棕色的眼眸望着你说，"如果有一天这个秘密被人知道，我就完了……"

我知道你的秘密。你在心里说，而且我也有一个秘密，比你的秘密大得多的秘密。

在许多帮她赶作业的不眠之夜，你会偶尔望着头顶的天窗发呆，搞不清自己究竟在干什么。直到有一天你写完了一份作业，下意识顺手签上了自己的名字……

你吓得一激灵，以为自己白写了，但很快，一个前所未有的念头冒了出来，如同盲人在黑夜中看到光明，又仿佛迷路的旅人在沙漠中发现了甘泉，你为这个想法激动万分，觉得自己终于找到了出路！

你把写好的作业交给她，她再一次抱怨写得太好了。你突然发起火来，质问她知不知道上大学是多少人的梦想，有多少人羡慕她的条件而不可得？她目瞪口呆，不明白你发什么神经，你却把她赶出门外，自己倚着门痛哭失声。

你的泪水和心酸是真实的，但此刻的爆发表演成分居多。紧张地等了几分钟，听到她忐忑不安地敲门说对不起，你知道自己赌赢了。

"我从没想过这些，我还以为你跟我一样讨厌上学呢！"

她完全没了平素的霸道劲儿，低三下四地求你别生气。你开门把她让回屋里，叹息说不该对她发脾气，要怪也只能怪自己当年高考发挥失常，考砸了。

"真的吗？一看就知道你是好学生……"她立刻说，"如果老天爷能让咱俩换换，你替我去上学考试，我还求之不得呢！"

你故意垂头丧气，说怎么可能……她的眼睛突然亮起来，说也许真的可以试试！"很快就有一场英语四级考试！要是考试都能混过去，那就没什么好担心了！以后你就全职替我上学，我付你工资！"

听起来很冒险，但你认真盘算了片刻，觉得可以一试。印象中英语四级考试是自主报名，各年级专业的同学混考，监考老师也是校外的，因此不容易被发现……

"我可以替你，但你必须一切听我的安排！"

你冷静下来，沉着地说出自己的计划。

经过一个周末的准备，再次出现在中州师范校园的程丽秋完全换了个样子。过去的波浪卷发拉直了，染成了酷酷的红棕色；一副蛤蟆镜遮住半张脸，金色的巨大耳环吊在耳垂下。此外常穿的黑色皮夹克换成了一件灰色帽衫，帽衫的后背上印有海盗骷髅旗的图案。

她问你为什么一定要换衣服，还要那么夸张的图案，你解释说黑色皮夹克虽然很酷，但大家看惯了，反而不会留意。你需要一个明显的标签，让看到的人下意识将这图案与"程丽秋"的名字联系在一起。

考试前的一周，你让她以新造型频繁在同学和老师眼前出现。故意迟到早退吸引注意力，故意传扬自己也要参加四级考试，如果发现有谁同场考试又很热情，便故意找碴儿挑衅，让他们见了就躲得远远的。此外在最后的两天，再戴上口罩假装脸上过敏起包。

与此同时，你告诉牛喜妹自己好像得了流感，害怕传染别人而不能去上班。你躲在屋里争分夺秒复习，又找来过去几年的真题来做，直到心底有了七八成的把握。

考试前一天，你单独前往美发店，将头发染成同样的红棕色。随后你发现自己犯了个不大不小的错误——自己从来没打过耳洞，戴不上那副金色耳环。你只好临时现扎，好心的技师告诉你必须过几天等长好了再戴耳环，但你没时间了。

考试当天的清晨，你换上跟她一模一样的牛仔裤和马甲，戴上墨镜，再忍痛戴上耳环，红棕色的长直发扎在脑后，最后穿上那件灰色帽衫，并戴上口罩。你离开地下室从北门进入校园，走在熟悉的玉兰大道上，一种无法言说的奇异感觉笼罩着你。

我是程丽秋，中州师范的学生……你在心里默念着，我本来就是程丽秋，我本来就是这里的学生……

考场在主楼的五层，大家都坐电梯，但你决定爬楼。当你气喘吁吁沿着长长的走廊来到考场外，看到一名监考老师守在门口核对每个人的准考证。你心头一紧，之前的情报错误，不是外聘监考，而是本校教师。

"这是学校，怎么打扮成这个样子？"女老师看上去有点儿眼熟，应该给程丽秋上过课。"不过还能主动来考四级，应该鼓励啊！"

她的语气中带着嘲讽，你装作没听见，鼓足勇气拿出准考证和学生证。

"你这样子怎么跟前几天有点儿不一样啊？口罩摘下来！"

你没动，余光扫向走廊，盘算着要不要现在就跑。

"没听见我说的？好好的戴什么口罩！"

"周老师，程丽秋同学这几天感冒了，戴口罩也是对其他同学负责。"一个男人的声音在你身后响起，"行了，赶紧进去坐好！"

女老师还愣着，走过来的男老师帮你拿回了准考证和学生证。他向你挤挤眼睛，然后大摇大摆地走开。

你认得他，他曾经送给你一支钢笔。

没有谁喜欢考试，但坐在明亮的教室里，面对整洁的考卷，听着周围考生落笔的唰唰声，你感到久违的安宁。就像溺水太久的人终于得以浮出水面吸一口气，你终于活了过来。

你的速度很快，很快就做完了考卷。你的理智告诉你最好提前交卷离场，但心底的声音却恳求你，多留一分钟，再一分钟。你就像等待午夜钟声响起的灰姑娘，害怕回到那阴暗潮湿的鼠窝；但你并不是灰姑娘，你不需要水晶鞋，而这里本来就该是属于你的舞台。

钟声敲响前的最后一分钟，你起身交卷，在老师诧异的目光中落荒而逃。忘了在哪本书上看到的，如果动作够快，悲伤便追不上你；你心想，那肯定是还不够悲伤。回到你的鼠窝，你趴在吱呀作响的木板床上，用被子蒙住头。潮湿发霉的味道刺激着你的鼻腔，让你涕泪横流，号啕大哭。你想把这一年堵在心里的悲伤全部倾泻出来，却发现实在太多了，所有的泪水都不够用。

所以你止住了哭声，擦干了眼泪。你在抽噎中努力告诉自己，你仍有机会拿回属于自己的人生，向张海迪、保尔·柯察金和海伦·凯勒学习，永远不要放弃！

四级考试出成绩的那天，你早早做好了准备。你借用老刘的后厨，亲自动手做了几个菜，还偷用了隔壁档口的面粉和烤箱，自己做了蛋糕。

中午在食堂没有见到她，你又特意跑去主楼门口的告示栏看了眼四级通过名单，确认里面有程丽秋的名字。她会来的，你不太自信地想，她不是那种过河拆桥的人。

晚上忙碌到10点多，依旧不见她的影子。你失望地走出食堂，却被人"偷袭"了，一个用力的拥抱，吓得你差点儿把手里的打包餐盒和蛋糕扔了。

"小陈老师，你太牛了！我们好好庆祝庆祝！"她肆意的笑容在夜空中回荡，"上我男朋友那里唱歌去，咱们不醉不休！"

她最初会叫你大名，后来有了作业的交易，她便喊你同学、陈同学。这次看来又升格了，你居然火速实现了梦想，当上老师了。

"有点儿累了，想回去休息。"你想了想又说，"要不到我那儿去，咱们商量一下后面的安排。"

她看起来有些扫兴，但没有再坚持，乖乖跟着你回到地下室。

进了门，你拿出两支红蜡烛点起放在桌上。她看着你打开餐盒摆放筷子，又拿出蛋糕，眼睛瞪圆了。

"你要干吗？事先声明，虽然我挺喜欢你的，但我可不是同性恋，我有男朋友的！"

"我没男朋友，但我也不是同性恋。"你笑起来，点起红蜡烛，关了灯。

烛光摇曳，将你们的影子投在斑驳的墙上。

"丽秋，二十岁生日快乐！"

她愣住了，疑惑地望着你，又看向桌上的蜡烛。

"今天是我生日？你怎么知道的？"

"你的学生证上有写啊。"看到她尴尬的表情，你心头升起一阵快意，"要不要我陪你一起吹蜡烛？"

"哦，好……"

你们一起吹灭了蜡烛——老实说，两支蜡烛都是你吹灭的。她明显心不在焉，草草吃了几口你做的菜和蛋糕，便起身想走，说今后的安排可以以后再聊。

你把她按回床边坐下，告诉她几句话就能说完。"你有没有想过，今后自己的人生路怎么走？你那么讨厌学习，肯定不想以后真的毕业当老师吧？"

她立刻摇头："当然不想！我给你讲过啊，我喜欢唱歌，希望将来有机会当一名歌手，出唱片，开演唱会！"

她哼唱起《橄榄树》。她的声音确实不错，虽没有齐豫的纯净空灵，但还算耐听。

"去当歌手，那你这四年大学不就白念了吗，父母没意见？"

"我妈不要我了，至于我爸——"她想了想说，"确实希望我安安稳稳的，但现在生意忙，根本顾不上我。再说了，也不能事事都听他的，上这个破学校我都后悔死了！"

这就好，你心想，能化敌为友最好。"丽秋，你知道我一直羡慕你能上大学，而我的理想就是成为一名老师。所以我想，如果你愿意的话，有没有可能……"

她打断你："替我上学和考试？OK呀！这不是咱们之前商量好的吗？我求之不得呢！"

"不仅仅上学和考试……"

你鼓起勇气，说出了你的真实想法。她起初没听懂，你不得不又解释了一遍。当真正明白你的意思后，她站起来，用从未有过的眼神盯着你，就仿佛你是某种陌生的怪物。

"丽秋……"

"你在利用我！"

"别误会……"

"陈芳雪你他妈一直在利用我！"她暴躁地大叫起来，脖子上青筋暴起，"我拿你当朋友，可你拿我当什么？当我傻子，当我实现你狗屁理想的工具？"

你没想到她会是这样的反应……你猜到她可能不同意，但没想到她会如此暴怒。你试图解释，说了许多好话想圆回来，可她完全听不进去。

"你不觉得这样对咱们都好吗？"

"放屁！"

你终于意识到，她的愤怒不在于你的提议多么出格，而在于她突然发现自己被欺骗了，作为她唯一的朋友，你一直在利用她。

她不再听你的解释，把你精心做的蛋糕摔在地上，踩了两脚，冲出门外。你追上去，言不由衷地道歉，徒劳地恳求她原谅。你们一路拉拉扯扯，从地下来到地上，从小区来到街边，她无情地推开你，上了一辆出租车，你望着车影远去，终于绝望地瘫坐在地上。

你输了，最后的希望也离你而去，就像消失在茫茫夜色中的红色尾灯。你又想起了自己的可笑宣言——

"不管怎样，我相信这世界是公平的！"

这世界根本不公平，从来没有公平可言！所谓公平的口号，无非是某些人用来安抚受害者的谎言！让你安分守己，让你怀有期待，让你在陷入绝望时也只能怪罪自己！

是的，细想想全是你自己的错……太轻信于人，太软弱可欺，以为别人都跟你一样善良，幻想这世界能因为你的努力变得更好……

不可能的，你改变不了这个世界，只能让这个世界来改变你……

你回到中州师范的校园，回到了芙蓉湖边。幽暗的湖水映出你的影子，又好像是我的影子。

你想我了，无比思念。我才是你真正且唯一的朋友，而不是那个冒牌货。你向我走来，希望得到我的安慰，我握住了你的手，告诉你不用再害怕，死后的世界，才是一个公平的世界……

但在最后关头，我放开了你的手。丽秋，我对你说，我们还不能认输，就当作一场战争吧，对抗不公平世界的战争，如果他们可以不择手段，那我们也可以！

当你重新睁开眼，浑身湿漉漉地醒来时，眼前多了个人影，穿着雪白的衬衫。

"我想跟你谈谈，关于程丽秋。"

九

世纪诚天公司的独立办公楼位于中山路和永明路交叉口的南侧，是一座普普通通的灰色四层小楼，与毗邻的海鲜酒楼相比甚至有些寒酸。童维嘉把车停在两家共用的停车场，半天才找到办公楼的入口。一扇狭窄的玻璃门，感觉不像一家气派的大公司，倒像是某个紧巴巴吃财政饭的事业单位。

那天在中州师大的校庆活动上见到陈芳雪，童维嘉还以为怎么也要把她带回局里，没想到罗忠平只跟她寒暄了两句，便约定过两天登门拜访。童维嘉死活想不通，难道不怕她畏罪潜逃吗？罗忠平却笑而不语。

进入玻璃门，公司的前台看起来也很普通，一个胖乎乎的女孩对着一台老旧电脑在玩儿纸牌游戏，身后印有公司标识的石膏板摇摇欲坠。

听说是公安局的，女孩倒也一点儿不惊讶，她甚至懒得用内线电话，直接扯嗓子喊了一声："陈姐，公安局的来啦！"

没多久，脚步声从楼梯方向传来。童维嘉瞥了师傅一眼，心底由衷地佩服。

陈芳雪果然没跑。

与两天前在中州师大光彩照人的样子比，此时的陈芳雪看起来有些疲态。头发草草扎在脑后，虽然化了妆，鱼尾纹和眼袋仍然依稀可见。

优雅的旗袍换成了利落的职业套装，脚下的鞋跟也没那么高了，而肉色的丝袜上甚至还有一个破洞。

"实在不好意思啊，真的太忙了……"她大大方方地与两位警官握手说，"咱们在哪儿聊？三个选项，公司会议室，我的办公室，或者到外面找个咖啡厅？"

"方便的话，就去你的办公室吧。"

陈芳雪的办公室在三楼，看起来面积不小，足有二十多平方米。陈设却很简单，除了必要的办公桌椅和一组沙发，就是墙边一排铁皮文件柜，整体感觉空空荡荡。

"杜总不在国内？"等待她倒茶的间隙，罗忠平看似随意地问道。

"他身体不太好，最近一直在美国疗养。"

童维嘉立刻追问："具体什么毛病？"

"这个嘛，应该算杜总的隐私吧，他不太想让外人知道。"

罗忠平用眼神示意徒弟不要着急："哦，没事，随便问问。他去美国多久了？"

"年初走的，不过现在通信发达，公司的事可以遥控。"陈芳雪将两杯茶水放在茶几上，"不好意思啊，我一会儿还有很多工作。咱们能抓紧时间吗？"

罗忠平点点头，进入正题说明来意。他并没有讲程丽秋的案子，只说接到反映，公司陆续收到恐吓信，想了解一下具体情况。陈芳雪一脸无奈，埋怨行政部的同事小题大做，又说公司最近确实碰到了困难，资金链有些紧张，但并没有外面传的那么严重，公司上下都有信心渡过难关。

"公司上下现在都是由你在负责吗？"

"刚才不说了嘛，虽然杜总在美国，但公司的重大事项还是他说了算，我就负责上传下达。"

随口聊了几句公司近况，童维嘉听出些味道了。罗忠平想借欠款欠薪的事迂回，探陈芳雪的底；而世纪诚天的问题也绝不像陈芳雪轻描淡写的那么简单，她是在适时地表明立场撇清自己，以便关键时能够全身而退。

"陈总年轻有为啊，不知是哪所大学毕业的？"

说完公司经营的事，罗忠平将话题引到陈芳雪个人身上。童维嘉小心观察，却发现她神态自若，看不出一丁点儿的紧张不安。

"社会大学。"

"社会大学？"童维嘉开口问道，"没听说过，是哪里的大学？"

扑哧一声，陈芳雪笑得几乎将茶水喷出来，又连忙不好意思地摆摆手："对不起，怪我没说清楚，没上过大学，我的学历只有初中。"

童维嘉偷偷瞥了罗忠平一眼，恨不能找个地缝钻了。

"初中学历，能奋斗到那么大企业的副总，不容易吧？"罗忠平喝了口茶，将茶叶末吐回纸杯里。

"是啊，说实话很不容易，中间吃的苦、流的泪几天几夜都说不完……不过不管怎样，老天爷是公平的，你付出了就一定会有收获。"

罗忠平盯着陈芳雪的眼睛。黑漆漆的瞳仁闪着光芒，没有丝毫心虚躲闪。也许事业的成功真给她带来了足够的自信。

"陈总，也许我记错了，但总感觉我们之前见过……"

"哦，是吗？什么时候？"

"1997年年初，当时的老西郊市场发生过一次意外，一名小饭馆的服务员坠楼摔死了……"

"1997年？十二年前？"

"你那时候在中州吧？"

陈芳雪站起身，走到了窗前，望向外面，似乎陷入回忆中："在的。"

"那我应该没记错……不过那时候陈总的名字跟现在不一样吧？"

陈芳雪笑起来，回头看向罗忠平："罗警官的记性可真好……我这人比较迷信，大师说我原来的名字有点儿晦气，所以删了一个字。"

童维嘉拿起桌上的名片——

世纪诚天实业发展有限公司

副总经理

陈雪

"当年的事你还记得？"罗忠平不动声色地问道。

"您说1997年那会儿吗？那是我到中州的第二年，在一家小饭馆当服务员……啊，想起来了，死的那个同事叫韩玲玲，应该就是罗警官给做的笔录吧？"

"对，当时现场还有一个女孩，跟你一起做的笔录……还有印象吗？"

"好像是中州师范的学生。对了，现在应该叫中州师大了，其他就没什么印象了。"陈芳雪微笑着，有意无意地看向墙上的时钟。罗忠平注意到，放下茶杯站起身来。"该说的事说完了，就不打扰了。也请尽快转告杜总，务必站在政治的高度考虑，立刻解决欠款问题。"

"不多坐会儿了吗？好的，我马上向杜总汇报。"

"我们希望能看到具体方案，以及执行的时间表。"

"没问题！"陈芳雪嫣然一笑，"一定给您一个满意的答复。"

从世纪诚天公司出来，童维嘉立刻拉住师傅问为什么不直接摊牌。罗忠平反问摊什么牌，童维嘉说有好多问题可以问啊！比如她为什么要冒充程丽秋去福利院当老师？程丽秋的死到底跟她有没有关系？她在成为陈芳雪之前是不是叫璐璐，还在足疗店干过……

见她嗓门老大，罗忠平赶忙将她拉上车，关好车门。

"你问了，她就会老老实实回答你了？天底下的嫌疑人要都这么诚实就好了……"

童维嘉瘪着嘴仍然不服气，罗忠平只好叹息一声，具体说明。首先，程丽秋之死虽然怀疑是他杀，但没有任何直接证据。在这种情况下贸然摊牌，等于把底牌露给对手，反而让自己被动。其次，陈芳雪冒充程丽秋去福利院当老师，这件事虽然可疑，但从法律上来说只属于违法侵权行为。最后，这个也是最重要的，陈芳雪敢于大大方方在校庆这样的公开场合露面，就说明已做好了相应准备。特别是此时的世纪诚天正处于敏感期，有无数双讨债的眼睛盯着，稍有风吹草动便会引起危险的连锁反应，造成社会动荡……

"所以她算好了，我们不敢动她？"

"也不是不敢动，但必须拿到实打实的证据。同时公司拖欠工程款的事也必须料理妥当。"

童维嘉闷闷不乐，说："没想到办案子除了要考虑证据还要考虑政治影响。"罗忠平拍了拍她的肩膀，说再干几年你就知道了，任何案子第一位要考虑的都是政治。只是不要把政治曲解或狭义化，社会的公平正义也是政治，人民的幸福安康也是政治……

"师傅，她好像在上面看着我们呢！"

罗忠平摇下车窗往上看去，果然陈芳雪正站在三楼的窗边向下望着。她似乎并不介意被发现，居然还招了招手。

罗忠平摇上车窗，吩咐童维嘉开车。

驶出停车场，从永明路拐上中山路，童维嘉攥紧方向盘问现在去哪儿，罗忠平说你觉得下一步该去哪儿就去哪儿。年轻女刑警明白这是师傅对自己的考验，立刻在中山路和幸福大街交叉口的环岛掉了个头。

"我就不信她对咱们的到访无动于衷！就算敲山震虎了，盯着看看，说不定会有什么可疑举动呢！"

绕了一圈回来，正好看到陈芳雪从公司出来，驾驶一辆白色宝马拐上中山路。童维嘉大喜过望，立刻跟上。

陈芳雪驾车飞快，一路向西。从中山路到幸福大街，再从师大南路向西，不久便到了西苑豪庭小区外。车停在路边，她摇下车窗，目光透过街心公园投向对面的杏林酒店。

顺着她的视线看去，街心公园的游乐场里有儿童在玩耍，陪在孩子旁边的多是老人；公园后面的杏林酒店有客人进进出出，门口还挂有

"喜迎中州师范大学五十周年校庆"的横幅。

这条横幅提醒了童维嘉，杏林酒店正是中州师大的下属酒店。

陈芳雪似乎在等什么人。她坐在车里一动不动、目不转睛，很快一个小时过去了，她等的人却始终没有出现。

天色向晚，夜幕渐渐低垂，最后的晚霞消失在天际，周遭的一切被笼罩在铅灰色的暮霭中。街心公园玩耍的孩子们逐渐散去，陈芳雪的等待也似乎耗尽了耐心。她重新发动车子，掉头驶向来时方向。童维嘉匆忙跟上，过路口时却被突然蹿出的小男孩吓了一跳，急踩刹车。

孩子的奶奶冲上来不依不饶，童维嘉急忙下车辩解没有碰到。罗忠平亮出证件，提出带孩子上医院做个全面体检，奶奶的态度却意外软下来，摆手说算了，怕麻烦似的领着孩子匆匆回了小区。童维嘉望着他们的背影忽然想起，这一对祖孙好像就住在自己楼下。

陈芳雪早就没影了。罗忠平询问徒弟还有什么好主意，童维嘉思索说，名为"四川好吃馆"的火锅店在韩玲玲出事后不久便关张，那之后陈芳雪靠什么维生呢？又住在哪里？她既然一直跟程丽秋有近距离接触，应该就离中州师大不远……对啊！我们一直在打听程丽秋，也许可以换个角度！

童维嘉拿起手机，再次拨通那位乔姓女同学的电话，询问她是否听说过陈芳雪这个名字，或者曾注意到程丽秋身边有个年龄相仿的女孩。乔同学回忆，程丽秋平常不住校，也不与同学亲近，但确实好像有个在食堂档口打饭的女孩跟她关系不错，有几次看到程丽秋特意跑去找她说话……

"那个女孩叫什么知道吗？长什么样子？"

"名字不知道。长得么，挺好看的。"

童维嘉立刻将陈芳雪的照片通过彩信发到对方手机上，片刻后乔同学回复说有点儿像，但时间太久也不敢确定。

"对了，我们班的老宋认识她，老宋出事后，她还特意来学校问过老宋的情况。"

"老宋？那个后来被开除的男生吗？"

老宋大名叫宋光明，大一时还是品学兼优的模范学生，在学生会纪检部担任副部长，可到了大二学习成绩便直线下降。他的变化非常突然且令人费解，老师和辅导员多次找他谈话，他却始终不肯祖露原因。1月他缺席了期末考试，寒假后瘸着一条腿来学校，说自己遭遇了车祸，申请病休一年。考虑到他的实际困难，学校同意了，可没想到不久后他又打人伤人被抓，学校只好将其开除。

"你是说，这个宋光明被开除后，食堂女孩还来问过？"童维嘉继续追问。

"对，她好像知道我跟老宋是一个班的，特意跑来问有没有办法不开除……我当时还想，他们两个是不是在谈恋爱……"

"宋光明判了多久？现在还能联系到吗？"

"听说判了一年半……不过他再没跟我们同学联系过，QQ也再没上线过，差不多属于人间蒸发了。"

罗忠平一直在旁边听着，这时突然插话："这个老宋跟程丽秋关系怎样？"

"不怎么样，最早两人在火锅店就打过一架，还有一回老宋怀疑程丽秋偷了自己的笔记本，又差点儿动了手……后来两人根本不说话。"乔同学犹豫了一下补充道，"不过说实话，不单老宋，我们所有人都讨厌程丽秋。她不搭理我们，我们也都不搭理她，就当同学中没这个人。"

挂断电话，师徒二人不约而同陷入沉思。乔同学的讲述勾勒出陈芳雪、程丽秋和宋光明三人间不同寻常的关系，那位被开除的男生显然是解开陈芳雪和程丽秋神秘关系的钥匙——可这人该到哪里去找呢？童维嘉突然想到，1998年宋光明被开除，那时的钱主任正好担任教务处副处长……

"我明天上午要去市里开会，你就自己再跑一趟师大，找钱主任了解下宋光明的情况。"

"没问题！"童维嘉爽快答应，很开心与师傅想到了一起。"对了，您去市里开什么会啊，跟咱们的案子有关吗？"

"关于世纪诚天公司的，你说有关吗？"老刑警笑起来。

第二天到了市委，罗忠平发现会议的规格超出想象。不但市局、市检察院和法院的一把手都来了，信访办和综治办的负责人也到了，此外还有工商税务以及建委和银行的代表。会议由不久前才从外省调来的政法委孙书记主持，议题只有一个，尽快解决世纪诚天引发的一系列问题，确保中州市的稳定大局。

孙书记问，听说杜传宗跑到国外养病去了，是不是暗中转移资产不打算回来了？有人回答说那倒不至于，杜传宗确实患有严重的肾病，之前一直靠透析维持；近一年病情恶化，国内找不到合适的肾源做移植，才不得不跑去美国，听说前几天刚做完移植手术。

孙书记又问，既然人在国外，那公司现在谁在管？

一名建委的同志举手说，杜传宗身边有个姓陈的女助理，年初他出国很突然，也不知道什么时候能回来，公司一时人心惶惶，是这个姓陈的出来稳住了局面。后来杜传宗从美国发回传真，正式任命她为常务副总，维持公司日常运转。另一位地产行业协会的同志补充说，这个姓陈的女人很神秘，听说只是个初中学历的打工妹。关于她的背景坊间有两种议论，一种说法认为杜传宗可能意识到要出事，所以随便找个人背锅；另一种说法，姓陈的是杜传宗的秘密情人。当然也可能两种说法都对，毕竟情人不是老婆，关键时刻也可以用来背锅。

最后补充的一句引来满堂笑声，罗忠平随即心念一动。他正想悄悄问那位建委同志一个问题，手机却突然响了起来，正要挂断却一不小心按错了，童维嘉的大嗓门立刻回荡在会议室里："师傅，有大发现，快来！"

会议室瞬间鸦雀无声，众人侧目下，罗忠平尴尬地抱着手机跑到门外，没好气地问怎么了。童维嘉却丝毫没听出师傅的不满，兴奋地大叫不止："我发现宋光明和陈芳雪、程丽秋的联系了。乔同学猜的没错，宋光明是陈芳雪的男朋友！"

童维嘉说，自己先去中州师大找了钱主任，他讲的和乔同学差不多，宋光明因为嫖资纠纷打伤了一名卖淫女，被判刑一年半，之后便无音讯。

"嫖资纠纷？这就是你的大发现？"

"不是！我灵机一动，上网查了宋光明用过的那个QQ号！"童维嘉得意地说，"七位数的号码，应该有十多年没上过线了，昵称叫作'正义必胜'，但师傅你猜，宋同学用的什么当头像？"

罗忠平叫她有屁快放，童维嘉于是笑嘻嘻地说刚刚把头像照片用彩信发过来了，老刑警急忙点开看。那是一张在室内拍摄的黑白照片，主体部分光线昏暗，只有头顶的天窗照亮，映出镜头前一名女孩的剪影；女孩背对镜头面向天窗，仰头痴痴望着头顶那片光亮。

照片分辨率太低，细节模糊，而且只凭女孩背影也无法确认就是陈芳雪，但天窗的样子却十分眼熟。

半个小时后，罗忠平匆匆赶到师大北路的杏园小区，童维嘉已等在自行车棚旁边的地下室入口。两人沿昏暗的楼梯下去，找到半年前程丽秋租住的房间。眼下这间陋室已有了新租客，一个穿黄色广告衫的小伙子，看到两名警察闯进来，吓得急忙解释自己只是路边发小广告的。罗忠平懒得废话，直接把他请出门外。

拿出照片对比，除了外面的楼宇角度一样，天窗的破损和污渍也相近。可以确认，宋光明的头像照片就是在这间陋室中拍的。照片中的主角是十二年前的陈芳雪，而十二年后住在这里的人换成了程丽秋——

这当然不可能是巧合。

童维嘉站在屋子正中，有些滑稽地模仿画中女孩抬头仰望的姿势。

"会不会是陈芳雪的复仇呢？"她扭着脖子说，"当年我住地下室，你程丽秋高高在上，十二年一个轮回之后，我是人上人了，你来受一受我当年的苦？"

罗忠平摇头，现在猜测这些没有意义。他看向墙壁，三级艳星的海报还在，白花花的大腿上那行红字依然醒目。

丽秋，我们来世再见！

心念一动，罗忠平轻轻揭开那张海报，后面是一张旧报纸；再揭开这层报纸，露出下方已斑驳朽烂的三合板。童维嘉拿出手机照亮，从侧面看去，那上面密密麻麻刻满了字；再仔细看，却只是四个字加一个感叹号的简单重复：

正义必胜！

每道笔画都极度刚硬，如刀砍斧斫一般，没有过渡，没有连笔，没有弯角。

罗忠平和童维嘉对视一眼。

字迹不同会不会是因为刻字呢？刻字不如用笔书写方便，所需力度也是天差地别。童维嘉提出猜想，很快又自己推翻。即便不考虑笔锋，字的间架结构也与程丽秋的截然不同。"应该是男人的字，要么是宋光明的，要么就是之前不相干的人，程丽秋之前的租户。"

罗忠平不置可否。他捡起刚才揭下的旧报纸看，上面的日期是1998年2月19日，所以刻字的时间很可能在这之前，多半就是宋光明。

二十分钟后，接到电话的黑中介房东匆匆赶来。一个相貌猥琐的秃头男人，因为天热把跨栏背心的下沿卷到胸口，露出肥硕的肚皮。见到两位刑警，立刻骂骂咧咧地把广告衫小伙子揪过来，举起拳头就打。

童维嘉急忙拦下，说跟小伙子没关系，还是为了半年前程丽秋的案子来的，当时咱们通过电话。

秃头房东上下打量童维嘉，又一阵冷笑，说咱们公安不都办案如神吗，怎么半年了案子还没破？

童维嘉气得要还嘴，罗忠平却满脸堆笑，客气地说公安办案更需要群众的配合，然后转头问徒弟，你刚从消防队那边过来？童维嘉立刻心领神会，说自己刚刚还跟消防的同志谈起违规出租地下室的安全隐患，建议搞一次拉网检查……

秃头立刻老实了，他说自己承包小区地下室已经五年，再之前的情况并不了解。不过承包时上家给过登记簿，也许可以查到相关信息。说完他便跑回自己的小屋，很快捧了个落满灰尘的纸箱回来。

纸箱里面有好几个本子，日期从1993年开始，差不多两三年就写满一本，可见这里的租客流动之快。登记的内容很简单，除了租客的姓名和房号外，只有缴纳房租的记录。

1997年4月，这个房间被名叫牛喜妹的女人租下。根据记录，她同时租下了隔壁的一间，两个房间的租金合计每个月一百八十元。仅仅不到一年，1998年的2月底，她便退租了隔壁，而保留了这间，直至2001年3月。

登记簿中有牛喜妹的手机号码，可惜打过去是空号。

罗忠平问秃头房东，地下室里居住时间最久的租客有谁，住了多久？房东想了想说，一般租客很少超过两三年的，不过有位姓苏的哑巴老头自他接手时便在，因为付不起房租，便以打扫公共区域的卫生作为交换。

找到住在公厕对面房间的哑巴老头，童维嘉不禁皱眉。老人佝偻着身子坐在一堆破烂儿里，正用针线将一个个空塑料瓶穿成串。房东解释，虽然房租免了，但吃的总要买，老人便收大家扔的垃圾卖钱，有时也捡食别人丢弃的剩饭。

"都是穷苦人，我这也是做善事！"秃头男抚摩着自己的肚皮感叹，"真要因为消防不合格把这里清了，这些人上哪儿去？都是烂命一条，要么冻死饿死，要么就杀人放火惹出事来！"

罗忠平知道他说的不无道理。越来越多农村人涌入城市，然而各自条件不同，幸运的人能找到安身立命之所，条件差的或运气不好的便只能在这样不见天日的地方挣扎求生。

"我们是警察，想问你几个问题，要是能听见的话就点点头。"老刑警客客气气地递上一支烟，老头接过点了点头。看来他只是不能说话，耳朵并没问题。

"住在这里多久了？"

老头伸出一只手，翻了一下，想了想又翻了一下。

"十五年？"罗忠平从童维嘉手中接过那张照片，"这个女孩还有没有印象？大概是1997年左右。"

老头看了看照片，闭上了眼睛，仿佛睡着了，半天一动不动。童维嘉忍不住要拍他，被罗忠平拦住。

"她住在这里，平常跟什么人来往？或者还有什么能记起来的？"

又过了许久，老头终于微微睁眼，瞥向自己脏兮兮的饭碗。罗忠平会意，摸出一百块钱放在碗边，老头缺牙漏风的歪嘴立刻咧开了。他看向自己身下的床板，用力压了两下，床板吱呀作响。他又伸手指指两边的床腿。顺着他所指看去，高低不平的床脚下面垫了砖头，砖缝之间又塞了什么东西用来找平。

童维嘉跪在地上，小心把那东西抽出来。是一本习题册，绿色封皮，表面应该有一层塑料薄膜，但已经被撕掉了。

封皮上写有习题册主人的名字，中州第三中学高三一班何雪琳。童维嘉一瞬间有些疑惑，但打开内页，立刻兴奋起来！

习题册中有两种不同的字体，一种跟封皮上的签名相同，另一种则与陈芳雪的字体相同。所以这应该是别人的，她捡来二次利用。

问题来了，陈芳雪一个火锅店小妹、食堂档口的杂工，为什么要做别人已经做过的高三数学题呢？况且她刚刚亲口说过，自己只有初中文化……

十

程丽秋……多么平庸的名字。

秋天生的，女孩子，爸爸姓程。如果换成春天生的，多半就是程丽春，如果还有一个双胞胎姐妹，可以叫程美秋。

嗯，不过也还好吧，你父亲没有文化，但给你起名时还算用心了，至少比叫丽丽的好多了。从小到大，村里到镇上，你至少认识四五个叫丽丽的。

对这个名字，你谈不上喜欢或者讨厌，无非一个代号罢了。看琼瑶小说的时候，你也给自己起过稀奇古怪的名字，什么竹瑶，什么婉英，但对着镜子一看，还是丽秋这样平庸的名字适合自己。

初三的时候有个蠢笨的男生暗恋你，在本子上一遍遍写你的名字，结果被同学发现了。在全班的哄笑声中，你羞红了脸，把他的本子丢进了学校后面的臭水沟里。

程丽秋，这就是你的名字。平庸而乏味，实在引申不出什么特别美好的寓意。你大概做梦也想不到，有一天你会为这个名字赌上所有，以至于付出生命的代价。你估计到死也想不通，这个名字究竟有怎样的魔力，为何会给你带来魔鬼的诅咒。

其实怪我。

是我说的，既然来了中州，就到你梦想的学校来看一看吧，收拾收拾心情，回去复读来年再战。你没那份心情，但架不住我再三撺掇，最终还是答应了。我们依照地图坐公交到了师院南路，一眼便瞥见那座巍峨的校门。你又胆怯了，还是我硬生生拉着你进去的。

我们在校园内漫步。我们看到高台上的伟人的雕像高举右手，看到抱着书本从宿舍出来赶去上课的学生，看到湖边树荫下打情骂俏的男女……

我没有太多感觉，但你的眼睛发红、眼眶湿润。这里就是你的天堂，可惜你马上又要落回凡尘。就在这时，我们都听到有人喊你的名字，你下意识还以为遇到了熟人，看过去，却是一个穿白衬衫的男生跑向一个陌生的女生。

你愣住了，但也没什么好说的。你的名字平庸俗气，以世界之大，总会有几个同名同姓的吧。

但你仍然忍不住停下脚步。偷听女生与白衬衫的对话，她也是大一新生，跟你报考的专业相同，接着你发现，她甚至与你的籍贯都一样，而奇怪的是，她并没有你们那里的口音。

其实答案已昭然若揭，但缺乏社会经验的你仍然不敢往那里去想。几个月前，那位你无比信任的中学副校长帮你分析时曾说，分数够了但没收到通知书的情况经常发生，原因也很复杂。也许学校要调剂性别比例；也许你自己志愿填报时出了问题；或者干脆有时候划定的分数线是虚的，实际录的分数线不同……总之在见到这个同名同姓的女生之前，你以为纯粹是自己运气不好。

确实，你的运气不好。但相比怪罪老天爷和自己，真正应该怪的是幕后操纵这一切的黑手吧？

是我敏感地意识到中间的问题，并告诉你还存在另一种可能。我的话让你大惊失色，你起初不相信真会有这样的事情存在。但事实就是事实，我们花了几天时间调查那个女生，你终于痛苦地承认了我的判断。你大病一场，不吃不喝，像个傻子似的整夜大哭，又像个疯子似的要去拼命。

我拦下冲动的你，让你乖乖吃东西以恢复体力。我告诉你这是一场残酷的战争，而战争一定要讲究战略战术。

那时元旦已过，眼看学校就要放寒假了。我说了我的计划，你却犹犹豫豫下不了决心，又幻想着报警。我笑你幼稚可笑，有权有势的人才能做成这样的事，没有公安的帮忙，户籍和学籍可不是说改就改的。

考虑再三，我们决定先投石问路。先写了一封匿名信给学校教务处，要求严加审核那个女生的入学资格，但迟迟没看到动静。我们不甘心，又写了第二封，这一次在信中附上联系用的呼机号码。终于在学校正式放寒假的那天，你接到一个人的传呼留言，他自称是一名有正义感的老师，看到了信，约你见面详谈。

你害怕了，担心这是陷阱，但那人说非常同情你，而且他手头有证据能证明我们的指控。你听从我的建议，决定冒一次险，答应在除夕夜与他在学校西北角的芙蓉湖边碰面。

然后，便是那恐怖一夜……对不起，我害了你。

其实许多年后，那一夜的记忆已经模糊了，你只记得漫天焰火，空气中充斥着好闻的硝烟味道。即便是后来面对宋光明时，你也不曾提起过那一夜的事，因为秘密的种子早已生根发芽，盘根错节地将你包裹了起来。连你也变得跟秘密一样害怕阳光，就像可怖的吸血鬼，只不过吸血鬼还有同伴，而你只有自己。

当然，你从来不是一个坚强的人，你也渴望有人可以倾诉。你不指望谁能帮你解决眼前的难题，但有一个倚靠的肩膀总是好的，就像那个冒名顶替的程丽秋总喜欢放松地靠着你的肩膀，诉说她的委屈。

面对宋光明，你没有傻到说出自己所有的秘密。你把那恐怖的一夜隐去了，即便如此，也足够令他震惊，你还记得他那张英俊的面孔涨得通红，在你不大的陋室里大喊大叫，如果不是事先警告屋里的破烂桌椅损坏了要赔，他肯定早就砸个稀巴烂了。

他问你打算怎么办，还没等你开口，他便替你回答，一定要讨回公道！

在他看来，事情很简单，直接向学校检举就好了。吃过你煮的方便面，他稍稍冷静下来，又说干脆跳过学校，因为从上次作弊事件的处理便可看出，那个冒牌货有后台，校领导很可能也沆瀣一气。

但任凭宋光明怎样劝说，你都拒绝报警。你说不想伤害自己的朋友，那个冒牌货虽然任性霸道，但人真的不坏……他气急败坏地拂袖而去，一周后又风尘仆仆地回到你面前，身上的白衬衫变成了灰衬衫。他说已经查清了，那个冒牌货来自南山市，父亲是某建筑公司的老板，这几年业务扩展到中州，与中州师范也有生意往来。

"她还背着她爸偷偷交了个男朋友，染一头黄毛，在西郊仓库那边开了家娱乐城。两人在外面同居，都不是什么好鸟！"他把打探到的消息通通告诉你。

其实宋光明说的这些你早就知道了。你见过那个黄毛，也多次听她提起；她也说过自己的父亲，一个温柔的暴君。你甚至早就知道她的真名。有一次跟黄毛吵架，她在你这里喝醉了，问你认不认识一个叫杜鹃的人；你说不认得，她抱着你号啕大哭，说男朋友也不认得，随后便吐了你一身……

但不管怎样，你仍然感激宋光明为你做的一切。他每说一句话，你都瞪大眼装出"原来如此"的样子。原来有钱人真的可以为所欲为吗？原来还有人可能像我一样倒霉吗？原来我真的还有机会赢回来？

你跑去水房打了一盆清水，让他脱下身上发臭的衬衫；你说没有什么可以报答他的，只能帮他洗洗衣服。他却扭捏起来，好不容易脱下了衬衫，你惊讶地发现他宽厚的脊背布满疤痕。

他起初不肯说，但你说自己的秘密都告诉他了，这样不公平。他似乎对"公平"两个字特别敏感，只好坦白这都是他父亲的杰作。他的父亲是深山里一位脾气暴躁的生产队队长，而母亲来自遥远的大城市上海。20世纪70年代末大批知青返城，虽然已经结婚生子，但漂亮的上海女人有一天还是不辞而别。丢尽脸面的生产队队长将怒火发泄在留下的孩子身上，长达十年的棍棒拳脚给他的身体留下了永远的纪念——其实还有精神上的创伤，只可惜你后来才知道。

听完他的故事，已过午夜，宿舍锁门回不去了。你留他过夜，他却死活不肯；其实你并没有想太多，但他显然想了太多。最后你们在冬夜空寂的街道上散步，伴着刺骨的寒风和温暖的路灯，聊了很多很多。从喜欢的作家到国际形势，从中华崛起到童年回忆，你们相见恨晚，满肚子都是说不完的话。最后又自然而然说回你的事，他让你相信国家的公检法，让你相信世间一定还有公平和正义，你连连点头，说自己相信。

哪怕身子冻得发抖，哪怕脚趾已没有知觉，哪怕你的冤屈还没有希望，但站在过街天桥上，搓着冻僵的双手望见太阳从城市尽头升起的那一刻，你仍然愿意相信他，这世界是公平的。

上天从你身上拿走了某样东西，然后以另外的模样还给了你。

拿走的是你上大学的机会，还给你的是爱情。

但恰恰为了你的爱情，你不得不在几天后告诉宋光明，自己已经想开了，决定放弃回校园的努力。

"就算真相大白，肯定还要重新高考的，可高中那点东西我早就忘光了……"你装作无奈又无所谓的样子说，"大学不念就算了，反正英雄不问出处。"

你说这话的时候心头在滴血，脸上却云淡风轻的样子。他当然不相信这是你的真心话，又一次愤怒暴走。"咱们一起发过誓的，不能退缩！"

"我真的不想上学了，早点儿工作挣钱也挺好。"你试图安抚他，"而且社会也是一所大学，人家都说，社会大学学到的东西往往比普通大学更有价值……"

可惜他不听你的，说你在自欺欺人。又说他不会放弃，也不允许你放弃。

"为什么会有你这种事情发生？肯定不是第一次了！如果不去抗争，在你之后会有更多的受害者！"他慷慨激昂地对你发表演说，像一只发狂的斗犬，"改变社会不公固然依赖于制度结构的进步，更需要我们每个人作为社会一分子的努力！就像《国际歌》里唱的，从来没什么救世主，不要把改变世界的希望寄托在神仙皇帝的身上！"

你被他吓住了，再不敢说退缩的话。其实你怎么可能甘心认输呢？只是不想连累他而已。他以为正义总能击败邪恶，光明必将驱散黑暗；而你才知道有多少妖魔鬼怪，正张着血盆大口在黑暗中埋伏……

宋光明用所剩无几的生活费，可能还借了一些钱，买了一台照相机和许多胶卷。你问他做什么用，他笑着说这是他战斗的武器。那时已快到年底，所有同学忙着备战期末考试，他却成天往校外跑，神神秘秘地不知在忙什么。

你在食堂忙碌时总会特别留意他的身影，但他变得很少出现；偶尔露面，也只是给你一个坚定的眼神。你揪住不放，他才笑着说："年底之前，保证给你个惊喜！"

你心想，不要是惊吓就好，但隐隐又开始期盼真的有惊喜。

年底前的一天，圣诞节前后，那个冒牌货忽然再度光临你的小窝。你差点儿吓死，还以为自己和宋光明的密谋被发现了。

"你来干什么？有事吗？"你很想让自己的语气强硬，但发现做不到。

"快考试了呀，说好的。上次四级考得不错，这次再接再厉！"她一边说，一边大大方方地拿出一叠钱。

你们有段时间没说话了，偶尔在校园里遇到，她会摆出一张挑衅的脸，有时还会竖起中指。但她就有这样的本事，脸一抹就当什么也没发生。

你摇了摇头，告诉她交易早就取消了。

"好吧，不愿意就算了。"她把钱收回去，看着你一阵坏笑，"还生我的气呢？"

我当然有资格生气，你在心里说。

"那就算啦！你的提议我回去考虑了，本来觉得答应你也无妨，不过既然咱们不是朋友了，所有交易取消，那就算了！"

你之前向她提议，你帮她写作业、上课以及考试，等到顺利毕业后她再把身份、名字连同大学文凭送给你。你得到自己想要的，她也应付了父亲，算是各取所需。

说完，她装模作样地转身往外走。你果然上当了，两步拦住她："你答应了？"

"小陈同学，不要把事情想得那么简单，我说让给你就能让给你？"她一边说一边在你的屋里乱翻，像过去一样，寻找任何好玩儿或好吃的东西，"实话告诉你，这学是给我爸上的，我答应你也没用，必须过他那一关。"

"他不同意？"

"他当然不会同意！不过别急啊，咱们慢慢来。他让我念这个书就为了混个文凭，将来找份稳定工作，但我前两天已经跟他彻底摊牌了，将来就算我死了，也不要当什么狗屁孩子王！"

"是啊，你的性格本来就不合适！"你欣喜若狂，连忙附和说，"你爸大老板开公司的，随便给你在公司安排个职位就好了！"

"我才不去呢！整天看他的脸色——"她忽然愣住，盯着你，"你怎么知道我爸开公司的？"

坏了，这是宋光明说的。

"你之前说的啊，忘了？"

"是吗？好吧……"她甩了甩头发，将疑心抛在脑后，"对了，新年打算怎么庆祝？我想去嘉年华，一起去吧！"

她的语气不容置疑，就像往常一样。可你还惦记着宋光明的允诺，说心里话，你更希望跟那个高大帅气的男生一起庆贺新年。

"到底来不来？给个痛快话！"

"好，只要有时间。"

年底一天天临近，你掰手指头数着，可直到牛喜妹将墙上的旧挂历摘下，换上了新的，宋光明也没出现。

牛喜妹说，马上就是新的一年了，这一年有什么不开心的事就跟旧挂历一起丢掉吧。你点头说好，却在心底想哪有那么容易，说忘就忘那是猪。然后你便想，自己真是一头猪该多好。

1997年的最后一天，你像往常一样忙碌。到了晚上9点，正在忙着刷碗，那个冒牌货来了。

"好了没有？咱们走吧！"

你愣住，问去哪里。她一脸伤心，说讲好的怎么忘了，去嘉年华啊！

你记得她说过去什么华，但白天没见她来，便以为不了了之了，哪里想得到她说的是夜游。

"晚上才好玩儿呢，有新年狂欢！"

"是什么公园吗？晚上还开门？"

"嘉年华都不知道吗？"她大声嘲笑，"英语词儿翻译过来的，狂欢节的意思，我都知道，真不知道你这样怎么过的四级！"

她不由分说拉着你就走，你只好匆忙跟牛喜妹告假。出了学校北门，她站在路边拦出租车，你却无意中瞥见一个熟悉的高大身影。是他，正躲在不远的一棵树后，脖子上挂着新买的照相机。

"看什么呢？"冒牌货回头看了你一眼，又顺着你的视线看去，"打不到车，就在滨河公园，反正不远，我们走过去吧！"

你们步行走向滨河公园。冒牌货拉着你叽叽喳喳说个没完，说她找到另外的人帮她写作业了，但总不如你写的令人放心。又说期末考试还得有劳你出马……你心不在焉地敷衍，心里惦记着身后的男人。虽然不敢回头，但你知道他一定就跟在身后。

到了滨河公园，你终于知道了什么叫嘉年华。耀眼的彩灯缀满了各种临时搭建的游乐设施，兴奋的尖叫声此起彼伏。她拉着你去换代币，直接从钱包里掏出五百块钱，眼都不眨一下。她把换来的所有代币塞进你的外衣口袋，沉甸甸的几乎把兜撑破。

每个项目都排满了人，但她额外掏钱买了VIP卡，所以你们不用排队。过山车吓得你脸色煞白，激流勇进害得你浑身湿透，你瑟瑟发抖地扔飞镖却拿到了最高分，换回一只粉色的大熊。她激动地拥抱你，并宣布这只大熊将作为你们永恒友谊的见证。

"我去上个厕所！"她把手中的冰激凌塞给你，一溜烟儿地跑了。你立刻环顾四周，在摩肩接踵的人潮中寻找宋光明的身影，却一无所获。

你的冰激凌吃完了，上厕所的家伙却还没回来。你担心她找不到你，于是站上高高的台阶向卫生间方向张望——

你看见她正和宋光明在一起。

两个人面对面站着，似乎在激烈争吵。你听不见他们在吵什么，但想来多半与你有关。她转身想走，宋光明却似乎不依不饶，你看到她向你走过来，连忙低下头去，却又看到她拐向了另一边的公用电话亭。

宋光明终于看到了你，向你挥手致意。你紧张得不敢回应，怕被那个冒牌货看到。宋光明又指了指自己脖子上挂着的相机，你却不明白他是什么意思。

"我们去坐摩天轮吧！"

打完电话，她走回来，拉着你走向摩天轮。你问她为什么耽搁了那么久，她却没回答，反问你有没有偷吃她的冰激凌。

"如果让我发现你偷偷摸摸背着我捣鬼，你可要千万小心！"她笑嘻嘻地指向摩天轮的最高处，"等到了那上面，我就把你扔下去！"

你的心几乎从嗓子眼里蹦出来。

摩天轮有VIP卡也需要排队，你们等了会儿才坐上。轿厢不大，就坐了你们两个人。你们起初面对面，没一会儿她就换到你旁边坐下。轿厢一阵晃动，你心跳得更快了。

"还记得你帮我写的悔过书吧？"她用力搂住你的肩膀说，"上次期末考试，我终于知道是谁在背后捣鬼了……"

你一动不敢动，余光扫向轿厢门……虽然有锁，但松松垮垮似乎一撞就开。

"是吗，谁啊？"

"是个我之前完全想不到的人……真的，完全没想到，真是知人知面不知心啊！"

你猛地站起来，轿厢又一阵摇晃。向外看去，快到顶了。其实景色不错，半个城市的夜景尽收眼底，但你无暇欣赏。

"你紧张什么？"

"没有啊，看看风景，多美啊……"

你装模作样观景，双手死死握住了栏杆。一阵头晕目眩，你忍不住低头，却意外看到下方河边的绿化带中，有一群小流氓正围着一个人痛殴。

挨打的人穿着白衬衫，为首打人的，顶着一头黄毛。

"就是他。"她凑到你耳边，热气吹到你的脸上，"叫宋光明，经常到你档口打饭，应该有印象吧？"

雪白的衬衫很快被染红了。从上面看不清他的脸，只能看到黄毛和同伴手中的棍棒不断举起又落下。

仿佛也打在你的身上，打在你的心上。

"他为什么要举报你？"

"吃饱了撑的呗，有的人就是喜欢多管闲事。"她撇撇嘴说，"而且你知道吗？他居然跟踪我，还拿相机偷拍我，估计心理变态吧。"

轿厢发出咔嗒一声响，应该是过了最高点。她坐了回去，哼着歌悠闲地观景。你用力晃了晃门，发现比你想象得牢固多了。

"怎么，真怕我把你扔下去啊？"她恢复了惯常嬉皮笑脸的样子，"我才没那么小气呢，一会儿再给你买个冰激凌！小陈同学，我这个人很大方的，想要什么你只管说，只要我有的都可以给你！"

我只想让你住手！你在心里怒吼，我只想拿回我自己的东西！我只想这个世界有一份公道！

但你只是望着她，笑着说了声谢谢。

从摩天轮上下来，她继续拉着你玩儿别的项目，你摇头说自己有点儿不舒服，想回去休息。她看看表说还没到12点呢，最热闹好玩儿的还没开始，但你苍白的脸色和冰凉的双手让她相信你真的病了。

她把你介绍给举着扎啤走过来的黄毛，说你是她最好的朋友。黄毛似乎还记得你，打趣问你有没有梦到过阿超，也就是之前摔死的绿毛。你忘了自己是怎么回答的，总之好不容易摆脱了他们，钻进人群绕了一圈，飞奔向河边的绿化带。

起初你怎么也找不到宋光明，后来顺着血迹，总算在一片灌木中发现了他。他的两眼通红，眼周全是乌青，鼻子歪到了一边，嘴角不停渗出血沫。他呻吟着在地上爬行，两只胳膊前后用力，拖拽着沉重的身体艰难向前。你注意到，他拖在后面的左腿扭转成奇怪的角度，鲜血正不断从裤腿里流出……

他爬行的目标是前方的一棵树，那台照相机就挂在上面。相机看上去完好无损，只是后盖被打开了，扯出的胶卷就像被开膛破肚的死尸肚肠垂在外面。

你取下相机交给他，他抱住你爆发出一阵声嘶力竭的怒吼，吼声却被新年倒计时的钟声和欢呼声彻底掩盖了。头顶绽开烟花，照亮你们的面庞，新的一年到来了，你们相拥着迎来了1998，送走了1997。这个全民族期盼的年份给你带来了太多伤痛，你本期望新一年能时来运转，但现实告诉你不要痴心妄想。

对不起，丽秋，你的苦难之路还远未到终点。

十一

西原县位于临近的 H 省，距离中州的远近与南山市差不多，直线距离约两百公里，三个地方在地图上成一个等边三角形。但去南山市有高速，开车只需两个小时；从中州到西原却要走一大段山路，全程四五个小时。

风尘仆仆地抵达西原县龙山乡派出所时，已过了中午，罗忠平和童维嘉从车上下来，急忙向在门口已等待多时的所长老吴道歉。吴所握住两人的手笑着说，本来食堂有工作餐，现在过了饭点，只能等晚上了。童维嘉信以为真，忙说我师傅胃不好，医生叮嘱要按时吃饭！罗忠平哭笑不得，赶紧向尴尬的吴所长道歉。吴所哈哈大笑，说这徒弟好，比亲闺女都贴心哪！

罗志平在来之前打过电话，吴所长已约略知道案子要点。他感叹说教育资源本来就不平衡，贫困地区的学子已经输在了起跑线上；如果真有这样冒名顶替的事发生，那对全县百姓都是巨大的犯罪。他拍胸脯担保，就算已是十三年前的事，也一定要竭尽全力把祸害家乡的蠹虫挖出来。

在食堂吃饭的工夫，吴所长喊来一名五十来岁、黑黑瘦瘦的中年人，介绍说是当年九河湾村的村支书老邵，关于程家有什么事都可以问他。罗忠平赶紧放下筷子敬烟，老邵笑嘻嘻地拿了一根夹在耳后，又摸出自己的烟来抽。

自从入行当了刑警，童维嘉也吸多了二手烟，但头一次闻见这么刺鼻的，纯粹是烧树叶子的味道。转念便明白了，师傅敬的是好烟，这位老支书舍不得抽。果然，讲起当年九河湾村的艰难困苦，老邵声泪俱下，说村后的山是石头山，种什么都不长；村前的水是激流滩，养不成鱼虾。关键是交通艰难，进一趟县城要走近两个小时的山路，然后再坐车，所以十里八乡的女儿家都不愿嫁到九河湾，实在太穷太偏了。

罗忠平听得频频点头，说看来借着水库扩容的机会搬迁还是对的，随即把话题转到了程丽秋的身上，问老邵对这丫头印象怎么样。老邵立刻点头说孩子是真好，就是命不好。

吴所问他怎么不好，老邵长叹一声说，1980年秋天发大水，十里八乡都淹了，一名村妇划着小船去邻村借粮，偶然发现一个女娃漂在一个木盆里，赶紧救上来一问，说爹妈都被大水冲走了。当时孩子也就两岁多，爹妈的名字也叫不出，也说不清是哪个村的。这名村妇看孩子可怜，就留在自家养了。孩子的小褂上绣着"丽秋"两个字，而村妇自家男人姓程，所以大名就叫程丽秋。

罗忠平和童维嘉听到此处都是一惊，原来程丽秋是孤儿？老邵连忙摆手说，虽然不是亲生的，但那家大人对孩子很好，跟亲生的没什么两样，可惜这家男人没多久就病死了，家里一下子更困难了。

程丽秋从小就听话，招人疼。家里没了顶梁柱，她小小年纪就挑起了持家重担。下地干农活儿，在家照顾小三岁的弟弟，每天从早忙到晚，而且一点儿没耽误学习。为了能回家干活儿，初中时每天步行三四个小时往返，高中考进了县里最好的实验中学，实在离得太远才不得不住校。1996年高考结束后，孩子欢天喜地回到村里，说自我感觉考得不错。后来分数下来了确实不错，可录取通知书左等也不来右等也不到。她妈妈韩彩凤——就是当年救她的村妇——见孩子急得坐不住，说要不进城找你的老师问问去？大概是8月中，两个人一起去了县城，几天后韩彩凤独自回村，伤心地说孩子落榜了，决定出去打工，这之后十多年便再没见程丽秋回来。

又问了几个细节，老邵一一作答。罗忠平从怀里摸出两张照片请他辨认，一张是今年春节溺死于中州师大芙蓉湖的女死者，一张是福利院里灿烂的笑脸。

老邵摸出老花镜，死死盯着两张照片，下意识把耳背上夹的烟叼在嘴里。童维嘉见状，急忙掏出打火机给他点上。

"这个！"老邵在其中一张照片上猛地一拍，"就是她嘛！两个人确实有点儿像，但仔细看差别还挺明显的！程丽秋是小招风耳朵，她小时候我们都笑话她！"

不出所料，被老支书按在手下的，正是陈芳雪的照片。

至此，真相已昭然若揭。1996年程丽秋参加高考，成绩优异但没有收到录取通知书，不是她没考上，而是被人冒名顶替了。冒名顶替上大学的事时有发生，前些年尤其频繁。那时户籍学籍等个人信息没有电子化，学校录取信息更没有联网，只要打通关节处理妥当，除非运气不好被正主本人发现，通常都能蒙混过关。

但程丽秋偏偏到了中州打工，并发现了自己被冒名顶替。西郊市场的意外事件很可能是她与顶替者的第一次正面接触，考虑到她已经使用了陈芳雪的化名，因此她知道真相的时间应该在1997年3月之前。换句话说，在那之前，她已经考虑到了有可能会与顶替者有正面接触。

程丽秋究竟是怎么知道自己被顶替了呢？其间过程仍不得而知。同时还有几点模糊或矛盾的地方，其中最令人困惑的是陈芳雪这个假身份的由来。陈芳雪的身份证是1996年年初从中州市一个足疗店小妹手中骗来的，可那时程丽秋还在西原县读高三。此外她也不是黑户，没有骗身份证的动机，因此显然与那个神秘的"璐璐"不是同一人。

想到此处，童维嘉悄悄跟师傅嘀咕了几句，然后拿出手机调出另一张照片给老邵看。

"邵支书，麻烦再看一下这张，这是不是程丽秋？"

童维嘉手机上的，是十二年前溺亡的无名女的照片。老邵再一次戴上老花镜。这回看得更久，表情也更加凝重，可足足看了五分钟，也没有点头或摇头。

"怎么样？"童维嘉等不及了，催促道。

"你再把刚才那张给我看看！"

把福利院那张照片要了回去，老邵将两张并排放在一起对比。严格来说，两张照片中的相貌并不像双胞胎那般酷似，但脸型接近，眉眼五官的形状和位置相似，特别是同样有一双小招风耳朵。此外就是十二年前无名女的照片是验尸时拍的，经过湖水浸泡和死亡的改变，多少有些变形。

许久，老邵终于放弃了，他放下照片，尴尬地一个劲儿摇头。

"我认她就看耳朵，这脸长得什么样子，只是大概有个印象，毕竟有十来年没见了……"

吴所看了罗忠平一眼，笑呵呵地圆场，说没关系，已经帮了我们大忙。老邵说了许多解释和抱歉的话，罗忠平连连摆手说没事。老支书又说再找其他人来帮忙辨认，童维嘉忙问，程丽秋的母亲现在在什么地方？别人认不出，她妈总能认得……吴所却摇头叹气，说程丽秋的母亲韩彩凤还在，住在乡里的敬老院，可惜这一家子太不幸，程丽秋的弟弟程立军两年前在外面旅游的时候发生意外死了，当妈的难过，天天哭，不但眼睛哭瞎了，精神上也受了刺激，明白一阵糊涂一阵。

童维嘉随口问是什么样的意外，吴所说是爬山看景，不小心掉下悬崖摔死了。罗忠平又问能不能去看看老人，老邵说当然可以，只是眼睛瞎了，精神也不太正常，所以恐怕看了也没啥用。

于是四人驱车赶往乡里的敬老院。老邵指向院子里一个坐在长凳上歪头晒太阳的老妇说，那就是。

韩彩凤算起来岁数也不过五十多，但看上去至少有七十了。头发花白，脸上脏兮兮的，嘴里似乎念念有词。童维嘉走近，听到她口中反复念叨两个字——"立军"。那是她儿子的名字，看来仍然没有从儿子离世的打击中走出来。

"您好，韩阿姨，我们是公安局的，想问您几个问题！"

韩彩凤扭脸向童维嘉看过来，泛黄的眼底黯淡无光。

"您这些年，跟您女儿程丽秋还有联系吗？"

"丽秋？丽秋……立军！我儿子立军死得冤，死得冤！"

"我没问您立军，我问的是丽秋，您女儿程丽秋！"

"我儿子是被人害死的！被人害死的！抓住杀人犯！"

她歇斯底里地喊起来，引来周围人侧目。老邵忙在一旁高声喊："彩凤，韩彩凤！你儿子那是意外！现在公安同志问你丽秋的事！"

"丽秋？"

"对！你闺女！她没考上大学，然后去哪儿了？你们还有联系吗？"

"我儿子没了！我儿子没了，我儿子没了……"

韩彩凤呜呜地哭起来，可惜眼眶中已没有眼泪。

从敬老院出来，罗忠平问日常的看护费用怎么算，老邵说村子搬迁后按政策分给每户安置房，但韩彩凤直接住进了敬老院，因此政府把房子折成了钱，足够她养老的。罗忠平又说想去当年的老村子看一下，吴所说已经都淹了没什么好看的，又说道路难行没两个小时回不来。老刑警表示没关系，也不用他作陪，只要在地图上标明路线便好。

吴所还有事，同老邵一起回派出所了，罗忠平和童维嘉按照地图驾车驶往曾经的九河湾村。半个小时后车子开到一条断头路的尽头，他们下车沿着山间小路继续步行。小路崎岖难行，看上去荒废已久，不少地方被滑坡碎石阻断。童维嘉差点儿崴了脚，忍不住嘟囔说不知有什么好看的，罗忠平笑着回答，就是让你体验体验程丽秋当年求学的不易。

在烈日下走了一个多小时，童维嘉汗流浃背。爬上一道陡坡，赫然发现抵达了目的地。一望无际的湖面波澜不兴，几处残垣断壁沉在浅水中。但看不到程丽秋的家，据老邵讲它在村子的低处，也就是现在湖水的深处。

童维嘉搀扶师傅在树底的阴凉处坐下。路上想了几个问题，始终没有头绪，正好不吐不快。"她到底为什么要化名陈芳雪接近冒牌货呢？知道自己被顶替了，难道不应该立刻举报或者报警才对吗？"

"你觉得换了你肯定报警？"

"当然！正常人都会吧？"

"你父母都是有文化的，从小到大受的教育也告诉你要相信规则，但很多人的成长环境不同。"罗忠平望着平静的湖面，捡了颗石子扔下去，荡起一阵涟漪，"当然，也许还有什么我们不知道的难言之隐……"

"师傅，你是什么时候想到程丽秋是被冒名顶替的？"

"你先说说看。"

童维嘉皱起眉头，努力回忆道："真正想明白，是在看到那本习题册的时候……陈芳雪说自己初中文化，怎么可能去做高三的练习题呢？这说明她至少有高三的文化水平，而且有再次高考的打算！而我们起先以为的程丽秋却正好相反，迟到早退、考试作弊……我就想，这两个人调个位置就对了！"

罗忠平点点头："不错，这两个人反差太大了，其实去过南山福利院就能感觉到。一个不学无术混吃等死的大学生，一个勤奋好学有理想有追求的初中生，但这两种人在现实中也不能说没有，甚至还为数不少。"

"那您是什么时候发现的呢？"

"还记得那封悔过书吗？"罗忠平拿出手机，找出悔过书的照片来念，"'不管怎样，我相信这个世界是公平的。一分耕耘便会有一分收获，上天会眷顾诚实和努力的人。'想想看，你作弊被抓了写检讨，会写这样的话吗？"

童维嘉笑起来："我肯定写，老师我错了，下次再也不敢了，请老师行行好原谅我这一次！"

"所以这明显是陈芳雪的真心话，她是有感而发。"

起风了，湖面上荡起波澜。老刑警站起来拍拍屁股，走向来时的路。童维嘉望着师傅的背影，忽然一阵心悸。

"那她现在呢，还相信？世界是公平的。"

"回了中州，你正好可以当面问问她。"

罗忠平说罢，抬头看向远处压过来的乌云。一场雷雨正在酝酿。

回到中州的第二天是个周五，两位刑警再次来到世纪诚天公司，却意外得知陈芳雪出差了。前台的胖姑娘说，周末两天在上海有个地产行业的展会，陈总一早便坐飞机去了。罗忠平忙问公司去参加展会的有几个人，姑娘说这次没有花钱租展位，陈总只是去会会朋友，因此只有她一个人。

陈芳雪此时去上海出差，难免令人生疑。参加展会的理由勉强说得过去，可为什么一个人都不带呢？而且世纪诚天正值多事之秋，相比去展会拓展业务，留在中州想办法纾解资金困局才是当务之急吧？

童维嘉忍不住担心，她会不会趁机外逃呢？

罗忠平沉吟，不能说没有这种可能。中州地处内陆，没有国际航线，而到了上海，买张机票便可以去美国找杜传宗了……想到这里，他又急忙问前台陈芳雪参加展会是早已有之的计划还是临时起意？姑娘说是一周前便计划好的。罗忠平又问，陈总以前出过国没有，有没有护照？姑娘摇头说不知道，反正据她所知没有。

童维嘉心念一动，接着问去上海的机票和酒店都是公司订的吗？姑娘回答，陈总只让公司订了机票。

回到队里，童维嘉把情况向白队做了汇报。白队的一双浓眉立刻拧成了疙瘩。

"我有预感，人应该还在。"罗忠平冷静地说，"不用太紧张，我跟小童现在就去趟上海。"

白队点头，问要不要多派几个人，罗忠平说不用，毕竟目前还是调查为主，真要以谋杀罪名刑拘陈芳雪，证据还差得远。

从队里出来，两人马不停蹄地驾车走高速驶往上海。坐飞机一个多小时就到，但高速要开上半天。童维嘉自恃年轻体力好，让师傅在路上阖眼小憩；到了暮色茫茫时，总算进入上海管界，才发现老人家早醒了，正看着外面的车流出神。

抵达上海展览中心时已华灯初上，门口一排壮观的楼盘广告牌说明陈芳雪至少没有在展会的事上撒谎。他们辗转找到会务方，正在为第二天正式开展而忙碌的工作人员称，世纪诚天公司没有提前租展位，但花八百元买了一张参展证。询问来人的相貌打扮，应该就是陈芳雪。此外工作人员还想起，办理手续时闲聊了两句，问她是否需要安排住宿；陈芳雪说自己已经订好了，就在不远处的香格里拉。

看来陈芳雪确实是来参会的，师徒二人总算放下心来。童维嘉喊饿，两人出了展览中心随便找了家生煎包小铺吃晚饭。吃完了打听香格里拉酒店的位置，老板娘伸手一指，才发现就在对面。

到了酒店前台，童维嘉亮出警官证，请工作人员帮忙查询陈雪住在哪个房间。没想到前台姑娘查了半天，居然没有查到。

"对不起，您说的这位客人确实没有入住。按照规定，我们会认真登记每一位入住客人的身份信息。"姑娘充满歉意地看向两位警官，"可以留个联系方式，如果有这个名字的客人入住，第一时间通知你们。"

陈芳雪又撒谎了吗？但她似乎没有必要向一个不相干的展会工作人员撒谎……

悻悻然出了酒店大门，童维嘉说索性明天一早到展览中心堵人，只要她去参会，肯定能找到她！说完后她才发现师傅站在路边不动，歪着头在想什么。顺着他的视线看去，上海展览中心矗立在一片亮光中，苏式尖顶仿佛要刺破低矮的云层，最高处的红五星正闪闪发光。

罗忠平突然掉头，大步流星走回了酒店。

"不好意思，确实没有，电脑系统不会出错，再查多少遍都一样……"前台姑娘的脸上挂着职业的笑容，却藏不住眼底的厌烦。

"换个名字，程丽秋。"老刑警冷冷地说，"程序的程，美丽的丽，秋天的秋。"

名字输进去，答案立刻跳了出来。

"1709房间，今天中午入住的。"前台姑娘又看了一眼，"一共三晚。"

房间里没人。看床上的痕迹，陈芳雪应该在客房打扫后还休息过。

落地窗前的办公桌上，放着一份展会会刊，而旁边地上的纸袋里，有一些世纪诚天公司的宣传材料，还有主办方发的参展证。参展证上有陈芳雪的照片，罗忠平拿起来仔细看，感觉拍照时间应该在她离开福利院不久，头发更短更利落，而现在头发留得长了，感觉也更妩媚。

衣柜和保险箱里都空空如也。一只小旅行箱打开了躺在屋角，里面有几件衣服和化妆品。罗忠平蹲下正准备仔细研究，突然听到徒弟叫起来——

"师傅，快来看！陈芳雪猜到了咱们要来找她，还给咱们留了封信！"

童维嘉指着沙发前的茶几，那上面有一个厚厚的信封，上面写着"罗、童二位警官敬启"。

罗忠平小心地接过来，看到信封没有封口。小心地抽出信纸，厚厚的一叠，足有几十页。这不免让人生疑，她究竟用了多长时间写这封信？

信纸最上面，是一张黄色便签纸。上面用隽秀的字迹写着：

两位警官，很抱歉我的事给你们添麻烦了。鉴于某些暂时不方便透露的理由，恳请你们再给我多一点儿时间。在我的事情办完后，我会告诉你们想知道的一切，包括相隔十二年发生在中州师大芙蓉湖的那两起悲剧的真相。当然，我也会尽力处理好世纪诚天公司的财务问题，不影响社会安定。

总之，拜托了，我仅仅需要多一点儿时间。不会太久，三天吧，我保证会回来向你们说明一切。

P.S.想了想，为了表示我的诚意，我决定把这一年来写的部分回忆文字拿给你们过目，很多困扰你们的事，看了，大概就明白了。

谢谢，谨祝身体健康，工作顺利。

陈雪

十二

有人说时光像把刻刀，留下岁月的痕迹，但你觉得它更像一张砂纸，将锥心刺骨的疼痛磨掉，换成更长久的钝感。一年前的恐怖之夜在记忆中渐渐模糊，你甚至开始怀疑，那件事真的发生过吗？还是自己因为不甘心落榜而凭空造出的臆想？

随着时间流逝，你清楚回去已然不可能了。书本放下了很难再捡起，就算捡起了也无法找回当初心无旁骛的状态。你不再懵懂无知，以为成绩便是一切；你的心中有了太多杂念。

欢迎来到成年人的动物世界。

那晚把宋光明拖去医院，你不忍看他的眼睛，不忍听他的呻吟和咒骂。他告诉你他拍到了冒牌货的父亲，还拍到那个男人跟学校某位领导吃饭喝酒，那位领导遮遮掩掩地收下一个厚厚的信封，全部过程他都拍了下来……你却拒绝再听，所有照片的底片已经曝光；就算没曝光又能怎样呢？吃饭喝酒又不犯法，信封里的钱可能只是朋友间的借款……

宋光明住了两个礼拜的医院，你每天去看望。出院后学校已经放寒假，你便把他接到了你的地下室小屋。当然，你已提前确认了那位程丽秋同学会回南山老家过年，这样就不至于相遇了尴尬。

住在地下室的许多人都走了，包括牛喜妹。她要跟老刘回他老家结婚，你提前送上了祝福。牛喜妹开玩笑跟你要喜钱，你笑着说已经给过了，每月三十块，一年下来也不少呢。她听了立刻变了脸色，骂了句没良心便匆匆离开。三十块是她每月坑你的房租钱，老刘在一次酒后说漏了嘴你才知道，但碍于面子始终没好意思提，好像那原本是你的错一样。如今终于说出来，你心里痛快极了，回去把这件事告诉宋光明，他拄着拐爬起来就要找牛喜妹算账，你拦住说算了，反正马上要搬家。

搬家是为了宋光明。一来你的房间太狭窄，两个人住错不开身，而且也不方便；二来地下室人多眼杂嘴更碎，你不想惹麻烦。另外，寒假过了，程丽秋同学总要回来找你的。

春节期间找房子相对容易，你跑了一圈，相中了食品厂小区的一套一居室。小区十分老旧，但位置好，紧邻幸福大街，而且房租相对便宜。舍下脸来同中介软磨硬泡，你把房租砍到一个月两百七，可那也是原来的两倍多。你明白自己必须重新找一份工作，一份挣钱更多的工作。

你运气好，在小区门口遇到了小四川。你们曾是同一家火锅店的服务员，不到一年，她就变得你几乎不敢认了。精致的妆容，时髦的大衣，出门就打车，嘴上叼着细细长长的七星薄荷。

听说你在找工作，她说可以介绍你去天歌夜总会，与食品厂小区仅仅一街之隔。你吓得连连摇头，觉得那不是什么好地方。她放声大笑，说想挣钱还管那么多？再说只是去当服务小妹，端茶倒水而已，又没人逼着你卖身。

你回去征询宋光明的意见，他坚决不同意，但你还是决定试试。你换上最好的一身衣服去面试，结果人家只问了你的名字、籍贯和年龄，又原地转了个圈便算面试通过。

正式入职前，你完成了搬家的工作。本想等牛喜妹回来，跟她交代清楚，但想想没有必要。

东西不算太多，但宋光明不方便，你便求助平时负责打扫卫生的苏伯。他是个哑巴，不会说话，但听得见，心地也极好。

最后离开前，你独自站在那间不足四平方米的陋室，回想这一年经历的坎坷。忽然听到身后咔嚓一声，回头看到宋光明的相机镜头正对着你。问他在拍什么，他说你的样子很让人心疼。你的心中生出无限暖意，那个程丽秋也对你很好，但更像是用她的好来购买你的好，而宋光明对你的好，不求回报。

苏伯找了辆平板车，拉上你的东西和宋光明一起，你跟在车后，遇到沟坎就推一把。步行二十多分钟的路程，是属于你的甜蜜时刻。新的家和新的工作在前方等待你，还有坐在平板车上正幽幽望着你的男人。那种在半夜吞噬内心的空虚感已离你而去，你现在有了牵挂的人。

为了方便宋光明进出，你租的食品厂小区的房子在一层。你搀扶他进屋躺下，把东西大致归置好，才发现苏伯还等在门口。你急忙拿出钱来，他却死活不要，你问他要什么，他咿咿呀呀地比画半天，你才明白他问你遗忘在平板车上的一兜子书还要不要了。

那兜书主要是从路边书摊买来的二手课本和习题册，还是你当初盼着能重新高考时买来的，把它们忘了，大概说明潜意识中也认为它们毫无用处了吧。可你又舍不得直接丢弃，因为它们代表了你与过去的连接……

你摇了摇头，于是苏伯把那兜书放回车上，掉头离开。为什么摇头，连你自己也说不清楚。总之一切已成定局，你的人生将在整整一年后翻开新的篇章。

2月底，中州师范开学。宋光明挂着双拐回校申请休学。老师惊讶地问他怎么回事，他说被车撞了，肇事者逃逸。老师好心建议他不要休学，可以安排同宿舍男生照顾，但宋光明拒绝了。

你问他为什么休学，他漠然不语，只是每天摆弄那部相机。你明白他心有不甘，但休学了也好，你们有更多的时间在一起。

一般人的爱情，总能找出几个具有纪念意义的节点，比如表白，比如求婚，比如第一次上床，但你们之间却几乎找不出来。他从来不会甜言蜜语，你也羞于表达自己的情感，就像两个互相搭帮过日子的男女，只在不起眼处悄悄透出对彼此的关心。

你上夜班，每天晚上6点出门前都会为他做好晚饭，而凌晨2点半下班的时候，总能看到他挂着拐等在食品厂小区门口。你从天歌后门出来，穿过窄窄一条小街跑向他，到了近前却忐忑停下脚步，知道又要听他的唠叨了。

"近朱者赤近墨者黑，在这种地方时间长了总会被污染的！"他每次都是一样的话，"而且这黑灯瞎火的，一个人多不安全。"

你告诉他不必担心，自己的工作跟在火锅店没什么两样，无非迎客、下单、打扫卫生，顺便推一下酒水，客人不买也就算了。领导、同事还有客人都很友善，而且工作轻松，一点儿也不累。

"轻松钱又多？天下哪有这种好事！一定有陷阱的，说不定什么候你就掉进去了！"

你哭笑不得，只好答应自己会小心，万一有问题，立刻辞职不干。其实在KTV包厢做服务员的工资并没有小四川说的那么多，你发现真正的收入来自揽客提成和客人给的小费。换言之，必须有自己的熟客。

你是新人，完全没有经验，因而到手的实际工资只够勉强交上房租，其他日常开销只好绞尽脑汁从牙缝里抠。但即便再难，你也努力保障宋光明的营养，炖鸡、排骨、鱼汤，每天都争取有不同的花样。他一边狼吞虎咽一边抱怨被你当成了孕妇，你小口吃着碗里的剩菜说，营养跟上，才能早点儿好起来呀。

伤筋动骨一百天，所以你们都觉得三个月怎么也好了。但三个月过去，他可以站起来行走了，却还离不开拐杖。去医院复诊，大夫看了X光片说骨头接歪了，必须敲断了重接。你不理解为什么会这样，大夫问是不是没有好好卧床休息，你立刻想起他挂着拐在小区门口接你的一个个夜晚，无论风雨从没让你失望。

从医院回家的路上，你忍不住蹲在路边失声痛哭。他却笑呵呵地安慰你，说塞翁失马焉知非福，至少以后坐公交有人让座了。你恳求他再治一次，这次无论如何要治好，他却摇头，说相比咱俩所遭受的羞辱，身体上的伤病真不算什么。

自从跨年夜受伤，你们便小心翼翼地保持着默契，不去提那个叫作"程丽秋"的女生，以及那一夜发生的事。宋光明是个极要面子的男人，这面子不在于衣着外表或者有没有钱，而在于他自认为代表了正义的尊严。即便嘴上不说，他心里仍然盘算着反击，如果以前只是见义勇为，那么现在他赌上了自己。

你很矛盾，因为你还偷偷与那个"程丽秋"保持着联系。她答应在两年后"赠予"你身份和学历，因此从经济实惠的角度出发，你只需小心维护好你们的友谊便可。你仍然帮她写作业，有一次甚至差点儿被宋光明发觉。他问你在写什么，你忙说在给杂志投稿，看能不能换一点儿稿费。这之后，你只敢偷偷在工作的间隙写两笔，却不料"程丽秋"出奇地满意，说你终于体会到了作业的精髓，就是一个字——混。

6月初的一天，你照旧早早帮宋光明做好了晚饭，糖醋排骨和炒鸡毛菜是他最爱吃的两个菜。你出门之前他难得地给了你一个拥抱。你有些受宠若惊，问他怎么了，他只是笑着说感谢你付出的辛苦。你心里暖洋洋的，带着兴奋和憧憬出门，却忽略了他眼中透出的决绝。

你在下午6点10分准时抵达了工作岗位。十分钟班前例会后，检查清洁卫生，调整好灯光和空调，备齐必需的用品用具。6点半夜总会准时开门营业，你负责的几间KTV包房会迎来第一批客人，你需要站在指定位置微笑迎宾，笑容的标准是可以看到八颗上牙。整晚的工作中不许擅离岗位，不许聊天说笑，不许非工作原因使用手机，不许上厕所超过三分钟。

9点多，"程丽秋"来了。她是你仅有的熟客，有时会带男朋友龙哥和几个小弟来消费。其实龙哥的"龙兴娱乐城"本身就有KTV，所以你明白这是她的好意，为了照顾你的业绩。

但这次她是一个人来的，闷闷不乐的样子，也不点歌，只大口大口地灌酒。你问她怎么了，她递了一瓶酒给你，问你还记不记得那个讨厌的男生，姓宋的。你心里一惊，连忙推说工作时间不能喝酒。

"记得啊，新年夜在嘉年华挨了你男朋友一顿打，他怎么了？"

"这浑蛋，居然联系了报社记者要曝光我！"她气愤地说，"本来以为能让他老实点，没想到越来越蹬鼻子上脸了！"

你的心狂跳，想起出门前他给你的那个拥抱。

"曝光？曝光你什么？"你的声音有些干涩。

"不瞒你说，我念这个书其实不够条件的，高考分数不够，我爸想了点办法，走后门儿，懂吧？"

懂，当然懂。

"不过你怎么知道他找记者了？他告诉你的？"

"真是的，宋光明为什么跟我这么大的仇！没招他没惹他！"

她气得在包房里来回踱步，没有正面回答你的疑问。你愈发不安。"那你打算怎么办？"

"我男朋友说他会处理……不过你要有个心理准备，咱们的约定可能够呛了。"

我就知道，你在心里骂了一声，我就知道！

"为什么？"

"我爸说已经帮我安排好毕业后的单位了，出版社，轻松，又是正经事业编……"

"你的歌手梦想呢？就这么放弃了吗？"

"不知道……以前龙哥总说我有天赋，最近也不说了，也许我真的不是那块料吧。"她低下头，疲惫地把头埋在臂弯里，就像个被抓住的逃兵。

没用，真没用！你恨不能上去抽她几个耳光，平常不是挺厉害的吗？怎么遇到一点儿挫折就气馁了？

你借口还有事，退出包房。她显然在等待你的安慰，但你悲哀地想，谁来安慰我呢？

这一夜你心神不宁，连续犯了好几个错。上错了酒水，打翻了果盘，还把一名客人领错了包房，然后又差点儿撞倒匆匆赶来道歉的楼面部长。部长恼怒地问你怎么回事，你说自己有点儿不舒服，他立刻批准你回家休息，还说不想上班以后也不用来了。

你坐在天歌后门外的台阶上心乱如麻。宋光明找记者真能起作用吗？真要有那么简单就好了……他会怎么跟记者说呢？会不会把自己的事全部讲出来？你有些兴奋又有些不安，一时想不清究竟是福是祸。

你站起来拍拍屁股，决定回家先找宋光明问问。穿过小街走回食品厂小区，你一路上思索着怎么开口，可到家才发现人不见了。

桌上为他烧的两个菜用纱笼罩着，一点儿都没动，门口的拐杖却不见了。

石膏刚拆的时候，他受伤的左腿比右腿细了两圈，医生说要多走动锻炼。你于是劝他每天多出去走动，可他总也不出门。大概一个月前，他终于每天出去散步了，你起先还挺高兴，后来才发现他是去不远的网吧。

打打游戏换换心情也好，你虽然失望，也只好这样安慰自己，总比天天在家里无所事事憋出毛病强。

你从家里出来，匆匆赶去网吧。网吧老板对挂着拐来上网的宋光明印象很深，说他晚上7点钟左右来过，不过待了一会儿就走了。你问去了哪里，老板摇头说不知道。

"是你男朋友吧？"老板笑着说，"别人都来打游戏的，就他从来不玩儿，成天聊QQ，不知道是不是搞网恋呢，你可盯紧点！"

你立刻想起刚才"程丽秋"的话，问有没有办法看到聊天记录。老板打自己的脸说不该多嘴，但还是指给你宋光明刚才上网用的机子。

你打开电脑，进入QQ，才想起自己根本不知道宋光明的账号。点开用户名一栏旁边的下箭头，曾在这台电脑上登录过的所有昵称立刻罗列出来。

你选中了一个叫作"正义必胜"的昵称，但不知道密码。你试了他的生日，又试了你作为陈芳雪的生日，都不对。然后你灵机一动，填上了那一天的日期——你告诉他真相，并与他在寒冬的街上走了整夜的日期——成功了。

好友列表显示，宋光明的聊天对象只有一个人。当然不是什么网恋，对方的昵称叫"公道自在人心"，正是"程丽秋"所说的记者。从聊天记录看，这位记者是主动联系宋光明的，声称对他在网上发的曝光贴感兴趣，希望知道更多细节。宋光明对他深信不疑，把你的事情原原本本都告诉了对方，当然他用英文字母替换了真实姓名。记者又追问有什么实在的证据，宋光明回答说自己还在调查，应该很快就会有收获……

聊天的最后，记者问是否方便面谈，宋光明同意了。看到他们约定见面的地址，你瞬间汗毛倒竖——

　　龙兴旅馆302房间

你不顾一切地冲到街上，打出租赶往西郊市场，幸福大街却偏偏堵车，半天一动不动。你跳下车狂奔过拥堵路段，又拦下一辆摩的，疯狂对大叔喊快快快。大叔带着你风驰电掣，几次险些撞到路上的车辆，你的心狂跳，却不是为了自己的安危。

几分钟后抵达了西郊市场的大门。你扔下钱冲向南区那栋醒目的高大建筑，一楼是台球厅，二楼是酒吧KTV，三楼是旅馆。要上三楼，必须通过一道锈迹斑斑的消防梯……你回忆起上次来时的样子，那是个惊心动魄的夜晚，你暗暗祈祷今晚也能跟那次一样逢凶化吉。

你终于气喘吁吁地抵达，映入眼帘的救护车和警车让你绝望。到处都是看热闹的人，地面上、消防梯上，甚至高处的天台上，一双双好奇而兴奋的眼睛望着地上一个衣衫暴露的女人。女人躺在地上不停地痛苦呻吟，两名穿白大褂的急救医护正在紧急救治。他们很快将女人在担架上固定好，再小心翼翼地抬上救护车，有围观的青年向女人喊话，说会替她报仇。

救护车闪着灯开走了，围观的人却越来越多。你学着周围人的样子，将视线转向消防梯通向三楼的入口，万众期待的一刻终于到来了，两名民警押着一个男人从三楼走出。那个男人鼻青脸肿，赤膊上身只穿了条短裤，身材高大、皮肤白皙，左腿一瘸一拐，手上戴着手铐。

你的大脑嗡的一声，最担心的事情发生了。

四周立刻响起此起彼伏的咒骂声和起哄声，还间杂有口哨声和笑声。你问身边一位大哥怎么回事，大哥告诉你这是个不要脸的人渣，嫖娼不给钱不说，还把人打伤又从楼上扔下来。见你好像不信，大哥撇嘴说好多人亲眼看见了！

亲眼看见了也不可能！宋光明不是这样的人，我了解他！你在心里大喊，他被人陷害了，他这种人不可能去嫖娼！

说出去恐怕没人信，你和宋光明虽然同在一个屋檐下住了三个多月，却什么都没发生过。在你们共同的家里，一道布帘将唯一的房间分成两半，有窗户一边是你的，靠门一边是他的。白天帘子收拢，他睡的钢丝床折起塞到门后，晚上你去上班了再搭出来。前两个月他的腿上还有石膏，半夜常常因为发痒而辗转反侧，你便隔着帘子陪他说话；后来石膏拆了，他依旧翻来覆去睡不着，说感觉有小虫子在咬自己的骨头。有一天你挑开帘子，半开玩笑地说我帮你挠挠，可指尖还没碰到，就被他粗暴地推开。

你很难过，坐在床上默默抽泣。他向你道歉，说怕控制不住自己，做出乘人之危的事来。你说这怎么算乘人之危呢，大家都是成年人了，可以为自己负责；他却坚持他的原则，在帮你实现正义之前，不会考虑感情。

所以，这样的男人怎么会去嫖娼！

"宋光明！"

你终于大声喊出来，可惜你的喊声被淹没了。同嘲笑和咒骂一起铺天盖地砸向他的，还有砖头瓦块和各种垃圾。

"宋光明！"你再一次拼尽全力大喊，他终于听到了。

他转头看向你，涨红的脸上满是羞愧和绝望，还有深深的困惑。看到他的样子，你立刻后悔了，因为你意识到自己此刻的出现绝非对他的支持，而是巨大的羞辱；他可以无视别人扔来的垃圾，但你投去的目光无异于凌迟行刑的刀子。

他发出野兽一般的咆哮，用力挣脱身后的民警，身子翻过了消防梯。在一片惊呼声中，从两层半的高度直直摔了下来。

那一刻，你完全没有听到落地的声音。你的耳鼓中传来奇怪的声响——

喀喇，喀喇……

你四下张望，想寻找这奇怪声响的来源，随即发现它来自你的记忆深处——

喀喇，喀喇，喀喇喇……

看客们的叫声听不到了，民警的喊声也听不到了，四周一片沉寂，只有这诡异的怪响——

喀喇喇，喀喇喇喇……

你知道了，那是冰面在脚下裂开的声音。

十三

"当你重新睁开眼，浑身湿漉漉地醒来，眼前多了个人影，穿着雪白的衬衫……'我想跟你谈谈，关于程丽秋。'"

念完最后一句，童维嘉放下手中的稿纸，看向正低头对着茶杯吹气的罗忠平。老刑警似乎沉浸在自己的思绪中，完全没注意到她停下来。

"白衬衫就是宋光明吧？"

"嗯……"

"师傅，你在想什么？"

罗忠平放下茶杯，从沙发上起身，走到宽大的落地窗前。黄浦江畔的外滩灯火璀璨，对面的东方明珠塔变换着光芒；亮着彩灯的客船在江上巡游，无数耀眼醒目的广告牌点缀在一座座高楼的楼顶。

"小童，咱们从西原县龙山乡九河湾村到这里，用了多少时间？"

"您是说开车吗？西原到中州四个半小时，中州到上海，五个多小时吧。"

罗忠平点点头："所以十个小时，我们就从中国最偏僻贫穷的山沟到了最繁华的都市。而这一路，她要走多久呢？"

童维嘉呆了片刻，明白了师傅的意思。不是车程时间，也不是物理距离，而是那个女人要面对的所有磨难，以及付出的全部牺牲。

上大学的资格被顶替，说不定只是她磨难的开端……后面还会有什么呢？可惜她给的回忆录中暂时还没写到。

"可她究竟去了哪里呢？白队说边检那边没查到陈芳雪或者程丽秋名字的出境记录……"

童维嘉突然发现，师傅正盯着落地窗的玻璃看，又凑近了呵气。她凑过去，学着他的样子从侧面观察，发现凝结在玻璃窗表面的薄薄一层水雾中有不同的线条。仔细端详，似乎是一组数字。

"应该是用口红或者类似的东西随手记在玻璃上的，"老刑警说，"考考你，为什么？"

"因为口红中有蜡的成分，而蜡有疏水性……"童维嘉兴奋地把数字抄在手掌上，"是火车班次和开车时间吗？"

童维嘉立刻拨打酒店前台的电话，前台告知今天上午该房间的客人确实咨询过火车票。不过客人很赶时间，经查询也没有直达的火车，所以建议客人包车前往……

"目的地是哪里？"

"H省，西原县。"

罗忠平在旁边听着，满意地点点头，拿了张酒店便签纸写了两个字放在茶几上。

童维嘉看了眼——"谢谢"。

驾车回程的路上，童维嘉问师傅，难道不用跟着去西原县再看看吗？万一陈芳雪三天后不回来，畏罪潜逃了怎么办？罗忠平反问说换了你是陈芳雪，跑路之前还要高调地参加展会住酒店，然后再伪装杀回老家去？童维嘉想想觉得也是，参加展会勉强可以解释为幌子，但到了上海真想跑路直接走人就是了，似乎没必要画蛇添足。不过她这个时候突然回去做什么呢？

罗忠平说那边可以交给吴所，留意盯住敬老院就是了，西原县唯一能让陈芳雪惦记的就是她妈，所以不出意外她肯定会出现在敬老院。而相比浪费时间跟踪她，眼下明显有更重要的事——陈芳雪留下的回忆录中提到的"恐怖一夜"，明显就是指十二年前的无名女溺亡悬案，因此核实她回忆录中的内容真假才是当务之急。

回到中州的第一件事，罗忠平把十二年前的旧案宗找了出来。两相对照，很多困惑迎刃而解。比如那个骗取陈芳雪身份证的"寄居蟹"，应该就是溺死的无名女。回忆录还证实了她的死不是意外，现场确实有个"魔鬼"，虽然身份仍然未知，但可以推断这个"魔鬼"与冒名顶替一事有莫大关系。

换言之，他也一定与死在今年春节的冒牌程丽秋有密切关系。找出冒牌货的真实身份，就离挖出这个"魔鬼"不远了。

顶替学籍说起来容易，其实并非轻而易举。首先，要设法获得考生的录取通知书，凭通知书从招考办领取考生档案；其次，要篡改考生档案，更换照片及相关信息并盖上学校和主管部门的公章；再次，还需要迁户口，必须伪造一份"户口迁移证"；最后，拿着虚假档案到大学报到，蒙混过校方的审核。

四个主要环节中，前两个西原县龙山乡的吴所已经在调查；第三条要在冒名者的户籍地办理，目前无从下手；因此眼下最容易找到突破口的，便是搞清楚冒牌货是怎么拿着伪造的档案材料，通过校方审核顺利入学的。

所以回来的第二件事，便是再赴中州师大。

刚刚进入暑假，走在校园里，还有很多没有离校的师生，校庆的喜庆氛围仍随处可见。那些"十年树木，百年树人"以及"立言、立行、立德"的标语高高悬挂在往来师生的头顶，此刻却分外讽刺。

钱主任搓着手将两位刑警让进办公室，小心翼翼地关上门，从抽屉里拿出一份红头文件放在桌上。童维嘉拿起来看，是中州师范学院1996年度招生委员会的组成名单及各次会议的纪要。

"我们是国家公立的高等教育学府，流程上肯定没有问题的。你们看，每次会议上也都强调了招生工作的公开、公平、公正！"他紧张地摘下眼镜擦了擦，"当然也许细节管理上有一点儿疏忽……"

名单上，招生委员会主任为时任李姓副校长，两位副主任分别为校党委副书记及另一位副校长，委员则为各院系代表。

"这上面也有你的名字啊？"童维嘉指着名单说，"你当时是教务处副处长，但我们了解过了，正职处长一直病休，由你主持工作，所以你同时也是招生委员会的委员……"

"我是挂名的，教务处事情忙得很，主要他们在管，我只是从程序上配合一下……说实在的，学校也是个小社会，你们明白吧？"

童维嘉看了看师傅，罗忠平正面无表情地望着钱主任擦去额头的汗水。

"天气太热了。"童维嘉抽了一张纸巾给他，随即不留情面地继续问，"什么小社会？不是很明白，具体说说呗。"

钱主任接过纸巾，攥在手里："那一年，我们当时的老校长到点要退了，高校长，是个老好人……反正都说肯定老李能接。老李这个人呢，大概比较有能力吧……"

"就是强势吧？直接说嘛！"

"对对，就是强势，所以我教务处这边只管配合，具体怎么安排，名额分配，保送点招什么的……当然！我不是说他故意搞什么违反原则的事，但百密一疏也难免……"

"这位李校长，应该不在学校了吧？"

"前年肝癌过世了……真的很可惜，挺有能力的人！"

死得太及时了，童维嘉想，正好把所有锅都背上。可如果钱主任一口咬死只是无心的疏漏，似乎还真没什么办法。

"你说具体招生的事不归你管，但学生纪律的处理，是教务处的分内事吧？"罗忠平突然开口问道，"期末考试作弊被抓现行，写了份悔过书就过关了，连个处分都没有，一般人应该没这待遇吧？"

钱主任笑起来，笑容十分尴尬。"你是指程丽秋吧？那时候确实宽松了些，但不是特别针对她。再说她的悔过书你们也看了，写得很诚恳！……当然后来我们也反思，教育还是要宽严相济……"

"可我们得到的反馈不是这样。"童维嘉拿出那份同学名单在他眼前晃了晃，"每个同学我们都挨个打过电话，都说学校给予程丽秋特别的照顾。大二大三的几次考试，都有老师提前给她透题，而毕业论文，干脆是一位研究生师姐帮她写的。那位师姐并不认识程丽秋，她说当初肯帮忙全因为你钱主任的面子。"

钱主任低下头，腮帮子微微颤动。额头的汗水顺着鬓角流下来，童维嘉又递上一张纸巾。

"我们也是没办法，哪个学校没几个关系户嘛……"许久，钱主任才幽幽叹了口气，抬起头来，"学校要发展，上面拨的经费又不够，还不得自力更生？就像你们办案子，不也得挑一挑……"

"别扯我们！我们不挑！"童维嘉气愤地瞪过去，罗忠平摆摆手让她别激动。

"程丽秋是哪儿的关系户？"

钱主任没有着急回答。他拉开抽屉，拿出一本五十周年校庆的纪念册，翻到历年大事记。前几天校庆时童维嘉翻过这本纪念册，要么是冠冕堂皇的废话，要么是自吹自擂的傻话。

"我就不说什么了，你们自己看吧。"钱主任说完，拿起水杯出去了。童维嘉急忙伸脖子看去，翻开的一页正是1996年。那一年学校发生了许多大事——

高校长一行赴日本考察，与岩田师专结成兄弟校；教育学系升格为教育学院，成为全校第一个二级学院；本校由四名女生组成的辩论队经过艰苦训练和顽强比赛，勇夺全省大专辩论赛第三名的好成绩；作为"美丽校园计划"的一部分，芙蓉湖环境与水体综合整治工程完工，实现从校园到花园的华丽变身……

最后一条的配图，是两个男人在众人簇拥下于湖边栽树的场面。他们看向镜头，露出得体的微笑，两只手紧紧握在一起。图片一角还有文字说明——

时任副校长李胜军同志与世纪诚天董事长杜传宗先生共同栽下芙蓉树

1996年9月，世纪诚天董事长杜传宗凭借与中州师范的合作关系，帮助一名暂不知真实姓名的女孩通过校方的入学资格审查，以"程丽秋"的名字顺利注册为该校的大一新生，而真正的考生程丽秋却因此失去了上大学的机会。吊诡的是，在十三年后的2009年，已化名陈芳雪（陈雪）的受害者程丽秋却摇身一变成为公司的二把手、杜传宗身边最信赖的人。

童维嘉的脑海中瞬间闪过数个影视剧或小说中看过的卧底复仇故事，忍辱负重、一朝发难，事了拂衣去，深藏功与名……但这真是陈芳雪的目的吗？如果是的话，又会是怎样的复仇呢？

此外，那个回忆录中的"魔鬼"，究竟是不是杜传宗？那个顶替的女孩，又与杜传宗有什么关系？

"我记得杜传宗离过婚的，他有孩子吗？女儿？"回队里的路上，童维嘉说出自己的猜测。

"杜传宗确实有个独生女儿，年龄也跟程丽秋差不多，1977年的，名字叫杜娟。"罗忠平的语气说明他早就想到了，"不过1993年他跟妻子离婚，孩子跟着妈妈出国了。"

年龄相仿，又是独生女——出国了当然也可以回来。

"不过有一点我想不通，"童维嘉想了想又问，"如果真是他女儿的话，为什么还要冒着那么大的风险顶替别人上大学呢？家里那么有钱，下半辈子都不愁了，还要混个文凭？"

罗忠平笑起来："你觉得杜传宗很有钱？"

"至少比咱们有钱多了吧？"

"1996年的时候，世纪诚天还只是一家普普通通的建筑公司，挣的都是辛苦钱，而且风险很大的。"老刑警耐心给徒弟科普，"做工程需要先垫资，利润就几个点，要是碰上原材料涨价或者开发商出问题……

比如现在被世纪诚天害惨的那几家，老板都快跳楼了。"

"对了，我住的西苑豪庭也是他做的，看着很不错啊！"

罗忠平点头说："西苑豪庭是世纪诚天从房建领域进入地产开发的头一炮，确实做得不错，所以也树立了口碑，后面几年顺风顺水。"

童维嘉皱眉望向车外。师傅说的事自己也有所耳闻，1998年，后来因贪腐下台的原市委书记强推"新世纪新中州"的改造计划，西郊市场也被列入了拆迁范围。后来省里刮起反腐风暴，中州当时最大的一家地产公司随之倒台，旗下的西苑豪庭经适房小区项目差点儿烂尾，最后让世纪诚天抓住了机会……

不，重点不在这里……她苦思冥想，似乎从刚才几句闲谈中捕捉到了什么，但那瞬间的灵感偏偏玩儿起了捉迷藏，转眼又不知道哪儿去了。

独生女，辛苦钱，西苑豪庭，陈芳雪……她努力回想刚才提到了哪些关键词，在舌尖轻轻玩味……跑到哪儿去了？一个显而易见的问题，却一直被忽略了……西苑豪庭，魔鬼，跳楼——

灵光终于再次闪现，这一次被她死死抓住。

跳楼！

"师傅，我想到一个问题！"童维嘉的声音因为激动而发颤，"1997年3月西郊市场那次意外，陈芳雪是陪着女死者讨债去的，那冒牌程丽秋为什么会出现在那儿呢？"

"她的口供里有吧，去玩儿的，那边有酒吧和KTV。"

"可西郊市场离中州师范说远不远说近也不近，她为什么偏偏去那儿呢？明明师大南路就有几家酒吧。"

"你的意思是……"

"她跟同学关系不好，但有人说，见过她跟外面的小流氓混在一起！"

罗忠平皱眉道："所以你的意思，她的真实身份，那些龙兴娱乐城的小混混可能会知道？"

"在学校她必须伪装，在酒吧应该没必要了吧？而且喝多了，舌头恐怕也就不太听话了！"

罗忠平点点头。其实之前并非没有从这个思路想过，但龙兴娱乐城早就随着西郊市场的拆迁而关张，现在只剩下改做物业的那栋建筑。但徒弟的话确实提醒了自己，这个地方同陈芳雪和程丽秋有关，也与后来的杜传宗有关，因此说不定在整个案子中有什么特别的意义……

对了，还有一处关联！罗忠平忽然想到——

"宋光明当年判刑坐牢的原因是什么来着？"

"哦，嫖娼纠纷，打伤了人。"童维嘉挠了挠头说，"其实我也觉得有点儿蹊跷，那么一本正经的人居然去嫖娼……"

"在哪里嫖娼？打人的事发地在哪里？"

"这个，没问……有关系吗？"

有关系，而且有很大的关系……罗忠平大脑中的记忆网格开始发挥作用，1998年夏天，辖区内嫖资纠纷引发的伤人案，最终进入司法程序的一共有两件，其中一件就发生在西郊市场的龙兴娱乐城。

师徒二人立刻回到队里，找到尘封的案件卷宗，嫌疑人的名字正是宋光明。结案报告中写道，嫌疑人因嫖资纠纷，殴打受害人并将其从消防梯上推落，造成腰椎骨折。事实清楚，人证物证俱全，本人亦对伤害他人的犯罪事实供认不讳，建议检察机关以故意伤害罪追究法律责任……

翻看犯罪嫌疑人的讯问笔录，疑问却出现了——尽管现场有多人证实嫌疑人与受害人就嫖资多少发生纠纷并引发肢体冲突，但宋光明始终没有承认自己的嫖娼行为。

"这有什么问题吗？他没承认，可也没否认啊。"

当年负责这起案件的正是霍达。他扫了一眼自己写的结案报告，皱着眉头向罗忠平和童维嘉发问，显然对他们在这样旁枝末节的地方纠缠感到不满。

罗忠平问："审讯全过程，始终一言不发？"

霍达点头："对！这种人咱也见得多了，想负隅顽抗到底，那也没用，有物证、有人证！"

确实，从证据链条的角度来说，定宋光明的罪一点儿问题没有。不止一个人看到他追赶受害人到消防梯上、掐住她的脖子并殴打，最终致使受害人从消防梯上摔下。受害人脖颈的勒痕、身上的伤痕也都与证人和受害人描述的一致。

"伤人没问题，但嫖娼有谁看见了？就凭受害人一句话？"

"除了受害人，还有那个旅馆老板的证词，你们仔细看啊！写得清清楚楚！"

"这就怪了，"老刑警慢条斯理地盯着霍达说，"这得多缺心眼儿的老板，会主动告诉警察，自己的地盘有卖淫嫖娼的行为？"

霍达目瞪口呆，童维嘉忍不住笑："也许真有呢，觉得自己正好碰上了同样缺心眼儿的警察？"

见霍达脸上有点儿挂不住，罗忠平瞪了徒弟一眼，摆摆手表示自己不是来翻旧账的。"其实你没错，龙兴娱乐城确实不干净，我当年也没少去，跟老板也算认识。但这个宋光明，多半是被人下套了。"

"仙人跳？"霍达尴尬地用力搓了搓脸，"这宋光明要真遭了仙人跳，他为什么不说啊？只要是正常人都会说吧？"

童维嘉拿起旅馆老板的笔录看。没错，就是他了，不但知道宋光明到底有没有嫖娼，应该还能回答那个关键问题——冒牌货究竟是不是杜传宗的女儿？

这个名叫龙诚的家伙，在陈芳雪的回忆录中被叫作龙哥。

龙诚生于1971年，父母都是中州市食品厂的职工。他从小便是问题少年，念初中时因聚众斗殴进了工读学校，后来更成为远近闻名的街头一霸。十八岁那年因为打架伤人被判了两年，出来后在西郊市场帮人看摊，后来又和朋友集资租下了一栋闲置仓库，翻修改造为娱乐场所。

罗忠平对当年的龙诚印象颇深。头发染成黄色，总穿一件黑色皮衣，酷爱骑摩托。进去之前是个愣头青，打架不要命，下手没轻重；出来后改变很多，见了谁都笑嘻嘻的，又仗义疏财，身边有一帮忠心耿耿的小兄弟。

龙兴娱乐城刚开张的时候，罗忠平去过两次，龙诚又是递烟又是倒茶，伺候得极为殷勤。他说自己真的洗心革面了，两年大牢让他想明白一个道理：人这一辈子时间就这么多，要用在真正有意义的事上。什么有意义呢，就是让自己跟父母的生活变得更好。

龙诚是出了名的孝子，这一点连最讨厌他的人也不得不承认。他平常住在西郊市场自己的娱乐城里，但每周六晚上雷打不动要回家跟父母一起吃顿饭，而且每次都要买一堆东西。因为儿子在外面名声不好，要面子的父亲对他非常冷淡，他也不以为意。

就因为龙诚的孝顺，那时的罗忠平觉得他还有药可救。到1998年年底，市里力推"新世纪新中州"，西郊市场被列入拆迁计划，龙兴娱乐城也不得不关门停业。那时罗忠平还问过他今后的打算，龙诚说考虑做点生意。

龙诚的户口跟随父母落在幸福大街东侧的食品厂小区，按照辖区划分，属于城东分局的管辖范围。电话打到食品厂小区所属的派出所，结果却出人意料，户籍警甚至都没花时间查档案，直接脱口而出说龙诚已经死了。

"2001年4月，食品厂小区发生煤气爆炸意外，龙诚当场死亡。"

罗忠平和童维嘉对视一眼："他父母呢？确定是意外？"

"确定是意外，消防勘验过！"户籍警回答，"他父母？他父母没事啊，只是后来伤心过度，房子卖了搬走了……哦，发生意外的不是他父母家，是别人家的房子，只不过也在食品厂小区。"

"别人家？这家人叫什么？"

"稍等，我查一下……"电话对面是噼里啪啦敲电脑的声音，"一个男的，姓宋，叫宋光明，从中介手里租的小区二号楼一门102……"

童维嘉几乎跳起来。她用近乎颤抖的声音追问——

"这个宋光明，受伤了吗？"

"没有，他没事。"

"怎么可能呢？你们难道不怀疑——"

"哦，怪我没说清楚，当时也怀疑过，会不会有人为因素，不过出事当天，宋光明正在我们所里蹲着解决问题呢……"

2001年4月17日的夜里9点13分，食品厂小区二号楼一门102发生煤气爆炸。消防队于七分钟后赶到现场扑灭余火，并发现室内有一名年轻男性死者。经邻居和房产中介辨认，死者并非此套房子的租户宋光明，而是同小区龙姓夫妇的儿子龙诚。关于龙诚为何会出现在自己家中，宋光明本人也给不出合理解释，只说他和龙诚有纠纷，龙诚好几次喝多了上门找他打架。

儿子莫名其妙地死在别人家里，龙诚的父母当然不干，向警方报案说儿子遭人谋害。城东分局接警后起初也有所怀疑，但当晚宋光明有事正在派出所接受处理，事发前后有充分的不在场证明。此外经消防队事后勘验，煤气泄漏的特征明显，确实符合意外。最后此事不了了之，只苦了房主……

听电话那头的民警介绍完，罗忠平问："宋光明有事在派出所接受处理，什么事？"

"他原来有个女朋友，分手了还总纠缠不放，还在街上动手把人打得鼻青脸肿……"

童维嘉看了眼师傅，问："他女朋友，叫陈芳雪吧？"

半个小时后，罗忠平和童维嘉来到食品厂小区。

中州市食品厂曾是计划经济时代的明星企业，可惜随着改革开放，厂子受到外资和民营企业的不断冲击，昔日的光环迅速褪去。进入20世纪90年代，虽然又靠着卖地苟延残喘了几年，但最终也没能熬到新世纪。卖出的地皮上建起了一栋栋高楼大厦，其中包括全市最奢华的娱乐夜场——天歌夜总会，而天歌夜总会又伴随着腐败书记的下马盛极而衰，那座气派的欧式宫廷建筑成了今天的中州市青少年科技活动中心。

与青少年科技活动中心仅隔一条小街的食品厂小区，是计划经济年代辉煌的仅存记忆。六栋建于20世纪60年代初的红砖家属楼年久失修，由于厂子倒闭也成了"三不管"，漏水停电都是家常便饭。罗忠平想起当年事故发生后同事们还议论过，这样的地方出事不算稀奇，一年太平无事才算意外。只是当时不知道，事故中死亡的竟然是龙诚。

由于不属于自己所在的城西分局管辖，童维嘉倒是第一次来食品厂小区。来之前她还问师傅进入现场要不要戴鞋套和手套，到楼前才明白自己想多了——空荡荡的窗户只象征性地盖了块塑料布，任何不怀好意的小偷或者流浪汉都可以随意出入。

陪同的房产中介用钥匙开了门，走进屋内，一阵臭味立刻袭来。地上好几摊野屎，墙上画满了色情涂鸦，中介大哥不住地摇头叹气，说附近的野孩子都喜欢来这里探险，他们起先还想办法阻拦，后来烦不胜烦只好放弃。

"房主呢？也不管了？"

"人家有钱不在乎，而且也只能认倒霉……重新装修要花不少钱，死过人又租不出价，当时以为很快会拆迁呢，所以就放着了，没想到一放就放到现在。"

罗忠平拿了根棍子，捡垃圾似的到处翻看。确实也只有垃圾了，任何可能值钱的东西都已被洗劫一空。童维嘉皱着眉头跟在师傅身后，小心翼翼地避开地上的污秽。

"找找。"罗忠平扬起下巴，向徒弟示意。

童维嘉一头雾水，找什么？但又不好意思问，只好也装模作样地到处扒拉，转了一圈也没发现什么。回头看，罗忠平却蹲在塌了一半的双人床边，歪着脖子向床下张望。"掀起来看看。"

童维嘉屏住呼吸，想了想又用衣领遮住鼻子，然后才用力掀起床板。轰隆一声响，床板的一头从床架脱落，砸到地上，扬起一阵灰尘。

中介大哥直接退到了门外。童维嘉止住咳嗽，看到罗忠平仍然保持着蹲姿，正盯着一个黑色塑料袋看。

童维嘉取出塑料袋，吹掉上面一层土，小心翼翼打开。里面有小半袋浅褐色树皮似的东西，长满了发霉的黑点。

"像是中药。"童维嘉捏起一片嗅了嗅，扔回去又掸掸手，"不管是什么，反正跟龙诚的死没关系吧？也许真是意外呢？"

虽然嘴上这样说，但童维嘉心里不得不承认，实在太过巧合了。宋光明在龙诚的地盘打人被抓，判了一年半，出来后半年，龙诚便在他家被炸死……

"当初这套房子，是宋光明直接找你们中介租的吗？"罗忠平回头问中介。

"租房协议是他签的，不过最开始来看房的是他女朋友。"

"陈芳雪？"

"叫什么不知道，反正看上去感情挺好，可惜最后分了……"

"为什么分了？"

"这个嘛，反正道听途说，说错了不负责啊。"中介大哥笑笑说，"男的有问题，守着挺漂亮的女朋友还在外面嫖，结果出事给判了，这女的一气之下，大概出于报复，就到对面天歌坐台去了。"

童维嘉心里咯噔一下。前一半是知道的，后一半却是头一次听说。

罗忠平递出一支烟："仅仅是道听途说？"

"其实有两次我亲眼看见了，她从里面出来，上了不同男人的车……但人家的事跟咱也没关系不是？"

童维嘉想到什么，忙问："男的坐牢一年半，他女朋友一个人住这儿？"

"反正正常交房租，咱们也不管她一个人住还是几个人住……"中介大哥的笑容忽然有些猥琐，"偶尔还有个挺有钱的女孩来找她，所以说不定，人家男女通吃呢……"

童维嘉与罗忠平对视一眼。

有钱女孩，那一定是冒牌的程丽秋了。

十四

你很清楚，只有你能救宋光明。你也知道，在你困坐愁城的每一分钟，那个高大帅气而又心高气傲的男生都在遭受着身体和精神上的双重折磨。

你寄希望于学校，跑去找送你钢笔的老师，却隔着办公室的门听见他打电话通知宋光明的父亲，给予他开除的处分。

很显然，学校不相信他的清白，或者说，干脆不关心他是否清白。校领导的眼里只有中州师范金字招牌的声誉，而个体的前途不在他们考虑范畴之内。

你当然很气愤，但冷静想想，这不就是正常人的理性选择吗？有了好事争先恐后，有了坏事避之不及。学校是这样，人也是这样，换了你在那个位子，恐怕也不会有其他选择……

但恰恰如此，更显出宋光明的可贵。在这个私欲横流的世界里，只有他的心中还有公平和正义；在你彻底放弃希望时，也只有他真正伸出援手。没有宋光明，你活不到现在；就算还有一口气在，也不过一具行尸走肉罢了！他给了你理想和信念，教会你勇敢和坚强，告诉你这世界值得去奋斗！

一句话，宋光明是照亮你黑暗世界的幽光，虽然微弱，却给了你活下去的信心；而现在，这最后一点儿光明也要被人夺走了。你不能让这份光明熄灭，哪怕只为了你自己。

出事后的第二天，你再次来到西郊市场。南区那栋高大建筑已经恢复了平静，你站在锈迹斑斑的消防梯下仰头向上望，感觉到一阵阵的寒意。明明是夏天，蝉鸣刺耳，阳光洒在身上，可你的每根汗毛都竖了起来。

一楼台球厅的人说龙哥应该在二楼酒吧，二楼酒吧的人又说龙哥可能在三楼睡觉。你上了三楼，看到一条窄窄的走廊对着七八间客房，每个房间的房门都关着。你不知道他在哪一扇门的后面，也没耐心一扇扇门敲过去。宋光明还在遭罪，每一分每一秒都是宝贵的，所以你站在走廊上，深吸一口气，然后用最大的嗓门喊起来——

"龙诚！姓龙的！你他妈给我滚出来！！"

你能感觉到脚下的地板在颤动，头顶有灰落在你盘起的发髻上。你听见下方传来连声惊呼，然后你看到一个房间的门开了，龙诚穿着短裤光着膀子出现在你面前。

他似乎还没完全睡醒，揉了揉发红的眼睛，上下打量你。"来找我还是找丽秋的？"

"我找你！"你斩钉截铁地说。你知道这会儿"程丽秋"在学校。

"进屋说。"他抬手指了指房间，但你摇头。

"就在这儿说！"你从兜里拿出一张3.5寸软盘，"我要你现在立刻到公安局，说明你昨天是故意给宋光明下套的！宋光明没有嫖娼，他是无辜的！"

他有些惊讶地看看你，又看向你手里的软盘。

"这里面是你跟他的QQ聊天记录！他叫'正义必胜'，你叫'公道自在人心'，你冒充记者约他来你这里见面！"

你看出他的紧张了。他向你走过来，你下意识地后退，但很快就退到了墙角。

"没事！不用你抢，我帮你！"

你高高举起软盘，然后狠狠摔到地上，用力踩脚踩碎。

"我帮你毁了，但没关系，我还有备份！好多好多备份，存在好多好多地方！"

你龇牙咧嘴，面目狰狞。他直勾勾地盯着你，猛地伸出手掐住你的脖子，几秒钟后又放下，对着走廊外看热闹的小弟们啐了口吐沫。"看什么看，滚！"

骂完，他转身走回自己房间门口，又回头看看你。

"想救宋光明是吗？给你一次机会，进屋说。"

你向那扇门走过去，随手摸了摸头顶的发簪。那是你精心挑选的武器，可以在刹那间抽出来刺入他的眼窝。

进了房间，他关上门，你犹豫了一秒没有阻止。他的脸上看不出表情，没有愤怒也没有嘲笑，他甚至给你倒了杯水，你当然不会喝。

"我救不了他。"他直截了当地说，"我顶多证明他没嫖娼，但他把人打残了还差点儿摔死，那是好多人都看到的。警察抓他也是因为这个，不是为了嫖娼。"

你一时语塞，发现自己完全忘记了这一点。你还以为向警察说清一切便可以救宋光明出来——

"那你也必须去说明！"你只有咬牙坚持。

"可以考虑，"他点点头说，"但你必须先告诉我，这事跟你有什么关系？"

"宋光明是我男朋友！"

你毫不犹豫地回答。这不算撒谎，你确实已把他当作自己最爱的人了，只是不知道他自己有没有意识到。

"可这事就有点儿难办了，你为了爱情，我也是啊！"他终于露出了笑容，放松地在床边坐下，伸了个懒腰，又打了个长长的哈欠。"陈芳雪，咱们也不是外人，你应该知道我做这些都是为了谁吧？"

你当然知道。

"你跟丽秋也是好朋友，她总跟我说，你是她最信赖的，甚至是唯一的朋友。如果让她知道你和宋光明在背后捣鬼害她，她该多伤心啊……"

"她现在还不知道？"

"需要我告诉她吗？"他的脸上露出玩世不恭的笑容，"我饿了，陪我吃早饭去吧。"

他毫不避讳你的目光，拿了件黑色T恤衫套上，穿上一条牛仔裤，走到卫生间撒尿，门也不关。

你乖乖跟着他走到附近的早点摊。他要了一碗馄饨，你什么都没要，默默看着他吃。

"想宋光明早点儿出来，关键在受害人身上。一个要看伤情鉴定是轻伤还是重伤，另一个得看人家是否给你出谅解书。"他吸溜着馄饨，满足的样子让你觉得饥肠辘辘，"第一条没办法，法医说了算。但第二条，可以想想办法。"

"什么办法？"

"钱呀！只要钱到位，如果你不好意思，我可以替你去说。"

"多少钱？"

"十万起步吧，当然多多益善。"

你盯着他，一时拿不定主意。

"放心，这种事我有经验！当然决定权在你，姓宋的在里面时间越长我越开心。"

他吃完了，起身拍拍屁股，又瞪了你一眼。你恍然大悟，连忙从兜里掏出五块钱压在馄饨碗的下面。

"你还是没告诉我，为什么要这样做？就算为了丽秋，这样害人也太龌龊了！"

他笑了，向你做了个鬼脸。

"爱情使人盲目，为了爱情男人会不顾一切。我爱程丽秋……"他停顿了一下，又向你挤了挤眼睛，"当然是那个假的程丽秋，不是你这个原装的。"

你心里一抽——他果然什么都知道。

回到家门口，你下意识地敲了敲门。平常总会有一个男人来帮你开门，你能听到他一轻一重跑来的脚步声，心里藏着甜蜜，而如今屋里沉寂无声。你默默掏出钥匙开门，进去看到房间正中的帘子拉了一半。

你从门后将他的钢丝床搬出来，在属于他的地方打开，铺好褥子和床单。躺下之前你将帘子完全拉上，然后便沉浸在他留下的气味中。

你哭了起来，不出声的那种。

等你再爬起来，天已经黑了。你有点儿后悔浪费了一天的时间自怨自艾，但又不知道自己还能做什么。你强迫自己吃点儿东西，看到桌上还有昨天的排骨和鸡毛菜，可惜尝过一口就扔掉了。

如果昨晚自己聪明一点儿就好了……你懊悔不已，昨天从网吧走之前先把聊天记录存下来就好了，那样手上至少还有可以要挟龙诚的东西；可你今天早上再去，网吧老板告诉你每天凌晨电脑关机后记录都会清空。你只好拿了张空软盘去"诈金花"，可骗过一次就不可能有第二次……

钱，你想到他说的。最快的速度，至少十万，去换一纸谅解书……可你眼下最缺的就是钱了。

闹钟响起来，提醒你到上班的时间了。你按掉闹钟，脑子里仍然只有一个"钱"字。谁有钱呢？可以向谁借呢？你脑海里突然闪过一个人，于是立刻冲向脏衣篮，将今天一早换下的工服拣出来。

走出小区，穿过一条窄街，你从后门进入天歌夜总会。经过一段时间的工作，你已经知道天歌夜总会事实上有两个平行运转的部分：一到三层面向普通公众，只要有钱就可以进来消费，吃喝玩乐应有尽有；四层往上则极为神秘，进出的客人都有单独的电梯。

你从来没有上去过，但你要找的人平常就在上面上班。

你在专用电梯旁等待，守了快两个小时，终于等到她娉娉袅袅地来了。她穿了件露出锁骨的翠绿色宽领短衫，下身一条勉强包住臀部的黑色短裙，踩着一双恨天高的红色细高跟。见到你，她又用力把领口向下拉了拉，将好不容易挤出的乳沟向你挺了挺。"今天这身还行吗？性感不？"

你点点头，你其实对性感没什么概念。

"有事吗？霞姐还在上面等我呢，今天有大鱼！"

你知道霞姐，是上面的老板娘。

"小四川，我们是朋友不？"

她盯着你，有些被吓到了。"是啊，怎么啦？被人欺负啦？我替你告诉霞姐去！"

"是朋友，就求你帮我个忙。"你硬着头皮说，"我需要钱，能不能借我点钱？"

她一把将你拉住，瞪着眼睛把你从上到下仔仔细细看了一遍。

"怀孕了？要打胎？"她看到你拼命摇头，"借多少？"

"不知道……你能借多少？"

"这让我怎么说？"小四川想了下，打开手提包，从钱包里抽出一叠百元钞票递给你，"这么多够了吧？差不多两千，打胎够了，你先用，不急着还。"

你感激地接过，却仍然高兴不起来。她走进电梯，几秒钟后又回来。

"真不是打胎？"

你点头，又赶紧摇头。

"这点不够，而且很急？"

你用力点头。

她想了一下，突然重重地拍了拍你的肩膀，仿佛替你做了决定似的，把你拉进电梯。

你见到了霞姐，在一间金碧辉煌、装修奢华得超出你想象的办公室里。见到她的第一眼，你便认定她是你在这世界上见过的最有气质的女人。她的衣着完全不像小四川那样暴露，一件优雅的淡紫色旗袍，衬出她天鹅般颀长的脖颈；脖颈上是一串白色珍珠项链，左手腕戴着一支晶莹剔透的翡翠手镯。她稍稍眯起眼打量你，缓步围着你绕了一圈，又伸手轻轻捏了捏你的胸和屁股。

"真的一次都没有过？"她的声音很温柔，让你想起小学时对你最好的班主任老师，"这种事可勉强不得，你必须自己想好了。"

"想好了……"你声音颤抖地说。

霞姐肯定看出了你的紧张。她在沙发上坐下，一抬手，旁边的小四川便立刻奉上茶杯。

"有什么问题要问吗？最好先说清楚，省得将来都不痛快。"她抿了口茶，示意小四川先出去，然后接着说，"决定好了，出了这个门，可就不能反悔了。"

你点点头。

"这世上可没后悔药吃。"

"真的，不后悔！"

虽然嘴上这样说，但你心里完全不是这样想。会后悔吗？也许吧，但现在已经管不了那么多了。你其实最关心的问题是——

"请问，我能拿到多少钱？"

"这不一定。但通常来说，以你的条件，又是第一次，实际到手八千到一万吧……当然，这也就是在我这儿，换个地方，直接去掉一个零。"

这就是你的价钱了……好像还可以？

"对了，你还没说呢，因为什么？"见你愣住，霞姐又问了一遍，"因为什么缺钱？"

你摇了摇头不想说，但她锐利的目光早已将你看穿。

"通常有三种情况。第一，家里出事了。第二，自己不想吃苦了。第三，因为男人。依我看，你是第三种吧？"

你只好点点头。不知道她是怎么猜到的。

"一万块，恐怕不够。"你鼓起勇气看向她，"我可能需要十万。"

"剩下的可以先借你，签合同，慢慢还。"

"有利息吗？"

话问出来，你和她都笑了。她站起来，给了你一个温暖的拥抱。

"利息就是，你会上瘾的。"

你坐在黑暗中，四下一片寂静。空气中有淡淡的花香，像是百合的味道。但你更喜欢玉兰的香气，中州师范校园里的玉兰。

房间很大，床很大，但不知为何没有窗户。或许有，只是拉了厚厚的窗帘，在黑暗中看不出吧，你想，也许应该起来四处看看，找到灯的开关，或者看一会儿电视？

但你还是坐着不动。床很软，坐在上面不由自主地陷下去，腰很酸。你把手夹在两腿之间，冰凉。

黑暗中没有时间的概念，你猜测应该快12点了。平常这个时间的你应该还在楼下忙碌。想想真是很辛苦的工作啊，不许擅离岗位，不许聊天说笑，不许发呆出神，不许上厕所超过三分钟。见到客人必须鞠躬并说"晚上好，欢迎光临天歌"，遇到蛮横不讲理的客人也要打不还手骂不还口……每次小四川碰见你总嘲笑说何必呢，既然生为女人了，就好好利用女人的优势啊！人生苦短，轻松快活一点儿不好吗？

想到小四川，你又想到当初在火锅店的日子。那时的小四川虽然也爱打扮，爱跟旁边烟酒店的伙计打情骂俏，但绝不是现在的样子。她这一年的时间变化好大，有钱了、成熟了、性感了，自己这一年多有什么变化呢？一年前的自己在想什么呢？

那时候的陈芳雪在想，我要为芙蓉湖冤死的朋友报仇，我要夺回自己被人抢走的一切，那时的你心中满怀委屈和恨意，但在心底还是相信公道的吧……可公道在哪里呢？现在的你还相信公道吗？公道自在人心，可人心又在哪里呢？

对了，大言不惭"公道自在人心"的不是宋光明，而是陷害他入狱的家伙。多么可笑啊，多么讽刺……不，一点儿也不讽刺，只有大家都认为讽刺的才是讽刺，大家都认为理所应当的时候，应该叫过来人的人生经验。你的人生经验还太少，但你在迅速积累，度过这个夜晚，无论你叫程丽秋还是陈芳雪，都会变成一个完全不同的人……

终于，你听到了声音。厚厚的地毯可以吸收掉所有脚步声，你听到霞姐和一个男人说笑。霞姐的笑声很爽朗，就像多年的老友彼此开着默契的玩笑。男人也笑了，笑声却有点儿怪异，让你想起午夜的猫头鹰。

你仍然坐在床上，双手紧紧夹在两腿之间。你无法克制地颤抖，小腹胀胀的，特别想上厕所。你听到厚重的大门被打开的声音，虽然听不到脚步声，但你知道霞姐正掉头而去。

门关上了，四下仍然漆黑一片。你听到一声咳嗽从有些遥远的地方传来，随即想起这应该是个里外套间，你在里面，那个男人在外面。

他似乎有些疲惫，呻吟了一声倒在沙发上。然后有打火机的声音，还有门缝中透出的微微光亮。他在沙发上坐着抽了会儿烟，又去卫生间撒了泡绵长而响亮的尿。想到一会儿他那撒尿的玩意儿就要塞进你的身体里，你的小腹从酸胀变成了绞痛。

卫生间又传来水龙头放水的声音。还好，至少知道洗手，但愿是个爱干净的家伙。你已不敢有更多奢望，肯定不会是同宋光明一样高大帅气的年轻小伙子，多半是个脑满肠肥、肚子比孕妇还大的猪八戒吧……希望不要太粗暴，最好喝多了直接睡过去，或者突然接个电话，父母被车撞死了要赶紧回去奔丧，嗯……

手机铃声居然真的响了，但没有通话声。男人应该只是拿起看了一眼便挂断，你听到他从鼻子里轻轻哼了一声。

他放下电话，站了起来。即便有地毯，你也能听到脚步声，他站在分隔你们的最后那扇门前，轻轻推开。外间亮着一盏落地台灯，发出昏黄的光线，映出他在门口的身影。

中等个子，偏瘦，四肢修长，瘦削的面庞，头发乱蓬蓬的，但你看不清他的脸。

你站了起来，面对他。你能听到自己的心跳，还有粗重的呼吸。你拼命拉拽下身的短裙，仿佛那样就能多给你一点儿保护似的。

"别紧张，否则我会比你还紧张。"他开口说道，沙哑的声音听起来似乎有些熟悉，"其实，我今天晚上还有一堆工作要处理呢，也挺累的了，但——这也算为了工作，对吧？盛情难却……"

你完全不懂他在说什么，你只是在努力辨别他的声音。你在哪里听过的，一定在哪里听过的……

"所以呢，咱们就抓紧完成工作。早死早托生，大家都轻松……"

你以为自己会晕过去，但并没有。你只是默默掐住自己的大腿，希望疼痛能让你暂时忘记除夕夜的回忆，以及之后的无数次噩梦，数不清的泪水，所有愤怒的呐喊，还有最真实的恐惧……你一度以为自己成功了，你甚至敢抬头寻找他的眼睛，但随即该死的绝望铺天盖地袭来，顷刻间将你的防线击垮。

你终于泪流满面，支撑不住蹲在地上抽泣起来。

他在旁边看了片刻，似乎有些不安，挨着你坐在床边。

"你肯定有自己喜欢的男生吧？"

你点点头，不明白他的意思。

"如果害怕，就把我想象成他，然后闭上眼睛……"

他温柔地伸出宽厚的大手，擦去你眼角的泪痕。魔鬼的声音在耳边细语，你绝望闭上眼的最后一秒，瞥见他手腕上也系有一根红绳。

若干年后，你终于如愿以偿成为一名教师，在一家正规的儿童福利院，面对一群可爱的孩子。其中一个叫孟瑶的女孩让你想起当年的自己，安静、坚忍、早熟，自以为早就看透了世间黑暗，却还对未来怀有可笑的妄想。

她问过你一个问题，人的尊严到底有没有价格？

当着其他人的面，你说尊严当然无价；但那晚坐在后山观景台看星星的时候，只有你们两个，你说了实话。

> 尊严当然有价格，每个人的心底都有一份标价；而实际成
> 交价和普通商品一样，取决于供需关系。

女孩不太理解，问尊严怎么也有供需关系。你一时不知该怎样解释，只告诉她今后要牢记的经验：尊严容易贬值，所以要卖就趁早卖个好价钱，同时卖的时候务必擦亮眼睛，不要上当受骗，因为一旦卖掉了，就再也赎不回来。

你的尊严在1998年那个燥热的夏夜卖掉了。你一直想把它赎回来，花了远超数倍的代价，到头来还是一场空。

但你后悔吗？也很难说真的后悔。别人有房子可卖，有车子可卖，有亲朋好友可卖，而你什么都没有，除了自己的尊严还有什么可卖呢？如果不卖尊严，就只能卖良心，良心又该标价多少呢？

你的尊严的价格是十万元人民币。卖掉的第二天，你就如愿拿到了。应你的要求，全是现金，整整十捆装在纸袋里，沉甸甸的。你问霞姐，不怕我拿钱跑掉不回来吗？霞姐笑说，她相信自己看人的眼光，相信你不会让她失望。

你拿了钱，立刻乘出租车去西郊市场，一路上紧紧把纸袋抱在怀中。这是你的卖身钱，每一张钞票上都染着你的血和泪；但同时又寄托着你卑微的希望。

龙诚带着你和十万块钱前往医院，找到了那个名叫柳雯雯的发廊妹。当着你的面，她收下了钱，然后用左手歪歪扭扭地写下了谅解书，你问她为什么用左手，她说右手伤了拿不住笔。你相信了她，仔仔细细收好那张纸。你跑去派出所，民警却说这跟案子定性没关系，只牵扯到量刑，要你去找律师。等了许多天，碰了许多壁，你总算找到上面派给宋光明的律师，总算当宝贝一样小心翼翼地拿出那张谅解书——

你清楚记得律师脸上嘲笑的表情。"就这么个玩意儿？手印都没

按吗？"

你急忙说上面有签名，律师说我手头正好也有。他拿出一份文件，你发现两个签名天差地别。

原来，发廊妹的右手根本没坏。

你气急败坏，跑去找龙诚算账，没想到他比你还气愤，赌咒发誓那个贱货连他也一起骗了。你们赶去医院，却看到病床空了，护士告诉你病人两天前就出院了。

龙诚态度诚恳地向你道歉，说以前从没人敢这样骗他，因此这回才大意轻信了。他拍胸脯让你放心，这十万块钱算他欠你的；可当你提出写欠条时，他又立刻翻脸指责你恩将仇报，义愤填膺的样子让你怀疑自己是否真的过分了。

抱着一线希望，你独自回到医院，从护士口中打听到柳雯雯过几天会回来换药。你开始守株待兔，在治疗室门口从天亮守到天黑。等了一周她终于来了，自己艰难地摇着轮椅，绝望地追问大夫自己还能不能站起来。你上前帮忙，帮她推轮椅，又帮她排队付治疗费。她起初没有认出你，认出之后便歇斯底里地大喊救命，她的喊声引来了保安，两个保安不由分说将你架出医院大门扔到街上。

你不甘心，继续在医院外等着。片刻后她自己摇着轮椅出来，你远远跟在后面。东拐西拐进入了一片城中村，你有预感她快到家了，却还没想好到底该怎么办。她却发现了你，在一条河沟的小桥边停下，回头向你大喊大叫，让你滚。

你下意识地灰溜溜转身走，突然又觉得可笑。为什么要怕她呢？心虚的难道不应该是她吗？于是你走上去，再次提出你的要求。

"不可能！死了这份心吧，那浑蛋被枪毙了才好呢！"

她不停地辱骂，骂宋光明，骂你，用各种不堪入耳的形容和词语。你的耐心耗尽了，你想起自己因为她的欺骗而付出的代价——

你用力将轮椅向桥下推去。

刺入耳膜的尖叫声让你品尝到前所未有的快感。

你掉头往回走，脚步变得轻快。周遭的世界似乎与刚才有了不同，街上的人纷纷主动为你让路。当坏人的感觉真好，你仿佛发现了新大陆，这才是我，这才是这个世界的游戏规则！

你一路走回医院，又从医院走回师院南路，不知不觉走进了中州师范的大门。你站在芙蓉湖边，望着波光粼粼的湖面，愤怒终于化作了悲伤。想到刚才做的事，你突然胃液翻涌，跪在垃圾桶边呕吐；路过的师生投来鄙夷的目光，却没有人上前慰问。你吐光了酸水，吐出了胆汁，嗓子和嘴里都是苦的，还有心里。

原来坏人并不好当。

你试图回想宋光明亲切的笑容。他的笑容总能让你恢复镇定和信心，可这一次眼前却总浮现出他与那个发廊妹赤条条交织堆叠的身体。明明没有目睹，也知道是假的，你却怎么也摆脱不了那令人作呕的画面——

躺着、跪着、趴着、扭着、涨红的面孔、发臭的口水、起伏的胸膛、撕心裂肺的叫喊……你终于绝望地发现，所有可怖的细节其实全来自那一夜被蹂躏的自己。

回到家，你把自己关了整整三天三夜。

第一天你坐在床上发呆，想着自己的愚蠢和失败，不吃不喝不动，直到泪水流干。第二天你发烧了，下身火辣辣地疼，还不断有血渗出，你在马桶上坐了一个白天，再没有一滴泪水，然后便倒在马桶边。第三天，你忽然觉得精神好了很多，于是开始打扫房间，收拾宋光明的东西，甚至还拿出从前的书本翻了翻，又帮"程丽秋"写了两篇作业。你趴在桌上昏昏睡去，醒来时却发现自己还躺在厕所的瓷砖地上，身上烫得像烙铁。

你不该醒来的，你对自己说，一睡不醒该多好。但你听见房间里传来嘀嘀声，你迟钝的大脑用了许久才想起，那是霞姐给你十万块钱时附赠的传呼机。

呼机又响了一通，你仍然一动不动。你决定就这样死去，无声无息，无人知晓，尸体渐渐发臭，引来苍蝇和蛆虫……

"早死早托生，大家都轻松……"

半梦半醒间，魔鬼的声音仿佛来自地狱的召唤，你的灵魂却已飘荡在半空，只能无助地望着他享用你的肉身。他伸出铁钳般的大手，攥住头发将你的头拉起，让你从面前的镜中直视征服者的胜利；他一次又一次冲锋，如同惊涛骇浪撞击在小小的舢板之上。他撕烂你的皮肉，舔食你的血泪，他将你开膛破肚生吞活剥，直至最后一阵野兽般的咆哮，将滚烫的毒液注入你的体内……

疼痛感没有那么剧烈了，倦意却再度袭来，意识消退前的最后一刻，时间仿佛停止了，你终于从空中看清了支离破碎的自己。

凭什么？凭什么让他轻松？要死也要一起死，谁都别想轻松！

你听到一个声音在呐喊，这声音来自你跳动的心脏，更来自中州师范的方向，来自那沉寂的湖水中。

你答应我的，要替我而活，所以没有资格自己去死！

那个声音嘶吼着，给你的身体注入新的力量，让你的血液恢复流动！

灵魂回来了，力量回来了。你支撑起身体，将头扎进马桶里，冰凉的水让你的大脑恢复了清醒。

嘀嘀声再次响起，你脚步跟跄地回到房间，在一堆垃圾中找到呼机。小小的液晶屏上有两个字——

"上工"。

十五

在食品厂小区走访了一圈，几名老住户反映的情况基本与中介大哥说的一致，只是有人更正说，在宋光明出事前，陈芳雪已经在天歌工作了，只是不清楚具体的工作性质。

从小区出来，罗忠平立刻打了几个电话。首先仍然打给派出所，查问龙诚父母搬去了哪里，是否有联系方式；然后打给省第一监狱的老战友，询问在押女犯、原天歌夜总会老板娘周红霞的情况，并约好第二天去提审；最后再打给霍达，询问能否联系到宋光明伤人案的辩护律师及受害人。

根据之前掌握的线索以及房产中介和小区住户提供的信息，陈芳雪与宋光明的时间线已相对清晰。1998年的寒假，宋光明受伤休学一年，暂住到中州师范北面杏园小区陈芳雪租的地下室，但因为房间狭窄不便，可能也为了拥有更多私密空间，两人不久便搬到不远的食品厂小区租住。该年6月17日，宋光明在西郊市场龙兴娱乐城因可疑的嫖娼纠纷伤人被捕，随后被判处有期徒刑十八个月。陈芳雪在他被捕前后一直在天歌夜总会工作，也一直在食品厂小区居住。1999年12月，宋光明刑满释放，回到食品厂小区继续与陈芳雪同居，但不久，两人便因不明原因分手，陈芳雪也搬了出去……

现在尚有疑问的几个点是：首先，陈芳雪在天歌夜总会的具体工作性质是什么？她是否如中介大哥所说，走上卖身之路？其次，她等了宋光明一年半，为何又很快分手？最后，至关重要的一点是，那场造成龙诚死亡的煤气爆炸，到底是不是意外？

意外发生当日下午，宋光明和陈芳雪因为当街动手进了派出所，陈芳雪在晚上7点左右离开，宋光明继续留在派出所接受教育。如果是针对龙诚的圈套，那么最大的嫌疑人是陈芳雪而非宋光明。不过，她的杀人动机是什么呢？在已有的陈芳雪部分回忆录中，并没提到她与龙诚有何矛盾。如果真有仇怨的话，很可能就是那起宋光明嫖娼伤人案了……

霍达虽然嘴上抱怨，配合工作倒不含糊，很快便提供了当年宋光明一案的辩护律师和受害人的联系方式。

律师告诉两位刑警，当年的案子确实有些蹊跷，宋光明坚持不承认嫖娼，但他伤人事实确凿，而且一年半的刑期相对受害人的伤情，也算轻判了。此外曾有一个女孩自称宋光明的女朋友，提供了受害人的谅解书，说是花了十万块才换来的，但受害人死活不承认，最后法庭也没有认定。

女孩显然就是陈芳雪，但谅解书是怎么回事呢？罗忠平和童维嘉马不停蹄赶往城南的一处城中村，寻找当年的受害人。受害人名叫柳雯雯，原是西郊市场附近一家洗头房的发廊妹，受伤后养了两年才算基本康复，现已嫁人，跟老公在中州南郊经营一家中医诊所。诊所位于一片城中村内，门口是崎岖不平的土路，头顶横七竖八的电线，电线杆子上贴着各种广告。见到两位刑警怀疑的目光，柳雯雯忙说，小广告跟我们没关系，我家老李可是有正经行医资格证的，不会贩卖假药。

大概是怕老公知道自己不光彩的过去，柳雯雯对两位刑警的到来十分不安。罗忠平忙向从诊所里探出头来的大胡子医生说，我们在调查一个流窜作案的盗窃团伙。大胡子医生立刻喋喋不休地说自己被连续偷了两辆自行车，希望公安能帮着找回来。见徒弟发愣，罗忠平暗暗捅了一下，童维嘉急忙拿出纸笔，要他说清丢失的时间地点。趁这工夫，罗忠平将柳雯雯拉到一旁。

"不用紧张，事儿已经翻篇了，不会影响你现在的生活。"老刑警先送上一颗定心丸，然后说，"关于当初你被宋光明打伤，有些细节想再核实一下。"

柳雯雯迟疑地点点头，看上去并不完全相信。

"你跟宋光明之前认识吗？"

"也不算认识，以前在QQ上聊过天，不太熟。"

"那天怎么约上的？"

"他突然在QQ上说闷得慌，想找人陪。我就说，你要闷，就来找我好喽。"

"他来了之后呢？"

"我就陪他呀，开始还好，衣服都脱了，他又突然说不做了。我说不做也行，至少钱要给我吧？没做给一半就行，另外还有房钱。他不同意，还说我侮辱他，就打我。"

"QQ聊天记录还有吗？"

"没有！"柳雯雯立刻摇头，"从来不保存，没那习惯。"

说辞与当年证词完全一致。罗忠平想了想，转移话题："你认识龙诚吗？龙兴娱乐城的老板？"

柳雯雯显然有些慌乱，但立刻稳住了："算认识吧，有时候去那边玩儿。"

"其实QQ上约你的，不是宋光明，而是龙诚吧？"

女人面色苍白，紧张地看了看左右。

"还有，宋光明根本没有那方面的意思，你是自己脱的衣服。而他的衣服，是你故意把饮料洒在他的白衬衫上，哄骗他脱下来的，对吧？"

见女人说不出话，罗忠平叹了口气："我说了，事情已经翻篇了，没人再追究你的责任。但你要记住，你欠他一份公道。"

柳雯雯靠着墙，慢慢滑下去，蹲坐在地上，双手捂住了脸。

"那份谅解书，写了又不承认，也是龙诚教你的吧？一共十万，你们怎么分的？"

女人什么也没说，罗忠平也没再追问下去。

现在关于宋光明的嫖娼伤人案只剩下最后一个问题：陈芳雪用来买谅解书的十万块钱，究竟从何而来？

第二天，两位刑警来到省第一监狱提审周红霞。童维嘉很兴奋，她早就听说过这个女人的大名，在世纪之交那几年，坊间流传着许多关于她难辨真假的传说。有人说她是市里某位高官的秘密情人，也有人说她握有省里某位高官的把柄，甚至还有人说她是地位更高的某位要员的私生女……总之可以肯定的是，她的成功离不开权力在暗处的支持，而她要做的，便是利用天歌夜总会充当权色交易的催化剂，满足那些男人永无止尽的欲望。

很显然，这样的女人一定比柳雯雯难对付得多；但见到本人的第一眼，童维嘉却大失所望。来之前她做了功课，看过当年留下的影像资料，这位中州市的风云人物清雅脱俗、丰姿绰约，宛如李若彤演的小龙女；然而出现在面前的女子剃了寸头，面色灰暗，皮肤松弛，似乎去演灭绝师太更合适。

"似乎有些眼熟，但实在想不起来了。"她盯着桌上的照片，眼眸中没有丝毫波澜，"做这行的流动快，有的三两天就换个地方，就算在天歌干过，我也不可能每个人都认识。"

"她可不是三两天，在天歌至少干了一年多，从1998年到1999年。那可是你风头正盛的好日子啊！"

罗忠平笑着取回照片，轻轻夹在笔记本中。他笃定周红霞肯定认识，只是不肯痛快交代罢了。一代传奇绝不会健忘或者脸盲，无非指望用信息交换减刑，就像当年用女孩们的眼泪交换男人的金钱和保护。

"我还可以告诉你，照片里的女人涉嫌一起谋杀案。"不慌不忙喝了两口茶，罗忠平慢条斯理地说下去，"如果能提供有用的线索，可以算你重大立功表现。"

周红霞的眉目果然生动起来，嘴角上翘眼波流转，瞥向铁窗外的目光中迸射出火花，但转瞬又黯淡了下去，无精打采地垂下眼帘。

"就算能早出去，又有什么用呢？这世上没有人再记得我周红霞了……"

提审前，罗忠平的那位老战友告诉两位刑警，周红霞的所谓深厚背景其实都是坊间谣传。她人生故事的开头甚至与陈芳雪有几分相似，抱着美好的幻想从农村来到城市，不料遭到社会的毒打；飞蛾扑火似的把爱情当作救星，结果却一步步沦落风尘。童维嘉忍不住想，当初不可一世的老板娘在面对自我献祭的陈芳雪时，会不会回忆起曾经同样幼稚可笑的自己？而如果天歌夜总会屹立至今，陈芳雪会不会成为下一个周红霞？

"想不起来就算了，我们再找别人问去。"

罗忠平站起来，将笔记本夹在腋下，大步向外走。童维嘉急忙跟在后面，果然焦急的声音在身后响起。

"等等，你们刚才说，她叫什么名字？"

"陈芳雪。耳东陈，芬芳的芳，下雪的雪。"

周红霞重新从罗忠平手中接过照片，端详片刻，摇了摇头。

"不，她叫爱丽丝，《爱丽丝梦游仙境》的爱丽丝。"

1998年6月，宋光明出事后，在天歌夜总会当服务员的陈芳雪摇身一变成了"爱丽丝"。爱丽丝出身书香门第，父母都是高级知识分子，从小品学兼优。可惜天有不测风云，父亲的一位学生觊觎老师的研究成果，阴谋设计陷害，一场伪装成意外的谋杀使刚考上大学的爱丽丝成为孤儿，而她时时刻刻铭记着自己背负的血海深仇……

当然，身世背景和名字一样都是编造的。陈芳雪的文化水平不低，年龄也不大，周红霞认为她适合走清纯女学生路线；可下海的女学生也多了，怎么才能与众不同呢？在最初一个月的痛苦折磨后，陈芳雪自己提出能否安排一个悲惨的身世。听了她的想法，周红霞大为赞叹，身负冤屈能激发男人的保护欲，而筹钱复仇的计划又会让男人出于可笑的正义感拼命掏腰包。

爱丽丝为复仇而筹款的目标是十万元——恰巧与陈芳雪被龙诚和柳雯雯联手诈骗的金额一样。

当然按照周红霞的说法，陈芳雪下海是完全自愿的，她甚至还苦口婆心地劝阻过，但陈芳雪当时急用钱，似乎碰到了什么难事。以爱丽丝的花名在天歌做了一年半，她还清了债务还攒了点钱，却突然在千禧年到来前洗手不干了。

一年半的时间就净赚十多万，童维嘉听得连连咋舌，连忙问这在天歌算多算少。周红霞露出得意的表情说，也就及格线而已，用点心思一年几十万的都有。在她记忆中，陈芳雪不算很拼的，闲时喜欢拿本书看，有时妆容也不太讲究，但她性格好又聪慧，身边也有几位忠实的金主。

周红霞的证词肯定有很大水分，但在不牵扯自己的地方，她似乎也没必要撒谎。陈芳雪下水为了钱，那十万用来换取柳雯雯对宋光明的谅解书，只是最后没能如愿；下水一年半后又突然离开，显然也与宋光明的出狱时间吻合。

在熙来攘往的幸福大街上，有一家不起眼的小面馆。坐在门口占道搭起的小桌旁，童维嘉和师傅一边吸溜面，一边望向对面灯火通明的青少年科技中心。那里便是当初天歌夜总会的所在，仅仅四五年光景，纸醉金迷的欲望欢场就变成了祖国花朵们的知识海洋；只是那些夹着书本举着棉花糖的中学生们，有几个能知道这里曾经发生的故事呢？

"所以，陈芳雪为了救宋光明，从周红霞手里借了十万，却被龙诚给骗了！"童维嘉咬牙切齿，"龙诚难道不知道，为了这十万，陈芳雪付出了什么样的代价？！"

罗忠平把头埋在碗里，对徒弟的愤怒似乎无动于衷："对于龙诚来说，这并不重要吧。"

面馆正对着一座过街天桥，两个穿校服的女生正倚着栏杆大声说笑。童维嘉望着她们，突然一股无名怨气冲上脑门儿。

"师傅，这个案子我不想跟下去了。"她说着，用力扔下筷子。

"为什么？"

"我们到底在寻找什么呢？真相吗？还是正义？她被人顶替，没办法上大学的时候，我们在哪里？她眼看着朋友替自己惨死，只能隐姓埋名的时候，我们在哪里呢？总算有好心人帮她了，却不清不楚地被陷害入狱坐牢，那时候我们又在哪里呢？到最后她为救人卖身换了十万又被骗了的时候，我们又在哪里呢？！"

年轻女刑警的表情痛苦，老刑警却望着她露出笑容，将筷子捡起来，重新塞回她的手里。"好问题啊……但还应该再接着问下去。"

"问什么？"

"当下一个陈芳雪再出现的时候，我们在哪里呢？"

面吃完了，看到天桥上两个女孩说说笑笑地离开，堵在童维嘉心里的疙瘩好像也化开了些。罗忠平让她早点儿回家休息，忙碌了好几天，趁着有时间赶紧洗个澡睡个觉，又说三天之期已到，明天陈芳雪就该回来了。童维嘉问，如果陈芳雪不回来呢？罗忠平想了想回答，自己确实也没有十分把握，但凭直觉她明天应该会出现的。

童维嘉跟师傅打了十块钱的赌，然后两人在幸福大街和师大南路的十字路口各奔东西。天还没全黑，夜风正好吹散暑气，街上的人们尽情享受着一日里最后的快乐时光。童维嘉来到公交车站，想了想又改变主意，决定走路回家。

沿着师大南路向西步行大约半个小时，童维嘉终于走到西苑豪庭小区门口。几名少年在小区对面的街心公园玩儿滑板，各种炫酷的动作，摔了也很开心。空气中飘来大排档烧烤的香气，享受暑假的学生们正一边吃吃喝喝，一边玩儿着可笑的早恋游戏。望着他们，童维嘉不由自主嘴角上翘，想到了自己学生时代的快乐。

师傅说得没错，每件案子都不是孤立的，陈芳雪的确可怜，但究竟是什么样的土壤催生了她的悲剧？即便她的命运已无可更改，至少还可以清除掉生出罪恶的土壤，让更多相信公平正义的少年免于同样的恐惧。

面前的儿童游乐场里，上次差点儿被撞的男孩正兴奋地一次次从滑梯上冲下。旁边的奶奶同他一样开心，举着水杯跟在男孩屁股后面，而奶奶的后面又跟着一个四十多岁拎着大包小包的保姆。多幸福的孩子啊，童维嘉心想，怪不得都说投胎是门学问呢，从这个角度说，自己跟这个男孩都是幸运的；但万一生来便处于陈芳雪——也就是真正的程丽秋的位置，自己能走出一条更好的路吗？

出生不久便成了孤儿，侥幸被领养也依旧身处贫困县的贫困村，从小苦读考上大学却被人冒名顶替；以为自己落榜，只好来到中州打工，偶然在朋友的帮助下发现了真相，讨还公道的过程中朋友惨死……

对了，十二年前的冰湖悬案，到底是怎么回事呢？

童维嘉在街心公园的长椅上坐下，在心底默默梳理陈芳雪回忆录中的内容。由于同之前掌握的线索和证据吻合，因而可以认定回忆录具有较高的可信度。特别是写到西郊市场那场造成两人死亡的坠楼意外时，她正面承认了自己出于私心放弃救人，让人不得不相信她文字的真诚。

但另一方面，涉及十二年前的除夕夜，陈芳雪的文字又非常谨慎小心，关键点全都一笔带过，令人怀疑是否有意为之。陈芳雪把这份回忆录交出来肯定不只是缓兵之计那么简单，一定有其特别用意……可她究竟想达成怎样的目的呢？

实在理不出头绪，童维嘉不禁又心烦意乱起来，踌躇半晌，还是决定给师傅打个电话。

"你说陈芳雪的回忆录啊……还记得在上海第一遍看完，你当时的第一反应吗？"听完徒弟的困惑，老刑警问道。

"第一反应？"童维嘉愣了一下，努力回忆，"就是感慨吧！如果都是真的，那她也太可怜了！"

罗忠平轻轻地"唔"了一声，显然这不是让他满意的答案。

"那师傅你的第一反应是什么，看了之后？"

"我嘛，有个最简单的事想不明白。"停顿片刻，罗忠平用有些疲惫的声音说，"她如果是写自己的事情，为什么要用第二人称呢？"

十六

亲爱的，你还好吗？希望我讲述的故事没有让你感到不适。这是你的故事，也是我的故事，或者说，这是我们两个人一起书写的故事。

有时总会感慨，人生是多么刺激的一段历险。就像冰川上的一滴融水，谁能预知它的终点？以为江河湖海是你的归宿，也可能被干涸的大地吸收；就算历尽艰险抵达汪洋，伴随你的还有黄沙和油污。

所以没有什么是一成不变的，也没有什么不能放弃。今天看似生命中唯一的寄托，到明天也许就是生存下去的累赘。"我千万不能变成那样"，你以前总会这样想，但真变成那样了，才发现照旧日出日落，生活还在继续。

那些可笑的男人总喜欢在完事后点上一支烟，貌似关心地向你说教，什么自珍自爱回头是岸，什么人生的道路掌握在自己手中。你每每点头附和，心里却骂上一句脏话，人生道路当然是自己走的，但这条路通向何处，又岂是自己能够决定？我们每个人无非一粒尘埃，被这大时代的浊浪裹挟，随波逐流而已。

就把所有的不堪当作一场梦吧，你这样劝慰自己，一场荒唐的白日梦。整个人生不也是一场梦吗？纵酒欢歌忘掉痛苦，醉生梦死忘掉昨天和明天，程丽秋已在遥远的过去，陈芳雪现在成了爱丽丝，正紧张又刺激地梦游仙境。

对了，忘了说，在天歌你叫爱丽丝，这是你给自己起的花名。洋气，可爱，带有童真的意味，又有放纵的气息。天歌夜总会的大门是兔子洞，霞姐和小四川分别是红心王后和疯帽子……但谁是带你出来的兔子先生呢？

没有人，或者是你自己。

要么永远沉睡在梦中，要么靠你自己醒来。

这一年的秋天，宋光明的案子终于判了，刑期十八个月。律师说已经算从轻了，大概考虑到他是初犯，还有嫖娼问题上的疑点。此外刑期从6月进看守所时开始计算，因此明年年底就能出来。

"别放弃希望！"

律师用一句鼓励的话与你道别，他看起来也如释重负。

你问清宋光明所在的监狱，买了一堆吃的用的去看他。到了才发现还需要登记预约，于是只好先登记了，将那堵灰色高墙的模样刻在脑子里，老老实实回来等待。终于等到预约的时间，你再次来到墙外，里面的人却告诉你，宋光明拒绝会见。

你问宋光明为什么拒绝，是不是生病了，或者出了什么事？人家问你是他什么人，你说是他女朋友。但那名同志立刻摇头说，宋光明不承认自己有女朋友。

铁门在你面前关闭，你蹲在墙根下伤心了许久，又想起手上的东西，再敲门问能不能先把东西送进去给他。那名同志叹了口气，告诉你宋光明也说了，你的任何东西他都不要。

你一路哭着回家，耳边又响起律师鼓励的话语。你没有放弃希望，但宋光明放弃了。他为什么如此轻易地放弃？他曾经说过的豪言，那些铿锵有力的话语，那些永不低头的誓言，他都忘了吗？

你有满腔的委屈想找人诉说，可找不到倾诉的对象。小四川知道一点儿你的事，但她觉得你太傻了，傻到居然会去相信一个男人。你也不可能跟"程丽秋"说，得知宋光明进去了，她幸灾乐祸还来不及呢。

那天从监狱回来，你意外地看到"程丽秋"等在你家门口。你很紧张，不知道她怎么找来的，她说是龙哥告诉她的，龙哥的父母也住在这个小区。进了门，她像过去一样反客为主，把你家完全当成自己的地盘，你不得不在她留意到之前，飞速藏起宋光明的物品。

她在衣柜里发现了一件白衬衫，眼神凌厉起来。有一瞬间你想，就算让她知道了又怎样呢？但在张口的瞬间失去了勇气。"我工作时候穿的，有的客人要求穿成这样……"

你咬牙告诉她自己换了工作。虽然还在天歌，但性质不一样了。她一时没反应过来，问是怎么个不同法；又看你吞吞吐吐，索性抢过你手中的包，倒了个底朝天。

一叠安全套，像小超市卖的小包洗发水，四方形的包装连成长长一排，从她的指缝间垂下。

不用再辛苦解释，她终于明白了。

"为什么？"

她问你，你只是摇头。她抓住你的肩膀用力摇晃，见你还不说话，又凶狠地抽了你两记耳光。你被打疼了，恶狠狠地盯着她的眼睛，她却突然抱紧了你。

"都怪我……"她哭起来，眼泪润湿了你的发梢，"都怪我……"

说来可笑，她居然以为你的自暴自弃源于她的毁约。她曾经答应在毕业后将"程丽秋"的身份和文凭让给你，但最终屈服于父亲的压力……你没有安慰她，忽然觉得这样也挺好，让她觉得欠了你的——再说她也确实欠你的。

当然，你也有一丝丝的感动，至少她没嫌憎地弃你而去，也没有居高临下对你进行道德审判。

这一天过后，她频繁地来找你。你们甚至恢复到了去年在地下室时的亲密。你仍旧会帮她写作业，她也给你些乱七八糟的好处。她仍然不住校，跟龙哥的关系似乎也不太稳定，于是隔三岔五跑来与你厮混。

那段时间你正处于情绪上的低谷，除了每天晚上迫不得已出门"上班"，就只是窝在家里睡觉。她就硬拉你出去，去公园划船，去酒店吃西餐，去录像厅看香港电影。一次你们窝在录像厅的情侣座里，看张国荣、张曼玉和刘德华演的《阿飞正传》，她看得昏昏欲睡，你却看得痛哭不止。她醒来问你哭什么，你给她讲了电影里"无脚鸟"的故事。你以为她不会懂，她却突然抱紧了你说，她懂，她其实跟你一样，都是找不到家园又不敢停下来的可怜小鸟。

　　大概就在那一刻，你终于理解了她的痛苦，但谁能真正理解你的痛苦呢？

　　中州下第一场雪的那天，你又去了监狱。

　　每个月一次，已经成为你的习惯，当然每次听到的答复都一样，你也习惯了。你试图用这种方式告诉宋光明你没有放弃，也鞭策自己不要放弃，但事实上每次望着厚重的铁门在眼前关闭时，你都会恨恨地咬牙，想着下个月再也不来了。

　　人都是有情绪的，你也不例外。

　　监狱在远郊，返城的公交车在中州师范门口有一站，因此你每次都会在这里下车。这天你刚刚下车，立刻被震耳欲聋的锣鼓声包围了。你看到校门内的广场上，一支学生组成的小型民乐队正在临时搭建的舞台上演出，舞台两边摆了花坛，头顶上方还拉着横幅，写着"热烈庆祝敬爱的母校升级更名成功"。

　　校门口白底红字的校名牌匾不见了，换成一大片新砌的花岗岩石台，石台上刻了六个鎏金大字——"中州师范大学"。

　　不少路人在校门口驻足围观，你也站了一会儿，看到一张熟悉的面孔——那个送了你一支钢笔的男老师，好像是教务处的。

　　热闹与你无关。你沿着师院南路向东步行到幸福大街，在路口看到"师院南路"的路牌上贴了张不干胶，将"院"改成了"大"。你忍不住想，为什么所有人都这么执着于名字呢？改了名字就真的一切不同了吗？但随即又联想到自己，胸口一阵发闷。

回到食品厂小区的家中，你用了一个多小时化妆，又花了一个小时搭配衣服。小四川曾热心传授经验，告诉你男人的视线喜欢停留在哪里，可她走的是性感路线，与你定位不同。你是爱丽丝，一个忍辱含冤的女大学生，不得不下海兼职求生存，所以你通常不会化浓妆，而是通过齐齐的刘海、忽闪的大眼睛、晶莹光洁的嘴唇和领口内若隐若现的粉色少女系内衣来勾引男人。这一套装扮不但让你有了稳定的客源和收入，而且劝善从良的话听得太多，也帮你对男人的虚情假意有了足够的辨识力和免疫力。

不知什么原因，这一天你的财运欠佳。从7点到10点，只有一个来中州做生意的台商点你陪了两杯酒，他饶有兴致地听你讲了爱丽丝的故事，一双汗津津的手在你的大腿上揉搓半响，最后却没了下文。回到你们烟熏火燎的化妆间兼休息室，小四川吐着烟圈问你收成如何，你笑笑说还好，心里却气馁，最近挣钱的速度明显放慢了，你担心宋光明出来之前都还不清欠款。

还好等了没有十分钟，又有贵客到了。你跟在小四川屁股后面，同十多名姐妹一起鱼贯进入五楼走廊尽头的一间VIP包房。霞姐殷勤地跟包房里的几名客人打招呼，你们站成一排逐个自我介绍。

"老板好，我是17号婷婷，一名来自湖南的辣妹子。"

"大家好，我叫悠悠，来自安徽，5号，希望能与您结缘。"

"我是20号，我叫小晴，来自四川，我的座右铭是，不服就干！"

"我叫爱丽丝，36号，是一名大学生，我喜欢读书，梦想是成为一名人民教师……"

你曾向小四川抱怨，这感觉就像排队等枪毙。小四川笑说还真有点儿像，都是男人举了枪瞄你，不过枪毙是谁挨子弹谁倒霉，而咱们恰恰相反，就盼着男人的子弹打过来。

灯光有些刺眼，你稍稍向旁边挪了一步才看清下面沙发上的几名客人。其中一个正盯着你看，瘦削的面庞，高挺的鼻梁，鹰一般的双眼，然后薄薄的嘴唇咧开，露出一丝瘆人的笑意。

他认得你，你也认得他……那个夺走你第一次的男人，那个将子弹射向你的魔鬼。

其他几名客人都点完了，他的手指向你，可还没来得及开口，包房外面又进来一个男人。他看看你又看向那个男人，立刻鼓掌大笑："老钱，赶紧过来看看，这儿有一个你们学校的，你这教务处长是不是该写检讨啊？"

一片哄笑声中，进来的男人看向你。起初他的表情有些尴尬，看清你不是学校的学生后明显松了口气。正准备坐下，忽然又转了回来，再次打量你，似乎才想起来你是谁。

"老师您好，好久不见了。"你微笑着向他打招呼，"今天是个好日子，恭喜中州师范大学升级挂牌成功！"

喝酒唱歌到0点30分，几个男人渐渐坐不住了，陆续带着各自的女伴离开。这期间你一直陪着钱老师，可他始终没碰你一下，也几乎没跟你说一句话。姓杜的魔鬼让他不必拘束，他摇摇头说自己不习惯这样的场合。两人嘀咕了一阵，你听到他们在讨论西郊市场的拆迁进度、施工队的入场计划，还听出魔鬼在中州师范下属的杏林酒店开了长期包房用作现场办公室。此外他们又聊到养生，两个人都有慢性咽炎，互相切磋中医治疗的方子……

无人理睬你，你只好尴尬地自斟自饮，偶尔给鬼哭狼嚎的男女对唱鼓掌叫好。小四川不甘心被冷落，摇着魔鬼的胳膊撒娇，发嗲说自己肚子饿，想吃夜宵。

于是便彻底散了，魔鬼买过单，带着小四川离开。钱老师看了你一眼，掏出两百块小费放在桌上，什么也没说就走了。你默默把钱攥在手心，心底一阵悲凉。

你回到化妆间继续等待。之后你又排队枪毙了两次，但都没被子弹打中。你只好向今晚的坏运气低头，草草收拾了回家。

从天歌夜总会的后门出来，你穿过狭窄的小巷走向食品厂小区，路过昏暗的路灯，忽然听见有声音从背后传来。

"同学，等一下。"

你回头看去，路边一辆黑色皇冠摇下车窗，钱老师正向你招手。

"回家吗？我送你。"

你摇摇头，说自己就住对面，走过去两分钟。同时心里想，难道他一直在等我？

"你朋友跟着老杜吃夜宵去了，你饿不饿？"

你还真的有点儿饿了，他看出你的犹豫。

"想吃什么？我带你去。"

"不用了……葱油面，巷口原来有个摆摊的，但最近不来了。"

你也不知道为什么要说这个。

"我知道全中州最好吃的葱油面在哪里，上车。"

他的语气平淡，却不容置疑。你内心挣扎片刻，还是乖乖拉开车门坐进副驾驶。皇冠驶出小巷，驶入幸福大街，然后向西拐上师院南路。

有那么几分钟，你们都不知道该说什么。你偷眼看他，发现他也在看你。

"你不会在故意等我吧？"你试图化解尴尬，故作轻松地问他，"以前没见你来过天歌啊。"

"哦，被老杜硬拉来的，说庆祝一下。"他停顿了片刻，又觉得有必要解释清楚似的补充道，"那种地方还真是第一次去。"

说"那种地方"，显然代表了他的态度。气氛更加尴尬，你不禁泄了气。

"对不起，还是麻烦送我回去吧……或者路边停车，我自己走回去就好。"

他似乎察觉到伤了你的自尊，默默在路边停好车。你伸手拉车门，却没成功。

"我还记得咱们最后一次见面时，你说过的话。"他望着车窗外被灯光照亮的学校大门，幽幽说道，"你说你会以另外一种身份，回学校见我。"

"是吗？对不起啊，早忘了……"

不，你没忘，你当然记得。

"能告诉我发生什么事了吗？"

不能——至少现在还不能。你顾左右而言他。

"对了，今天好像是杜总买的单，你们关系挺好的？"

"这几年学校基建项目多，有不少合作，老杜人挺好的。"

是啊，挺好的，而且不仅仅是合作关系吧……你暗暗咬牙，却又忽然想到就算现在回家，家里也什么吃的都没有。

"最好吃的葱油面到底在哪里？"你又推了推车门，"如果不带我去，我真回家了！"

他难得露出笑容，重新把车开上大路。皇冠沿着中州师范的校园绕了半圈，最后拐入师院北路北侧的杏园小区。在楼前停了车，他拉开一扇装有对讲系统的单元门，示意你先进。

"葱油面？"

"对啊，全中州最好的葱油面在我家。"

已是后半夜，夜深人静。走在楼梯上，脚下的高跟鞋发出巨响。你留意到他蹙起的眉头，立刻脱了鞋拎在手上。

他说谢谢，你笑了笑。左邻右舍住的都是他的同事，让人知道半夜带陌生女子回家，影响肯定不好吧。

"你爱人呢？不在家吗？"跟随他进屋之前，你忍不住问道，"不会把我乱棍打出来吧？"

"离婚了。"他打开门，扔给你一双拖鞋，"沙发上先坐，我给你煮面。"

他竟然真的煮面去了。你在屋里转了一圈，看清是套两居室，卫生间和卧室有些凌乱，没有女人的零七碎八。

看来他没骗你。

你坐不住，倚着厨房门看他忙碌。

"我原来就住这小区，不过是下面的地下室。"

"是吗？我说呢，有几次好像看见你的背影，觉得眼熟，"他回头向你笑笑说，"你现在还坚持读书吗？"

最近确实刚看完一本，小四川给你的《常见性病预防与治疗》。

你用戏谑的语气问："老师有什么好书推荐吗？"

他想了下，从你身边挤出厨房，到书柜挑了两本小说。一本是美国作家玛格丽特·米切尔的《飘》，一本是澳大利亚作家考琳·麦卡洛的《荆棘鸟》。

你听说过《飘》，知道还有一部著名的改编电影，是讲美国内战故事的；但完全不知道《荆棘鸟》。

"都是关于女人的故事，"他把两本书放在你的手上说，"女作家写的女性故事，相信会对你未来的人生道路有帮助。"

两本书都很厚，托在手中沉甸甸的。你道了谢，把书塞进包里。

面很快煮好了，好大一碗。你说吃不了要跟他分享，他说不饿。你于是说自己也不吃了，他只好苦笑着把面分成两小碗，无奈的样子就像一个宠溺女儿的老父亲。

你们坐在餐桌前吃面，一时又没话说了，寂静中只有吸溜面条的声音。老实说，他的面很一般，清汤寡水没太多味道，但你却吃得很香，连碗底的汤都喝得干干净净。

舒服，是你唯一能想到的形容词。

无论是这碗面，还是这个房子，还是面前的男人，都让你觉得舒服。

从来没有人给过你这样的感觉，甚至宋光明。

你们相视而笑，气氛转而有些暧昧了。

"谢谢你的面，我该回去了。"你站起来说，眼睛却向卧室的方向瞟去。

"我送你。"

他大概以为你会主动留下，你也以为他会主动让你留下，但既然彼此都没点破，也只好心照不宣地演下去。你拎起门口的高跟鞋，默默跟着他下楼。

"真的不用送了，我走回去就好，正好吃饱了散散步。"你看到他掏车钥匙，急忙谢绝。

"太晚了不安全，要不我陪你散步回去？"

你摇摇头，拿出他之前给你的两百块钱，说那就承蒙好意打车回去。他点点头没有坚持。

"下次再来吃面。"出租车来了，上车之前他对你说。

"下次再来天歌玩儿，点我。"你坐进车里，回头时却发现他目光有些游移。于是你从包里摸出钢笔，抓起他的手掌，在上面写下你的呼机号码。

"呼我。"

他注意到你手中的钢笔。

"对，你送我的钢笔，我一直在用呢！"你露出最灿烂的笑容给他。

他看了看手掌上的号码："我应该叫你爱丽丝还是……"

"陈芳雪。"你斩钉截铁地回答，"天歌之外，我叫陈芳雪。"

这一晚你失眠了。洗过澡躺在床上，窗外正是最深的夜。平常都会饿着肚子入睡，但今天难得胃里暖暖的。你才想起，自打宋光明进去，你就再没踏踏实实吃过一顿饭了。

宋光明出事，等于宣告了你大学梦的彻底破灭。而钱老师的出现，是否会重新给你带来希望呢？

不，你在心底默默叹息，已经回不去了。陈芳雪可以变回程丽秋，但爱丽丝绝无可能。你已经放下书本太久，如今每天学习的都是化妆技巧和预防性病，而不再是英语时态和数学方程式。你已不是一年前的你了，就像霞姐说的，没有后悔药可吃。

况且，真的回到校园又能怎样呢？承受了这么多的生活苦难，天歌夜总会这种纸醉金迷又藏污纳垢的地方，让你看到了人性的另一面。你厌恶这里的残酷，但也喜欢它的直接，你甚至有点儿理解霞姐的那句话了，"你会上瘾的。"

当然，你并不打算一直在天歌待下去。你每天都在计算还有多久才能还清霞姐的欠款。按照最初的速度，本以为半年就够了，可谁知收成每况愈下。小四川告诉你实属正常，因为你已经过了新人红利期，而男人永远喜新厌旧；此外你发现自己漏算了成本支出，衣服、首饰、化妆品，还有各种打点、孝敬和罚款。

你睡不着，索性开灯坐起，拿出记账本重新计算。你发现自己必须咬牙坚持到来年4月，在那之后你就自由了，可以真正为自己挣上一点儿小钱。

当然你也可以选择提前"上岸"，不过五十步和一百步又有什么差别呢？有几万块做本钱，你和宋光明可以去个没人认识的地方重新开始，开家小店，做个小生意，组建一个小家庭，生一两个小孩子……

不，没那么简单。你不禁发出一声哀叹，在远走高飞之前，你还有仇要报。

黑名单上暂时只有两个人。第一个叫杜传宗，那个夺去你一切的魔鬼。第二个叫龙诚，他先打伤了宋光明，又陷害了他，再欺骗了你。本来龙诚还上不了名单的，是"程丽秋"无意中透露，他用龙兴娱乐城的十万拆迁补偿款开了家新公司；而你早就从一位大腹便便的拆迁办主任口中得知，龙兴娱乐城属于租约到期，一分补偿没有。

所以那十万是你的钱，叫柳雯雯的发廊妹只不过是他找的托儿而已。

你也想过是否可以放下仇恨，调整心态开始新生活，但如果再遭遇类似的欺辱呢？过往的经验已经明白无误地告诉你，绵羊早晚会被狼群吃掉；如果你想生存，就必须自己先变成狼，哪怕是没有同伴的孤狼。而当你变成狼了，敌人就会变成绵羊——不，他们永远不会像绵羊那样温顺，他们更像恶心的老鼠，油光水滑的皮毛，红通通的小眼睛，冲你龇牙尖叫，以为可以肆意妄为，然后被你用菜刀砍得血肉横飞，剁得稀巴烂！

对，他们就是老鼠！姓杜的是鼠大，姓龙的是鼠二，你的任务不是报仇，而是灭鼠！

既然是灭鼠，就不能简单地以命搏命。打闷棍，下砒霜，灌醉后一刀直捅心脏，那样虽然成功率高，但你也跑不掉，灭掉一个，另外一个怎么办？骗到楼顶下去伪装成意外是个好办法，但有过一遭，警察应该不会那么好骗了。

再退一步想，虽然从程丽秋到陈芳雪再到爱丽丝已是贱命一条，但你的命不单单属于你自己，还属于芙蓉湖下的冤魂，还有高墙内的宋光明，就算是为了他们，你也要在灭鼠之后好好活下去！

胜利总有一天会属于你的，你告诫自己要有耐心，老鼠的优势在于躲在暗处，可现在形势倒转了，躲在暗处的是你，你依旧可以做你的小蜘蛛。只要一个完美的计划，一个完美的时机，等鼠大鼠二踩中粘鼠板，然后毫不留情地挥下菜刀！

感谢钱老师的适时登场，天色亮起时，你有了一个看似完美的计划。

十七

接到罗忠平的电话时，童维嘉刚从龙诚父母家出来。本来约好一起去的，结果一早接到电话，师傅说临时有事。

龙诚父母家在市郊一处中等档次的居民小区，比食品厂小区新了许多，只是地段位置差些。龙诚的父亲原是食品厂的工程师，下岗分流时算有头脑的，拿买断工龄的钱买了这套房。1998年龙诚回家说西郊市场要拆迁，自己的娱乐城干不下去了，劝说父母把这套房抵押了当本钱给自己开公司。当妈的心软答应了，但当爸的没同意。知子莫若父，老龙告诉爱人说，咱们儿子确实能赚钱，但他干的都是歪门邪道。两口子为这事吵吵到2000年4月龙诚意外身故，又一直吵到九年后童维嘉上门的一刻，而且看样子还会继续吵下去。

面对上门的女刑警，龙诚母亲一把鼻涕一把泪，说如果当初真的答应了，儿子肯定就不会死。童维嘉忙问为什么，老太太说龙诚当初为开公司的本钱东挪西借，那个姓宋的欠了儿子十万块钱却赖账不还，儿子气不过上门理论，没承想遭到了算计……

龙诚父亲不客气地打断妻子，让童维嘉别听她的，在她眼里儿子都对，错的都是别人。跟姓宋的矛盾都是儿子自己说的，真假谁知道？指不定他怎么坑了别人的钱呢！而且公安都调查过了，人家姓宋的没嫌疑，是咱儿子自己上人家里捣乱，运气不好，也算活该……

两个人说着又吵起来，龙妈妈哭天喊地，龙爸爸义正词严。童维嘉在旁边听得头大，劝也不是，走也不是，挠头片刻甩出一个问题，立刻让两人都安静了。

"龙诚有女朋友吗？"

这一回两个人迅速达成一致，说有，是中州师大的一名女学生。

"我们还一起吃过一顿饭！"龙诚母亲回忆道，"感觉家境还不错，应该挺有钱的，就是教养差一点儿……姓什么来着？"

"姓程吗？"

夫妇二人对视一眼。

"不是，姓杜。"龙诚父亲认真地说，"我记得很清楚，她自己说姓杜，还说父亲是做建筑行业的，所以我猜后来那混账东西要开公司做什么门窗，跟这女孩也有关系。"

"我儿子不是混账东西，你才是！"

两个人又吵开了。趁着他们吵得不可开交，童维嘉悄悄开溜了。

从龙诚父母家出来，童维嘉立刻给师傅打电话报告这一特大成果，可激动无比地说完，电话对面却没什么反应。罗忠平嗯了两声说，抓紧时间来世纪诚天一趟。

童维嘉不禁疑惑，他说"来一趟"而不是"去一趟"，说明他就在那边……难道陈芳雪已经回来了？

匆匆往世纪城天公司赶去，到中山路却发现下永明路的出口被封锁了。有交警示意前方道路不通，车辆必须绕行。童维嘉亮出证件问怎么回事，交警挪开挡路的锥桶，说有群体性事件，正如临大敌呢。

沿永明路没开多远，便看到世纪诚天办公楼前后五十米的路面已拉起警戒线，路边停着数辆闪着灯的警车和两辆以防万一的救护车。童维嘉找地方停好车走过去，看到公司楼下的停车场已被愤怒的讨债者占领，数量有两三百人，从衣着看大多数是包工队的农民工，喊着"还我血汗钱"的口号。此外还有部分小老板模样的人混在其中，应该是上游供应商。愤怒的人群试图冲进紧闭的公司大门，守在门口的几位民警左支右绌、狼狈不堪。有干部模样的人站在楼前花坛上举着喇叭向众人喊话，恳求大家冷静，可根本没人理睬。

再给师傅打电话，却迟迟没人接听。童维嘉四下寻找，半天才看到熟悉的身影正蹲在一处角落，拉着一位小老板聊天。

小老板自称是做小区景观的，他说世纪诚天开发的项目一直信誉很好，扣点少、结款快，但从去年底开始出现拖款的现象。起初大家没在意，觉得那么大的公司不会有事，可过了农历新年，居然一次款也没结过……

罗忠平说，理解大家讨债的心情，可既然市里已经表态了，大家也已经等了这么久，为什么偏偏今天突然跑来公司聚集呢！小老板一个劲儿地叹气，说本来是打算再等等看的，可谁想到杜传宗突然死了呢？俗话说冤有头债有主，现在债主死了，这债要烂了怎么办？公司回头真的破产清算，那就一分钱都讨不回来了……

童维嘉在旁边听得目瞪口呆，杜传宗死了？！

小老板看起来比她还惊讶，你们公安难道不知道吗？杜传宗跑去美国做换肾手术，结果手术失败直接死了！

罗忠平不动声色，问小老板从哪里知道的。小老板说他们讨债的有个QQ群，大家会在上面抱团打气、互通信息，昨天晚上有人发了一张杜传宗的英文死亡证明到群里。说着他拿出手机，打开截图给两位刑警看。童维嘉端详片刻，说格式内容都对，死者的姓名和生日确实也与杜传宗吻合，但不确定图片是否被PS过。

谢过小老板，罗忠平告诉童维嘉，另外几个讨债人的说法也大同小异。杜传宗死亡的消息昨夜在讨债QQ群里爆出后，大家先是一片慌乱，而后群情激愤，相约第二天来公司讨要说法。由于最近常有讨债的，公司员工早晨上班看到有人聚集也见怪不怪，可没想到聚集的人数迅速增加，并开始往公司里冲。员工们一问才知道，自己的老板居然死了，只好赶紧报警求助……

混乱的局面从上午一直僵持到傍晚。陆续有警力从四面八方赶来支援，但也不断有更多人加入讨债大军。市政法委的孙书记于午后赶到，随即成为现场总指挥。有人提议武力清场，被孙书记否决，现场已有不少媒体，而且必须承认绝大多数人的诉求都合情合理。

最终只能由各级领导轮番出面，拿着扩音器给大家做工作。嗓子喊哑了，肢体冲突渐渐平息，但数百人仍聚在公司门口不肯离开。孙书记再三强调市委市政府已经派出了工作组，会尽全力保护大家的利益，但很多人觉得空口无凭，再说杜传宗都死了，难道市财政愿意为一家民企背锅吗？

孙书记喊完话下来，立刻问有没有联系到杜传宗，下面人忙说联系过了，但杜传宗刚刚做完肾移植手术还在恢复阶段，医嘱不能长途旅行。孙书记大手一挥，说信他不如信鬼，下最后通牒要求限期回国否则后果自负。接着他又问世纪诚天的二号人物在哪里？记得上次开会时有人说过，是个姓陈的女人……见所有人面面相觑，罗忠平主动上前报告，陈芳雪目前不在公司，但应该今天会回到中州。

孙书记的脸色极为难看。童维嘉在外围望见，简直想找地缝钻了，然而再看师傅，老刑警却泰然自若。

陈芳雪今天真的会出现吗？如果杜传宗的死讯是假的，造谣煽动的人究竟是何目的？会不会是故意施加压力逼陈芳雪公开露面呢？

童维嘉猛然抬头环顾四周——如果是这样，那么陈芳雪很可能就躲在附近某个地方，正关注着现场的动静，甚至能看到此刻的自己！

办公楼前人员密集，而且早已被警方围得水泄不通，所以她不可能混在人群中；她肯定也不在公司，否则早被人揪出来了……童维嘉跑到警戒线外，查看停在路边的车辆，又留意四面的高楼。

一点儿反光映入眼帘……与世纪诚天办公楼一街之隔，有一栋商住公寓楼，三楼的一扇窗户拉着窗帘，窗帘缝中却有什么东西亮闪闪的。

童维嘉立刻冲向公司门口，找到那个胖乎乎的前台女孩。"你们陈总住哪里知道吗？"

"陈总吗？她就住公司附近，具体哪里不清楚，有时看她走着来上班……"

年轻的女刑警立刻转头向那栋楼跑去。

童维嘉仅仅敲了一下，门就开了。伴随着飘出的咖啡香味，是亲切却不容置疑的声音："门没锁，进来吧。麻烦换下拖鞋，你的鞋放在门口地垫上就好。"

童维嘉换了鞋，把身后的门关上。步入玄关，看到陈芳雪还站在窗前，手里举着望远镜。

"你知道我会来找你？"

"我还看到你过马路翻绿化带的时候差点儿摔了一跤。"陈芳雪抬手示意茶几上，"你的咖啡，小心烫。"

童维嘉拿起咖啡闻了闻，又放下。她环顾房间，总有些奇怪的不适感。

"为什么要躲起来？"

"我吗？我没有躲啊，我只是在家休息……而且这不是欢迎童警官你来做客了吗？"

童维嘉能看出对面女人的笑容带有明显的戏谑甚至嘲讽，但她顾不上了。

"看到下面乱套了，你也不管吗？还坐得住？"

陈芳雪收敛了笑容，放下望远镜坐回沙发上，一脸无辜。

"我又能做什么呢？其实公司的情况你们跟我一样清楚，真要怪的话，也只能怪杜总吧。"

"杜传宗在美国养病，公司不是你在管吗？你是常务副总……"

"我也只是一名普通的公司员工，"陈芳雪笑起来，"而且你们尽管放心，杜总很快就会回国的。"

就算杜传宗真能回来，远水也解不了近渴，眼下的局面总要有人出面收拾……童维嘉暗暗给自己打气，决不能让她就这么袖手旁观。

"陈总，世纪诚天是大公司，做过那么多大项目，各级领导心里都有数，公司遇到困难也很正常，你要相信政府，市里肯定会帮助你们渡过难关！"

陈芳雪笑："你这是代表了哪位领导？"

"我代表我自己！对了，我住在西苑豪庭，那个小区就是世纪诚天开发的，虽然属于经适房小区，但绿化、环境、设计包括建筑质量都特别好，这说明了你们公司是有底蕴的！"

听到"西苑豪庭"四个字，陈芳雪露出不易察觉的笑容："那个小区我知道，很不错。你买的房子？"

"租的，暂时还买不起……但不管怎么说，我有一份工作，衣食无忧，可下面那些民工呢？那些给你们供货的小老板呢？你有没有想过，如果公司垮了，他们怎么办？我知道你吃过很多苦，所以你更应该能理解他们的苦，多少人走投无路，多少个家庭会家破人亡？！"

陈芳雪站起来，又拿起望远镜向下面看了看，语气中听不出任何同情："说到吃苦，你可能太年轻不明白，但我这些年学到的一个深刻教训是，不要太在意你自己已经失去的东西，而应该想想，该用什么有效的办法，把已经失去的，换个方式再拿回来。"

"你失去了什么？又换了什么回来？"

陈芳雪有些诧异地回头看了一眼："咦，我留给你们的东西没看到吗？"

"看到了！我们知道你失去了什么，也很同情……"

"不，你们不知道！"突兀的一声喊叫，她面露狰狞；但两秒钟便恢复了笑容，不好意思地向女刑警摆摆手。"你瞧，咖啡喝太多了就容易神经兴奋，真要控制一下了……好吧，既然童警官你说了这么多，我就给你个面子，陪你下去走一圈。"

陈芳雪进卧室换衣服，童维嘉松了一口气，坐在沙发上等着。拿起咖啡抿了一口，熟悉的苦味，没有奶和糖。她再次环顾客厅四面，忽然明白了自己不适感的来源——房间太干净了，不仅是整洁或一尘不染，而是没有任何一点儿多余的东西。屋内没有任何的装饰或绿植，沙发上没有靠枕或毛绒玩具，餐桌和茶几上除了一盒纸巾别无他物。

不像家，甚至不像酒店客房……

像什么呢？

对了，像监狱。

黄昏时分，愤怒的讨债人群渐渐陷入尴尬境地：僵持下去似乎也不会有结果，放弃又不甘心。一位带头大哥试图鼓动疲惫的同伴发起新一轮冲击，警戒线外的部分围观群众为他鼓掌叫好，但立刻遭到民警的阻拦。

就在此时，两名女子穿越警戒线向楼前广场走来。走在前面的女人三十岁上下，一身黑色职业套裙，长发挽成发髻盘在脑后，鼻梁上架了一副全框黑边眼镜，看起来文质彬彬又不失强硬。她的后面跟着一名二十岁出头的女孩，穿着T恤衫、牛仔裤和运动鞋，神色有些紧张不安。

看到她们走来，讨债的人群中立刻出现一阵骚动。有人大喊"陈总"，冲上去想拉住前面的女人，后面的女孩立刻上前保护。

两个人挤过人群，径直来到孙书记的面前。女人主动自我介绍并道歉，然后接过喇叭站上了办公楼门口的花坛。她居高临下向大家说明自己的身份，愤怒的人群汹涌着，几乎把她淹没。旁边的女孩紧张地保护左右，但女人处变不惊，很快就靠优雅自信的笑容和条理清晰的回答让大家冷静了下来。

陈芳雪重点表达了三层意思。第一，杜总的死亡是谣传，他刚刚在美国接受了手术，身体状况已明显好转，不日即将回国。第二，公司的资金链确实碰到一些困难，但在市委市政府的支持下，很快将获得银行的追加贷款，项目绝不会烂尾。第三，世纪诚天信誉卓著，与各方良好的合作关系来之不易，如果过激行为导致公司或项目出现问题，最终受损失的还是大家。

说完这三点，陈芳雪又主动记录下各方姓名及拖欠的款项内容和金额。她的动作麻利干练，没有丝毫拖泥带水；她的话语浅白诚恳，却带着不容置疑的威严。如果不是刚刚听过她的心里话，童维嘉肯定会相信她说的每一个字；但此刻，她只觉得脊背发冷。

对了，师傅去哪儿了？见陈芳雪暂时没有了危险，童维嘉悄悄离开楼前，绕了一大圈，总算发现了熟悉的身影。其貌不扬的黑瘦老刑警正混在人群中，低着头佝偻着脊背，看似毫无目的地碰来撞去。

童维嘉挤过去，向他大喊："师傅，干吗呢？"

老刑警似乎没听见，又好像故意躲避似的，向人群更密集的地方凑过去。童维嘉费力地跟过去，伸手从后面搭住他的肩膀，却被用力甩开。

"哎——"

几秒钟后，童维嘉便明白自己犯了多大的错误。老刑警身前有名穿帽衫的高大男子，戴着口罩的脸深深藏在兜帽下面。他动作隐蔽地向陈芳雪挤去，一只手揣在怀中。就在童维嘉拉住罗忠平的那一瞬间，他突然撞开前面的人，怀中的手抽出一柄闪着寒光的匕首！

老刑警甩开徒弟的纠缠，直扑过去。就在扯住男人的一瞬间，匕首已刺入了陈芳雪的胸膛。她后退了两步，望着面前的男人露出古怪的笑容，随即直挺挺地倒了下去。

老刑警在旁边民警的配合下将行凶者死死压住，童维嘉则冲上去按住陈芳雪鲜血喷涌的伤口。

"来人呀！医生！！陈芳雪！程丽秋！你不能死！！"

十八

宋光明被释放的前三个月，你彻底还清了霞姐的欠款。

你对霞姐说，钱还清了，自己作为爱丽丝的梦游冒险也该结束了。她好奇地问你之后的打算，你说准备找个男人去爱，去结婚，去过正常人的生活。她哈哈大笑，旁边的小四川也大笑，所有人都大笑，只有你没笑。

这不是笑话，而是你真诚的决定，只是隐藏了报仇的部分。但她们想笑就笑吧，你也无所谓。

托钱老师的福，你被安排进中州师大下属的杏林酒店工作。酒店是学校搞的三产，一楼大堂一角辟有茶苑，你就在那里做茶艺师。前几个月是兼职，天歌的工作辞掉后再转为全职。

当然，你什么都不懂，需要从零学起。什么是茶盘、茶船、茶海，怎么洗茶、冲茶、分茶，茶叶有多少种，茶艺分多少流派，"高山流水"怎么流，"凤凰三点头"怎么点，你拿出当年高考备战的劲头，把所有需要记住的知识刻在脑中，然后自己置办了一套茶具不间断地在家练习。

你的导师姓方，是位性格爽朗的大姐。她说自己带过不少徒弟，你是最勤奋也最有天赋的一个。头两个月你的进步很快，她也不吝表扬，但后来她看你时却总是摇头。

你问她为什么，自己哪里做得不对？她说都没有，你的手法像模像样，该有的程序一样没少，但你有个最大的问题——

躁。

方姐说，茶艺是一种修为，需要静心养性、返璞求真，而你总心有旁骛。你嘴上不服气，心底却不得不承认她说得对。老实说你对茶艺没有任何兴趣。有的茶叶确实挺好喝，但三两口解渴的事，非要搞得像做手术一样复杂，在你看来那是有钱人附庸风雅的游戏，比如鼠大，他一个倒卖砂石起家的暴发户，能懂什么叫返璞求真吗？

你在心里嘲笑这些来喝茶的有钱人，但这不妨碍你笑盈盈地为他们展示茶艺。无非就是动作优雅、莺声燕语，适时地微笑加上几句不留痕迹的马屁。在你看来，茶苑的工作跟夜总会差不多，无非都是满足那些男人可笑的虚荣心；茶海边你恭维他们是民族的脊梁，大床上你夸赞他们金枪不倒。

都是逢场作戏罢了。你甚至把方姐也看穿了，如果不是校长的远房亲戚，她多半也只能在某家小茶厂给碧螺春上色呢。你见过她把五十元一两的茶叶装进三百元的罐子，还目睹一个厂家批发价三十块的紫砂壶经过她的手，被当作大师遗作以一百倍的价格卖出去，最后还没入账。

当然，你聪明地装作没看见，就像小四川她们笑话你时一样。

宋光明出狱的前一晚，你辗转反侧无法安眠。五百多天后再次面对面，会不会感觉陌生了？他会冲你笑吗？会不会给你一个热情的拥抱？还是冷着脸爱搭不理？

实在睡不着，你又起来把房间里里外外收拾了一遍。最后，环顾干净整洁的房间，你对自己的布置很满意。窗帘是新的，床单被罩和枕巾是新的，你甚至还买了新的沙发和电视，以及一台安装了调制解调器的台式电脑。

有了电脑他就不用再往网吧跑了，也就不会在外面被人指指点点。

为了他的回归，你煞费苦心。不过花钱出力都没什么，最让你头痛的是怎么向"程丽秋"解释。

"我在跟你最恨的人谈朋友，而且我们打算同居，所以请你今后不要来了……"这样的话你可说不出口，可是日期一天天临近，再不说，让她自己撞破的话场面肯定更难看。

你需要一个契机，就像不得不打碎一个心爱的花瓶，最好能赶上地震；地震太难等的话，能闯进来一个小偷或者野猫也好。

你等了几个月，直到最后两天几乎绝望了，才等来一只野猫。

那天她突然来找你，咬牙切齿地说自己跟龙哥分手了。你没在意，因为她跟龙哥几乎每两个月都会分手一次，持续一两周再复合。但她说这回是认真的，因为她终于认清了他的本质，明白了这家伙一直在利用自己！

你好奇起来，问具体是怎么回事。她说龙哥新开了家皮包公司，批发铝合金门窗，自己起初也没放心上，但最近被他拉去几个酒局，每次都被介绍是某人的千金。她很生气，不希望别人知道自己的身份，但龙哥喝多后说了实话，说"这才是你唯一的价值"！

看到她气急败坏的样子，你忍不住在心中偷笑。鼠二虽然毒舌，但本质上没有说错，你的这位"好闺蜜"要文化没文化，要能力没能力，要素质没素质，除了傻乎乎的样子可以勉强被夸一句善良之外，还有什么呢？

不，她甚至称不上善良，善良的人能体会他人的痛苦，而她夺走你的一切却毫无愧疚。虽然那并非她的本意，但她毕竟也是这个运转体系中的一部分，这让你想到钱老师最近教给你的一个词——"平庸之恶"。

这样想来，花瓶虽然带来了不少美好回忆，但碎了就碎了吧。

于是你披上外套出门，找到公用电话拨通她的手机。你用轻松的语气问她明天上午有没有事，如果没事的话，你想请她陪你去个地方。她立刻答应了，还以为你特意为安慰她失恋准备了节目，感动地说只有你从不会让她失望。你不免阴暗地想，那就让你彻底失望一次吧……

天不亮你就早早起来梳洗打扮。记得宋光明说过女孩朴素最美，所以你只化了淡妆，小心掩饰这一年多晨昏颠倒留下的黑眼圈和眼袋。那些瓶瓶罐罐先收到水池柜最下面藏起来，原来的位置摆上你特意为他挑选的水杯和牙具。你尤其中意给他选的蓝色水杯，与你粉色的杯子正好配对，而且摆在一起时两个把手能拼成一个心形。

出门前你再次检查了背包。他进去时是夏天，而眼下已经入冬，所以你拿了御寒的外套和毛衣。除此之外，你还特意给他准备了一件新的白衬衫。他进去时穿的那件很单薄，而且已经脏了，不知道有没有洗过；你其实还考虑过要不要再带一条裤子，但大街上换裤子好像不太方便。不管怎样，从里面带出来的衣服裤子和鞋袜都扔了吧。你打定主意，既然是全新的开始，那么晦气的东西就要通通扔掉。

你和"程丽秋"在中州师大门口的公交站会合，她伸手就要拦出租车，你告诉她没必要，有公交车可以到。倒了两趟公交，她实在厌烦了，问你到底去哪儿，有什么惊喜，你说马上就知道了。

下了第三趟公交车又走了几分钟，你们终于到了监狱门口，看看表正好10点整。记得上次来时，监狱的同志告诉你，通常会在10点到11点之间放人，但也可能会提前。到了门口，看到大门紧闭，你有些紧张是不是已经提前放了人了，好在站岗的告诉你还没有。"程丽秋"彻底糊涂了，威胁你再不说清楚她就要走了，于是你从包里取出了崭新的白衬衫，问她是否会联想到谁。

她愣住了，脸上浮现出复杂的表情。

困惑，好奇，厌恶，但最后全部汇成了愤怒。

你点点头："没错，宋光明，那个被你们嘲笑并踩在脚下的书呆子，是我男朋友。"

你滔滔不绝地说下去，告诉她宋光明被打断腿后是你救了他，他中了龙诚的圈套，也是你自己卖身十万换取他减刑。你还讲述了你和他携手一起度过的艰难岁月，从发臭的石膏到累赘的拐杖，从冬夜长街的暖心相拥到龙兴娱乐城的最后一瞥……讲完你们的故事后，你最后对"程丽秋"说，你珍视你和她的友谊，但你更爱宋光明，所以她既然已经跟姓龙的分手，为什么不可以重新接纳宋光明作为朋友兼同学呢？

你做好迎接耳光或拳脚的准备，以为至少也要挨满脸的吐沫，可她的反应出乎你的意料。

她笑起来。

你至今也无法忘记她的笑容，也很难用语言来形容她的笑容。就像一个搏命的赌徒输掉了所有筹码，又仿佛临终之人准备好了上天堂。

对了，许多年后你再一次见到这样的表情，是在她临死之前。

"陈芳雪，再见了。"

她用前所未有的礼貌语气向你道别，然后转身向来时的公交站方向走去。你心中涌起一阵喊她回来的冲动，但张开了嘴却没有声音发出。她不会回来了，理智告诉你，你们的友谊至此已抵达了终点。望着她的背影消失在道路尽头，不知为何，你忽然想起你们一起在杏园小区地下室吃的火锅。

你好想再吃一顿那样的火锅。

胡思乱想中，监狱的铁门在你身后打开。不是整扇大门，而是一扇不起眼的边角小门。先出来一位管教，手里拿着个大信封；随后便是你朝思暮想的人，白衬衫，牛仔裤，短短的寸头能看清头皮，腿有些跛，手里提着个塑料袋，脊背还是那么挺直。

管教看了你一眼，将手里的信封交给他，并做最后的叮嘱。你站在原地不敢上前，隐约听到管教在说"别辜负"之类的话。你不禁想，是别辜负党和政府的教育，还是别辜负女朋友五百多天的等待？

叮嘱完，管教示意他可以走了。他抬头看了看天，又回头看了看高墙和铁门，最后才把目光投向你。你努力挤出笑容，向他摆手，紧张得大气不敢出；他停了两秒，终于大步走过来，然后一把将你抱在了怀中。

没有言语，也无须言语。

1999年12月23日，上午10点47分，那是你人生中最幸福的时刻。

回城的公交车上，他问你过得怎么样，你说还好，之前在天歌做服务员，不过最近换了工作，在一家茶苑。他不太懂，问具体做什么，你说就是表演茶艺，客人聊天时就在旁边倒茶，客人想买茶就做做推荐。他点头说还不错，虽然也是伺候人，但总比夜总会乌烟瘴气强多了。

见他紧锁的眉头渐渐舒展，你小心地问他为什么不肯见面，也不给自己回信。他的视线看向车窗外，幽幽地问你是否相信他没有嫖娼。

你没出声，而是握住他的手，紧紧贴在自己的胸膛上。

你的心跳就是你的回答。

到家已是下午。他并没有着急进屋，而是站在门口小心翼翼地打量，似乎在与记忆中的样子做比对。你比他还紧张，不希望他觉得陌生，又盼望他能领会你的心意。

他应该都注意到了。门口的男式拖鞋，玄关处"欢迎回家"的卡片，窗台上的鲜花，卫生间里心形的刷牙杯，还有新换的窗帘和新贴的壁纸——而最后，他的视线停留在你新换的双人床上。

蝶恋花图案的大红色床单和被罩，枕巾是鸳鸯戏水。看上去实在艳俗，但商场专柜的大姐劝你一定要选这套，喜庆又吉利，和爱人睡了准生大胖小子。

"如果颜色不喜欢的话……"

"挺好。"他点点头，在床边坐下，又低头闻了闻床单的味道。

"哦，都是新的，床也是新买的！"你怕他误会，赶忙解释说，"原来的床太破了！而且我觉得……"

"觉得什么？"

你低下头，不敢直视他的眼睛。

"我觉得，既然我们经受住了考验，熬过了最难的日子，也就用不着再挂个帘子了……"

你羞涩地闭上了眼睛。

热气吹到脸上，有什么东西触碰你的嘴唇。

你立刻贪婪地咬住了。

他的手在你身上游走，起先隔着衣服，然后探进领口，却笨手笨脚地搞不定内衣的搭扣，你帮他解开，然后伸手向他的胯下。他的呼吸越来越重，很快气喘如牛，你不禁觉得好笑，拉开他裤裆的拉链，把手伸进去⋯⋯

"不！"

他突然一声大吼，狠狠把你推开。你睁开眼，看到他正低头望着自己鼓囊囊的裆部，面红耳赤、悲愤交加。

你问他怎么了，他投过来的眼神冷森森的，如同闪着寒光的匕首。

"挺有经验啊，应该不是第一次了吧？"他说着从床上站起来，把裤子拉链拉上，"我不在，看来你过得不错，应该挣了不少钱吧？"

"啪！"

一记清脆的耳光，他的半边脸留下了红彤彤的五指山，跟床单一样红。你愣了两秒才反应过来那出自自己的手。

你咬牙瞪着他："再说一遍？！"

"难道我冤枉你了？"

你听出他的底气明显不足，于是毫不犹豫地在他另一边脸上也留下了印迹。

"你要敢再说一遍，就从这里给我滚！"

他蹲了下来，像是在思索。你把内衣穿好，扣子扣上，床单重新铺整齐，然后绕过他进了厨房。

你其实不饿，但按计划应该做晚饭了。材料已经备好，红烧排骨和清炒鸡毛菜，跟他走的那天一样；可惜你已许久没有开火做饭，都忘了上次换煤气是什么时候。

旋钮拧到最大，也只有豆大的火苗。你气得狠狠踢了一脚煤气罐。

"我去换吧，"他的声音在你背后响起，"然后我们需要好好谈谈。"

那一天你们最终也没能"好好谈谈"。

他换了煤气罐,你做了饭,你们在沉默中吃完。他按照以前的习惯刷碗,然后便穿着原来的白衬衫出门。你问了声什么时候回来,他没回答;你又问去哪儿,他犹豫了一下说随便转转。

他一瘸一拐出了门,你立刻悄悄跟在后面。他已经不用拐杖了,走得还挺快,你必须小跑着才能追上。沿幸福大街向南到师大南路,然后一路向西,经过焕然一新的中州师大校门时他停下了脚步,你以为他会进去,但这家伙只是吐了口痰便继续向前。

你忽然猜到了他要去哪里。

又走了差不多二十分钟,你跟着他来到了西郊市场。圆拱式的钢结构大门还在,"西郊市场"几个字已不知去向。暮色下的废墟一眼望不到边,几个衣着破烂的男女在残垣断壁间搜寻垃圾,还有一辆冒着黑烟的三轮农用车等着装载废砖。

龙兴娱乐城的那栋建筑还算完整,但霓虹灯箱和喷绘布广告都已拆除,门窗也已被凿去,只剩下一具黑黢黢的空壳。

"啊——"

他放声大喊,但除了你没人听见他的喊声。

"啊——啊——啊——"

如果回到从前,你会跟着他一齐大喊,但此刻你只想早点儿回家。

那一晚你们还是做爱了。说不上谁主动,自然而然地发生,像两块不安分的磁铁。他笨拙得像个小学生,你小心翼翼地配合,让他不至于太受挫,又避免显出自己有经验。也许是因为太过紧张,你没有丝毫的快感,感觉跟平常接客差不多;但当一切结束时,你还是将他搂在怀中,亲吻他的嘴唇,这是你从不会对客人做的。

宋光明,你是我的爱人,也是我的希望……你在心里一遍遍对他说,也对自己说,求你了,求求你,千万不要让我失望。

十九

行刺陈芳雪的男子三十来岁，身材高大，体格健壮，乱蓬蓬的头发和胡须许久没有打理，饱经风霜的手掌上满是重体力劳动留下的老茧。他的帽衫下穿有一件破烂的白衬衫，脚下一双开裂的旅游鞋。虽然被捕后始终一言不发，但从明显有些跛的左腿也能认出，此人正是宋光明。

令人印象最深的，还是他的眼神。他的眼眸中燃烧着熊熊火焰，能把目光所及的一切都点燃；但同时又饱含热忱和悲悯，仿佛要拯救所有误入歧途的灵魂。这样的眼神童维嘉只在天主教堂的壁画上见过，当耶稣被钉在十字架上的时候。

突如其来的血腥打破了世纪诚天公司楼前的僵持场面。被吓破胆的讨债者们作鸟兽散，生怕被当成行凶者的同谋；而在彻底控制住场面后，市政法委孙书记当场责令城西分局成立专案组，刑警大队大队长白铁民担任组长，彻查陈芳雪遇袭一事。

大庭广众之下，众目睽睽之下，影响极坏，性质极其恶劣！

审讯室里，宋光明面对警方的盘问始终保持沉默。白队上来先试着以情动人，说你的老父亲还惦念着你；无效后又试图攻心，说理解他是一时冲动……宋光明的嘴角牵动，说不清是触动还是嘲笑，但仍旧保持沉默。

白队没辙了，只好认输，换罗忠平进去。

"说说，为什么要杀陈雪？"

老刑警慢条斯理地问。头顶灯管镇流器发出高频的滋滋声，更凸显出气氛的尴尬与压抑。

"陈雪，陈芳雪，程丽秋……对了，还有个名字你应该也知道吧，爱丽丝。"

似乎并不奢望得到回答，罗忠平装作自言自语地随意说下去，余光却时刻留意着宋光明的反应。

"正义必胜……但正义也有打盹儿的时候，你被人陷害坐了一年半的牢，是不是在牢里天天想这四个字？正义在哪儿呢？正义真的必胜吗？"

宋光明终于有了反应。他咧嘴笑起来，示意面前的杯子空了。罗忠平亲自给他的杯子里续上水，他一饮而尽，然后闭上了眼睛，片刻发出鼾声。

不是装睡，他真的睡着了。

人民医院这边，童维嘉守在手术室的门口寸步不离。陈芳雪被送上救护车时已没了心跳，随车医生连打了两针强心剂，又上了电击，才勉强让心电图恢复折线。将人推进手术室时，心外科主任直截了当地说要做好最坏打算，相比医生的努力，她自己的求生欲更重要，当然还有运气。

与童维嘉一起守在手术室门外的还有霍达，专案组成立，他当仁不让成了副组长。手术进行了两个多小时，护士突然冲出来说医院备血不够了，需要从血库紧急调取血浆。童维嘉立刻从霍达手中抢过警车钥匙，冲到外面跳上车，拉响警笛直冲几公里外的血库。领取血浆的时候对方告知冷藏的血袋需要捂暖了再用，她便将血袋全部塞到衣服里，就像贴身挂满冰块做的炸药包，再一路警笛杀回医院。

血袋送进了手术室，童维嘉几乎瘫在地上。霍达奇怪她为什么跑了一趟就累成这样，还问她是不是平常缺乏锻炼，一摸才发现浑身冰凉，赶紧打来一杯热水让她喝下。

又过去两个小时，主刀的主任出来，宣告手术成功。凶手的刀尖已经刺破心包，如果再往里两毫米便会划破主动脉，那就神仙也难救了。童维嘉如释重负，连忙发信息报告师傅这个好消息。霍达问病人什么时候可以接受问话，主任皱眉说等出了ICU回到普通病房就可以，但毕竟是心脏问题，病人不能受刺激；另外由于送医途中一度心脏停搏，还存在因缺氧造成大脑不可逆损伤的可能。问最坏的结果，主任轻飘飘地扔出三个字——"植物人"。

就在霍达和童维嘉目瞪口呆之时，主任又随口补了一句——"对了，她有孩子吗？腹部有刀口，应该是剖宫产手术留下的。"

将近午夜，城西分局会议室仍然灯火通明。除了继续审讯宋光明和在医院看着陈芳雪的几名同志，专案组所有人聚在一起，听罗忠平介绍目前掌握的案情。

从除夕之夜"程丽秋"的冰湖溺亡案，到十二年前相似的无名女疑案，再到发现还存在另一个曾在南山儿童福利院当老师的程丽秋，再到福利院程丽秋变成今天更名为陈雪的陈芳雪……许多人跟不上身份和名字的频繁变化，老刑警只好在白板上画出人物关系图谱。随着箭头、注释和括号的增加，大家发现虽然关系错综复杂，但真正核心主轴只有一个，那就是本名程丽秋、如今以陈芳雪（陈雪）的名字出现在大家面前的女子，以及这十二年来她时隐时现的经历。

目前对她已知的经历有：在老家西原县念的中学，1996年底到1998年初以陈芳雪的名字先后在中州师范北门外的火锅店和校内北区食堂打工，1998年4月至1999年9月以爱丽丝的花名在天歌夜总会工作，2000年4月龙诚死后便人间蒸发。2004年5月她重回视野，以程丽秋的本名"冒名顶替"到南山儿童福利院工作，直至2007年3月再次不辞而别。2008年伊始，她以陈雪的名字进入世纪诚天公司工作，担任董事长杜传宗的助理，并于2009年——也就是今年春节杜传宗赴美后，被任命为副总经理，主管公司日常业务。

这中间有两段空白时间。第一段是从2000年4月到2004年5月，长达四年；第二段是从2007年3月到2008年春，差不多一年。此外还有人提出，1999年9月她离开天歌夜总会后的经历也相对模糊。

在罗忠平讲述陈芳雪与宋光明关系的同时，陈芳雪留给警方的回忆录也在大家手中传阅，其中宋光明的正义凛然令人印象深刻。果然有人提出，宋光明刺杀陈芳雪的动机是否因为她堕落了？从与杜传宗不共戴天，到低三下四给他打工。白队承认存在这样的可能，但在审讯中用言语试探，却没得到宋光明的任何反馈。

鉴于陈芳雪暂时不具备问话条件，经过大家讨论，最终划定三个方面作为专案组下一步的工作重点：第一，在继续审讯宋光明的同时，倒推他去世纪诚天之前的行踪，找到他的落脚点，争取挖出杀人动机；第二，设法让杜传宗尽快回国，摸清他与陈芳雪的真正关系，比如当年为何招她进公司并委以重任；第三，重新梳理有疑点的几桩陈年旧案，包括调查十二年前无名女的真实身份，确认除夕死亡的冒牌程丽秋是否是杜传宗的女儿杜娟，以及造成龙诚死亡的煤气爆炸意外是否有人为的可能。

"关于当初的煤气意外，还是我来跟吧。"罗忠平说，"已经有些想法了，我明天去趟医院，查一下杜传宗的病历。"

白队不解："杜传宗的病历，跟龙诚有什么关系？"

"你们猜，咱们杜总第一次肾衰竭急性发作，是在什么时候？"罗忠平笑着看向大家，自问自答，"2000年4月16日，也就是龙诚被炸死的前一天。"

第二天一早，罗忠平来到中州市人民医院，先到ICU病房外看望熬了一宿的徒弟。霍达半夜就回去了，童维嘉一直等到早上派出所支援的两位民警过来。她红着眼睛问审讯进展，罗忠平说宋光明那家伙美美睡了一觉，醒过来后该吃吃该喝喝，只是跟当年伤人后被捕时一样，始终一言不发。白队已经派人去他的老家，准备把他的父亲接过来；此外正通过路面监控倒查他从何处而来，估计一两天内就会有结果。

"让他父亲来劝他？会有用吗？"

"难说，反正在电话里老人说，自从儿子因嫖娼打人被学校开除后，就没再联系了。老人原来是生产队的队长，在农村属于说一不二的人物，出了那样的事，一辈子抬不起头来。"

"他母亲呢？"

"母亲是上海知青，生下宋光明不久就返城了，再没联系过。属于那段特殊年代的悲剧吧。"

童维嘉不禁唏嘘，看过陈芳雪的回忆录，对宋光明总有说不出的好感。

陈芳雪还没醒，罗忠平只能隔着玻璃望了会儿。两位派出所的年轻民警拍胸脯请老同志放心，保证不会有任何差池。

从ICU病区出来，童维嘉正伸懒腰想着可以回去好好睡一觉，不料被师傅领到了五层肾内科。一位姓阎的主任医师将两人带进办公室，拿出早已准备好的材料。

"接到电话我就把病人的病历调出来了，一看就知道，这病就是他自己作的！"

童维嘉接过病历，看到上面杜传宗的名字，立刻明白了。

"杜传宗的肾病，是他自己喝茶喝出来的？"老刑警问。

"正常喝茶当然不会，但你不能乱喝啊！"阎大夫看上去痛心疾首，"我对现在广播电视还有网络上很多不靠谱的养生节目非常有意见！你是养生，不是养蛊，自己不懂还乱加药材，老话说，是药三分毒！"

罗忠平点点头："他自己说的，每天都喝这什么养生茶？"

"对，他有慢性咽炎，每天就让人泡上一大杯！你说泡点胖大海也就算了，还加了马兜铃，那是有很强肾毒性的！"

根据病历上的记载，杜传宗在2000年4月突然出现恶心、呕吐、腹泻的症状，同时呼吸困难、胸痛、咳嗽加剧、排尿困难，经医院检查诊断为急性肾衰竭。

"当时很严重吗？"

"病危通知书都下了！还好救得及时，不过肾功能最后也没能完全恢复，到最后只能靠透析维持……"

童维嘉忙问："您刚才说他喝的养生茶是别人泡的？谁给他泡的，配方哪里来的？"

阎大夫摇摇头："这就不知道了……哦，他好像说过，那会儿他在老西郊市场旁边有工程，每天要盯现场，就在附近租了间房长期办公。什么酒店来着……"

"杏林酒店！"年轻的女刑警咧嘴笑起来，"就在我家对面。"

杏林酒店是中州师大的三产企业，一楼大堂边有一片装修考究的茶苑，据世纪诚天的老员工说，杜总当年喝的养生茶就是这里配的。负责人方老师是名四十多岁的中年女子，自称是国家认证的高级茶艺师，一张丰润的鹅蛋脸上看不到多少皱纹。她笑着告诉罗忠平和童维嘉，自己气色好全是喝茶的功效。茶多酚有抗氧化的作用，可以清除人体内过多的自由基，预防衰老；还能防皱祛斑抗过敏，帮助女孩子们更漂亮。

说这话时，方老师一直盯着童维嘉的黑眼圈，罗忠平于是笑眯眯地说，你看她喝什么最好，赶紧来一壶。

一边喝茶一边随意聊天。问到世纪诚天的杜总，方老师说当然记得。2000年前后西苑豪庭破土动工，杜传宗在酒店开了包房。他也是喜欢喝茶的人，一来二去就熟了。只是他喝的茶不同，是自己研究的养生茶，但他自己没工夫弄，于是委托茶苑帮忙。

"所以他平常喝的茶，是你给准备的？"童维嘉问，"每天帮他泡好了？"

"差不多每天吧，一个大保温杯。"方老师说，"不过不是我，当时有个小姑娘帮忙。"

"小姑娘？"

"当时我带的徒弟，托关系来的……哎呀，没法说。"

两名刑警对视一眼："怎么叫没法说？"

"我也是苦出身，不会戴有色眼镜看人，尤其对咱们女同胞……可有的女孩子啊，年纪轻轻就不知道自珍自爱。"

"这个女孩叫什么？"

"姓陈……名字忘了，反正我叫她小陈。"

方老师说的应该就是陈芳雪。据她回忆，这位小陈在1999年的9月经人介绍到茶苑工作，起初是兼职，后来转为全职。女孩悟性不错，学东西挺快，她说自己将来也想开一家茶馆，但古怪的是，她对茶道本身又没多少兴趣。

"经人介绍？谁介绍来的？"

"这还用说啊？酒店是中州师大下属的……"

"学校的领导？哪个领导？"

方老师有些为难，但最终还是坦白了："当时的教务处副处长，姓钱，现在应该升官了吧？"

童维嘉差点儿叫出声。罗忠平瞪了她一眼，继续用平静的语气问——

"你刚才说小陈不懂得自珍自爱，能否解释一下？"

方老师刚要说，又似乎起了疑心，童维嘉只好再一次拿出了警官证。

"我就知道你们是为她来的。"方老师得意地撇撇嘴，"昨天听说世纪诚天公司出事了，有个女的被杀，我看有人发在网上的照片，就觉得像她……只是没想到十年没见，人模狗样也当上老板了？"

十年可以改变很多，童维嘉心想。

"关于自珍自爱……"

"哦，开始我也没想到她是干那个的，平常看着挺文静挺规矩的，谁知道她每天晚上从我们这儿走了直接换身衣服到夜总会坐台呢？"

罗忠平不动声色："你是怎么知道的？"

方老师沉默了片刻。幸灾乐祸的表情从她脸上褪去，投向酒店门口的目光多了朴素的同情。"她男朋友打上门来了……我头一次见，一个女人被男人打得那么惨。"

二十

你很努力，但你发现已经回不到过去了。他大概也是同样的想法。

你们都觉得对方变了。

起初你觉得有这种感觉也正常，毕竟分开一年半，又经历了生活的大起大落，而且你们俩都没有恋爱经验；但很快你就发现，你们之间的隔阂并非来自生活琐事，而在于思想。

他还是宋光明，满脑子黑白善恶的交锋，但不再像过去那样时时挂在嘴边，而是把怒火藏在阴郁的眼神后面。你呢，已放下了回归程丽秋的执念，安心做你的陈芳雪——至少在他的眼中，你放弃了抗争。

你给他做饭，给他洗衣服，打开电脑劝他闷得慌就玩一玩游戏；他则直直地盯着你问，买电脑的钱哪里来的？

还有，买床的钱，贴壁纸的钱，给他买衣服的钱，都是哪里来的？

再有，那么多瓶瓶罐罐的化妆品和令人想入非非的性感内衣，都是干什么用的？

趁你不在，他把家里的每个角落都仔仔细细搜查了一遍。你藏在水池柜下面的化妆品，藏在老樟木箱里的工作服，甚至还有你藏在床板下面的记账本。

他把记账本摊开，丢在你面前，冷冷地问你每个月大笔钱的进出是怎么回事。他说自己大致算了下，大笔出账累计有十万。他想知道，这十万你用到哪儿去了。

看着他冰冷的眼神，你突然后悔了。当初特意叮嘱律师不要告诉他谅解书的事，怕他心里有负担，可如今这却成了你的负担。你只好说有个朋友拉你做生意，夸口包赚不赔，你傻乎乎地上当了，东挪西凑借了十万，最终却血本无归。

"那大笔进账又从哪里来的？"他立刻追问，"不但还清了欠债还有结余？"

你只好硬着头皮回答，说是自己工作赚的。你说在天歌当服务员卖酒水的提成很高，而你又努力勤奋，业绩每个月都排名前三。

"当然现在已经不干了，我知道你不喜欢那种乌烟瘴气的地方。"你故作轻松的语气，想了想又补充说，"虽然现在挣得少了，但没关系，有你陪在身边比什么都强！"

你把头靠在他的肩上，以前他都会顺势搂住你，但这次他却一动不动。

"不要对我撒谎。"他的声音冷得像来自西伯利亚的寒流，"更不要让我失望。"

你们对彼此的失望似乎不可避免。你希望他能正常一点儿，像别的年轻人一样出门找份工作，过正常人的生活；可每次刚刚拐弯抹角有一点儿暗示，他就跳起来摔门而出。你慌里慌张追出去，赌咒发誓没有别的意思，可他一口咬定你嫌弃他吃软饭了。

"我宋光明为什么变成今天这个样子，你难道不知道吗？"

他激动得面红耳赤，泪光晶莹。你赶忙说知道，而且永远不会忘："你宋光明的所有付出和牺牲都是为了我陈芳雪……"

"不，我不是为了陈芳雪，我是为了程丽秋！永远别忘了，你是程丽秋！"

宋光明在1999年12月出狱，很快便是千禧年的元旦。为了缓解你们之间越来越紧张的关系，你煞费苦心买了两张跨年音乐会的门票。他总算给面子，虽然中间睡着了还打起呼噜，但总算熬到了散场。你们走出音乐厅，钟楼前的广场上挤满了迎接新千年的年轻人。你努力调动他的情绪，拉着他到喷泉池边扔硬币许愿，又对着灿烂的焰火欢呼。许多人排队上钟楼敲钟，你也拉着他排队，他撞出的钟声似乎比别人都响，你抱住他说这象征着你们在新的一年肯定会顺顺利利。

　　他却没有回答，而是望着钟楼下面。顺着他的视线，你看到人群中龙诚和"程丽秋"正手牵手吃着糖葫芦，你一口我一口地分享。

　　你下意识扯住了宋光明的胳膊，但他用力推开你，挤过人群冲下了钟楼。

　　广场上人很多，他个子虽然高，但也很快失去了目标。他回头看向仍在钟楼上面的你，挥手问方向，你毫不犹豫地指向来时的音乐厅。

　　你看着他撞开周围人跑过去，来到已经空荡荡的音乐厅大门外，愤怒地呼喊嘶吼，却只有他自己的回音。

　　回家的路上你俩一句话也没说。进了门，他用力把你推到墙上，质问你是不是故意的。你假装没有听懂他的意思，他说你故意指了错误的方向；你奋力挣脱，反问自己有什么必要撒谎，放过那对狗男女？

　　他不听你的解释，愤怒地指责说你变了，变得和那些庸庸碌碌的人一样，打不赢就投降，然后成为那些有钱人的玩物……你辩解自己只想过好自己的生活，不是谁的玩物，他却将一记冰冷的耳光甩在你脸上，同时扔出一长串避孕套。

　　你有一个专门存放贵重物品的黑色漆木盒，藏在厕所破损的吊顶上面，里面装有你的身份证和存折，还有那张十万块钱买来的谅解书。离开天歌时你曾想把包里的避孕套全部扔掉，想想又觉得浪费，又觉得也许跟他还能用上……可惜你犯了大错。

　　"你的钱是这么挣来的吧？"

　　他盯着你，就像盯着一只企图逃窜的肮脏老鼠。

连这样隐蔽的地方都没放过，你心中一阵愤怒，又想到木盒外面是挂了锁的，他对你显然已毫无尊重可言。

　　"是又怎么样？还有张谅解书呢，没看见吗？"

　　你终于厌倦了，决定卸下包袱。他大概真的没看到，急忙打开木盒翻出来。你盯着他阅读谅解书时的表情，心里犹豫如果他道歉的话要不要原谅，可他看完之后，脸上的表情却没有丝毫变化。

　　"你被他们骗了，所以呢？"

　　所以呢？所以难道不是为了你吗？

　　"所以，我被他们骗了，因为我关心的那个男人要坐牢！所以我乱了方寸！所以我把自己卖了，所以你根本不知道我这一年半是怎么过来的！所以我不想你再用那种眼神看我！！"

　　你哽咽了，无法继续说下去……如果必须把一切都说出来，那也就等于不用说了。

　　他摇了摇头，说了一句你这辈子都不会忘的话。

　　"我没让你去，你活该。"

　　那天之后，宋光明开始寸步不离地跟着你。出去买菜，他默默跟在后面，帮你从菜贩手里接过塑料袋。有热情的菜贩开玩笑说男朋友真体贴，你和他都会笑笑。去杏林酒店上班，他也会跟去，在酒店和对面工地中间的一大片街心公园中守候，中午就用一包饼干果腹。

　　那时你的计划正进行到关键时刻，非常害怕因为他的干扰而前功尽弃，幸好鼠大每次进出都会把车停在杏林酒店的后院，宋光明从外面看不到。

　　鼠大在酒店楼上包了房间做办公室，据他自己说，拿个望远镜就能看清工地上的所有细节。他时常到茶苑来放松，一边喝茶一边打业务电话，有时太累了便把手机关掉，躺在卧榻上让你按摩肩颈和腰背。偶尔他会带生意伙伴过来，你就要准备功夫茶，装模作样一番；但如果只有他一个人，只要保证他的茶杯不空，走时再灌满一个大号保温杯就够了。

对了，他平常喝的润肺镇咳养生茶，配方是从什么大师手里求来的。他自己没时间弄，就委托给茶苑，而你主动请缨从方姐手里讨来了这项工作。

鼠大当然还记得你是谁。有两次他忽然来了兴致，伸手摸你的大腿，你立刻停下退出门外。他哈哈一笑向你道歉，然后你再进屋继续倒茶按摩，就像什么都没有发生。

有时心情好，他也会天南海北地跟你聊天，讲他行业中的许多秘密，讲他一路打拼有多么不易。有一次你忍不住接话说，再不容易有我不容易吗？他笑呵呵地说，我们人生的所有努力，不就为了把不容易变得容易吗？

你愣了半晌，才意识到他说的简直是至理名言。

元旦后的一天，他照旧来茶苑放松。你因为担心外面的宋光明而心不在焉，他看出来了，问你是否有心事。你忙摇头说没有，自己这段时间很充实，也找到了人生新的方向，非常感谢杜总这段时间思想上的指点……他笑笑说，你应该感谢的是钱老师，要没他你也不可能来这儿上班，又说钱老师一直惦记你呢，有良心的话别忘了去问候一声。

是有挺长时间没见到钱老师了，你想起上一次还是秋天还书的时候。《飘》和《荆棘鸟》之后，他又借给你许多小说，比如勃朗特姐妹的《简·爱》和《呼啸山庄》，简·奥斯丁的《傲慢与偏见》，伍尔芙的《达洛威夫人》，但让你在半夜垂泪的却是一名男作家的作品——美国作家霍桑的《红字》。别的书看过后都还了，唯有这一本始终放在你的包里，随身带着，有空了就拿出来翻一翻。说不清为什么，你觉得钱老师就像书中的那位牧师，是这个肮脏世界中唯一能给你慰藉的人。

"有件事想征求你的意见。"

你想入非非的时候，趴在床上享受按摩的鼠大突然坐了起来。

"你知道我有个女儿吧，跟你差不多大，马上该大学毕业了……我给她铺好了路，毕业后进一家出版社，事业编又安逸，但最近她忽然提出来，要跟着我学习做生意。"他喝了一口养生茶，轻咳两声，"这个茶真的管用，咳嗽好多了……"

你把茶杯续满，耐心地等着他说下去。

"我一直认为女孩子就该安安稳稳的……忽然想起你之前说也想自己开店做生意，所以想问问，你觉得真的好吗？"

"我们的情况应该不一样吧？"你思考片刻后回答，"她有退路，有靠山，我什么都没有，只能靠自己。"

"是啊，你是命不好没办法。"他表示赞同，"而且你也比我女儿成熟多了，她要有你的性格和能力，也许我真就答应了……"

他重新趴下去，你继续给他按摩僵硬的颈椎。

突然，新年夜在钟楼广场看到的那一幕闪过脑海。

"对了，她有男朋友吗？"你尽量用平静的语调说，"记得你说过她性格大大咧咧的，小心交友不慎被利用。"

他扭过头，看了你一眼，哼了一声。

你知道自己说进他心坎儿里了。

杜传宗走后，你借倒垃圾为由出前门，看到宋光明还守在街心公园里。你们四目相对，但彼此间没有任何表示。扔了垃圾回店里，你告诉方姐自己一会儿要早点儿下班，她问你什么事，你说有个朋友生病了，需要探望。

冬天天黑得早，6点钟街上的路灯就亮起来了。你从后门出来，绕过杏林酒店的正门来到公交站。等了片刻车来了，你跟随下班的人流挤上车，十几分钟后在中州师大门口下车。你走入宽阔的校门，穿过主楼前的广场。钱老师的窗户亮着灯，你从包里取出那本《红字》，在办公楼门前等候。

等了很久，直到天色完全黑下来，他房间的灯才熄灭。几分钟后他与两名老师谈笑着走出来，一眼便看到了你，似乎有些慌乱。他跟那两位老师又聊了几句，告辞后看看左右无人，这才快步走向你。

"怎么到学校来了？"他上来就问，好像有质疑的成分。

"还书，想起来还有本书没还你……"你急忙解释，心中后悔自己太鲁莽了，"书给你，你忙的话，我就先回去了。"

你扭头要走。他再一次看看左右，犹豫了一下叫住你。

"既然来了，一起吃个饭吧。"

他转身走向停车场，你急忙跟在后面。路上有学生和老师与他打招呼，所以你懂事地与他保持距离。

上了他的黑色皇冠，车子驶出校门，你和他都稍稍松了口气。

"想吃什么？"

"都行……"你想了下回答，"全中州最好吃的葱油面就行。"

他笑起来："我知道有家日料不错。"

没多久，皇冠车停到一条两边都是梧桐树的林荫道旁。街两边都是格调不俗的餐厅，你跟着他进入一家日文招牌的小店。店里很安静，客人不多，放着你听不懂的日文情歌。

"以前经常跟你前妻来吧？"

"哦，她确实喜欢吃日料……"他略有些尴尬地回答，招手叫来服务生，替你点了几样招牌寿司和手卷，又手把手教你怎么在酱油中化开芥末。

你很想知道他跟前妻离婚的原因，但提到几次，他总是回避。

"你条件那么好，离婚了也可以再找一个呀，仰慕你的女学生一定很多吧？"

"怎么说呢，现在学校的女生多数都很幼稚……可能我上了点岁数，有代沟吧。"

说到幼稚，你第一反应想到了"程丽秋"。

"那我呢？幼稚吗？"你向他抛了个媚眼，"她们好歹上过大学，我连大学都没上过，肯定更幼稚吧？"

他接住了你的媚眼，笑起来说："你上的是社会大学。"

社会大学，真好听……你忽然想起自己之前也是这么宽慰宋光明的。

喝了两瓶清酒，微醺的感觉很舒服。从日料店出来，夜风吹拂着耳边的发丝，痒痒的。你问他，以前和太太吃过日料后还会有什么消遣，他挠头说也没什么消遣，吃完就回家了。你对着他笑，他问你笑什么，你也不回答，于是他也陪着你傻笑。

回程没有走来时的路，黑色皇冠一路穿行于曲折蜿蜒的陌生小道。他说大路可能会碰到查酒驾的，你忙说刚才不该喝酒；他却又说平淡的人生偶尔需要一点儿刺激。

换挡时，他的手碰到了你的大腿，但立刻挪开了。此后你们便一路无话。

车驶入杏园小区大门时，远处钟楼传来9点整的报时声。车在楼前停下，他装作随意地问你要不要上去坐坐，你说好啊。

走楼梯上楼，进了他家，他找出拖鞋给你。傻坐着太尴尬，你来到书柜前，装作挑选新书。

"随便看，"他忙着给你倒水，一边说，"第二排左边的，都是女性主义作品。如果小说看腻了，推荐你看看波伏娃的《第二性》……虽然学术性比较强，但还是挺通俗易懂的。"

你拿出来翻了两页便放回去。

"嗯，还是想看点儿轻松的，有意思的……"你忽然想到鼠大和鼠二，"有没有犯罪类的小说？"

"有啊，最经典的福尔摩斯系列……哦，我刚刚看完一本，同学推荐的，还挺好看的，《美国恐怖短篇小说集》，每篇故事都不长，但很精彩，就是有点儿吓人……"

"不怕，我胆子大。"你在书柜里找到了，挑出来，"就先借这本吧，《第二性》也拿上。"

你们并排坐在沙发上看电视，为了让气氛不至于过分暧昧，他又忙着为你削水果。你知道他在想什么，等着他坦坦荡荡说出来，可他就是不说，可笑地维护着一名教育工作者的清高。

"钱老师，水喝完了，书也借了，我该走了……"你故意逼他说。

"哦，几点了？还早吧？"

"刚刚方姐打传呼给我，说店里有点儿忙。"

拙劣的谎话，明明马上就要打烊了。你望着他扭头看钟，一副纠结的样子，又想到宋光明孤独坐在街心公园的身影。

他关掉电视站起来："好，那我送你回去吧。"

第二次了……你有些失落，又有些释然。

从师大南路向西四个红绿灯后驶入辅路，远远便可看到中州师大杏林酒店的牌子。你忽然想起，应该让钱老师停到后院去的，可该怎么说呢？正犹豫着，车已停在了门前。

你向钱老师道谢，匆匆下车走进去。他却摇下车窗喊你，问什么时候打烊，他可以等你一会儿再送你回家。

你连忙提心吊胆地看向对面的街心公园，还好白衬衫不在。你松了口气，告诉钱老师不用了。

他向你摆摆手，开车离开。你的力气仿佛忽然用尽了，两条腿有些沉重，脑袋也晕乎乎的。看来日料店小哥说得没错，清酒入口很绵，但后劲大……

"咦？小陈！怎么回来啦？"方姐从茶苑迎出来，惊讶地打量你，"脸红扑扑的，干什么去了？"

"看个朋友。"你勉强还记得走时的借口，"还有客人，没打烊？"

方姐向一边看去。顺着她的视线，你看到宋光明正端坐在一张方凳上。

"刚才开车送你回来的人是谁？"他的声音像个机器人。

"哦，一个朋友……"

你的脑子飞速旋转。宋光明肯定认得钱老师，但他坐的位置未必能看清车里的人……

"什么朋友？男的女的？哪里认识的？"

方姐在旁边好奇地盯着你。你意识到，自己无论如何不可能给眼前的男人一个满意的答案。

"男的，挺好的朋友，原来在天歌上班时认识的。"你硬着头皮说，"但我们只是吃了个饭，没别的。"

宋光明站了起来，一瘸一拐地走到你面前，居高临下地嗅了嗅你的头发。

"喝酒了？"

"一点点……"

"那男的叫什么？干吗的？"

"光明，你不要疑神疑鬼……"

"是我疑神疑鬼，还是你做贼心虚？"

你本来心有愧疚，但他的态度打消了你的愧疚。你用力推开他，向门口走去。

"站住。"

你没理睬。

"我让你站住！"

"有什么回家再说，别在这儿丢人。"

"你还知道什么叫丢人？！"

下一秒你便飞了出去，撞到墙上，摔在地上。一瞬间你还以为是自己喝多了的幻觉，但真实的痛感很快让你无比清醒。

他抓起手边的一切砸向你，他骑在你身上左右开弓，他揪着你的头发将你拖出门外，说既然想走就让你走，可你刚站起来，他又一脚将你踹倒。

时间变得模糊，痛感变得模糊，记忆也变得模糊……挥舞的拳头和飞溅的血沫好像慢动作，那张狰狞的面孔你从未见过。他不是宋光明，不是你相信并依赖的那个男人，更不是你舍身相救、苦等了五百多个日夜的爱人。

他是谁呢？那一刻你无暇去想。

二十一

连夜赶到中州的前生产队队长老宋其貌不扬。身高勉强超过一米六，黢黑的脸上一层滋泥，宽而瘪的酒渣鼻子陷在一张宽大的脸中，就像用铁锹拍平了似的。

这样的父亲居然能生出宋光明那样高大英俊的儿子，应该都是母亲那边基因的贡献吧。

开会时童维嘉一边听白队向老宋介绍情况，一边胡思乱想：要么他就不是宋光明的亲生父亲，当年的上海女知青有相好的，跑掉后老宋迁怒于留下的"孽种"，所以才在童年宋光明的身上留下鞭笞的伤痕。

如果父子间是这样的关系，那么亲情攻势肯定就不管用了，搞不好还会适得其反。与老宋聊了几句后，白队显然也意识到同样的问题，于是谈论的重点从感化教育转到了宋光明的成长经历。

老宋说自己虽然没有知识文化，但做人的道理肯定懂的，否则也不能在队长的位子上一干就是二十多年。宋光明很小时他就教育儿子，世上的道路只有两条，一条正道，一条邪道，正道难走走得远，邪道好走走不长。他当生产队长很忙，脾气确实也有些暴躁，所以儿子只要一犯错就皮鞭棍棒伺候。至少到宋光明考上大学为止，他的教育方法都是成功的。

白队又问，是否了解宋光明上大学之后的情况？老宋说儿子偶尔会打电话，问问村里收成怎么样，还会摘抄一些中药材种植的技术资料寄回来。

"什么中药材？"罗忠平立刻追问。

"马兜铃，乡里推广种植的经济作物，城里的制药厂每年10月上门来收。"

床下的黑色塑料袋！童维嘉立刻想起来。

"同志，我知道你们喊我来是劝他自首的，但他不会听我的。所以如果你们信得过，我有最简单的办法！"老宋突然有些不耐烦了，挺直身子大声说道，瞬间凶狠的目光竟与宋光明一模一样。

"什么办法？"

"让我见他一面，发生什么你们都别管。我当场把他打死，不就省事了吗？还给国家节约粮食！"

留下白队对付令人头疼的老宋，罗忠平和童维嘉悄悄离开，回到食品厂小区那套臭烘烘满是污秽垃圾的一居室。老刑警拿出手套戴上，小心将床板下的黑色塑料袋装进一个大号物证袋。

"所以陈芳雪从宋光明这里获得了马兜铃的知识，碰巧杜传宗又在茶苑把泡茶的任务交给她，她便伺机下毒？"

"未必是碰巧。她让钱主任介绍自己去杏林酒店茶苑上班，很可能就是奔着杜传宗去的。"罗忠平想了想说，"具体什么时间制订的计划不好说，但至少可以先接近他。"

"那龙诚呢？"童维嘉踌躇，"如果陈芳雪的计划是同时把两人搞死，但杜传宗什么时候发病是没办法预测的，所以对龙诚下手应该非常仓促才对……"

罗忠平思忖片刻："没错，既然仓促，就一定会有破绽！"

师徒二人随即展开新一轮搜寻，很快童维嘉便有了新发现。罗忠平听到喊声来到厨房门口，看到徒弟正蹲在客厅内正对厨房门的角落。墙角有一堆不起眼的垃圾：碎裂的调料瓶、方便面包装袋、碗碟碎片，还有一张泡烂又阴干的废纸，明显都是被爆炸气浪从厨房推出来的。童维嘉捡了根筷子，将那张有横格线的废纸挑出来。

吹去纸上的尘土，能看清上面有五个一元硬币大小的汉字——

没有第十次

字体很熟悉，应是陈芳雪的亲笔无疑。纸张锯齿状的边缘说明应是从某个小本子上临时撕下来的。

两人对着这五个字面面相觑。

什么意思呢？有第八次、第九次，但没有第十次？

纸张边缘有火燎过的痕迹，应该是煤气爆炸时造成的。左下角有一团污渍，隐约能看出有指纹。

"陈芳雪经常遭到宋光明的殴打，她忍无可忍，决定将宋光明杀了，所以故意开了煤气，等宋光明从派出所回来？"童维嘉小心翼翼将纸片放进物证袋，一边猜测道，"之前挨过九次打，所以告诉他不会有第十次！"

"龙诚呢？"

"龙诚纯属倒霉加活该，上门找碴儿，偏偏宋光明还没回来，当了替死鬼。"

"巧合？"

童维嘉有些泄气，当然不会是巧合。

罗忠平看向厨房内靠窗的角落，也就是爆炸的中心点，当年煤气罐摆放的位置。墙壁一片黢黑，窗户只剩了一个空洞，旁边的灶台橱柜都已粉身碎骨。爆炸发生时小区还没安装市政燃气管道，仍然使用老式煤气罐，而事后勘查中发现，发生爆炸的煤气罐与通气管之间缺少了一个锥形的橡皮对口，猜测可能是安装的人没有经验，遗失了也没有发现或者没有在意。这种情况下煤气灶虽然仍能正常使用，但其实会缓慢漏气，平常开窗通风还好，如果大半天不开窗就可能达到爆炸浓度。事发当天宋光明从下午到晚上都在派出所，家中无人，又门窗紧闭，直至龙诚上门……

从食品厂小区出来，师徒二人先将塑料袋和纸片拿回队里给技术科检查，然后匆匆驱车前往幸福大街消防中队。热情的副中队长大侯接待了他们，说起九年前食品厂小区的爆炸，仍然历历在目。

大侯当年正好担任队里的"火场文书"，负责拍照记录火场及救火过程。很快他就找出了当年拍摄的照片，在办公桌上摊开给两位刑警看。

从照片中可以看到现场十分惨烈。门窗全部炸飞，屋中燃起大火，英勇的消防员从窗户进入室内，并在小客厅对着厨房门的位置发现了死者。童维嘉拿起照片仔细看，龙诚毙命的位置正是发现纸片的地方。

大侯回忆说，救火现场肯定很混乱，见到有遇难者肯定先把遗体运出现场，不记得他当时手上有什么东西。

罗忠平又问最终怎么认定是意外而非人为。大侯坦承说当初确实也有争论，但现场发现的Zippo打火机经家属辨认确实属于死者，而尸检也没发现被捆绑或受控制的痕迹。血液中含有酒精，而死者之前刚刚在父母家吃过饭，席间喝了酒；另外据小区一位遛狗的邻居目击，他是一个人主动前往出事房屋的。

"爆炸在4月17日的晚上9点13分，那时候天应该黑了吧？"罗忠平思忖片刻问道，"出事的二号楼一门102，当时有开灯吗？"

大侯皱眉想了想："这户的租客叫宋光明，当时在派出所呢，不在家应该也不会开灯吧？"

"死者龙诚是怎么进入的呢？"

"宋光明有个习惯，把备用钥匙藏在门口牛奶箱上面，大概被龙诚知道了。"

"大概？大概可不行吧？"童维嘉接话，替师傅继续问下去，"现场有发现香烟吗？"

“没，没有……”大侯糊涂了，拿起现场照片看了看，“这有什么重要的吗？掏打火机不是为了点烟，也可能为了照亮……”

“可如果龙诚是上门找宋光明算账的，他怕什么呢？为什么不大大方方开灯？”童维嘉咄咄逼人地说下去，“除非他开了，但发现灯没亮！你们赶到现场的时候，有没有检查他家的电闸？”

“根本没必要！火灾现场救援断电是必须的，整栋楼的总闸都拉了，谁还看他家的分闸？就算这一家的电闸下来了，也可能是爆炸引发的跳闸！”大侯显得有些气急败坏，“你们这是质疑我的工作吗？！”

“不，我们在质疑龙诚进入宋光明家的动机！如果他是被骗进去的，而且骗他的人故意拉闸诱骗他用打火机照亮，那就是谋杀！”

大侯张口结舌，罗忠平连忙摆手圆场，说这只是没证据的猜测，然后便拉着童维嘉出了消防队。回到车上，童维嘉埋怨师傅为什么不让自己把话说完，自己只是就事论事，再说犯了错就要承认啊……罗忠平立刻接话，说有人犯了错还没承认呢，要不是此人的自以为是，陈芳雪也不会遇刺。

童维嘉赌气噘嘴，却也无话可说。因为这件事她已被白队骂得狗血淋头，找到陈芳雪算立功，可把她拉去混乱的闹事现场纯属脑子进水。如果陈芳雪没有遇刺，现在的局面也不会那么被动……

童维嘉生闷气的时候，技术科老张打来电话，说检验结果出来了，黑色塑料袋里发霉变质的正是马兜铃。马兜铃是一种缠绕藤本植物，根茎果实都可入药，茎部入药又名天仙藤，根部又叫木通，而马兜铃通常指植物的干燥蒴果。在中医里入药方式也很多样，可以炒后用，也可以蜜炼，也有人直接拿来泡水喝，但其味苦寒，胃虚脾弱者慎用。

“对了，还有，塑料袋上有陈芳雪的指纹，这不奇怪，但没有宋光明的……哦对了，那张写字的纸上倒是发现了两个人的指纹。”

“陈芳雪和龙诚吗？”童维嘉兴奋地大声问，立刻把刚才的不快抛到了九霄云外。

“对，左下角污渍上的指纹是龙诚的，当年他打架被抓过，所以指纹库里有，一对就对上了。"说到这里，老张的语气变得犹豫起来，"不过这倒有点儿奇怪啊……只有他们两个的。"

童维嘉一时没明白："陈芳雪写的，龙诚拿起来看，有什么不对吗？"

"可这张纸是在宋光明家里发现的，怎么会没有他的指纹呢？爆炸只是燎了边，只要正常拿，上面总应该有指纹的……"

黑色塑料袋上没有宋光明的指纹并不奇怪，那是和陈芳雪同居时留下的，宋光明很可能没参与，甚至根本不知道下毒的事；但那张纸片上也没有宋光明的指纹就反常了，它究竟是怎么进屋的呢？那时陈芳雪已经搬了出去，除非她偷偷回来过。

目前陈芳雪针对杜传宗的作案手段已相对清楚：利用工作便利，在他常喝的养生茶里添加大剂量具有肾毒性的中药马兜铃。但她是如何让龙诚乖乖听话地进入宋光明家并点火引爆煤气，却仍然是谜。龙诚母亲清楚记得，当晚儿子在家吃饭并喝了不少酒，大约在8点40分吃完饭出门。而宋光明家的爆炸发生在9点13分。前后就隔着一栋楼，走过去撑死三分钟，剩下的半个小时里他去哪儿了呢？

根据幸福大街派出所记录，4月17日下午3点许接到群众报警，有人当街厮打。民警赶去后，看到一名男子在殴打一名女子，于是在救下女子后将两人带回。女子名叫陈芳雪，声称男人是她前男友，分手后一直跟踪骚扰自己；男人名叫宋光明，对骚扰跟踪以及殴打供认不讳。考虑到宋光明是刑满释放人员，当街打人影响极坏，民警本打算给予行政拘留，但女子又心软为他求情。晚上7点多，陈芳雪先一步离开派出所，民警继续对宋光明进行批评教育，到了9点多正准备放人，突然听到外面传来爆炸声。

如果是陈芳雪作案，她应该在离开派出所后迅速潜回食品厂小区宋光明家，暮色的掩护加之对环境熟悉，她应该可以做到不被邻居发现。在关闭门窗、释放足够的煤气后，她迅速离开现场，然后以某种方式诱骗龙诚进入。

那张写有"没有第十次"的纸很可能是关键。没有宋光明的指纹，说明应该是陈芳雪放进屋里的，但黑暗中龙诚怎么能顺利找到这张纸，并为看清上面的字而点着打火机呢？最令人费解的是，这五个字到底是什么意思？

"师傅，宋光明会不会是同谋？两人安排好了演戏给人看？"

陈芳雪遇刺后的第三天，前往中州市展览中心在建工地的路上，年轻的女刑警提出新的假设。

"鼻青脸肿也是假的吗？如果单为了宋光明的不在场证明，用不着这么大费周章吧？"罗忠平靠在副驾驶上闭目小憩，眼皮没抬一下。

说的也是，随便到网吧打游戏就好了，何必跑去派出所呢，还受皮肉之苦？童维嘉想得头痛欲裂，这两天头发揪下来许多，仍然没有找到突破。

已经三天了，对宋光明的审讯仍然毫无进展。幸好外围的同志非常给力，通过调取道路监控，无数双布满血丝的眼睛盯着监控画面几十个小时，总算倒查出宋光明到世纪诚天行凶前的行动路线，并最终锁定了他的落脚点。

童维嘉将警车停在展览中心的工地围栏外，施工经理已等候多时。他殷勤地向两位刑警介绍，在建的中州市展览中心是省重点工程，由世纪诚天公司承建，将成为中州市发展外向型经济的窗口，得到市委市政府的高度重视……罗忠平直截了当地问目前的施工进展如何，经理尴尬不已，说因为资金问题已停工数月。

工地北侧，有一排彩钢板搭建的二层活动板房。一楼靠东几间充作办公用房，剩下的及二楼作为工人宿舍。推开办公室旁边的一间，两名工人正盘腿坐在床上打牌，经理急忙挥手将两人轰出去。

"最里面那张床是他的，上铺，被子整整齐齐！"经理介绍说，"我最早注意到他，就是看到他会叠被子，还叠成豆腐块！开始还以为当过兵呢！"

在中国，要求把被子叠成豆腐块的只有两个地方，军营和监狱。宋光明应该属于后者，一年半的牢狱之灾让他养成习惯。

床头挂着红色的安全帽。经理说，他刚来时只是戴黄帽子的普通建筑工，什么都干，筛沙子、扎钢筋、灌水泥、搭脚手架……后来发现他文化水平高，做事一丝不苟，便提拔做了安全员，换成了红帽子。

宋光明的私人物品丢在床下一个红白色编织袋里，几件衣服、一条毛毯、一个铝质饭盒和一把不锈钢勺子，还有一本皱巴巴的旧书——《美国恐怖短篇小说集》。

翻开书，一个厚厚的信封掉出来。抽出里面的信纸，映入眼中的是无比熟悉的字迹。

　　程丽秋……多么平庸的名字。
　　秋天生的，女孩子，爸爸姓程。如果换成春天生的，多半就是程丽春，如果还有一个双胞胎姐妹，可以叫程美秋。

居然是陈芳雪回忆录的后续。

二十二

终于，你觉得自己看透了宋光明。

走了许多弯路，无比遗憾而痛苦，却不得不认清现实，宋光明不是你的救世主。他有满腔正义不假，却是语言上的巨人，行动上的矮子。

最初，他愿意为你奔走调查，因为那没什么危险，还可以满足他可笑的虚荣心和好奇心。同样的理由让他力劝你报警，嘴上说相信公检法，其实是不敢正面去挑战黑暗。

被龙诚打伤完全出乎他的意料，他根本没想到自己会被人盯上并报复；所以他才申请休学，因为他不知道该如何面对那个冒牌货和她背后的势力。

当然，嘴上不必认输。随口说一些感动你也感动自己的话，他就可以享受你无微不至的照顾；因为有伤在身，所谓匡复正义的行动也不必着急。

"而且你看，我为你受了这么重的伤，腿都瘸了呢！"这应该是他内心深处的真实想法吧……本来不用拐杖也能健步如飞的，非要在你面前装得步履蹒跚。

他演得真好，你真以为欠了他的，所以才咬牙把自己卖给了霞姐。可你的卖身钱用在何处了？用在赔偿一个被他打伤的卖淫女。他说自己没有嫖娼，让你相信他，可就算真是龙诚的圈套，面对一个卖淫女，他为何要脱下引以为傲的白衬衫呢？

白衬衫是他的象征，洁白而挺括，让你自然而然地相信他也是一样的纯粹正直。只可惜命运弄人，"正义之士"居然银铛入狱，不但留下了案底，更丢了大学生的身份。

他当然把这一切都归咎于你。

出狱后，他陷入极端矛盾而尴尬的境地。一方面追悔莫及，痛惜自己的损失；另一方面，他又不得不在你面前继续保持正人君子的模样——因为他很清楚，你是他唯一的经济来源和生活依靠，如果伪装失败就只能流落街头。

在这种情形下，他试图控制你。他要好好利用你的负罪感，但还不够保险，为此他才趁你不在时搜遍家中每个角落。他的努力没有白费，在厕所吊顶藏起的木盒中找到的避孕套成为突破口，他终于可以继续挥舞道德大棒，重新成为你的主宰。

那时的你不满他每日寸步不离的跟踪，却无法拒绝——因为你幼稚地相信他是出于好意。你相信他爱你，这是一种爱的表现，可惜你自欺欺人的幻想很快被无情击碎。

如果对所爱的人施加暴力，那便不是爱，而是变态的占有欲。爱一个人只会希望她幸福，而不是看着她伤痕累累的同时说什么我是为你好。

他不是为了你好，他只是为了自己好。只有挨过毒打，只有酒精洒在鲜血淋漓的伤口上，只有在浑身剧痛无法入眠的深夜听着他没事一样的鼾声，你才能真正明白——

这世上没有救世主，想获救只有靠你自己。

要继续对鼠大和鼠二的复仇，就必须先重获自由。

你知道会迎来又一次暴风骤雨，但还是毅然提出了分手。你告诉他自己会搬出去，反正房子是以他的名字租的，房租也交到了半年后，就当作临别的补偿。不出意外，他又一次毒打你，但已经没有上一次的痛，你也知道了该如何保护自己。

又一个除夕夜，你又一次孤零零走在烟花绽放的街头。三年前你一无所有，三年后仍然孑身一人。但这三年没有浪费，你成长了，成熟了，经历了很多，也明白了很多。你不再是过去那个懵懵懂懂只知道哭哭啼啼的少女，你已经学会了如何看穿他人的伪装，再精心装扮好你的伪装。你觉得掌握了自己身边这个世界的运转法则：权力和女色如金钱一样是硬通货，而无休止的欲望才是人类进化的动力。

生存的竞技场上，每个人都是玩家，只不过有的人早早成为猎手，有的人沦为猎物还不自知。你的觉醒还不算太晚，虽然已伤痕累累，但至少还有命在；而且你还有一个额外优势，那些以你为猎物的人，还不知道你已转变了身份——

比如龙诚。

针对鼠大杜传宗的计划已在稳步实施，怎么对付鼠二龙诚却始终没有头绪。他认识你，知道你的底细，更清楚你对他的恨意。你无法像对付杜传宗一样靠伪装接近，他却可以拿你的秘密作为要挟。如果他把你的秘密告诉"程丽秋"，"程丽秋"再告诉她爸杜传宗，灭鼠计划就将前功尽弃，你也会死无葬身之地。但从好的一面想，龙诚始终没有出卖你，也等于为你们关系的缓和留下了余地。

最理想的状况是同时灭掉两只老鼠。如果龙诚死早了，警察很容易通过"程丽秋"找到你，干扰到你对杜传宗的行动；而如果下手晚了，鼠大的任何三长两短又会引起龙诚警觉。但问题在于你也不知道灌给杜传宗的"毒鼠强"需要多久才会药性发作，所以即便有了方案，也很难拿捏下手时机。

你日复一日绞尽脑汁，也想不出一个完美的方案。

同宋光明分手后，你暂时借住在方姐家里。她一个人租住在杏林酒店不远的小区，很开心有人做伴，又听使唤还能分摊房租，但说起来收留你纯粹出于同情。

你们一起上班一起下班，有两次宋光明尾随在后，方姐便咋咋呼

212

呼地大喊要报警，你望着那家伙夹着尾巴离开，觉得付给方姐的房租真值，居然还附送保镖服务。

可你没想到，方姐这个长舌头，居然把你的遭遇讲给了杜传宗。

元宵节后的一天，你正在给他按摩，他忽然没头没尾地说了句"打女人的男人不能要"。你愣住，问他什么意思，他说就是字面的意思。

望着那张因中毒而浮肿蜡黄的脸，你因为他的关心而闪过一丝愧疚——但对天发誓，只是一瞬间，浑身上下每一处伤痛都在提醒你，无论再怎样虚情假意，他还是鼠大，那个夺走你一切的人。

你说了声谢谢，又问他女儿的问题解决没有。他说多亏你的提醒，暗中查了下，发现女儿果然交了个不着调的男朋友，偷偷摸摸挺长时间了，还有前科，最近肝疼都是被她气的。

"唉，有前科的不能要！"你装模作样地叹气道，"我就是瞎了眼，尝到苦果了才明白……"

最好"程丽秋"能把龙诚甩了。如果父亲和男朋友同时完蛋，她恐怕要伤心死吧……你恨她周围的所有人，但唯独对她恨不起来。

"可我说话她不听啊！"杜传宗显得忧心忡忡，"以前让她做什么，即便心里有怨气，表面上至少还听我的，现在根本当耳边风！"

你突然灵机一动，为什么不能借刀杀人呢？

"这是借口吧。无能的父亲都这么说。"

他一下子坐起来了："你说什么？"

你鼓起勇气，迎接他瞪来的目光。"我说，如果是真正疼爱女儿的好父亲，看到孩子有危险，就会去做点什么，而不仅仅在嘴上抱怨。"

"那你说我该做点什么？"

"如果我的女儿被一个流氓缠上了，我会直接杀了那个流氓！"

你的目光镇定、表情坚毅。杜传宗沉默地盯了你几秒钟，缓缓点头，然后便翻身下地，披上外衣向外走。

你急忙拿起灌好养生茶的保温杯追上去。

"小陈，我把话放这儿，你将来肯定能成大事！"

他扔下这句话，从你手中接过保温杯，出门走向对面的工地。

2000年3月到6月，是"程丽秋"在中州师大的最后一个学期。这个学期她唯一的任务就是顺利毕业，完成论文、通过答辩、拿到毕业证和学位证，以及师范专业发的教师证。这之后在国家的人才体系中，"程丽秋"就属于干部身份，可以考公务员，可以拿事业编，即便进国企，对口管理的也是人事科而非劳资科。

简单说，鲤鱼跃过了龙门。

只可惜，现在的"程丽秋"不是你……但如果杜传宗因为杀害龙诚被抓了呢？

你相信只要杜传宗下定了决心动手，肯定不会拖到6月毕业季，他需要时间安抚女儿，让她重新回归自己划定的轨道。但那时就由不得他了，主动权在你，你可以轻轻松松将他送进班房，然后说服那个冒牌货继续你们的约定——当然，如果杜传宗在监狱里坦白了四年前的勾当，你更可以光明正大地拿回自己的身份。

总之不论怎样的结果，你都是最后的赢家。

把干掉鼠二的任务交给鼠大，多么妙的一步棋啊！你为自己的机智鼓掌，换了别人肯定行不通，但杜传宗不一样，他有胆子杀人，也有办法杀人，你甚至亲眼见过他杀人！

不用再冥思苦想什么完美计划了，这就是完美计划。你放松下来，开开心心地等待结果，不料等来等去，等到的却是杜传宗病危住院的消息。

2000年4月16日，星期日，你永远记得那一天。上午你和方姐照常在茶苑上班，没有客人，你们就嗑瓜子聊天。电话响起来，方姐接起应了一声，把话筒交给你，又向你做个鬼脸。

"小陈吗？是我。"居然是钱老师的声音，"你现在赶紧到人民医院来一趟，拿上你平常给杜总泡养生茶的那些材料。"

"什么？什么材料？"你有些糊涂。

"就是你平常怎么给他泡的，再泡一杯，但是别加水，就把那些配料拿来，明白吗？"

你似乎明白了："杜总他……他怎么了？"

"来了再说吧，赶快！"

方姐问你怎么了，你说自己也不清楚。按照钱老师的要求将罗汉果、金银花、虫草片等乱七八糟的装在一个塑料袋里，想了一下，又加入了几片马兜铃。

你匆匆打了辆出租车赶到医院。还没等发票打出来，便看到钱老师正焦躁不安地在大门口踱步。

见你来了，他一把将你手里的袋子抢过去，然后扯着你往住院部的方向去。

"老杜平常喝的养生茶，都是你配的？"

你惶恐地点点头，又赶紧辩解——

"我配的，但用什么料、用多少，都是他自己定的！"

你决定撒个无伤大雅的小谎。配方中确实有马兜铃，但你偷偷加大了剂量，不是一般的大……

"杜总怎么了？他住院了吗？"

"急性肾衰，可能会要命。"

这是你期待已久的消息。心底一阵欢呼雀跃，很难不在脸上表现出来……钱老师回头看看你："你好像挺高兴似的？"

"没有啊！"你连忙说，"他的病，跟平常喝的茶有关系吗？"

"不好说，大夫有怀疑，所以才叫你拿来看看。"

大夫怀疑不怕，反正不是警察怀疑。就算警察怀疑了也不怕，马兜铃在中药店里都有卖的，又不是砒霜，而且疗效里确实有镇咳平喘一项。

但你转念想到，鼠大完蛋了，鼠二怎么办？杜传宗应该还没对龙诚下手吧？

乘电梯到五楼的肾内科病房，钱老师匆匆进了医生办公室。你刚要跟进去，却傻傻地定住了……有人喊你。

"陈芳雪！"

"程丽秋"看向你的表情和你一样惊讶，又比你多了几分困惑。"你来干什么？"

你在心里暗暗叫苦……没想到她会在，但她在这里出现合情合理。

"你又为什么在这儿？"

如果遭到质问陷入被动，不要光想着怎样回答，而要以反问掌握主动，至少气势上不要落下风……这是你跟那些光顾你的老板们学到的。

"我，我爸病了，住院了……"她的气势果然弱下去，你点点头。

"你爸叫杜传宗吧？"

她惊呆了，疑惑地望着你："你怎么知道？我以前告诉过你吗？"

"你说过很多次，自己都忘了？"你已经牢牢掌握了主动，心底踏实下来，"对了，是钱老师喊我来的，我现在不在天歌干了，钱老师推荐我在中州师大下属的杏林酒店上班。"

她愣了几秒，显然没搞清中间的关系。

"具体说，在酒店里的茶苑……说实话，我也没想到那是你爸，毕竟你姓程，而他姓杜，联系不到一起去。"

她突然冲上来，抓住你的衣领："我爸到底为什么中毒？！是不是你害的？跟你有没有关系？！"

"丽秋，你冷静点……"你没动，任由她抓着你的衣领，"钱老师说你爸是急性肾衰，什么原因还不清楚。即便跟他平常喝的茶有关，那也是他自己配的，我只是帮他冲泡而已。你要不信就去报警。"

她抓住你衣领的手松开了，向后倒退了两步，几乎站不稳。你急忙扶住她，又用力抱紧她。她在你怀中挣扎，很快失去了气力，号啕痛哭起来。

抱着她，感觉就像小时候抱着不听话被母亲痛打后的弟弟……莫名其妙的，你有一种血脉相连的感觉。

那一夜你陪她在位于住院楼顶层的ICU病房外度过。杜传宗在里面，但护士不让家属探望。你劝她回去等消息，她死活不肯。钱老师给你们买来汉堡，她吃不下，你便也陪她饿着。转过天是4月17日星期一，你悄悄找大夫询问情况，大夫说不乐观，肾功能已完全丧失，血钾一直居高不下。

你直接问大夫会死吗，大夫看着你说，什么都可能发生。

下午1点多，ICU病房里再一次传出警报声，有医生护士冲进去。你的呼机差不多同时收到信息，不得不回去上班的钱老师问你情况可有好转。你告诉"程丽秋"，自己需要给钱老师回个电话。

医院门口就有公用电话，但你走出医院大门，沿着大街漫无目的地走下去，大口呼吸春天的气息。迎春花早就开过了，现在是桃李争艳的时节。粉色的、白色的、黄色的小花开满枝头，在清风吹拂下纷纷飘落，你分不清具体是什么花，总之令人心情愉悦。

街上的行人也很友好，陌生的面庞纷纷绽放出笑容。过了许久你才明白，那是因为你正对他们微笑。

你悄悄在心底向"程丽秋"说一声抱歉，但你实在无法克制自己的喜悦之情。亲手复仇的滋味如此美妙，多少金钱都无法衡量。你忽然觉得鼠大没来得及对鼠二动手也无妨，还是把复仇的机会留给自己吧，这种快感令人上瘾。

对了，好消息一定要与人分享才行！

你坐公交车去往中州师大，沿着熟悉又渐渐陌生的玉兰大道走到芙蓉湖边。你对着碧波荡漾的湖水在心中大喊，我替你报仇了，我替咱们报仇了！

发泄过了，你满足地走出校门，给钱老师回了电话，然后步行近一个小时返回医院。

你乘电梯到住院楼顶层的ICU病房区，电梯门还没全开，就听见一个玩世不恭的男人声音说——

"不用怕，万一你爸真有个三长两短，还有我呢！"

二十三

陈芳雪仍然昏迷不醒，所以她的回忆录怎么落入宋光明手中，只能问这个试图谋杀她的男人。

为了让宋光明开口，专案组想尽了各种办法。动之以情晓之以理，没用；从千里之外找来了他父亲，没用；车轮战、疲劳战以及各种常用的审讯战术都没用，因为他丝毫没有否认自己杀害陈芳雪的意思。

唯一的反应，发生在听到陈芳雪没死的消息时。他抬起眼皮直勾勾盯着白队，似乎想从警察脸上看出这消息的真假，但马上又闭上了眼，似乎陈芳雪是否已死也与自己无关了。

似乎这世上的一切都与他无关了。

只能继续从外围接着查。

同宿舍的工友说，由于施工暂停，大家闲着没事干，很多人出去打零工了。出事前几天，宋光明因为琐事跟人吵了一架，甩手离开了工地，直到周日晚上才回来。工友们骂他不仗义，有活儿也不叫上大伙儿，他说自己办事去了。大伙儿不信，于是他拿出了火车票做证明。

工友记得，火车票是从中州到邻省西原县的。

宋光明去西原是周三，而两天之后的周五，陈芳雪也匆匆忙忙从上海赶去了西原，走之前还在酒店给两位刑警留下了自己的一部分回忆录。

宋光明为什么要去陈芳雪——即程丽秋的老家？陈芳雪匆匆抛下展会赶回去肯定与他有关。当年的九河湾村早已被水库淹没，能让陈芳雪牵挂的大概只有她的母亲韩彩凤。

西原县龙山乡派出所的吴所在电话中说，经查问敬老院，确实曾有一名可疑人员在那个时间段混入敬老院内，与韩彩凤攀谈。在工作人员发现并将他赶出去前，谈了有两个多小时。问韩彩凤聊了什么，这位失明又老年痴呆的可怜母亲说，宋光明自称是儿子的同学，问了许多程立军和他姐姐程丽秋小时候的事。

但令人疑惑的是，敬老院工作人员并没有见到陈芳雪——无论她叫陈芳雪还是程丽秋，她匆匆赶去西原县都不是为了见她母亲。所以她多半是为了宋光明而去的，很可能两人之间爆发了什么矛盾，最终让宋光明决定痛下杀手。

罗忠平拜托吴所争取找到宋光明那几天在西原县的落脚点，搞清他到底有没有与陈芳雪见面；此外童维嘉提出，宋光明冒充韩彩凤儿子程立军的同学也有点儿不同寻常，是否可以提供程立军的更多信息？

放下电话，罗忠平问徒弟，看过最新的回忆录，有什么想法？童维嘉想了想说，这一部分回忆录衔接前文，截至陈芳雪决定杀掉鼠大和鼠二，也就是杜传宗和龙诚。从已有的内容看，之前的推测属实，不但龙诚的死不是意外，杜传宗的肾病也是陈芳雪背后作祟，只可惜过去太久，很难找到直接证据了。现在的疑点在于这一段回忆录为何会落入宋光明的手中……

"等吴所那边查到宋光明和陈芳雪在西原县怎么碰面的，估计就清楚了。"罗忠平显然对徒弟的答案并不满意，继续追问道，"除了等消息，你觉得咱们还应该做什么？"

"应该再找钱主任聊了。"

童维嘉说着，拿起桌上的车钥匙。

与钱主任约在杏林酒店见面。本应该去他家的，但钱主任说楼上正在装修，每天吵得很，不如换个地方。问他换哪里合适，他主动提出去杏林酒店的茶苑。

　　两位刑警驾车抵达时，钱主任还没到。方老师殷勤上来倒茶，八卦打探陈芳雪被刺的案子有什么新进展。罗忠平笑笑说没什么进展，想起个事顺路过来问一下——小陈的前男友打过她多少次，有没有十次？

　　"十次？没有没有！"方老师头摇得像拨浪鼓，"就我看见那一次……哦，还有一次，提分手时打的，第二天我看到小陈脸上有伤。"

　　"那跟踪骚扰的次数呢？"童维嘉问，"有十次吗？"

　　"十次？那可不止！最开始天天来，后来隔三岔五来……咦，你们为什么这么关心'十次'？"

　　"没什么。"罗忠平和徒弟对视一眼，"杜总生病后小陈又在你这里干了多久？"

　　方老师想了想："差不多又干了一年，到2001年三四月份吧。"

　　"宋光明呢，自从杜总出事后，还上门骚扰过吗？"

　　方老师摇头："没有了。我当时也有点儿奇怪，好像时间有点儿巧合；但小陈说，那家伙到外地去了。"

　　童维嘉暗暗思忖，出事后宋光明放弃纠缠看似合理，毕竟住的房子炸了，他不得不搬家；但以他的个性，难道不应该怀疑陈芳雪是凶手，进而更盯紧她吗？

　　不久钱主任到了，方老师意味深长地烧上一壶水，笑笑出去了。罗忠平慢条斯理地洗茶倒茶，却正眼都不看他。童维嘉心底痒痒的，也只好学师傅的样子故作深沉。果然钱主任端起茶杯便绷不住了："我就知道你们会再找我的，但总觉得，能拖一天算一天吧……"

　　"为什么觉得我们会再找你？"

　　"你们在查陈芳雪，而我跟她——"钱主任羞愧地低下头。

　　童维嘉学习师傅的冰冷语调："跟她有一腿？"

　　"我是真心喜欢她！"男人涨红脸说，"我也知道她在天歌做过小姐，可我不在乎，因为我知道她是什么样的人！就像一株野草，被践踏、被糟蹋，可这都不是她的错，她只想追求自己的理想，好好活下去！"

"她的事，你知道多少？"

"差不多都知道……她跟宋光明的事，她跟程丽秋的事……当然不是一开始就知道，也是慢慢发现的，后来熟了，有一次她主动告诉我，说她是——"

"是什么？"

他拿起茶杯，才发现空了。罗忠平不慌不忙帮他满上。他一饮而尽，决绝地就像喝下一杯毒酒。

"她是……她就是程丽秋！"

喊出来，力气也仿佛抽离了全身。他双手攥拳弯下身子，额头顶在桌上，一副磕头认罪的样子。

"你当时一定吓坏了吧？"老刑警终于开口说，"一直同情她的悲惨遭遇，却没想到她的悲惨遭遇恰恰拜你自己所赐。一个陌生的名字被抹掉无所谓，但当名字的主人活生生地站在你面前时，你就受不了了……"

"而且你还爱上她了！"童维嘉适时补刀。

钱主任僵硬着身子，缓缓抬起头来，眼睛通红。

"我愿意为我的过错接受任何惩罚，但请你们放过她，给她一条活路！"

钱主任供述，他虽然对陈芳雪抱有好感，但一直发乎情止乎礼，从来没有越界之举。有两次她到家中借书，其实气氛已经差不多了，也能看出陈芳雪有那方面的意思，但他最后还是咬牙忍住了。他爱人在外地工作，长期两地分居，男人的需求当然有，但如果真上床了，自己对她的帮助就显得有了私心。

"那最后怎么又睡了呢？"童维嘉逼问，"咬牙没咬住？"

钱主任回答确实没咬住，但也情有可原。就在杜传宗还没脱离危险的4月17日，陈芳雪突然哭着打来电话，说自己已经无处可去，只想一死了之……他放下电话匆匆赶去街对面的学校，冲到芙蓉湖边，夜色中看到她正一步步走向湖中，沉入水下。

　　钱主任水性不好，仍然拼命将陈芳雪救起。她浑身湿透，借着远处路灯可以看到她身上青一块紫一块。

　　问怎么回事，陈芳雪说是前男友打的；拉她去报警，她摇头说没用，自己刚从派出所出来，前男友还在里面呢，但民警说了，不构成轻伤，情感纠纷只能以劝说为主。绝望之中她试着开煤气自杀，又觉得太慢，于是跑来学校投湖，投湖前忍不住给他打去电话……

　　钱主任自然义愤填膺，问她前男友到底是什么人，陈芳雪苦笑说其实你认识，还曾经是你的好学生呢，他叫宋光明。

　　宋光明的名字钱主任当然记得，他立刻有无数问题要问，但看陈芳雪哆哆嗦嗦的样子，只好先带她回家。路上劝她想开些，故意开玩笑说你不能这么死了，借我的书还没还呢；却不料陈芳雪更加难过，说书丢在宋光明那里，拿不回来了……钱主任赶紧宽慰说不碍事，书丢了还可以再买，命丢了可找不回来。

　　回到家让陈芳雪洗了热水澡，换上干净衣服，又拿了跌打损伤的药。一些伤处她自己够不到，帮忙上药时难免有了肌肤接触，但在那样的情境下也不可能有非分之想，他当时只想搞清前因后果。

　　陈芳雪于是娓娓道来，从自己怎么认识的"程丽秋"，怎么帮她写作业甚至替考，到偶然认识了宋光明，然后宋光明又打抱不平为自己调查"程丽秋"，结果挨打、受伤、休学……每一句话都让钱主任大为震惊又羞愧难当，直至最后他才小心翼翼地问，那你为什么死死盯着"程丽秋"不放，一面帮她一面又要揭发她呢？

　　陈芳雪笑了起来。

　　据钱主任回忆，那笑声令他毛骨悚然，至今难忘……在那笑声中，陈芳雪站在他面前，一件件脱掉了身上的衣服。钱主任扭头不敢看，她掰过他的头，把身上的每一处伤痕展示给他。有宋光明打的，有天歌夜总会的客人咬的，还有在一个个难熬的夜晚，她自己用铁钉划的、用烟头烫的。

我为什么要揪着"程丽秋"不放？她惨笑着说，因为我就是程丽秋啊，我就是那个被你们夺走了名字和身份，还有所有希望的程丽秋啊！！

说完这些，陈芳雪跪了下来。她跪在目瞪口呆的钱主任身前，解开他的皮带。钱主任吓得躲闪，但陈芳雪瞬间如同一只发狂的母兽，不知哪里来的力量，将男人死死按在了身下。

你欠我的，她嘶吼，所以你必须还给我！！

直到暴风骤雨结束，钱主任搂着陈芳雪软嫩的腰肢，看着她赤身枕着自己肩膀熟睡的样子，仍然想不明白这一切是怎么发生的。自己越了轨，但又得到了巨大的释放与满足，他忽然热泪盈眶，知道自己再也无法摆脱怀中这个女人……

从杏林酒店出来，童维嘉兴奋地与师傅讨论钱主任所讲的故事。

"陈芳雪说投湖前还试图开煤气自杀，应该就在她原来和宋光明的家里？"

"没错，这就解释了她之前确实回去过。"

"但是她又离开了，跑到中州师大去投湖……"

童维嘉将钱主任的叙述完整回想了一遍，所以煤气泄漏是陈芳雪自杀未遂造成的？实在匪夷所思……

"还有呢？"罗忠平提醒说，"回忆一下，钱主任还说了什么与宋光明有关的？"

"除了陈芳雪被打，还有一本书丢在宋光明家里了……可我们在宋光明家的废墟里没有找到任何书啊？"

话出口，童维嘉立刻想到什么，迅速拨通手机。

"钱主任吗？不好意思再补充个问题，你还记得陈芳雪借走没还的是什么书吗？……对，就是她说丢在宋光明那里的。"

"书啊，记得……"钱主任沙哑的声音从免提中传出，显然刚刚又大哭过，"是一本美国的恐怖小说集。"

宋光明遗留在工地的物品都拿回来做过详尽检查，但之前除了陈芳雪的回忆录片段，并没发现什么有价值的东西。现在看来不是没价值，而是没发现其中的意义。

专案组正在开案情分析会，见罗忠平和童维嘉回来，白队告诉他们，已通过DNA鉴定证实了春节芙蓉湖的女死者正是杜传宗的女儿杜娟。童维嘉好奇地问杜传宗是否知道，白队说这是个有趣的问题，杜传宗对外从来不承认自己在国内还有个女儿，而在陈芳雪遇刺后，警方的电话和邮件他便再未答复。

白队让罗忠平发表意见，老刑警却摆手说先听听大家的，一边拿起那本《美国恐怖短篇小说集》翻看。霍达于是将这两日的进展又总结了一遍，说大致摸清了宋光明这几年的经历，数年来他喜欢在某论坛上与人论战，从账号登录的IP地址可以推断他这些年的大致行踪。他于2001年4月离开中州去了南山市，一年半后离开，频繁辗转各地后，2004年又回到南山安顿下来，2007年回到中州。

童维嘉急忙问宋光明回南山的时间是不是2004年5月，而回中州是前年3月。霍达惊讶地问你怎么知道，童维嘉笑笑说，那正好也是陈芳雪到南山福利院和离开的时间。

白队捅了捅低头看书的罗忠平，让他好歹说两句。老刑警放下书看看大家，说陈芳雪和宋光明具体什么关系现在还不好说，总之肯定比我们之前以为的，也比那几页回忆录上写的深得多。

"这我们都知道了，拿出点实打实的干货来！"霍达撇撇嘴。

"这本书就是证据。"罗忠平转向技术室的老张，"仔细检查的话，应该能在这上面找到煤气爆炸的残留痕迹。"

"你是说，这本书在龙诚炸死的现场出现过？"白队皱眉，拿过书来翻了翻，"那也没什么奇怪吧，毕竟是宋光明的书，龙诚又是被炸死在他家的……"

"不仅如此，这本书还是龙诚炸死自己的导火索。"

全场顿时鸦雀无声，所有人都看向白队手里的书……连童维嘉也惊呆了。

"龙诚不是陈芳雪杀的？"

"是她杀的，为了替宋光明和自己报仇。"罗忠平停顿了两秒，如炬的目光扫视众人，"可惜根据现有的法条定义，我们即便知道了来龙去脉，大概也奈何不了她……因为这恐怕是一场完美的谋杀。"

全场轰然，大家交头接耳，显然对老刑警的话表示怀疑。

白队拍案而起。

"怎么可能？杀了人，只要有证据——"

罗忠平从白队手中拿回书，翻开其中一页。"答案就在本书里……一部很短的短篇小说——《南方来的人》。"

二十四

　　龙诚抱着"程丽秋"轻声安慰，同时向你挤眉弄眼。你没料到他会出现，但想想也不奇怪，"程丽秋"在自己最脆弱的时候，当然希望男朋友在身边。

　　龙诚带了吃的来。"程丽秋"饿了一天一夜，总算扛不住吃了一点儿；她递给你，你说不饿。她又问你为什么打电话那么久，你说医院门口的公用电话排了很多人，等了半天。

　　"是吗？我来的时候没什么人啊。"龙诚故意说。

　　"可能我运气不好吧，看人多，就到别处找电话去了。"你回答，同时瞪他一眼。

　　不久，"程丽秋"在长椅上睡过去，你和龙诚去到走廊尽头。

　　"听说你跟那个嫖娼流氓犯分手了？"

　　"他不是！"你咬牙切齿，"他叫宋光明，被你陷害的！"

　　"好吧，过去的事翻篇了。"他笑嘻嘻地说，"不过千禧夜那天还要多谢你，以为躲不掉要打一架了，结果那笨蛋……"

　　原来他都看见了，你心想，真讨厌。不过他怎么知道你跟宋光明分手了呢？

　　"对了，好像跟你说过吧，我就是食品厂子弟，我爸妈就住食品厂小区，所以你们俩有什么动静我都知道。"似乎看穿了你的疑惑，龙诚主动解释，"其实分了好，那种吃软饭的男人配不上你。"

宋光明不是吃软饭的……你想辩解，可又说不出口。

"那你呢，不算吃软饭吗？跟那位大小姐谈恋爱，就没有自己的目的？"你冷笑说，"如果她爸爸不是杜总，而是普通老百姓，你肯定掉头就走了吧？"

他居然点头，痛快承认了。"可惜啊，我辛辛苦苦布的局，却要被你毁了……程丽秋同学，你该怎么赔偿我呢？"

眼下知道你真正身份的，除了宋光明就只有眼前这个男人，你自然心中不安。

"我怎么毁你了？她爸爸病危，又不是我害的！"

"不是你吗？我是不是应该报警，建议警察拿杜总平常喝茶的保温杯去化验一下呢？"龙诚笑着说下去，"你有杀人条件，也有杀人动机……至于动机是什么，就不用我说了吧？"

"我不怕你！也不会再上你的当了！"

你强作镇定，但急促的呼吸和绷紧的嘴唇出卖了你。龙诚看出了你的软弱，直截了当地提出他的要求。"听说你在天歌赚了不少，钱放在银行也没几分钱利息，跟我一起干吧？拿十万，算你入股，每年给你两万块分红！怎么样？"

20％的年收益，比银行定期利息高多了，但你早就不再相信他的鬼话。

"我没钱。天歌赚的，早让你骗走了！"

"那你可以再回去嘛，整天给人端茶倒水有什么出息？"他拿出一支烟叼在嘴上，摸出一个金光闪闪的Zippo打火机，炫酷地玩儿了个花式动作才点燃烟，然后向病房方向努努嘴，"我其实跟你一样，巴不得姓杜的赶紧死呢，那样就简单了，我女朋友可以继承所有遗产……可我担心他死不了。"

"你到底想怎样？"

"说了呀，十万元，跟上回一样，不多。要么我就报警，同时告诉丽秋，是你谋害她爸！"

他的烟喷在你脸上，你在心里再一次把他千刀万剐。

"我需要时间筹钱。"

"能给你的时间不多……你最好祈祷杜传宗别死那么快，反正他一死我就报警。"

他再一次看穿了你。你本想拖下去，拖到杜传宗死，但他不给你机会，所以看来你也不能给他机会了。

你向龙诚点点头表示明白，然后转身离开了医院。

从医院大门出来，看看表已过中午。走在街上，你努力思考下一步的行动。鼠二必须死，而且越快越好。可如何下手呢？想了几个月没有答案，现在你只有几个小时。

一辆公交车在身前停下，你没多想就跳了上去。若干站后你又浑浑噩噩地下了车，发现自己正站在中州师大的门口。潜意识让你找钱主任帮忙，但理智告诉你不能。

你沿着师大南路向西，没走多远便意识到方姐也保护不了你，于是掉头向东，走到幸福大街。你在食品厂小区门口止步徘徊，悲哀地发觉唯一有可能帮你的只有宋光明了……

你正想着，扭头便瞥见了再熟悉不过的白衬衫。

在一家小吃店外，宋光明正为了几毛钱与老板争执。他质问为什么别人自取咸菜都免费，却偏偏向自己要钱？老板说你吃的太多。宋光明抗议不公平，老板说规矩是我定的，觉得不公平就滚蛋。你走上前补了钱给老板，宋光明瞪向你的眼中冒出火来。

你说自己只是路过，不想看他这么丢人，又说遇到了正好，还有东西忘在食品厂小区的家里，顺便拿一下。他问什么东西，你说有两本书是借来的，需要物归原主。

是姓钱的吧？他问你，就是他被杜传宗收买了，入学审查时故意放水让冒牌货过关？

你点点头。

宋光明又问，还是他，接到冒牌货考试作弊的举报后，故意和稀泥，用一纸悔过书代替了开除处分？

你只好再点头。

宋光明再问，那天跟你一起吃饭，还开车送你回酒店的，也是他？

你说对，钱老师对我挺好的。

宋光明最后问，你还相信世间有公道吗？

公道当然有，你嘲笑说，可惜就像那点咸菜，虽然值不了两毛钱，老板也不会免费给你……

你成功激怒了他，他揪住你的头发暴打。第三次了，你早有经验，立刻蹲在地上护住头脸。拳脚雨点般砸在身上，你想想觉得好笑，曾发誓要保护你的人，却是伤害你最深的。

有路人报了警。不久民警赶到将你救下，将你们一起带去派出所。民警问怎么回事，你说他是你前男友，一直在跟踪骚扰你；民警又问宋光明，他像个缩头乌龟似的始终一言不发。

看你鼻青脸肿的样子，民警建议去医院做个全面检查，你说不用了，都是皮外伤。民警又问你打算怎么处理，你说也不用怎么处理，只要让他今后不再跟踪骚扰你就好。民警说写保证书也不一定管用，但可以先磨磨他的脾气，于是将宋光明铐在屋角的暖气片上，然后丢下你们忙别的去了。

你本可以离开，但实在无处可去，便留下来与宋光明大眼瞪小眼。他始终梗着脖子不肯道歉，你也丧失了对他的最后一丝幻想。

天很快黑了，民警吃着盒饭回来问怎么样了。你说自己已彻底绝望，随便警方怎么处置，民警于是让他写了张不再骚扰的保证书，然后又体贴地说会多留他两个小时再教育教育。

从派出所出来，你仍然无处可去。天歌夜总会的大门灯火辉煌，你远远看到小四川正在门口抽烟，你向她招了招手，但她没看见。

你没有勇气走过去。见了她该说什么呢？后悔自己离开？告诉她霞姐说得对，男人没一个好东西？你不想认输，但其实早已输得干干净净。

呼机震动，"程丽秋"发来信息，问你在哪儿呢。你回电话过去，她说龙诚借口有事走了，自己一个人在医院又渴又饿又怕。你问她爸怎么样了，她说还是老样子；你想了想说，手头有点儿事，忙完了就去医院陪她。

复仇成功的喜悦早已烟消云散。她等着你拯救，又有谁来拯救你呢？

你走回食品厂小区，用藏在牛奶箱上的钥匙开门，回到你曾经的家。目之所及，仍保持着你搬走时的样子，你精心挑选的窗帘、宽大的双人床、鸳鸯戏水的大红床单和被面，只可惜窗台上的花束早已枯萎。

还有一片枯叶挂在花茎上，你轻轻摘下，不料它立刻在你手中化为齑粉。这便是你的人生写照，你意识到，无论再怎样向着阳光挣扎，也只能在命运无情的大手中粉身碎骨。

这束花的终点，在被剪下时便注定了；你的终点，也在四年前的除夕夜冰面开裂时便注定了。你比你的朋友多活四年，已经足够了，也算替她报了仇，想来地下相见她也能原谅你了吧。

想通了，心底也轻松了。你关闭门窗，到厨房打开煤气阀门。随着咝咝的声音响起，你嗅到一股甜味。你曾和宋光明争论煤气是否有股好闻的甜味，他骂你神经病。

回到床上躺下，你看到枕头边是从钱主任那里借来的两本书。《第二性》宋光明应该没兴趣，那本恐怖短篇小说集他似乎翻过两页，还折了角。可惜不能还给钱主任了，你有点儿遗憾，又惋惜自己没能抓住机会。

那也许是你改变命运的唯一机会——拿下姓钱的，可惜因为廉价而不中用的羞耻心错过了。你带着遗憾闭上双眼沉沉睡去，又忽然在一片漆黑中惊醒。

你拿起枕边书，翻开宋光明折角的页码。昏暗中看不清正文，但那一篇的标题你还记得。

《南方来的人》。

你当然也还记得那个故事，一个关于贪欲的打赌故事。

无休止的贪欲，不正好是龙诚吗？那一瞬间，你有了灵感。

安排妥当后，你匆匆走出食品厂小区，用公用电话拨打龙诚的手机。你问他在哪里，说可以给他钱，但这次必须有投资分红的合同。他说没问题，自己正在父母家吃饭。

晚上8点半，你们在小区里一处偏僻角落见面。看看周围无人，你瞄准他的鼻梁突然狠狠一拳。你用尽了全力，他的鼻子可笑地歪到一边；他气得跳起来，将你拖入草丛，但你对他的拳脚完全不在乎，反正中午已挨过一场。

他打累了，气喘吁吁地问你为什么找死。你问他真的想知道吗，他点头说废话，因为鼻血堵住了鼻孔，他只能可笑地张着嘴呼吸。

我给你讲个故事吧，你对他说，你听了就明白。

"从前国外某个城市的码头酒吧里，一名水手碰到了一个神秘老头。水手有一个特别引以为豪的打火机，于是老头提议跟他打赌，用自己的一辆凯迪拉克轿车，赌水手的打火机不能连续打着火十次。如果水手赢了，轿车就归他，如果输了，那么水手就要输给老头一根手指头。水手对自己的打火机很自信，他想赢下那辆车，于是答应了赌约……"

"什么乱七八糟的？"龙诚不耐烦地打断你，"这故事跟咱们有关系吗？"

"当然有关系，"你回答说，"难道你不想知道最后谁赢了吗？"

他迟疑片刻，点点头让你快说，于是你接着讲下去。"水手的一只手被老头绑住，一把锋利的刀对准他的小拇指，随时准备剁下。水手的另一只手开始点他的打火机。一次成功了，两次成功了，三次四次五次，都成功了。但是再往后——"

你忽然停顿下来，看着龙诚下意识掏烟点火的动作。他下意识也停住，看了看自己手里的打火机。"后来怎么样了？失败了？"

你从他手里拿过打火机，第一次没打着，第二次才打着了火替他点烟。

"再往后，水手的手开始发抖。一辆汽车对他来说是很大一笔财富，但没有人想眼睁睁看着自己的手指被剁下。第六次，他也成功了，然后是第七次，第八次……他越来越紧张，他的手不停发抖，抖得快拿不住打火机了……"

"一共十次？"

"对。"

"后面还有两次？"

你没有直接回答，而是突然岔开话头，问他愿不愿意冒险赌一把。

"赌什么？"他有些疑惑，"也赌一辆车和手指头吗？"

当然不是……你告诉他，你所讲的水手和老头的故事出自一本《美国恐怖短篇小说集》，这本书对你很重要，但在与宋光明分手时匆匆忙忙忘了拿出来，就丢在正对着厨房门的玄关鞋架上，跟一摞旧报纸在一起。

"你不是要钱吗，我有张存折就夹在那本书里。"你继续对龙诚说，"所以如果你跟故事里的水手一样有勇气，愿意赌一把的话，自己去拿，钱归你，书还我，咱们两清。"

他斜眼盯着你，问你为什么不自己去拿。你于是向灯下走了两步，让他看清你脸上的伤。

"我去了，被他发现了，这是被他打的。"

龙诚看了不禁咋舌。虽然刚才他也揍你了，但他好歹没打你的脸。

"没骗我？"

"如果我骗了你，对你又有什么损失呢？"你苦笑，将打火机放回他兜里，"宋光明这会儿还在派出所，但随时可能回来。我怕他，不过你嘛……"

如果冷静下来仔细推敲，你的讲述其实有颇多漏洞；但贪婪是人的

232

本性，水手如此，龙诚也不例外。

"先告诉我，刚才故事里的水手和老头最后谁赢了？"出发之前，他最后问你。

"回来就告诉你。"你强忍脸部的肿胀和酸痛，给他一个灿烂的笑容。

天歌夜总会变幻的霓虹灯将婆娑树影映照在斑驳的红砖墙壁上，光怪陆离又转瞬即逝。你看了看表，晚上9点零7分，龙诚出发走向了他的死亡。

最普通不过的春夜，远处飘来好闻的烤肉味道。幸福大街可能堵车了，喇叭声此起彼伏。食品厂小区的六栋红砖楼仿佛是被遗忘的角落，没有多少人员进出，一位遛狗的大爷从外面回来，小狗玩兴正浓不肯回家。

最好再等等，你看着跟小狗较劲的大爷想，最好不要伤及无辜；但万一真的伤到了，也只能怪老天爷。你又看了看表，想象龙诚此刻应该进行到哪一步了：先到窗根下面，确认屋内无人；然后从单元门进入，在牛奶箱上摸到房门钥匙；由于窗帘都拉上了，开门进去肯定漆黑一团，龙诚可能会下意识在门口寻找电灯开关，而不管能否找到，灯都不会亮。

他的鼻子被鼻血堵住了，所以遗憾地嗅不到煤气味。一片漆黑中，他应该会先拉开窗帘，天歌夜总会的霓虹灯光足够让他看清屋内陈设。书在玄关鞋架上，很容易就能看到，只可惜他在书中找到的不是存折，而是半张纸。

最后的玩笑，希望龙诚在最后一刻还能笑得出来……

没有第十次

他必须用打火机打着火才能看清上面的字，那是故事的结局，也是他的结局。

你看着表，静静等待着。9点13分27秒，一阵耀眼的闪光，随即才是震耳欲聋的轰鸣。你看到小狗惊得鼠窜，大爷吓得尿了裤子，楼里很快有人跑出来，大呼小叫、哭天喊地。

慌乱中没有人注意到你。你镇定自若地离开食品厂小区，在幸福大街拦了一辆摩的。摩的师傅问你乱哄哄出了什么事，你说不知道。

"去中州师大，"你随手将一块锥形的黑色橡胶垫扔进草丛，"今天姑奶奶开心，给十块不用找了。"

二十五

听罗忠平讲完，专案组大部分人都陷入沉默，还有几个窃窃私语，小声讨论的结果也只是摇头叹息。

白队皱眉说，这不过是你的推测吧，也不能百分之百断定。罗忠平承认，但根据掌握的线索，这应该是最接近真相的推测了。

如果推测没错，这便是一桩即使锁定了嫌疑人，也很难定罪的完美谋杀。故意杀人罪的构成要件中有一条，剥夺他人生命的行为必须是非法的。而陈芳雪有什么非法行为呢？给人讲故事总不能说是非法的；至于释放煤气，陈芳雪的目的是自杀，即便追究，也顶多算危害公共安全，又没人逼着龙诚潜入别人家中去点火。

陈芳雪很可能以欺瞒的手段诱骗龙诚进入宋光明家中，但人没了，死无对证。就算加大走访力度，找到龙诚死之前与她有过接触的证据，也奈何她不得——只要陈芳雪一口咬定是龙诚自己要去的就好。

"别跟我扯什么完美谋杀！"看到大家士气低落，白队拍案而起，"老罗，我承认你的推论很合理，但既然没有直接证据，就先想办法撬开宋光明的嘴！"

罗忠平轻叹了一声，似乎表示有保留的同意："好啊，那就审审看吧。"

负责审讯的同志说，几天下来宋光明讲过的话不超过三句。"我要上厕所。""不记得了。""枪毙我好了。"除此之外再无其他，既不为自己辩解，也没有怨天尤人，反正无论你说什么都仿佛与他无关，简直无计可施。

审讯室里，宋光明还是老样子。腰杆笔直地坐在椅子上，神色平静，面无表情，被铐住的双手平放在面前的桌子上，端正的样子就像教室前排听话的小学生。

"眼看就快6点了，所以我想给自己要瓶啤酒，到户外去坐在游泳池边的躺椅里，享受一会儿傍晚夕阳的景色……"

没有提问，也没有寒暄，童维嘉打开书，从头念起。《南方来的人》，作者罗尔德·达尔，收录于《美国恐怖短篇小说集》——其实整个故事听下来，并不怎么恐怖，无非讲了个水手和神秘老头打赌的故事。神秘老头用自己的凯迪拉克轿车赌水手的打火机不能连续打着十次，如果水手输了，就切一个小拇指给他。

故事很简单，但结尾有些出人意料。水手成功打到第八次，已经紧张得手抖不停。就在这时来了个疑似老头妻子的女人，打断了他们，抱歉地告诉水手说老头有收藏手指的怪癖，已经赚到了四十多根手指并输掉了十多辆汽车，而现在已一无所有。为什么老头会一无所有呢？因为女人花了许多时间和精力将他的所有财产赢到了自己手上……

"她抬头望着小伙子微微地笑了。那是一种缓慢、从容而哀伤的笑容。她走了过来，伸出一只手去，从桌子上取过了钥匙。"童维嘉最后念道，"甚至现在我好像还能看见她的那只手——它只剩下一个手指头和那个大拇指。"

念完了，童维嘉合上书，审讯室里一片死寂。罗忠平盯着眼前的宋光明，半晌才打破沉默。

"整本书就这几页卷边了，所以你应该翻过很多遍吧？这本书以及这个故事对你和陈芳雪有特殊意义，所以才一直带在身边。"

宋光明瞥了眼童维嘉手中的书，又立刻垂下眼皮。

"你后来居无定所四海为家，也一定经常想起这篇小说吧。你的半生也是一场赌局，只是你的下场似乎比水手更惨。你一输再输，快输不起了。"

罗忠平锐利的目光盯紧宋光明的每一个细微动作。吞咽的口水，扣紧的指尖，腮边肌肉的颤动……

"没错，这是你与陈芳雪的赌局。一次，两次，三次，你想用每一次努力，告诉陈芳雪世间是有公道的，想把她拉回正轨，想让她得到救赎……你把自己当作打火机，想用微弱的火苗证明什么，但到最后，你自己也动摇了……就像故事里的水手，握住打火机的手不由自主地发抖。而且，一个更可怕的念头在你脑海中挥之不去，万一陈芳雪是对的呢？万一世间真的没有公道呢？"

"不！有的！"宋光明突然吼了一声。

"其实你已经知道自己一败涂地了，否则也不会在大庭广众之下杀人。你的公道，是相信天道有常、善恶有报，相信一个人作恶总会受到惩处！可陈芳雪渐渐不信了，所以你觉得她堕落了，跟黑暗同流合污了……"

"我没输！"宋光明从牙缝中挤出话来，"你们是警察，难道你们也不信有天理了？"

"我们当然信。"罗忠平点点头说，"但最终放弃了信仰的是你，你想杀了陈芳雪，难道就真的是为了公道吗？如果她是迷路的羔羊，你应该拯救她才对啊！——对了，你们之前在西原县龙山乡的那次见面，应该让你彻底绝望并下定了决心吧？"

宋光明攥紧了拳头，缓缓又张开。如此反复，显然在疏解内心的激愤。

"说实话，我们一直困惑于你杀害陈芳雪的动机。她的回忆录把你写得很不堪，你也看到了，我们认为有夸张的成分。你脾气暴躁，也确实动手打过她，但天地良心，你是为她好，所以你杀她也是拯救她……"

"不！不是拯救！没人救得了她，她是鬼！我杀的是魔鬼，比杜传宗和龙诚隐藏更深的鬼！"宋光明突然歇斯底里地大吼起来，"我被她骗了，你们也被她骗了，所有人都被她骗了！！"

凄厉的笑声在审讯室中回荡……当笑声终于停止时，他恢复了老样子，闭上眼一言不发，只是曾经挺直的腰杆塌了下来。

陈芳雪是鬼……这话到底是什么意思呢？

审讯结束后的讨论会上，有人说陈芳雪欺骗了宋光明的感情，也有人说宋光明后悔为陈芳雪牺牲了自己光明的前途，还有人说宋光明看上去就精神有问题……白队摆手说凭空猜测没意义，两人最后一次见面是关键，因此有必要派人去一趟西原县龙山乡。童维嘉立刻举手说我跟师傅之前去过，还是我们去！

第二天早上8点出发，四个多小时的车程，接近下午1点才风尘仆仆地抵达西原县龙山乡。像上次一样，热情的吴所邀请两位刑警到派出所食堂吃饭，罗忠平摆手说在服务区吃过了汉堡，想直接到宋光明落脚的地方看看。吴所于是上车，指路的同时介绍前期调查程丽秋被冒名顶替的情况。

"运气不好，负责1996年招生的县高招办主任和实验中学负责学生档案的副校长前几年都死了！高招办的陆主任得了抑郁症跳楼自杀，那位副校长呢，在去一名学生家做家访的路上被一辆过路小货车撞成重伤，死在了医院。逃逸的肇事货车是套牌的，至今没有抓到……"

"都死了？"罗忠平不禁皱眉。

吴所点头："虽然有些可疑，但两起事件看不出有什么关联。"

"肇事逃逸？没有监控吗？"

"山里，哪儿有那么多监控啊。一段山路二十多公里，前一个路口拍到了，后面就没了，也是见了鬼了！——对了，就离你们上次去的水库不远。"

罗忠平想了想："哪年的事？"

"2003年……我知道你在想什么，确实正好是水库蓄水扩容的那几天。可如果真淹在下面了，那么大的水库这也没法找啊！"

童维嘉不解："为什么没法找？派潜水员就好了啊？"

吴所苦笑地搓搓手指，示意没经费。

抱怨了几句基层工作的困难，吴所示意路边停车，到目的地了。

一家开在公路边供过路货车司机食宿的小旅店，店老板是个模样憨厚的大叔，见到警察上门紧张得说话有些结巴。他对宋光明印象深刻，说好几次看到他在水房洗衬衫，水龙头开得哗哗的，叫人心疼。另外旅店供应简餐，以货车司机的标准算得上物美价廉，但宋光明仍然嫌贵，宁愿干啃馒头。当时还担心他会拖欠房租，没想到第二天就有一个打扮入时的漂亮女人来找他。

听店老板对女人衣着相貌的描述，应该就是陈芳雪。

"他们说了什么？或者还去了什么地方吗？"

"没，没去什么地方，就关在屋里说……"

"说什么？"童维嘉急性子催问。

"就说，说到你们警察……"

"警察?！"

罗忠平示意徒弟别急，给店老板倒了杯水让他慢慢说。店老板喝了水放松下来，说当时看到漂亮女人有些好奇，就偷偷听了会儿墙根儿。隐约听到女人说了一句"警察早晚会找到你，所以先给你看看这个让你明白……"

陈芳雪给宋光明"看看"的，应该就是回忆录的第二部分，可她为什么要这样做？

罗忠平问："女人什么时候来的？"

"24日，星期五的晚上，八九点钟吧。"

陈芳雪是周五中午从上海酒店离开的，一路驱车赶到这里，时间正好。宋光明到敬老院见韩彩凤是周五上午，要么是敬老院方面通知的陈芳雪，要么是宋光明自己打电话给她，总之陈芳雪得知大事不妙，千里迢迢赶来灭火。

店老板还记得女人来时乘了一辆上海牌照的小轿车，吴所立刻安排人查看道路卡口的监控，很快锁定了车牌号。通过车牌号联系到在上海的车主，车主说自己挂靠在旅游公司下面，提供包车服务，上周五确实从香格里拉酒店拉一位女士到西原县龙山乡。本来路程太远不想去的，但女乘客出手大方。问抵达西原县龙山乡之后的行程，车主说先在路边小旅馆停了一个多小时，然后女人回到车上，说要去南山市。当时已是半夜，人困马乏开夜路太危险，最后在县城招待所住了一夜，第二天一早再驱车四个多小时赶到南山市。

听到去南山，罗忠平和童维嘉立刻精神起来。"去南山哪里？"

"一家儿童福利院。"车主回答，"到了门口又不进去，人就在车里坐着，隔着院墙的栅栏望着里面，从中午坐到天黑。"

"然后呢？"

"到了10点多，福利院里熄灯，黑漆漆的什么都看不见了，才说回去。我还以为回上海，结果她说回中州。"

"然后你就送她回中州了？"

"对啊，凌晨1点多到的，中州市的中山路一带，一栋公寓楼……辛苦是真辛苦，但三天净赚两千块，也不错啦！"

"你们在路上没聊点什么吗？"

"聊了，我恭维她是成功人士，年轻漂亮又有钱，她说背后多少辛酸艰难没人知道。又问她为什么来福利院，结果就不说话了……当然她不说也能猜得到。"

童维嘉好奇地问："猜到什么？"

"西原县她见的男人肯定是旧时相好，生了孩子没法养，扔给福利院了。现在发达了想孩子，可又领不回来，男人还是烂泥扶不上墙，拿孩子要挟她……肯定八九不离十！"

挂断电话，童维嘉迫不及待地发表看法，认为车主的猜测很有几分道理。陈芳雪做过剖宫产手术，很可能有孩子，如果孩子在福利院，就解释了她为什么不辞辛苦到那里去当老师。所以无论如何，值得再去一趟南山市。

"关于南山其实还有个情况，"吴所说，"你们上次电话里不是要我补充程丽秋弟弟的情况吗？程立军，比程丽秋小三岁，前两年死了……"

"是啊，因为宋光明冒充程立军的同学，所以有点儿奇怪。"童维嘉一头雾水，"他又怎么了？"

"程立军死的地方，也在南山，而且就在南山儿童福利院的后山上。"

二十六

随着光阴流逝，你感觉到身体中有另一个自我在生长。

有一天走在大街上，一个男人突然远远打量你，向你吹口哨，喊你爱丽丝。你没反应，于是他扯住你问，不记得我了吗？两年前经常去天歌找你，干得你嗷嗷叫。

不，先生你认错人了。首先我不姓爱，其次你知道一个女生什么时候会嗷嗷叫吗？面对蟑螂的时候。

还有一次，你路过中州师大，正是9月头两天新生报到的日子，一个怯生生的女孩提着大包小包从公交车上下来，问你中州师大怎么走。你指指她背后，她转身时露出校服上"西原县实验中学"的字样。

你忍不住问她是从西原县来的吗，女孩兴奋点头，以为自己遇到了老乡，说自己超水平发挥才考上了这所大学，又问你是不是师姐。

你微笑着回答，我不是师姐，我是你师母，记住了，这所学校的男老师最擅长靠借书骗女孩。

几天后你把这段遭遇当作笑话讲给老钱听。他正在你身上卖力做运动，听了立刻停下来，问你什么意思。你说没什么意思，就是字面的意思。

老钱离开你的身体，靠在床头点上一支烟，默默抽了一半又放下，说你怎么变成这个样子了。你拿起他的半根烟叼在嘴里，斜眼问这个样子是什么样子。

那一晚不欢而散，但你并没有放在心上。

你们时常幽会，有时在杏林酒店开房，有时去他家，你会满足他所有的性爱幻想，同时不放过任何挖苦嘲讽的机会。你喜欢他的陪伴，但更喜欢看他光着身子气急败坏的模样。

你乐此不疲，以为自己吃定他了——但后来发生的事证明了你有多愚蠢。

一个普普通通的阴天，你正在茶苑忙着往新茶的茶罐里掺入陈茶，忽然恶心想吐。你冲到卫生间干呕了一会儿，想起上个月的大姨妈还没来，于是连忙拿出验孕棒。

两道杠，你心里一阵狂喜。每次老钱都会用套子，但他不知道你早就偷偷做了手脚。有了孩子就有了一切，你早就盘算好了，可以名正言顺地逼婚，将老钱这个钻石王老五彻底拿下。他的一切都会是你的——房子、车子和存款，还有受人尊重的社会地位。

大学生有什么稀罕，你将是堂堂大学教务处长的太太！

从卫生间的隔间出来，你意外发现洗手池边有个绛红色的双肩背包。你一眼就认了出来，急忙四下看去，卫生间里只有你，隔间里也没有人。

你忍不住打开包，翻看里面的东西。跟五年前差不多，琳琅满目的化妆品，还有卫生巾和钱包。钱包里的照片和身份证都没变，曾经的学生证变成了工作证。

中州师范大学出版社　编辑
程丽秋

你说不清心里是什么滋味。

突然外面响起脚步声，方姐推门进来，正好看到你一手提着背包，一手拿着钱包。她劈手夺了过去。

"小陈！是你的吗就随便翻？想被开除啊！"

她拿了包向外走，你急忙跟在后面想解释；还没等开口，便看见杜娟站在大堂。方姐把包还给她，露出谄媚的笑容。

"找到啦！放心，东西忘在我们这儿不会丢的！"

杜娟打开包看了看，又盯着你。她冰冷的目光让方姐误会了。

"小陈，有没有偷拿人家什么东西？现在拿出来还不算晚！"

"程老师，您的包忘在洗手间了，"你迎向她的目光，"我刚才打开看了一眼，只想确认一下主人。"

杜娟仍然盯着你一言不发。

方姐在一旁声色俱厉："小陈！程老师是文化人，不好意思说，这是给你机会呢！你是不是拿了什么东西？"

"对不起，我没文化，但我也知道不是自己的不能要。"你说着伸开双臂，"程老师要不信的话，可以搜身。"

杜娟什么也没说，头也不回地转身上楼去了。方姐想说什么，又生生咽了回去，不满地白了你一眼，转身回去茶苑。

你想起昨天有通知，今天下午有个什么研讨会，于是将验孕棒塞进兜里，跟着杜娟走上二楼。

会议室里挂有横幅，是一本社会伦理专著的专家研讨会。围成口字形的长桌上有参会者的名牌，你一眼就看到了老钱的名字，心想是第一时间告诉他，还是晚上给他个惊喜？

你拿了暖水瓶给每个茶杯倒水，直到另一个名牌让你停下来。

程丽秋

回头看去，杜娟正站在走廊上与一个三十来岁的女人交谈。那女人一边说笑，一边瞥向走廊另一边跟几个专家握手的老钱。

每个座位前都有一份参会人员名单，你在上面看到，"程丽秋"是本书的编辑之一。你心里发笑，连作业都完不成的家伙，居然当上了编辑……

开会时间到了，参加研讨会的领导和专家们纷纷入场落座。你抱着暖水瓶靠墙而立，留意观察有谁的茶杯要续水。老钱陪着专家进来，从你身边经过时故意目不斜视，两分钟后你给他的茶杯续水，成心溅湿了他的裤裆，然后装模作样地用纸巾帮他擦。

他在桌子下面攥紧你不安分的手，你悄声说，晚上来，有个好消息告诉你。

杜娟和那个女人掐着点进入会议室，你终于有时间认真观察她的变化。将近一年没见，她剪了齐耳短发，精明干练的样子，此外还戴了副金边眼镜，像个正经文化人了。她的穿衣风格也比从前收敛许多，曾经钟爱的紧身黑皮衣和高筒靴组合换成浅粉色宽领衬衫加水洗白的高腰牛仔裤，外面再罩一件驼色羊毛大衣。

与她一同进来的女人相貌身材都很普通，却一屁股坐在了"程丽秋"和老钱的中间。对照名字，原来是本书的作者。

老钱与女人窃窃私语，又不安地看看你再看看杜娟。你知道他担心什么，于是故意抛了个飞吻，吓得他连忙收回目光。

按照名单上的顺序，领导和专家们轮流发言，都对本书给予高度评价，说它填补了中国"421家庭结构"研究的空白。还有人向作者打趣，说功劳要分钱处长一半。你有些疑惑，老钱既不是作者也非编者，他能有什么功劳呢？最后轮到了"程丽秋"发言，她说得结结巴巴、前言不搭后语，最后仍然得到了大家的肯定和掌声。

"说得太好了！"一名德高望重的老专家称赞道，"用年轻人的语言表达年轻人的思想，小程这样的年轻人才是我们的未来啊！"

杜娟笑着端起茶杯，发现茶水早凉了，于是回头招呼你重新倒一杯。

"程老师，您说得真好。"你走上前，拿起茶杯时轻轻在她耳边说道。

她终于对你说话了："一会儿有空吗？找个地方，咱们聊聊吧。"

散会后走出酒店大门，你看到杜娟已在门口等着了。你问去哪里，她说距离很近，走着就到。你跟着她穿过街心公园，来到对面的工地。彩钢板围栏上印有小区建成后的效果图，湖光山色仿佛世外桃源，可惜工地里面仍然黄土漫天。你们从绿色的防护网下穿过，又绕过成堆的钢筋和轰鸣的水泥罐车，来到正在装修的售楼处外。

你一眼认了出来，不就是原来西郊市场的那栋仓库吗？

消防铁梯还在，你们爬上房顶，回到了最初结识的地方。

"多有纪念意义的地方啊！"她对你感慨，"还记得吗？咱们联手杀人的地方！"

你打了个冷战："那是意外，再说咱们已经尽力了……"

"是吗？反正我没有，我就是故意想让她摔死的。"她盯着你冷笑，"而且我知道，你其实跟我一样。"

她在楼顶的边缘坐下，腿悬在外面晃着。当年的霓虹灯牌没有了，但固定铁架还在。

"我们都有自己的小心思，只不过你比我隐藏得还深，真是人不可貌相……过来坐啊，只要不怕我突然把你推下去。"

你想反唇相讥，又忽然没了兴致，于是走过去在她旁边坐下。她挽住你的胳膊，开始倾诉。她说了许多你们美好的过往，开心的回忆，那些逍遥自在的日子，仿佛仍能嗅到火锅的香气……你为她补充细节，一齐哈哈大笑，笑得眼泪都出来了，笑得心头刀扎似的疼。

你们说累了，笑累了，随着残阳落入地平线下，终于沉寂下来。

再度开口，她的声音变得像周围的暮色一样阴冷。她说直到父亲和龙诚前后脚出事，才发现自己是个天真的傻子。对友情的渴望蒙蔽了她，让她给你几乎无限的信任，哪怕在宋光明的事上你背叛了她，她仍然努力说服自己原谅你。

"当你不计后果地渴望一样东西时，你就成了它的奴隶。"她总结道，"而你利用了这一点。"

你没有辩解，算是默认了。

"我知道都是你干的，你杀了龙哥，因为他骗了宋光明坐牢……可我爸呢？他怎么惹你了？就因为我有爸爸照顾我，而你没有，你嫉妒了?!"

嫉妒？你在心里放声大笑。当然也有嫉妒的成分，但是——

"对，就是嫉妒！"你冷笑一声，松开她站起来，对她倾泻你的怒气。这个世界为什么不公平？为什么她可以在研讨会上胡说八道，而你只能站在旁边端茶倒水？为什么她生来就拥有一切，而你辛苦挣来的东西却被无情夺去？既然世界不公平，那就只能靠自己去争、去抢，去把属于自己的夺回来，去把所有挡路的都推开！

你声嘶力竭、歇斯底里……她站起来，惊惧地望着你。

"你的什么被夺走了？被我夺走的吗？被我爸夺走的吗？"

"你可以去报警让警察来抓我，看他们能不能拿到证据。"你最后冷笑说，"但你不敢，因为你稍微动动脑子就能想到，我有什么被你和你爸爸夺走了，一个人最重要的东西！"

"程丽秋？你真的是程丽秋?!"

她望着你发抖，绝望地就像面对绞刑架。真不容易，她终于明白了，你心想，实在蠢得可以，随之心底又生出深深的同情。

"杜娟，我不怪你，这不是你的错。"你说着，试图拉她的手，"既然你爸没死，麻烦回去告诉他，我已经出了气，这件事就算扯平了。如果他不肯，尽管来找我。"

"你是我唯一的朋友，我还以为我们是朋友！"她惨笑着躲开你，将那个绛红色的背包拉链打开，把里面的所有东西倒在地上，"你要跟我爸说什么自己去说，我不管……对了，咱们因为这个包认识的，知道你喜欢，今后估计不会再见面了，就送给你作个告别纪念吧！"

是啊，你确实喜欢，惦记好几年了……你伸出手，就在接过包的一刻，她突然用力推了你一把。你后退两步失去平衡，身体不由自主地向后倒去……迅速下落的瞬间，你看到她脸上决绝的表情，同时听见她的喊声。

"你会遭报应的！"

你闭上眼睛，等待最后一刻的到来，却落在了绿色防护网上。

那一瞬间你无比失望。

当天晚上老钱没来找你。打电话不接，发信息也不回。你做了一桌子菜，也只能原样倒掉。

第二天还是没动静，你有点儿担心他是不是因为前一天的恶作剧生气了，于是低三下四地在短信中道歉，又说真的有好消息要告诉他。等了许久才收到回复："忙，回头再说。"

你生出不祥的预感，坐立不安熬到下班，直接去了中州师大。他不在办公室，于是你穿过北门到杏园小区，看到他家的窗户亮着灯。

走楼梯来到老钱家门口，屋里传出音乐声。你从门上的猫眼向里面张望，隐约看到有晃动的人影。

你再次拨打老钱的手机，他仍然没接，于是你发短信说自己就在他家门口。

半分钟后门开了，老钱闪身出来，压低了声音急赤白脸地问你来干什么。你越过他肩膀看向门里，有个女人的身影。

老钱想赶紧把你打发走，但你就是不肯，反问他屋里的女人是谁。

"老钱，谁啊？"女人的声音问。

"哦，一个学生，给我送点东西。"

女人走出来，上下打量你，笑着拉了老钱一把。"别站在门口说话，进来。"

你认出来了，女人正是昨天研讨会上那本书的作者。你不顾老钱阻止的眼神，跟着她进了屋子。

"我看你们有话要说吧？"女人看看你们，"要不我回避一下？"

看到女人坦荡的样子，又看到老钱哀求的眼神，你全明白了。杜娟说你会有报应，没想到报应来得如此之快。

你站着不动也不说话，只是直勾勾盯着老钱。女人看出了苗头："同学怎么称呼？还没吃饭吧？"她热情地拉你在餐桌前坐下，"正好，添双筷子，跟我们一起吃吧！"

老钱站在女人身后拼命摇头，你忽然觉得他的样子好可笑。

"师母好，确实有点儿饿了，那就不客气啦。"你大大方方在餐桌旁坐下，"对了，我叫陈芳雪。"

说实话，从你拿起筷子的第一秒就后悔了。你想报复老钱出口恶气，却发现这不过是对自己的残酷折磨。你得到了热情招待，女人询问你的家世，半开玩笑地打探你的恋爱状况，又装作随意地说起自己跟老钱的恋爱史。你很快听明白了她的弦外之音，他们是开放式婚姻，彼此不过多干涉，但他们的婚姻是牢不可破的。

老钱只是低头吃，不说一句话。你横下心来，拿出了验孕棒，说自己遇人不淑被欺骗了感情，寻问该怎么办。

"永远要搞明白一个问题，你的核心诉求是什么。"女人代替老钱回答你，"是报复出气还是让自己过得更好。选择前者你就去闹，让男人身败名裂；选择后者就接受一份合理的报价，把敌人变为朋友。"

你盯着她："你会怎么选？"

"当然是后者，"她的脸上浮现出胜利者的笑容，"这也是我和老钱的婚姻能长久保鲜的秘诀。"

吃完饭，你起身告辞。老钱说要下楼送送你，你摇头拒绝。你再也不想看到这个男人，连听到他的声音都会作呕。

从楼里出来，你在院子里看到一个熟悉的背影，正从自行车棚旁那脏兮兮的通道入口走下去。牛喜妹，没想到几年过去了她还住在这里。你随即想到当年的自己，住在一间不见天日、不能开窗、污水滴漏的地下室牢笼中，却开心知足——同样是人，为什么会有这样的天上地下之别呢？那时候的自己还以为天经地义……

"同学，等一下！"你突然听见身后有人喊，回头看到老钱的爱人快步追出来，"老钱在刷碗，我习惯了饭后散步，陪我走走吧？"

你们穿过师大北路，从北小门进入校园。你一路沉默，听她讲在全国各地讲学的趣事。你发现她的学识不在老钱之下，而谈吐的逻辑和理性更胜一筹。

走到芙蓉湖边，她亲切地拉着你在一条长椅上坐下。漫长的铺垫后，她终于转入正题，问你今后怎么打算。

你说没完全想好，但估计会向男方要点钱，然后一个人去打胎吧。

她笑着问你，觉得多少钱合适呢？没等你开口她便自问自答，说根据自己的经验最多几千到几万，再多就属于敲诈勒索了。

"我们都是女人，就不兜圈子了。"她握住你的手说，"女人的生育能力也是一种资源，而这种资源的分布是不平衡的。我和老钱没孩子，现在看来大概是我的问题，但老钱喜欢孩子，我的婆婆也希望钱家不要断了根。所以如果你愿意把孩子留给我们，一年之后你就可以过上自己想要的生活。"

你花了几分钟才弄懂她的意思。

"就像我刚才跟你说的，"她继续说道，"核心的问题在于你究竟想要什么。如果选择面对现实，那就应该抓住一切机会，让利益最大化。"

男孩三十万元，女孩二十万元。孕期食宿全包，半年的哺乳期有营养费，哺乳期满后孩子即与生母无关。

你问，为什么男孩跟女孩价钱不一样？

她轻叹了一声说，因为如果你是男的，就不会有现在的苦恼。

你的脑子嗡嗡直响。太可笑了，也太可怕了，孩子也能买卖吗？如果自己的孩子也能卖，那还有什么不能？你感觉到巨大的羞辱，站起来向她怒斥，说自己绝对不会考虑这样丧失人性的提议，自己是人，不是生育机器！

你大步流星地走开，随即又一阵恶心上涌。

二十七

前往南山之前，罗忠平决定再去一趟敬老院。

天气不好，淅淅沥沥下着小雨，二人抵达时看到一个人孤零零坐在屋檐下，正是程丽秋的母亲韩彩凤。她空洞无物的双眼望向敬老院的大门，飘进来的雨丝打湿了花白的头发。

护工说她平常都是这样，问她在等什么，她说等儿子接自己回家。有时不听话惹得护工烦了，告诉她儿子死了，她就激动地喊人报警，说要给儿子申冤。

童维嘉还记得，上次来时老人就激动地喊叫说儿子是被人杀的，只可惜他们认为程立军与程丽秋的案子无关，便把这些话当作精神失常的呓语。罗忠平也感叹当时疏忽了，只一心想着揭开陈芳雪的真面目，却忽略了如此明显的疑点。

这一次两位刑警保持了充分的耐心，听老人絮絮叨叨说了两个多钟头。从自己怎么猪油蒙心嫁到九河湾村，到结婚几年怀不上被人指指点点；再到救了丽秋的次年便怀孕生了儿子，大家说是对她积德行善的报答；再到立军两岁时男人得急病死了，日子几乎过不下去；再到自己怎么咬牙坚持下来，含辛茹苦拉扯孩子长大……

"你们有没有发现一件很奇怪的事？"童维嘉建议休息片刻，将师傅和吴所拉到一旁说，"她的回忆里面全是他儿子程立军，完全没提到程丽秋！"

"有提到啊，提到捡了她。"吴所更正道。

"可除此之外就没了！无论好的坏的，调皮捣蛋也好，挨打挨骂也好，都只有程立军……难道程丽秋根本没跟她一起生活过？这段经历也是假的？"

"当然不是假的，支书老邵就能证明。"罗忠平思索片刻说，"别忘了韩彩凤患有老年痴呆，记忆正逐步退化，因此她能记住的，都是对她来说最重要的。"

"难道程丽秋对她不重要吗？也是她辛辛苦苦养大的呀！"

虽然心底不服气，但童维嘉知道师傅是对的。

休息后继续问话，问到这几年程立军有没有回来看望，老人突然揉着无神的双眼号啕起来，说儿子死得冤，求政府做主……

"谁要杀他，杀你儿子？"

"坏人！"

"坏人为什么要杀他？"

"因为他是好人啊！"

"怎么杀的呢？"

"他们把我儿子从山崖上推下去摔死了！"

吴所在旁边嘀咕，程立军掉下山崖摔死还是自己告诉她的。

"上周有个立军的同学来找你，都说什么了？"

"说我儿子是好人，被坏人杀了！"

"程立军为什么要去南山呢？"

"他闲不住！到处跑！"

"你最后一次见他是什么时候？"

"刚才！"

突然的转折让警察们面面相觑，幸而很快搞懂了老人的意思。在韩彩凤的房间里，摆着一张程立军的照片，老太太虽然看不见，但每天都会摩挲良久。小伙子很精神，笑嘻嘻对着镜头，手上拿着几个彩球。背景是一片草木枯黄的山坡，背阴处还有未完全融化的积雪。

"这是南山儿童福利院后面的那片山坡，差不多就是程立军掉下来摔死的地方。"童维嘉立刻辨认出来，"后来程丽秋……不，杜娟……就埋在附近。"

罗忠平将照片从相框中取出。五寸的相纸，很宽的白边，是用拍立得拍的。翻过照片背面，铅笔浅浅地写了两个字——"留念"。

陈芳雪的笔迹。

问护工这张照片从哪里来的，护工说不知道。同屋的老人搭话，说前年春节她儿子给寄来的，结果接到照片没几天派出所就来人，说人没了，老太太于是天天捧着照片哭，白天黑夜不停，直到把眼睛哭瞎。

既然是寄来的，就一定有信封了。韩彩凤已完全不记得，于是只能在属于她的抽屉里翻找。运气不错，很快找到了，信封上果然也是陈芳雪的字迹，虽然没写明寄出地，但邮戳不出所料是南山的。

"邮戳日期是2007年2月17日，也就是大年三十。"童维嘉检查过信封，皱眉说道，"而程立军是年三十夜里死的，也就是寄出这封信的时候，程立军还没死？"

"没错。春节了，不能回家过年，给自己亲妈寄张照片也说得过去吧？"吴所回答，"只是时间不巧……"

"那为什么会是陈芳雪的笔迹呢？这封信明显是陈芳雪寄的！"

"也正常啊，姐弟俩春节小聚一下，弟弟懒，姐姐就帮着寄……"

童维嘉和师傅对视一眼。吴所的解释当然说得通，但总觉得哪里有些古怪……

告别吴所，在驱车前往南山市的路上，童维嘉仔细梳理了程立军已知的人生轨迹：他出生于1980年8月，两岁时父亲因病亡故，家里只剩下母亲和捡来的姐姐。他从小就不是省油的灯，偷鸡摸狗惹是生非，母亲将其关在家里，可他总有办法跑出去。他和姐姐的关系极好，但不像程丽秋那么会读书，勉强念到初中就辍学了，给一个走村串寨的马戏班子当学徒。程丽秋高考的同年，他与马戏班班主闹翻，一把火烧了人家的篷车，这之后便四处流浪独自讨生活。头几年他的活动范围就在西原县周边，随后行踪飘忽，2003年九河湾村因水库扩容整体搬迁，他突然衣着光鲜地回来了一趟，好像发了横财的样子。将母亲安顿到敬老院后他便再次消失，之后再出现在人们视野中，便是2007年春节有人在南山儿童福利院的后山坡下发现他的尸体。

童维嘉最后总结，中间缺失的那几年是关键，程立军究竟去了哪里，怎么发的横财？最重要的一点，他究竟何时与陈芳雪——也就是他姐姐程丽秋——产生的交集？

抵达南山市公安局，一名姓李的副局长将罗忠平和童维嘉让进一间会议室。童维嘉眼睛瞪直了，办公桌旁几张熟悉的面孔中居然有霍达。

寒暄过后，大家坐下来讨论案情。童维嘉详细介绍了西原县的新发现，总结说程立军的死十分可疑，很可能与当时还在儿童福利院任教的陈芳雪有关；她看到霍达拼命向自己递眼色，仍然忍不住滔滔不绝。

最后李局尴尬地摆了摆手，说程立军之死暂放一边，先跟大家通报一起刚发生不久的意外事件。

就在一周前，南山市一位退休老民警突然服用过量安眠药自杀，留下的遗书中，他坦白自己十三年前曾违规为一个女孩办理了虚假户口迁移证，并接受了当事人父亲三万元的贿赂。

这位老民警于2000年退休前曾担任某街道派出所副所长，而杜传宗和女儿杜娟的户口就在这个派出所辖区内。在接到中州市发来的协查通报后，南山市公安局组织了专门力量调查杜娟冒名顶替过程中的违纪行为，而老民警自杀前刚刚接受了组织谈话。

"队伍中有害群之马，给我们南山公安抹黑了，我也有失察之过！"李局感慨道，"但在调查中，家属反映了一个情况，因为这件事他被人敲诈勒索了！前后六年的时间，一共被敲诈三十万元！"

罗忠平皱眉问："敲诈他的人不会是程立军吧？"

"就是他！每次勒索五万！"

李局说着，将一个文件夹从桌子上推过来。童维嘉拿起来看，除了谈话记录，还有一份打印的勒索信，几行四号黑体字印在一张A4纸上。

　　你好。还记得程丽秋这个名字吗？或者杜娟？

　　程丽秋是我姐，而杜娟是顶替我姐的骗子。

　　当年你夺走了我姐上大学的希望，现在该为此付出代价了。

　　准备好五万块钱，我会告诉你放在哪里。

　　拿了钱，保证一年之内不再打扰。

　　我不为钱，只为了一份正义，你也可以报警。

　　哦，你就是警察。随便了，不服的话就走着瞧吧。

"勒索信是家属提供的。"李局旁边的一位同志补充说，"这家伙很守信用，每年春节前跳出来，每次就要五万元，也不多要。"

"从什么时候开始的？"

"2002年，直到2007年程立军死亡。"李局长叹一声说，"对一位退休的基层民警来说，一年五万元算很大的负担了。"

童维嘉问："这位同志参加程立军死亡的调查了吗？"

"刚刚不说了嘛，2000年就退休了，而且福利院也不在他原来派出所的辖区。"李局有些不满地看向她，"你不会怀疑，是他杀了程立军吧？"

"当然不是，目前嫌疑最大的还是陈芳雪……"

脚面突然被狠狠踩了一脚。没等童维嘉叫出声，霍达已经站起来。

"罗师傅，你们刚来，很多情况还不了解，我带你们去趟现场，现场一看就全明白了！"

警车停在福利院的后墙外，一条登山小径从这里出发，直通上方的观景台。上山途中，霍达向罗忠平和童维嘉介绍了程立军"意外坠崖"的发现过程。

2007年2月18日，也就是大年初一，南山市一位摄影爱好者为了拍摄丁亥年的第一个日出，于凌晨5点半沿脚下的这条小路登山。路过一片缓坡草坪处，他发现有什么东西横卧前方挡住了去路。黑暗中他用手电照亮，起初以为是块滚落的山石，随即才看清这块"山石"居然还有手脚。

110接警后，南山市公安局立刻派出警员赶到现场。经现场勘查，死者口鼻出血，有开放性颅脑损伤及多处骨折，后经尸检确认死亡原因为高坠造成的脾脏破裂导致的大出血。

还原现场死者位置与姿态，明显是从上方观景台坠落的。说是观景台，其实就是一块伸出山体的狭长巨石，后方略宽，前方收窄，长七八米，尽头最狭窄处只有三米多。

整片山麓位于南山市的西面，巨石正好面向东方，因此是居高临下拍摄城市全貌的最佳位置。虽然不是开放景点，但在摄影爱好者的圈子里渐渐成了热门取景地，大家便约定俗成把此处叫作观景台。

跟随霍达到事发现场，童维嘉发现那里距离"程老师"骨灰安葬地不过十几米的距离。霍达指向路边一片杂草说，当时尸体就是在这里发现的，呈俯卧状，指缝间有泥土，身后有爬行拖痕，推测由于地表泥土松软，跌落后没有立即死亡，最后还挣扎了片刻。

童维嘉抬头看向头顶上方的巨石，想象自己掉下来的样子，立刻汗毛倒竖。太惨了，立刻死了还好，最后挣扎的那一会儿该有多痛苦呢……转念又想，九泉之下程立军和杜娟不知会不会打架？

继续向上走，一刻钟后到达观景台。有木头围栏竖在巨石边缘，旁边还有"注意安全、禁止翻越"的警示牌。可惜警示牌没什么用，一对新人正站在巨石上拍婚纱照，新郎还将身着白色婚纱的新娘拦腰抱起，摄影师一边拍照一边大声叫好，说什么爱情需要勇气，勇气需要考验。

"不是考验，纯粹是作死！"等一行人走后，霍达摇头说，"但有的人就喜欢作死，程立军就是。"

通过随身物品，死者的身份很快得到确认。程立军，二十七岁，男性，未婚，H省西原县龙山乡九河湾村人，无正当职业，有盗窃和街头行骗的前科。大年三十的夜里，这种人如果因为酒后斗殴被带进局子再正常不过，但一个人顶着寒风爬山再跳崖，就实在有点儿奇怪了。

南山警方首先排除了自杀。钱包里有上千元现金，银行卡里还有几万块钱，说明程立军并没有迫在眉睫的经济压力，现场也没发现遗书之类的物品；此外通过现场找到的手机联系到他的几个朋友，都说程立军这几年发了财，吃喝嫖赌快活赛神仙，根本不可能自杀。

调查重心随即转到了他杀。作为一个只有初中文化的无业青年，他怎么突然发财的？可惜那几个狐朋狗友也说不上来，程立军口风很紧，只说有人定期给自己上贡……

"为什么没有继续查下去呢？"童维嘉不解地问，"再查下去，就能查出他的钱是来自敲诈勒索了！"

霍达叹了口气："也不能怪南山的同志，因为现场勘查的结果，完全排除了他杀的可能，不但排除了他杀，甚至后来还找到了目击证人，证实了是意外。"

"有目击证人？"

霍达说当时经过走访，有位山下的村民反映自己在凌晨1点半左右出屋上茅房，偶然间看到观景台方向有亮光。因为是春节，起初他以为有人在放烟花或者烧纸，还想着是不是要通知派出所，白天村里刚提醒过要注意山林防火；但仔细看了一会儿，又觉得不是，好像有三个不同颜色的光点在上下飞舞，有点儿像是萤火虫或者鬼火。

这位村民最后决定多一事不如少一事，撒完尿便回屋睡觉去了；但他反映的情况引起了警方的极大好奇，三个不同颜色的光点会是什么呢？为了找到答案，警方连续数日展开地毯式搜索，最后终于在距离死者几十米的沟中找到三颗鸭蛋大小的荧光球，分别为红色、黄色和绿色。

联系了程立军的户籍派出所，反馈说他小时候曾逃学去一家马戏班子学艺；那些狐朋狗友也说，程立军特别得意自己的杂耍手艺，经常在茶余饭后给大家表演……

"所以，南山的同志认为，程立军是自己心血来潮，跑到观景台上玩儿杂耍抛接球时不慎坠落的，纯属意外！"

"不对啊！这难道不更可疑吗?！"童维嘉心急打断，"除夕夜一个人跑到这儿来玩儿杂耍，他有病啊？"

霍达皱眉不语。罗忠平看看他，示意徒弟先别急。"南山的同志认定为意外，肯定也有非常充分的理由，先听人家说完。"

"不瞒你们，我刚到这边时也提出过质疑，所以刚才小童穷追猛打的时候我使劲拦着……"霍达叹了口气，重新开口道，"但后来看了卷宗，也听了他们的解释，至少从证据上看，排除他杀是有说服力的。"

南山警方排除他杀的依据主要有三条。

首先，是尸检，死者身上的所有伤痕都符合高坠特征，没有搏斗或捆绑痕迹，血液中也没发现有药物或酒精成分，因此坠崖前行动自由且意识清醒。

其次，经实地考察发现，通往观景台的登山道只有一条，而且起点处正对着儿童福利院后墙的一处监控探头。调看监控，整晚只有程立军在凌晨1点从镜头前经过，之后再有人便是凌晨5点多那位报案的摄影爱好者了。虽然不能排除有人潜伏在山上，但至少没有人尾随程立军。

最后，是现场痕迹。事发前连续两天小雪，地面湿滑泥泞，只要上山就会踩一脚泥。而在观景台巨石上，却只有死者程立军一个人的泥泞鞋印，这说明除他之外没人站上过石台。会不会有人脱了鞋赤脚踩上去呢？虽然这种可能性不大，但警方还是下工夫找到了观景台栏杆外侧所有散乱鞋印的主人，并逐一核对，发现都是白天来的普通观光客或者摄影爱好者，且都没有作案时间。

"简单来说，你可以把观景台巨石想象成一座孤岛，"霍达总结说，"出事时这座孤岛上只有程立军一个人，所以他不可能是被人推下去的。"

二十八

2001年4月，你辞去了杏林酒店茶苑的工作。避免与老钱见面时尴尬是一方面，更主要的原因是你渐渐显怀了。

你感觉糟透了，像吃了苍蝇。这是对你自作聪明的报应。你想要孩子，他来了；你不想要了，他却偏偏像哪吒似的赖在你肚子里，不肯走了。你吃了医院开的打胎药，流了点血，以为完事了，结果下个月的月事仍然没来，只好跑回医院检查，大夫说孩子还在。

那时孕期已超过十周，医院要求人流手术必须有配偶或亲属签字。你拉上弟弟立军，可你叫陈芳雪，无法证明你们的关系。你恳求通融，大夫死活不肯，说上个月刚刚闹出社会新闻，一名妻子背着丈夫做人流被发现，愤怒的男人把大夫捅死了……

你又去了别家医院，也是同样的结果。从最后一家医院出来，你终于明白这是老天爷对你的捉弄，也是杜娟所说的报应，你有的他便夺走，你不想要的，他偏偏硬塞给你。

好吧，你破罐破摔地想，塞给我就接着，反正跟我一样都是贱命。

你用微薄的积蓄在郊外租了个偏远的农家院，这里没人认识你，也没人关心你是谁，优美的环境和清新的空气适合养胎，也适合你静下心来好好想想未来。立军隔三岔五过来看你，带来一些生活必需品，还有他的豪言壮语。

"姐，以后我来保护你！"

你笑，问他拿什么保护，有钱还是有势，还是敢替姐杀人放火？

他说自己现在没钱，将来肯定能挣很多的钱，现在没势，但将来一定会成为人上人。至于杀人放火，人没杀过，但放火熟练得很。

对了，还没说你跟立军是怎么遇到的。

辞职后你从方姐家搬了出来。又要忙着找住处，又要抽空去医院做流产，身体和精神上都承受着巨大的压力。那天你奔波了一日筋疲力尽，不知怎的鬼使神差回到了食品厂小区。夜色朦胧，华灯初上，家家户户的窗口亮着温暖的光，只有你和宋光明曾经的家漆黑一片。你躲在阴暗的角落唏嘘难过，听到散步的小区居民议论说，宋光明已经不知去向。

忽然下起了大雨。散步的居民纷纷跑回家，慌乱中你找不到地方避雨，只好就近从窗户翻进了屋内。漆黑中有动静，你以为是老鼠或者野猫；你疲惫地打了个盹儿再醒来，却惊恐地发现自己的包不见了。

那个绛红色的，杜娟送你的双肩背包。

你又听见了窸窣的声响，从厕所方向传来。幸好手机还在兜里，你拿出来用屏幕照亮，小心翼翼踩着垃圾走过去查看。在厕所门外，你听到里面有人的呼吸声；你第一反应是宋光明回来了，但随即便知道不是他——因为门缝中飘出浓烈的烟味。宋光明是不抽烟的。

门突然被撞开，你和里面的人一起尖叫。手机屏幕黯淡的光亮只勉强勾勒出对方的轮廓，一个比宋光明瘦削许多的年轻人，手里正拎着你的包。

你吓得仍然尖叫不止，年轻人用力捂住了你的嘴。

"姐，陈芳雪是谁？"

你终于看清并认了出来，眼前就是你五年没见已经变了模样的弟弟，程立军。

带着久别重逢的欣喜，他告诉你自己来中州的前后。头几年他一直在老家周边游荡，后来惹了地头蛇，欠了一屁股债，一个月前不得不背井离乡。想到姐姐好像在中州打工，于是跳上长途车就来了，到了这边才发觉不知道联系方式。找这边的老乡打听了一圈，总算有个印刷厂的小工想起中州师大出版社有个叫程丽秋的，年龄差不多。

他到出版社守了三天，总算等到了"程丽秋"，失望地发现不是你；但同时又觉得她与你的长相真有几分相似。他多留了个心眼儿，靠着自己娴熟的手上功夫摸了她的工作证，发现上面的生日居然跟自己姐姐的一模一样。又跟踪了几天，有一天夜里这女的来到食品厂小区烧纸，周围打听了一圈才搞清她的男朋友在这里被炸死了……

"你偷来的工作证呢？"你立刻问。

"怕被发现，早还回去了……"立军回答说，"姐，你把我搞糊涂了，她怎么成了程丽秋，你又怎么变成了陈芳雪？"

一言难尽。你说回头慢慢给他讲，又问他为什么在这里。他说身上没钱了，发现这地方不错能遮风挡雨，因此落脚几天。

看他饥寒交迫的样子，你不禁心酸。程立军虽然与你没有血缘关系，但从小跟亲弟弟没什么两样。他比你小三岁，属猴的，从小就喜欢上蹿下跳，淘气得没边。你们的妈妈好几次不得不把他锁在屋里，但他总有办法逃出去。其实他的办法很简单，就是装可怜求你帮忙，而你每次都心软。后来真相大白，你被妈妈好一顿打，立军就仗义地跪在旁边陪着，妈妈不打他，他就拿头撞墙，砰砰砰地真撞，头破血流，脑门儿上好大一个包。

所以村里人都说，你妈妈当初捡你回来捡对了，有这样的姐姐，弟弟将来吃不了亏；立军听了这话却不服气，说应该反过来，有我这样的弟弟，我姐才吃不了亏。

大概用脑袋撞墙的次数太多，他念书死活不开窍，成绩比你差远了。你帮他温习功课，发现他连二十六个英文字母都背不全；骂他不用功，他却振振有词地说作为一个中国人，干吗要学洋文，又不去当买办狗腿子。

每次你们的妈妈听到，总会感叹自己的肚皮不争气，又说把你的聪明匀一点儿给弟弟就好了。但其实你们都知道，立军不是不聪明，他只是把聪明都用到了别的地方。你考上高中那一年，立军正好小学毕业。妈妈带着他送你到实验中学报到，路上反复叮咛要他拿你当榜样，可他只对土地庙前空场上支起大棚的马戏班子感兴趣。什么猴子拉车、狗熊作揖、胸口碎大石、红缨枪扎嗓子，他痴迷地从早看到晚，还舔着脸跟人家蹭了一顿饭。

妈妈气坏了，说你想将来跟他们一样没出息？立军说挺好啊，又挣钱又好玩儿，看到没，狗熊还会学我翻跟头呢！

自此他就痴迷上了，三天两头旷课跑去给人打杂，学点可笑的把式。马戏班子不大，也就一家子四五口人，一个地方待个把月就走，他也跟着走，周边县乡跑了一大圈，书便彻底不念了。

你寒假从学校回家，问妈妈怎么不见立军；妈妈嗔怨地瞪你一眼，说都怪你非要考县里的高中，要不他也不会见到马戏班子丢了魂。可说什么都晚了，你翻了几座山找到他，他正在一处大集上化妆成小丑给孩子们变魔术。见你来了他很开心，说给你表演个高难度的，拿了几块红砖立起来，像梅花桩一样踩在上面来来回回，又拿了几个杂耍球抛接，手上脚下丝毫不乱。

兴趣是最好的老师。回家路上，他说马戏班子那些把戏他已经学得七七八八，只要有钱了自己都能搞一个。你听后笑了，他那时虚岁也不过十四，口气却像个老江湖。

高中三年你住校，回家次数不多，跟立军的联系也渐渐少了。他有时会寄自己的照片回家，每一次的邮戳地址都不同。妈妈在电话中告诉你，他已彻底不上学了。

妈妈很伤心，你也特别能理解她的伤心。再怎么说立军也是她唯一的儿子，是她养老的指望。你虽然也很孝顺，但毕竟是女孩子，按照农村习俗，早晚是泼出去的水；更何况你不是她亲生的，面上不说，心里总隔着什么。

最后一次听到弟弟的消息，是高考完妈妈陪你去中学问怎么没有录取通知书的那次。你们路过土地庙前的空场，看到一片焦黑的土地，还有被烧得七七八八的棚车和帐篷等杂物。路人说，马戏班的一个学徒跟师傅闹翻，一怒之下放了把火。

你立刻想到了立军，可妈妈说跟他没关系。那时你满脑子都是自己高考落榜的事，没心思管弟弟的鸡毛蒜皮，更不会想到他的那把火也许就是根源……

听立军讲完自己的经历，你也不得不回答他的疑问——为什么程丽秋改了名字。你向他说明来龙去脉，自己的大学机会如何被冒名顶替，又如何打工求生。你回避了天歌的那一段，也没有说对杜传宗和龙诚的复仇，你只是告诉弟弟，自己认命了，只想把过去的噩梦尽快遗忘。

"姐，不能认命！"他激动地说，"君子报仇，十年不晚！"

有了立军，你终于不再孤单。你们姐弟就像小时候一样，互相支持、亲密无间。那晚相遇后不久，他突然消失了半个月，回来时递给你一份名单。

这些是当年参与的人员，他告诉你说，我们一个个去把公道找回来！

立军也说公道，但他说的公道显然与宋光明不同。你也不清楚他怎么调查到的，但上面有杜传宗和老钱的名字，所以这份名单的真实性毋庸置疑。

让你惊讶而难过的是，居然还有你很喜欢的那位高中副校长。落榜后你曾专程找她咨询，就是她彻底打消了你追查和复读的希望。

那时你已决定生下肚子里的小浑蛋，并用微薄的积蓄租了农家院。村口有条小河，立军便陪着你沿河边散步。他告诉你自己的计划，你不免忧心忡忡；他说不会有任何风险，因为这些公职人员最害怕丑闻曝光，一定会花钱买平安。

逮住蛤蟆就要攮出尿来，他形象地打比喻说，但攮的时候要控制好力度，不能太紧掐死了，也不能太松让它跑了。他又说，这是当年跟马戏班子老师傅学的，名单上的这些家伙就是咱们的猴子和狗熊，训好了可以吃一辈子。

你在名单上划掉了杜传宗和老钱，答应剩下的随他处置。他问为什么，你说老钱的债自己讨过了，而杜传宗身份太高难度太大，竹杠敲不好容易引火上身。

立军虽然不情愿，还是答应了你的要求。你们又商量避免不必要的见面，这样他万一翻船被捉，也不会牵连到你。

立军走后，你又变得孤单单一个人，每天沿河边散步，思考自己的未来。老实说你并不关心他能弄来多少钱，你关心的是自己将来的路怎么走。念书时你的人生目标很明确，考学、念师范、当一名优秀的人民教师，而在梦想幻灭后你忙着生存、忙着复仇……如今尘埃落定，你却感到无比的空虚。

沿着河往上游走不多远，会进入一片山谷，幽僻的环境能让你混乱的大脑暂时放空。河边有青石板铺就的步道，石阶上生满了滑腻的青苔。乡政府想把这里开发成吸引城里人度假游玩的郊野公园，可惜城里人并不买账。

没人来正好，这里成了你的世外桃源。你在一座石拱桥的桥头坐下，心情复杂地抚摸着越来越大的肚子。你告诉那里面的小浑蛋，轰隆声是桥下汹涌的河水，滋滋声是树梢上的秋蝉，清风掠过峡谷带回歌唱的回音，而刚才为他唱歌的是他的妈妈。你又告诉他，自己根本不想做他的妈妈，他投错了胎，将来吃苦受罪纯属活该。

孩子能成为你的新寄托吗？你不知道。

2001年10月5日，仿佛要成心折腾你似的，小浑蛋提前一个多月降临人世。隔壁好心的大嫂及时把你送到医院。大夫说你不但早产还胎盘早剥，总算孩子生命力顽强挺了过来。

是啊，跟我一样顽强，你心里想，就像茅坑里一块又臭又硬的石头。

护士问你孩子小名叫什么，你脱口而出小浑蛋。护士脸都白了，你想了想改口说，那就叫小石头吧。

隔壁大嫂人很好，主动照顾你的月子。但想到老钱欺骗你的嘴脸，你死活对小石头喜欢不起来。

大嫂给孩子洗澡的时候，你躺在床上看电视；她给孩子换尿布的时候，你躺在床上看电视；她哄孩子睡觉的时候，你躺在床上看电视。你不得不给孩子喂奶，但他嗑得你乳头剧痛无比，你宁愿将奶水挤在奶瓶里交给大嫂用奶嘴喂他。

你觉得自己坏透了，你不是一个好妈妈，但心里就是火大。

有一天你心血来潮想抱小石头出门晒太阳，不料他却不要你抱，一味地向一旁的大嫂伸手。你拍拍他的小脸警告他，我才是你亲妈，他却大哭起来。大嫂急忙抱过去，小浑蛋立刻不哭了，紧紧搂着她的脖子不撒手。

多抱抱就好了，大嫂安慰你说，感情需要培养。你反唇相讥，肚子里长了九个月，喝我的血吃我的肉，还要怎么培养？

其实就像任何一个普普通通的母亲，妈妈怎么能不爱自己的孩子呢？你只是害怕自己藏在心底的对这个世界的无比恨意会伤害到他。

你喜欢安静地看着他，他的笑容将你融化；你会想象他长大的样子，小小的淘气包，好奇探索世界的少年，英俊帅气有担当的大小伙子，而且一定会弥补妈妈的遗憾，真正在大学校园度过美好而充实的四年。

可惜小石头半岁的时候，大嫂的一句话将你的幻想全部打破。

"这孩子是不是有问题？"

你问什么问题，大嫂支支吾吾，最后才说孩子有点儿怪。常言道三翻六坐八爬，半岁的孩子早该会翻身了……

你安慰自己，小石头毕竟早产，发育比正常孩子慢一点儿也正常。他会躺在床上咿咿呀呀乱叫，看到有人靠近就伸手乱抓。你对他做鬼脸，他看得懂会笑；你假装生气，他也会皱紧眉头。睡醒了他会努着嘴找吃的，找不到就哇哇大哭，拉屎了他会一阵阵哼唧，换上新尿布就开心地小腿乱蹬。

他什么都会，只是不会翻身。

刺埋在心里，就再也拔不掉。你一次次诱导他翻身，他怎么都翻不过去。你不得不承认他的协调性确实不好，而且渐渐发现他的注意力和抓握力也有问题……

大嫂和你抱着孩子去了医院。大夫认真检查了孩子的动作反应，又测量了孩子的头围和眼距，然后跟你拉了几句家常，最后才小心翼翼地说出判断——小石头很可能患有唐氏综合征。

你根本没听说过这种病的名字。大夫耐心解释了一堆，你只记住智力低下、无药可救、常伴有先天心脏病或畸形等字眼。大夫建议做个染色体检查来确诊分型，再做个心脏彩超，你摇头拒绝，抱起孩子冲出了诊室。

没有检查也就没有确诊，大夫也就只是推测，你的小石头也就不是什么唐氏患儿……你抱着小石头号啕大哭，他对着你吐舌头流口水。以前你觉得那是在逗妈妈开心，但刚才大夫说，这是唐氏患儿的典型动作。

你无数次听过类似的话，上帝关闭一扇门的同时，总会再打开一扇窗——可如今你的门关了，窗子也关了。原来你的世界里既没有上帝也没有老天爷，有的只是一间四面漆黑密不透风的铁屋子，再也找不到一丝光亮。

从医院回来后，你把小石头扔在床上一天没有碰他。他饿得嗷嗷干号，大嫂问你打算怎么办，难道把孩子饿死？你想了想觉得应该再给他一次机会，于是亲手冲了奶粉给他喝，然后拿了他最喜欢的毛绒玩具放在身边。

小石头，你轻轻在他耳边说，如果想活命就自己翻身。这世界就是这么残酷，如果自己没能力翻身，也不要指望别人。

他伸出一只手拼命去够那个毛绒玩具，另一只手和两条小腿一起用力，身子渐渐歪了过来……他似乎听懂了你的话，竭尽全力不想让妈妈失望。

就差一点儿了，大嫂伸手想帮忙，你拦住。现在能帮他，以后呢？能帮他一辈子吗？

指尖已经触到了玩具，但他突然嘴一张，漾了一大口奶。他重新躺平了，双手乱挥，哼哼叽叽求你安慰——不，也许他根本不认得你是他妈妈，只是无意识的动作。

你帮小石头换了衣服，换了尿布，擦去脸上和身上的奶渍。大嫂安慰了几句，说自己家还有事先走了，你抱着小石头到院门口送别，举起他藕节般的小手说再见。

然后你回到屋里，烧水给孩子洗澡，用了婴幼儿专用香波，洗完后香喷喷的。

小石头，不要怪妈妈狠心，是你自己不争气。

洗完澡，你给他换了一身新衣服，蓝色纯棉的，胸口有个黄色小鸭子图案。想想又在外面裹上薄被，虽然已到4月，但山里还很冷，尤其在夜间。

你抱起小石头出门。

月光皎洁，你沿着田间小路来到河边。好心大嫂家的狗叫了两声，大概嗅到你的气味，很快安静下来。你抱着小石头在岸边坐了会儿，又沿河向上游走去。那里有个地方是属于你们的。

白天下过一阵大雨，石阶比往常更滑。你摔了两跤，一次磕破了额头，一次扭伤了脚踝，但你始终将小石头紧紧护在胸前。

你沿着熟悉的步道继续往上走。白天聒噪的鸟雀都安静了，只有河水轰鸣，也许因为白天的大雨，水势比往常更汹涌。

你感觉到凉意，赶紧给小石头裹紧被子，才发现他的一只小脚丫露在了外面，冰冰的，但他没有哭闹。

小石头，不要怪妈妈狠心，是你自己不争气。

你在不知不觉间放慢了脚步，仿佛害怕抵达终点；但无论怎样艰难，最终仍然站到了那座石拱桥上。你记得旁边有个牌子说明这座桥的来历：大约在清朝乾隆年间，山中住有一对清贫母子，儿子长大离乡求取功名，母亲便在河边日日眺望，最终某一天被山洪冲走。后来儿子做了大官衣锦还乡，得知母亲已去，痛不欲生，当即辞官回乡结庐守孝。

对了，这座桥便是那个儿子捐资修建的，后人取名为"慈恩桥"。

小石头还在你肚子里的时候，你就给他讲过这个故事。你当时笑着说，多半是乡政府搞旅游开发时哪个干部瞎编的，都当大官了肯定要把妈妈接到身边啊，不可能衣锦还乡时才知道妈妈不在了，真要如此，这儿子也不见得有多孝顺。

说归说，你仍然喜欢在桥头小憩，倚着桥栏凝望下方湍急的流水。日复一日，希望白浊的浪花能带走你的烦忧。

小石头，对不起，是妈妈狠心。但与其将来受罪，不如早死早托生吧，就像杜传宗说的，大家都轻松。

你撩开衣襟，又喂了他最后一顿奶。他的小脸贴在你的胸膛上，就像一块冰冷的石头。乳头被他嘬得生疼，你强忍着，直到他松开嘴，重新将他包在被子里裹好。拍了嗝儿，你抱着他轻轻摇动，哼唱助眠的儿歌，他打起哈欠，终于在你怀中闭上眼美美睡去。

月光下，你再一次亲吻他肥嘟嘟的小脸。然后伸直双臂，将他高举过头顶，用力一抛。

依旧只有轰鸣的水声。

二十九

所以程立军的死真是意外？

童维嘉心情沮丧，望着空荡荡的巨石平台，思索着霍达刚刚的推断……凶手会不会借用工具呢？

"对啊！拿根长竹竿就可以，站在栏杆这边给他捅下去！"

"那得多长的竹竿？现场也没发现有竹竿……而且不是说了嘛，栏杆这边所有的脚印也都核实了。"

霍达苦口婆心地解释，童维嘉仍然不服输，又问程立军的动机到底是什么呢？难道他真有神经病，大过年的半夜跑到山上来自娱自乐？

"现场找到了程立军的手机，发现他曾在凌晨1点37分发出一条短信，内容只有四个字——'演出开始'。从这四个字判断，他肯定不是心血来潮，而是与某人有约定……"

"这个人是谁？会不会是陈芳雪？"

"对方手机号不记名的，所以查不到。"

始终沉默不语的罗忠平突然问："查过这个神秘号码的通话记录吗？是不是也只有跟程立军的？"

霍达点头："没错，只有偶尔跟程立军的电话，人死后就再也打不通了。"

"所以这个手机号是专门为程立军准备的，而且这个人知道程立军死了！"童维嘉大喊，"所以这个人很可能就是凶手！"

"我知道你怀疑陈芳雪，但退一万步说就算程立军真是被人杀的，也绝不可能是陈芳雪。"

"为什么？"

霍达看向山下，福利院的赭色屋顶在树丛间掩映可见。一些学龄前的小孩子在操场里游戏，外出采购的面包车正驶入大门。

"从这里到下面福利院你觉得需要多少时间？"他想了下又说，"也别猜了，咱们打赌吧，看你十五分钟能不能到下面福利院的大门。"

"这是留给陈芳雪的作案时间吗？如果能十五分钟跑到下面就不排除她的嫌疑？"

霍达点点头："你要坚持是陈芳雪，那就跑一次看看。"

见徒弟摩拳擦掌，罗忠平笑着同意了。

计时开始，童维嘉撒腿向山下跑去，动作敏捷得像一只小鹿。

霍达和罗忠平倚着栏杆等着，聊了会儿案子，话题不知不觉转到了童维嘉身上。霍达讲起她在医院时用身子捂血袋差点儿失温，罗忠平颇为感慨，这丫头脑子快性子直，但大家以前都觉得她缺少狠劲，现在看来这样的判断未必准确。随后又聊到人的成长，霍达问罗忠平怎么看陈芳雪这十多年的经历，究竟是环境改变了她，还是她的本质决定了必然会走这样的道路？罗忠平想了想说，自己年轻时相信孟子说的人性本善，后来接触了大量恶性案件，又觉得荀子的性恶论也有道理。现在年岁渐长，感觉人性的复杂很难定义，陈芳雪当然不是恶徒，但也谈不上什么英雄，她只是跟你我一样的普通人罢了，有欲望也有恐惧，有罪行也有善念……

正说着，手机响起来。二人向山下看去，童维嘉正在福利院门口用力挥手。

"十四分三十七秒！"电话那头，年轻的女刑警喘着粗气喊，"我赢了，我能做到，陈芳雪也能做到！"

"好啊，再看看你要多久跑上来。"

"什么?!"

"那天是除夕夜，陈芳雪陪着孩子们一直看春晚到唱完《难忘今宵》。然后她安顿孩子们睡觉，又跟其他老师一起收拾。中间上了趟厕所，但离开大家的视线最多不超过十五分钟。"霍达边说边向山下招手，"所以你还有二十几秒的时间回到上面来。"

半个小时后，童维嘉拖着沉重的双腿呼哧呼哧地爬回观景台，看到霍达脸上藏不住的嘲笑，她知道自己精心维护的神探形象彻底毁了。

"两年前的事，其他老师肯定记错了！"

霍达摇头："记忆可能出错，照片不会。别忘了那是新年，所以有同事拍了大家的工作照，每张照片上都有时间记录。"

"那等大家睡觉之后呢？不可能一直干到天亮吧？"

"根据发现尸体时测量的肛温，结合环境气温，推断最晚死亡时间不超过凌晨2点半，那时陈芳雪和其他老师都没睡觉呢。"

童维嘉仍然不甘心："所以陈芳雪完全没有作案时间？"

霍达可恨地向她挤挤眼睛："除非她会飞。"

下山路上，路过缓坡草坪处，童维嘉看到"程老师"的墓碑前有人在献花悼念，走过去才认出正是几个月前来求骨灰的女孩孟瑶。

见到熟悉的面孔，孟瑶也很意外。她说自己已经考上了大学，马上就要离开福利院去学校报到了，走之前想最后跟程老师说声谢谢。童维嘉问她考的哪所大学，她说是中州师范大学，当初程老师推荐的。

孟瑶又问几位刑警，程老师遇害的案子还没结果吗？童维嘉刚要开口，被罗忠平的眼神制止了。老刑警和蔼地拿出程立军的照片，问女孩有没有印象；孟瑶看了片刻说，真人没见过，但照片见过一次。

就在一周前的周三，有个男人守在这附近，拿着一张照片拦下她问认不认识，孟瑶说没见过。

童维嘉立刻拿出宋光明的照片，孟瑶立刻点头说就是他。

"对了，这个男的还问我知不知道春节的时候这里摔死过人，我说知道，公安来问过话，但死者的照片只给老师看过，没给我们看……"孟瑶回忆说，"我还问他，摔死的是不是照片里的人，他说是。他想知道关于那个人摔死的细节，他说自己是私家侦探……应该是开玩笑吧？"

罗忠平想了想问："那个男人给你看的照片，跟这张一样吗？"

孟瑶摇头："是同一个人，下巴上有个挺明显的痦子，所以能认出来，但照片不是同一张。"

"那张照片什么样？还记得背景吗？"

"是那个人坐在车里……那种拉货的小货车，所以我第一反应觉得像个司机。"

2003年，西原县实验中学一名副校长被撞身亡，逃逸的肇事车辆正是一辆小货车。现在看来，驾车撞人的正是程立军，因此这也不是普通的肇事逃逸，而是蓄意谋杀。

看来宋光明不但知道程立军的罪状，还在调查他的死因。

"上周三……所以宋光明在去西原县之前先来了南山，并通过调查得出跟我一样的结论！"童维嘉激动地说，"陈芳雪杀了程立军！宋光明知道陈芳雪就是程丽秋，那就等于姐姐杀害了弟弟，他肯定难以接受！所以他想到了什么，才跑去南山找老太太问个清楚！"

"是什么呢？"霍达皱眉看向她。"还有，宋光明从哪里得到程立军照片的？难道他也一直在跟踪调查程立军吗？"

"有可能啊！……不对，2003年陈芳雪还没到福利院，宋光明应该正跟着她四处游荡呢……"童维嘉用力抓了抓头发，"暂时先不管，反正陈芳雪杀了程立军，这个发现让宋光明难以接受，最终决定下狠手杀了陈芳雪！"

罗忠平拨通吴所的电话，拜托他尽快重启对副校长和高招办主任的死亡调查。然后又给白队打去电话，让他摸一摸宋光明是否还有隐藏没被掌握的QQ账号或者电子邮箱——程立军的照片如果不是他自己拍的，那就是有什么人给他的，而这个人很可能是诱使宋光明杀害陈芳雪的幕后主使。

下山路上，霍达把话题引回程立军之死，问罗忠平是否也认为陈芳雪是凶手？难道南山的同志之前工作有疏漏？老刑警踌躇了一会儿说，他相信现场勘验和尸检结果，但小童怀疑的理由也足够充分。之前调查中忽略了一点，即程立军的表演是给人看的，那么这个人应该就在距离观景台不太远的地方，而陈芳雪恰好符合这一条件。

"可刚才说了，她根本没有足够的时间跑上去再跑下来！"

"也许吧，可万一陈芳雪真的会飞呢？"老刑警说着，向徒弟挤了挤眼睛。

由于还在暑假，孩子们没有上学，福利院里格外热闹。齐院长接到传达室的通知急忙跑出来迎接，罗忠平抱歉地说还是程老师的案子，有些情况需要补充调查。齐院长忙说没问题，请几位到办公室里坐，老刑警说不用了，随便各处转转便好。

霍达第一次来，饶有兴致地东张西望，童维嘉几个月前来过，便向他介绍各处的设施和用途。从大门进来是一片精心打理的花园，花园后便是白色墙面赭色屋顶的三层主楼，孩子们主要的生活和学习区域都在这里。主楼两边通过花园小径与左右两侧衬楼相连，其中东衬楼为办公区，包括院长办公室、财务室、医务室和小礼堂；西衬楼则为阳光活动房和食堂。楼后面还有二百五十米跑道的塑胶操场，有篮球架和主席台，旁边还有几间杂物房。

在外面转了一圈，三个人跟随齐院长进入主楼。为了保证孩子们二十四小时的安全，教工宿舍就在每层的楼梯口。往里面便是孩子们的宿舍，二层住女生，三层住男生，一层留给患有残疾行动不便的。

齐院长推开二层一间教工宿舍的门，室内陈设简单，除了一张单人床便只有桌椅和一个双开门衣柜。"程老师"就在这里住了三年，样子几乎没变，但齐院长说她在的时候房间更干净温馨些，后面接班的老师多少缺乏她的热情和毅力。

童维嘉走到窗前张望，发现只能看见后山一隅；打开窗户伸出头才勉强能望见最右边的观景台，而且楼后一棵槐树遮住了一半多的视野。

从二楼教工宿舍出来，一行人又看了孩子们的宿舍、图书室和电教室。齐院长说这两年随着爱心事业受到重视，企业捐赠渐渐多了，孩子们的生活和学习条件也大为改善。说着又把大家领到西衬楼的阳光房，推门正要向大家介绍，忽然又停了下来。

一个六七岁的小男孩正坐在钢琴前弹奏，虽然旋律简单但看上去无比投入。

童维嘉想起，这个男孩在"程老师"的追悼仪式上见过，叫孟珂，有唐氏综合征。

宽敞通透的落地玻璃窗正对后山，夕阳已沉入山脊。阴影渐渐笼罩了窗外花园，最后一抹温暖的余晖照在孩子专注的脸上，庄重而神圣。

终于，孩子停了下来，扭头出神地看向窗外。齐院长这才鼓起掌来，三名刑警也连忙附和。

"真不错！我们的小钢琴家最棒了，快去吧，该吃饭了！"

孩子回头看到那么多人，有些慌张。罗忠平忙对齐院长说我们随便看看，您忙您的就好。齐院长于是牵了小男孩的手离开，临走前说这里原来是放杂物的，还是程老师建议收拾出来改成阳光房，让孩子们多个丰富兴趣爱好的空间，现在成了孩子们最喜欢的地方。

钢琴附近的玻璃柜里还有各种乐器，足够组一个小乐队的；房间另一边支着几个画架，旁边桌上摆有大大小小临摹用的石膏几何体和头像。此外窗前还有一架天文望远镜正对后山，墙上贴有使用说明，旁边还有一个牛皮纸口袋，里面装了一张供辨认星座的旋转星图。

童维嘉弯下腰却什么也没看到，霍达嘲笑着帮她取下镜头盖。慢慢调节角度并对焦，童维嘉终于找到了观景台，虽然暮色中光线不佳，仍能看清观景台，甚至能分辨出石缝间的每一株杂草。

"陈芳雪上不去，但看清楚没问题，程立军的表演很可能就是给她看的！"

　　"那又能说明什么呢？"霍达摇头道，"难道她是奥特曼，能远距离靠目光杀人？"

　　童维嘉无言以对，求助地看向师傅，见他正盯着望远镜出神。

　　"她不是奥特曼，但也许跟程立军一样，会变戏法……"老刑警幽幽说道，"对了，我没看过动画片，奥特曼是怎么用目光杀人的？"

三十

想想有点儿好笑。

有一天你路过一家高档服装店，看到门口有招聘的字样，就随意走进去询问。踩着细高跟一脸不屑的经理眼皮都不抬，问你有没有经验。你说有做餐饮的经验，有做茶艺的经验，她哼了一声让你抬头看他们的牌子，意大利顶级奢侈品牌，"有在一线品牌的工作经验吗？"

也不知哪根神经搭错了，你居然问，天歌夜总会算一线吗？

她立刻开了门请你出去。你忍不住小声嘀咕，工作经验算什么，我还有杀人经验呢，还不止一次。

天知道你没有撒谎，也幸亏那位经理没听清你在嘟囔什么。你最后只在半夜用砖头砸碎了橱窗玻璃，而没有在她的咖啡杯里下药。

还有一次乘长途车路过一座跨河桥，车子突然停下，司机说前面有人要跳河。跳河的是个犹犹豫豫的中年妇女，跨坐在桥栏杆上不许人靠近。警察还没到，看热闹的人将桥面围得水泄不通，一些人劝她下来，也有不少人起哄让她赶紧跳。你下了车挤到最前面，然后大步走过去。妇女大喊大叫，周围人乱作一团，你直接走到跟前，也跨过了桥栏杆，然后纵身跳了下去。

等你从河里游上来，已经没人关心那个妇女了。大家围着你一阵欢呼，你对那个妇女说，死不了，快跳吧。

她骂了一句神经病，灰溜溜地走掉了。

瞧，你除了杀人的经验，还有自杀的经验。

在送走小石头之后的两年中，你尝试过好几次自杀。吞下整瓶安眠药、从桥上跳河、用刀片割腕、用丝巾上吊……但离奇的是，你每次都失败了，仿佛阎王爷跟你斗气似的，偏偏不许你死，不让你去找他的麻烦。

比如吞安眠药那次，你买了安眠药回到旅馆，借着啤酒将整瓶药片吞下。你觉得这次必死无疑了，可偏偏警察敲门抓嫖。你没有力气开门，警察撞开门将你送到医院洗胃。

还有一次你想卧轨，你已经穿过了铁路两边的防护网躺到铁轨上，你能感到震动越来越近，可车头偏偏在距离你二十米的地方停下。听火车司机说，有人偶然发现了你的举动，紧急打电话通知了铁路部门。

当然，人要想死总有办法死的，你能活下来还有一部分原因要感谢自己。每当你心中的最后一丝光明湮没，躯体却总能迸发出无穷的力量，让你呕吐、让你呼救、让你挣扎、让你重新活过来。

人世一遭，无非蜉蝣一日，朝生暮死，人死灯灭。你有时候灰心丧气，觉得所谓理想，不过自欺欺人的借口；所谓真情，无非自我感动的意淫……有时候又觉得生命宝贵，为了自救，努力驱使自己寻找活下去的意义。你去过宝相庄严的佛寺，问人生还有什么可留恋，大和尚叫你念阿弥陀佛，然后买他庙里的香烛；你也进过尖顶高耸的教堂，向神父问了同样的问题，神父说每个人生来都有罪，我们的人生便是赎罪的过程。你觉得他的话似乎有些道理，弥撒时所有人下跪祈祷，你的膝盖却死活弯不下去。

"如果每个人生来都有罪，为什么只有我受到惩罚？"

既然死不了，你索性漫无目的地在全国各地游荡。随便跳上一辆长途大巴，再随便跳下来。跟随揽客的大妈住进阴暗潮湿的小旅馆，或者就在某个桥洞下坐等天明。你遇到过小偷、强盗和骗子，你也当过小偷、强盗和骗子。为了一顿饱饭，你不介意重操旧业；为了打发时间，你认真背诵公墓里每一个死者的名字。

如今回想，那时的你就像一片溪水中的落叶，随波逐流，不知自己的终点。似乎你已经注定是一只无脚鸟，永远漂泊下去，却没想到命运又跟你开了个不大不小的玩笑。

2004年5月的一天，你躺在西南一座小城的旅馆里，百无聊赖地看电视打发时间。一条平淡无奇的社会新闻中说，某个福利院的小朋友们正在排演节目迎接六一儿童节。镜头一扫而过，你却在那电光石火间捕捉到一张熟悉的小脸。

你的小石头，他还活着！

你不敢相信自己的眼睛，但强烈的直觉告诉你那就是你的孩子。你守在电视前一整天等待重播，却始终没有再看到他。

好在你还记得福利院的名字，南山市儿童福利院。你冲到最近的网吧上网搜索，发现福利院有简陋的网站，上面有几张活动照片。你的眼睛几乎贴到了屏幕上，终于在一张照片的角落找到了那个孩子。

他差不多两岁半，好好地站着。

你跑到火车站，买了张站台票就跳上一趟驶往南山方向的火车。十多个小时后你从火车上下来，才想起这里不是杜娟和杜传宗的老家吗？

那是你第一次到南山，对这座普普通通的丘陵城市并没有特别的感觉。

出了火车站，一辆脏兮兮的出租车载着你向西方山麓而去。一条坑洼不平的公路直通山脚，道路的尽头有个漂亮的大院子，赭色屋顶，白色墙面，楼前有大片的花园，门口挂着牌子，"南山市儿童福利院"。

出租车司机没有打表，直接向你要五十块钱。你扔下一百元说不用找了，走了两步又跑回去拉住车门，问师傅后面的山有没有路上去；师傅眯着眼睛指给你，说看到没有，半山腰上有块大石头，是看景拍照片的好地方，福利院后面有一条登山小径可以上去。

你以最快的速度沿着小路向上爬，发现不用上到最高的巨石处，一片缓坡草坪便可以轻轻松松俯瞰福利院的全貌。操场上几个男孩子在疯跑，两个小姑娘在跳皮筋。一个十三四岁的女孩蹲在篮球架下，给一个小男孩喂饭。小男孩固执地不肯吃，抓了一把饭抹到女孩脸上，女孩假装生气起身走，男孩哭叫起来……

你一眼便认出那就是你的小石头。他真的还活着，不但会翻身了，而且会坐、会站了。

你的直觉没有骗你，小石头真的还活着。

你的眼泪立刻下来了，然后便晕了过去。

等再醒来，操场上已经空了。天色阴沉，下起了淅淅沥沥的小雨，你浑身湿透，分不清脸上是雨水还是泪水。

你步行下山，到山下时已想明白了怎么回事。同时也想明白了苦苦追寻的那个问题的答案——生命中还有什么可留恋？当然是你自己的孩子。

你给弟弟立军打去电话，问有没有什么办法把孩子领出来。他想了想说也许有个办法，要你到中州面谈。于是你连夜赶回中州，按照他的指点寻至一家光线昏暗的酒吧。

你和立军差不多有一年没见了，他的变化再一次让你惊讶。他早已不是当年那个一无所有的小混混，而是穿着合体的西装，带着金灿灿的手表，腰上挂着奔驰的车钥匙。他告诉你，这家酒吧也是他的。

那份名单给了他翻身的机会，他也牢牢抓住了机会。他拍出一个厚厚的信封给你，你摇头说不需要，自己只想弥补过去的错误，与小石头朝夕与共。

立军并不急于告诉你他有什么办法，而是让你耐心等待。不久，酒吧一角的小舞台亮起灯光，一个化着浓妆、衣着暴露的女孩上台献唱。听到她的声音你才反应过来，那竟然是杜娟！

她唱的是张惠妹的《姐妹》，你记得以前在杏园小区的地下室，她最喜欢在你帮忙写作业时哼唱这一曲作为鼓励。只可惜她的嗓音已不如从前清润，沙哑干涩，还多了一份沧桑。

立军告诉你，是酒精的缘故。

你一下子明白了立军的办法是什么。

关于杜娟这几年的变化，你听立军说过一些。大约在你决定生下小石头的同时，她也决定挑战父亲的权威，掌握自己的命运。她辞去了出版社的工作，专注于成为一名歌手。她在不同酒吧串场演出，被愤怒的杜传宗断绝了经济支持。

很难说她的勇敢有没有受到你的影响。只可惜光有勇气还远远不够，她的大小姐脾气让她的歌手之路十分坎坷。这一行竞争激烈，无数怀揣梦想的女孩子使出浑身解数寻找自己的伯乐，而她什么都不会，还天真地以为世界会围着她转。

渐渐地，只有立军的酒吧还给她机会。当然，你弟弟另有目的。

你的一切不幸都来自杜娟，因此当然不能放过她。立军解释说，这是复仇的一部分，我们不要杜传宗的钱，但我们可以夺走他唯一的孩子。

唱过几首歌，杜娟鞠躬下台。立军招手把她喊过来，问是否还认得你。她动作僵硬地点了点头，涣散的目光中看不出任何感情。

你问她这两年过得怎么样，她说还好。但你看得出她一点儿也不好，仅仅两年没见，她仿佛老了十岁，浓妆遮不住眼角的皱纹，劣质睫毛膏一块块掉到她猩红的唇边。她熟练地点了一支烟叼在嘴里，又倒了一大杯威士忌，两口喝光，然后又倒了一杯。

她喝得太猛了，你伸手想阻拦；立军悄悄在你耳边说，让她喝，反正是假酒，喝得越多中毒越深。几杯烈酒下肚，她的脸上终于有了血色，表情也生动起来。她突然开口问你，还记得无脚鸟吗？

你当然记得，出自王家卫的电影《阿飞正传》。我们都是无脚鸟，没有家，没有根，只能永远飞下去……

她摇了摇头，说那是你，这两年才明白，自己不是。因为自己不但没有脚，也没有翅膀，根本不会飞……

你忍不住笑了。心底甚至有些阴暗地想，大小姐你才发现啊……你把她手里的酒拿掉，希望她能保持暂时的清醒。

"'程丽秋'的名字对你已经没有意义了，"你对她说，"还给我，我就让立军出钱，给你发一张唱片。"

她看着你，咧嘴笑起来，突然伸手掐住了你的脖子。你感觉喘不上气，眼冒金星……立军揪住她恶狠狠地摔在地上。

"我早就把'程丽秋'还给你了，"她匍匐在你脚边，哭着说，"可谁把杜娟还给我呢？"

是啊，回不到程丽秋，你至少还是陈芳雪；可她呢，丢掉程丽秋的假面，她也回不到杜娟了。为了成为程丽秋，她早已扔掉了杜娟的一切……

她挣扎着爬起来，攥着酒瓶，领你走向酒吧后面。一间四面不透风的储藏室里支了张单人床，便是她的家。她从床下拖出一个行李箱，打开，找出一个大信封，从里面取出程丽秋的毕业证和学位证，还有四级英语证书、教师资格证书。

"还记得吗？英语四级还是你帮我考的呢，"她拿起证书看了看，把上面的照片小心揭下来，"你自己换一张贴上吧。"

你把所有证书都收好，想了想又将钱包里所有钱拿出来放在床头，然后起身告辞。那一刻你们都笑了，因为这样的场景似曾相识，只是交换了身份。她突然调皮地吐了吐舌头，瞬间仿佛回到过去浑不吝的样子，你犹豫了一下说，改天我们去吃火锅。

"好啊，我都有时间，看你方便。"

她的语气跟你一样敷衍。

凭借货真价实的学位证、毕业证和教师资格证书，你顺利应聘进入南山市儿童福利院工作。面试中院长坦诚相告，说这里压力大、待遇低，很多老师都熬不住；你说没问题，能成为一名老师是自己的心愿，而这份心愿终于实现了。

福利院的工作忙碌而充实。每天起早贪黑，永远有一堆事情等着，但你甘之如饴。你享受那种感觉，小朋友牵着你的衣角，奶声奶气地讲他们在花园里的新发现；或者拐过墙角，被躲在后面恶作剧的"坏孩子"吓一跳；此外你也愿意坐在操场旗杆下，跟那些大孩子讨论社会的复杂、人性的幽深。

一个名叫孟瑶的女孩正处于青春叛逆期，对自己被亲生父母抛弃这件事始终耿耿于怀。她是整个福利院的刺儿头，不服管教，让所有老师都头痛，但你始终记得她蹲在小石头面前耐心喂饭的样子。

你找她谈话，她直言自己不相信任何人，也包括初来乍到的你。你说不要紧，自己也不相信任何人，但这并不妨碍你追求自己的梦想。她又说自己没有梦想，一个福利院的孤儿不配谈什么梦想。你告诉她，挑战让人愤怒的世界也是一种梦想，只不过想要挑战成功，必须学得更聪明一些。

她问你，怎么才算聪明？你回答说，把孟珂照顾好，我就教你。

孟珂就是你的小石头。福利院的孩子都姓孟，据说是随当年建院时第一任院长的姓，又因为与梦想的梦谐音。而取名为"珂"，是因为福利院认为每个孩子都是未经雕琢的璞玉，"珂"便是一种玉石。

冥冥中，竟与小石头的小名暗合……你想，这也许真是命运的安排。

从2004年5月来到福利院，到2007年春节后离开，那是你人生中最快乐的时光。你之前吃了很多苦，遭受了很多磨难，也有过短暂的幸福与满足。比如宋光明入狱前，比如你在农家院怀着小石头，又比如报仇成功回到师大芙蓉湖畔告慰冤魂的时候……但都比不上孩子们亲切地喊你一声："程老师好！"

如果程丽秋的人生是一趟奔驰的列车，1996年那个燥热的夏天它不幸脱轨；你用了整整八年的时间才重新驶回轨道，而前方一片坦途。还有什么理由不好好珍惜这一切呢？

中秋节，约好来慰问的企业因为台风失约了。没有月饼吃，小朋友们不开心，孟瑶则习惯性地冷嘲热讽说，可见所谓的爱心是多么廉价，谁相信谁上当。你坐不住了，鼓动孩子们自己做月饼，带着大家跑到厨房；馅儿料不够，又鼓励大家自由发挥创造。其他老师以为你疯了，幸好孩子们快乐的样子打动了赶来的院长；你选择"梦想"两个字作为大家月饼的"商标"，孟瑶知道，你的决定与之前跟她的谈话有关。

这是你教她的第一课，如何把愤怒转化为力量。

经常有好心人通过民政部门来福利院领养孩子，甚至还有来自国外的。那年冬天，一对和蔼可亲的美国夫妇出现在大家面前，说想收养一个女孩。他们拿出许多照片，向大家展示在美国的家，漂亮的花园别墅、崭新的豪华轿车、一条爱笑的大金毛，还有已经准备好的温馨闺房。

嘴上不说，但竞争迅速在稍稍懂事的女孩们中间展开。谁的头上多了个蝴蝶结，谁主动去倒了垃圾，谁把谁欺负哭了……而你注意到，孟瑶开始用功温习英语，然后假装偶遇，用磕磕绊绊的英语与那对美国夫妇交谈。美国夫妇盛赞她的英语水平，然后问她一个六七岁小女孩的情况。那小女孩长得不好看，也完全不懂英语，还少了两只手，平常总需要别人的额外帮助。

美国夫妇将小女孩领走的那天夜里，孟瑶突然失踪了。大家焦急寻找，你在后山的观景台上找到了她。她坐在悬崖边发呆，问你美国人是不是傻，又说这恐怕是自己最后的机会了，年后她将满十四周岁，老师甚至不会再推荐她……

你告诉她，这正好是要学习的第二课，永远不要把希望寄托在别人身上。

渐渐地，孟瑶对你敞开了心扉。她说自己暗恋同班的一名男生，可始终没有勇气开口，实在不知该怎么办。你问对方有什么爱好，她说喜欢天文，是学校天文兴趣小组的组长，你想了想说，这事包在你身上。

过了几天，你向院长申请经费买一架天文望远镜。院长问你干什么用，你说不久会有月食，想借机培养孩子们的科学精神。经费批下来，你跟随孟瑶到了她念的中学，找到那位男生请他参谋望远镜的型号，又说一切请他与孟瑶商量。

之后的一周，你眼瞅着孟瑶每天兴奋地去上学，等放学回来，便向你汇报一天的进展。望远镜终于买回来了，孟瑶又把男生请来帮忙组装，到了月食的那一天，男生当然也来到福利院指导孩子们怎么看月食，并义务讲解背后的科学原理。

男生离开时，孟瑶向你寻求勇气对男生表白；你告诉她大胆去吧，去了一定不会后悔。然而几分钟后，她崩溃地冲回来大声责骂你是骗子，说男生对自己根本没意思，所有的好意都是出于同学情分——

"不，还因为你是福利院的孤儿。"你冷冷地回答孟瑶说，"这是我教你的第三课，弱者总能博得同情，但这些同情一文不值。"

时间很快，转眼三年过去了，你看着孟瑶从叛逆少女长成了懂事的大姑娘；她照顾的小石头甚至学会了简单说话。好几次没人的时候，你悄悄让他喊妈妈，他摇头不肯；后来用好吃的贿赂，他终于喊了一声，你立刻抱紧了他，泪如雨下。

除了弟弟立军，没人知道你的痛苦；而且相比从前，这也算幸福的痛苦。虽然幻想与小石头母子相认，但你冷静下来也明白，眼下未尝不是最好的安排。你孑身一人，就算把他重新接回身边，也很难在兼顾工作的同时照顾他；更何况曾经辜负过孩子一次，又怎知自己不会再有第二次？

这么说有些奇怪，你并非对自己没有信心，而是对操纵自己命运的那只无形大手没有信心。多年无情的捉弄后，老天爷真就这么轻易放过你了吗？

2007年的2月，就在大家喜迎新春之际，你恐惧而又隐隐期待的变故终于来了。

那天你正带着孩子们在阳光房做游戏，孟瑶突然跑进来，说齐院长喊你领孟珂去一趟。你没多想，匆忙拿湿巾擦干净小石头的脸和手，领着孩子去院长办公室。穿过花园时，你看到停车场上多了两辆车，其中一辆黑色奥迪有些眼熟，但仍然没有在意。

院长办公室的门敞着，门口站了几个人在闲聊。其中一个你认得，是南山市民政局的，每次有爱心人士领养孩子都会出现。你终于有了一丝紧张。

门内传出齐院长的笑声，还有一个男人略有些沙哑的声音。你的头皮开始发麻，那嗓音你好几年没听到了，但永远不会忘记。

"小程老师，进来啊！"齐院长看到了你，向你招手。你牵着小孟珂进去，孩子好奇地看向齐院长对面的男人，那个男人看了他一眼，便将视线转向你。"这位就是程丽秋老师吧？"

"对，小程，给你介绍一下，"齐院长笑着指向对面的男人说，"这位是中州市世纪诚天实业有限公司的杜总，也是咱们南山的老乡！这不，回来给咱们送爱心来了！除了给咱们院里添一整套电教设备，还准备……杜总，你自己说吧？"

"我还打算收养一名残疾孤儿。"杜传宗盯着你的眼睛说，"经齐院长的推荐，我决定收养你旁边的这位小朋友。"

三十一

　　夜里的风很大。站上观景台巨石的第一秒童维嘉就后悔了，但既然答应了师傅，也只能坚持到底。霍达在她背后系上安全绳，开玩笑说就当体验免费蹦极；童维嘉赌咒发誓，说自己肯定不会掉下去，说完了却一阵阵心虚。

　　看向下方的福利院，灯光差不多全熄了，只有大门口的传达室外还有一点儿幽光。月光还算明亮，映出了福利院建筑的轮廓；四下一片虫鸣和蛙声，倒有些诗情画意。

　　霍达悄悄翻过栏杆，在童维嘉身边坐下。气氛忽然有些怪异，两个人都想说点儿什么打破尴尬，可却找不到话题，就这样默默坐了十多分钟，直到夜空中一个光点划过。

　　"流星！快许愿吧！"童维嘉指着光点说。

　　"白痴啊，那是飞机！"

　　"飞机的亮灯会闪的！你看……好吧，是闪的……"

　　童维嘉哈哈大笑起来，故意笑得很大声，手中的网球抛起又接住。

　　下午在福利院里转了两圈，罗忠平又找来几个孩子和老师问了问生活学习方面的问题，便说已经找到了陈芳雪杀人的手法。童维嘉和霍达大为惊讶，老刑警却卖起了关子，说不相信的话可以做实验，他在福利院里面打个响指，就能让悬崖上的人掉下去——当然这个人必须尽量模拟程立军当时的样子，玩儿个杂耍什么的。

一时找不到地方买程立军用的荧光球，好在福利院有不少做游戏用的网球。童维嘉和霍达各拿了三个练习，很快便分出高下。童维嘉要得有模有样，节奏、力量、角度都好，霍达却笨得像个掰了许多棒子的狗熊。

"程立军打着为姐姐讨公道的旗号敲诈勒索了好几年，会不会是分赃不均产生的矛盾呢？"坐在石台上，霍达从童维嘉手里抢过一个网球，思索着说，"毕竟是感情深厚的姐弟……"

"还记得在医院时大夫说的吗？陈芳雪生过孩子，做过剖宫产手术。所以说不定跟她的孩子有关。"

"她的孩子……"

"孟珂。"童维嘉笃定地说，"从齐院长到孟瑶，所有人都说'程老师'对孟珂特别关心。我敢打赌，孟珂就是陈芳雪的儿子！"

齐院长说，孟珂是2002年的夏天突然被人遗弃在福利院门口的。他患有唐氏综合征，一直是院里重点照顾的对象；曾有人想收养，最后考虑到他的病情又放弃了。

山下福利院方向有亮光闪了两下，霍达拿出手电也闪了两下作为回应。一切准备就绪，童维嘉站起来，手中攥紧三个用荧光笔涂成不同颜色的网球。霍达再次检查了她腰间的安全绳，提醒安全第一，万一球真的掉了也不要弯腰去捡。

童维嘉点头表示明白，迈步走到巨石前方，稳稳地站定马步，心底又过了一遍抛接球的动作要领。她忽然发现，在地面上毫无压力的练习跟在这里表演完全是两回事，下方黑黢黢的山谷什么都看不清，还有阵阵夜风刮来，让人一阵阵起鸡皮疙瘩。

程立军有没有可能真是自己不小心掉下去的呢？她不禁想，因为一阵风，或仅仅是脚下打滑了？除夕夜更冷，天寒地冻，手脚慢了反应迟钝？

一颗球抛起来，接着第二颗、第三颗。她开始还有些慌乱，慢慢找到了状态，手上的节奏越来越稳。不同荧光色的网球上下翻飞，如精灵般跳跃，在壮丽的银河下划出一道道迷人的弧光。童维嘉忽然明白了为什么许多演员说舞台是有魔力的，因为站在舞台上，你就是唯一。

这是从未有过的体验，全神贯注，又放空大脑；三个彩球占据了所有注意力，飘荡的潜意识中却冒出一个个莫名其妙的念头：陈芳雪、程丽秋、福利院、程立军、动机……

灵光一闪，似乎捕捉到了什么，但就在同时，童维嘉的眼前闪过一片刺眼的绿光。她骇然四顾，发现整个世界居然从眼前消失了！脚下的巨石和头顶的夜空一起消失不见，荧光网球的红色和黄色瞬间融解在诡异的绿雾中！眼睛一阵刺痛，什么也看不到，什么也摸不着，她惊恐大叫，寻找刺痛的来源，却失去了方向和平衡——

童维嘉听见自己的惨叫声回荡在山谷中，随即响起霍达焦急的呼喊。

"童维嘉！你没事吧?！"

再次睁开眼睛，童维嘉发现绿雾退去了，世界仍是原来的模样。下方漆黑一片，夜空依然晴朗，只是无数繁星缀成的银河正在打转……半晌她才意识到，旋转的是悬在半空的自己。

"快拉我上去！"她大喊道，"我知道了！"

"你知道老罗的花招了？"

"不，但我知道陈芳雪为什么要杀程立军了！"

第二天是周末，也是福利院的开放日，一早所有人都忙碌起来。吃过早饭，老师领着小孩子们检查卫生，几个大孩子到阳光房，布置表演的小舞台。9点过后，来参加活动的各界爱心人士陆续抵达，先在福利院里外参观一圈，然后到阳光房观看孩子们稚嫩但投入的表演，每个节目都得到了观众们衷心的赞美。

演出的高潮在孟瑶登台时到来。她配乐朗诵了一首表达感恩之心的小诗，然后告诉所有来宾，在所有老师的帮助下，自己如愿考上大学，马上就要离开这个大家庭了；在祝福的掌声中她继续说，自己并不为离开而遗憾，因为她已发过誓，大学毕业后会以老师的身份重新回来！

"曾有一位老师告诉我，弱者总会赢得很多同情，但你不能总把希望寄托在别人身上……"女孩扫视众人，目光坚定地说，"而身为不幸的弱者，我们唯一的出路，就是把自己变为真正的强者！"

铿锵有力的话语让全场沸腾，许多爱心人士起立鼓掌，两位私企老板当场表达捐赠意愿。童维嘉的视线跟随着孟瑶，见她独自溜出屋外，悄悄跟了上去。

操场上，孟瑶孤独地坐在旗杆下，出神地望向半山腰的那片草坪。童维嘉走近，轻手轻脚坐到她旁边。

"你说的那位老师，是程老师吧？"童维嘉小心问道。

孟瑶点了点头。沉默片刻，她突然扭头看向年轻的女刑警——

"春节摔下来的那个人，你们怀疑是程老师杀的？"

童维嘉惊愕："为什么这样问？"

"你们不就为这个来的吗？"孟瑶抓起一把土，看着泥土从指尖落下，被风吹散，"可程老师已经死了，就算查清真相了，又有什么意义？"

"当然有意义！"童维嘉想了想说，"你难道不想知道你爱戴的程老师是怎么死的吗？"

"想……"

孟瑶正要说什么，抬头看见有人走过来，立刻闭上了嘴。童维嘉不满地向来人瞪过去。

"瞪我干吗？"霍达说，"老罗接到白队电话，喊你们赶紧回去呢！"

"有什么进展吗？"

霍达瞥了一眼孟瑶："医院那边的消息，咱们的睡美人终于醒过来了。"

童维嘉立刻起身跟随霍达向大门口走去，想到什么又折回来，面对孟瑶。

"到中州了联系我，到时有个好消息告诉你……也许好也许坏，取决于你。"

遵照白队的指示，罗忠平和童维嘉驱车赶回中州专案组，霍达则留在南山，协助当地警方重新调查程立军之死。

从意外变为谋杀，南山公安的李局面子上不太好看；但既然罗忠平别出心裁地解决了杀人手法的问题，也不得不按照新思路推倒重来。那台天文望远镜平常很少使用，因此顺利在上面采集到了陈芳雪遗留的指纹，只可惜她原来就是这里的老师，发现的指纹也顶多让大家相信她确实采用了这种手法，但无法用来定罪。

老实说，大家甚至不抱什么希望。通常的谋杀总能找到相应物证，根据法证学的罗卡交换定律，凡有接触必留痕迹。撕打中的抓痕，指缝中的皮屑，衣服的纤维，剐蹭的车漆，掉落的毛发……但在程立军的案子里，这些都没有，甚至连凶器也是看不见摸不着的——一道光，相隔数里，转瞬即逝，没有接触，不留痕迹。

如果没有陈芳雪的口供，很可能又要多出一起完美谋杀案了。

回到中州，罗忠平和童维嘉第一时间赶往市人民医院。已在医院等了半天的白队到门口迎接，告知他们陈芳雪已经转至普通病房，也能正常交流了，但问话并不顺利。罗忠平问怎么个不顺利法，白队叹了口气，指了指脑袋。

乘电梯上楼时，罗忠平又问宋光明的审讯进展，白队摇头说还是老样子，"徐庶进曹营——一言不发"。不过也有突破，已经证实之前发在讨债群中、引发群体围攻事件的那张杜传宗死亡证明是PS过的，而且网络技术部门追踪发现，发布假证明的QQ号最后一次登录的IP地址在境外——确切地说，在美国。

童维嘉脱口而出："难道是杜传宗自己？"

白队点点头："技术组还在想办法，但确实杜传宗嫌疑最大。至于他为什么要假传自己的死讯……"

电梯叮的一声停在了六楼心外科病房，白队把后面的话咽了回去。走廊上两名派出所的同志守在一间单人病房外，见到白队立刻起立汇报，说病人自上次问话后一直在床上躺着，没有任何异常。

罗忠平和童维嘉从观察窗看进去，陈芳雪斜靠在病床上，直勾勾地望向窗外。白队压低了声音叮嘱，现在还无法判断她究竟是脑子真的出了问题还是对抗侦查的伪装，医生说可以正常问话，但也不能过于激动……罗忠平点点头，表示自有分寸。

"多可爱，知道它为什么不飞走吗？"

两位刑警敲门进来，白队守在敞开的门口。陈芳雪没有转头，却突兀地冒出一句，仿佛对着空气说的。

童维嘉顺着她的视线望去，才注意到有一只鸽子正蹦蹦跳跳地在窗沿外啄食。

"不知道，因为你会魔法？"

罗忠平拖了把椅子在床边坐下，随口回答说。童维嘉站在床的另一边，悄悄打开兜里的录音笔。

"因为我让护士撒了饭粒……我的手机不见了，多好玩儿，应该拍下来给孩子们看看。"

罗忠平和童维嘉对视一眼："孩子们？"

陈芳雪终于回过头来，看了看两位刑警："对啊，院里养了兔子，但没有猫也没有狗，怕过敏……其实养鸽子也行，我一直想跟齐院长说呢，多养点小动物对培养孩子们的爱心有好处。"

"院里？你是指福利院？"

"不然呢，难道还能是医院吗？"陈芳雪再次看向两位刑警，天真无邪的眼神中透出困惑，"对了，你们也是警察吗？我已经好了，为什么不让我出院？孩子们还等着我呢！"

罗忠平拿出手机，调出一张照片："巧了，我们刚从福利院过来……看看，今天刚拍的，认识吗？"

"孟瑶！当然认识！……她好像长高了。"

罗忠平点头，划动屏幕调出下一张照片，还是福利院的孩子，陈芳雪又立刻说出姓名。接连七八张照片，陈芳雪全都不假思索说出了孩子的名字。到最后一个时却难住了，望着照片摇头。

童维嘉伸脖子看了一眼，是个去年才到福利院的孩子，怪不得她不认识。

"没关系，下一个你肯定认识。"

下一张是个六七岁的男孩。扁平而宽的脸上，一双相隔较远的小眼睛。

"孟珂……"陈芳雪立刻说，然后便移开了视线。

"关于他，有个好消息。"罗忠平微笑着从怀里取出一个小袋子，里面有一小撮头发，"我们可能找到了他的亲生母亲，现在就差最后做个DNA鉴定了。"

陈芳雪的动作明显变得僵硬。她下意识伸手要接小袋子，又停住了。

"程老师，是否介意给我们一点儿你的头发？"童维嘉拿出一个空的物证袋，用尽量平静的语气说。

陈芳雪收回手，缓缓拿起床头柜上的梳子递给童维嘉。年轻的女刑警戴上手套接过梳子，将上面的头发取下，放进袋子里。

"知道你累了，不过最后还有一个人想请你辨认一下。"罗忠平收起手机，又拿出一张拍立得照片，"这个人死了，从悬崖上掉下来摔死的，但我们怀疑是谋杀。你看看，认识吗？"

照片中，一个年轻人站在冬日枯黄的山坡上，草窠中还有残雪。

"谋杀？怎么杀的？"她接过照片的手似乎在颤抖。

"你们福利院有一架天文望远镜。出事的那天夜里，他在你们后山观景台上表演杂耍给某人看，却不料有人偷偷使用望远镜上的指星笔发射激光，晃了他的眼睛，害他摔下去。"罗忠平盯着她的眼睛，"是你吧？"

"我？"

"不是你吗？"

陈芳雪努力坐了起来，苍白的脸上似乎闪过一丝嘲笑……童维嘉瞪大眼睛，又怀疑自己眼花了。

"照片上这人我当然认识，是我弟弟程立军……至于你们说我杀了他，也许是吧，但过程真的想不起来了……"

病房奇怪地安静了下来，只有中央空调出风口发出嗡嗡声。童维嘉回头看了眼，发现师傅和白队都皱紧眉头盯着女人的动作。

她用力撑起身体，扭转腰部，将两条腿慢慢拖到地上，再一点点踩实地面。喘息片刻，再一次发力，有两秒钟她几乎站住了，但随即便瘫倒在地上。

童维嘉下意识地上去搀扶，却被狠狠推开。女人重新握住床边护板，拼命将上半身拉起来……几秒钟，也许几分钟，她终于再次站了起来，然后慢慢松开了手。

小腿不停晃动，双臂可笑地张开保持平衡，但这一次她成功站住了。站稳之后，她挪动赤裸的双足，一点点向窗台蹭去。不过几米距离，于她却是艰难而漫长的征途。额头渗出汗水，苍白的脸很快涨得通红，中途又摔倒了一次，好在又重新站起。

不知过了多久，她终于抵达了终点。

鸽子还在窗沿外啄食，她痴痴望着，眼中满是艳羡；就当所有人以为这样的凝视永无止尽，渐渐失去耐心的时候，她突然大叫一声，吓了所有人一跳。

那只鸽子也受了惊吓，扑棱翅膀逃走了。

陈芳雪得意地笑起来，就像一个恶作剧得逞的孩子；只是那笑声听在童维嘉的耳中无比凄厉，令人毛骨悚然。

三十二

　　该来的总归要来。你放过了杜传宗，但看来他并不打算放过你。

　　当然他很忙，可能一时顾不上你。你听说他休养了一段时间后重出江湖，带领世纪诚天继续攻城略地。挣钱很重要，可挣了那么多钱留给谁呢？唯一的女儿已经跟他断绝了关系，夜深人静时，他一定无比悲凉吧。

　　平心而论，他倒真是个好父亲。为女儿付出那么多，除了自由什么都给了；可人最宝贵的就是自由，所以杜娟宁愿过着颠沛流离的生活也不肯服软。他一定会思考，女儿究竟为何会变成这样？

　　他一定会想到你。就算老钱隐瞒了你与杜娟的关系，他也决不会忘记那要命的养生茶是你泡的。对了，还有龙诚的死，如果他稍稍留意，便会发现也与你有关……

　　真正的问题在于，他知道你做这一切背后的目的吗？

　　那一天的天气很好，万里无云。你抱着小石头，应杜传宗的要求陪他参观福利院。小石头已经很沉了，你的手臂酸疼，杜传宗说他来抱，你死活不肯放手。他于是说，现在终于体会到为人父母的心情了吧？

　　你点头，再次注意到杜传宗手腕上的红绳。

　　"有什么寓意吗？女孩子经常这样戴，但像您这样的成功人士，一般会戴手串吧？"

"观察得挺仔细啊！"他抬起手看了看，"你其实想问，是不是跟杜娟戴的一样？"

看来他已知道你和杜娟的关系，至少知道你们是朋友。

天气好，不少孩子在操场上游戏，你们说着话在主席台边坐下。他从怀里摸出一张照片，二十年前的他和二十年前的杜娟。他说那时自己已和杜娟的母亲离婚，女人带着孩子出国，可没多久又投入一段新的婚姻，女儿成了累赘。这张照片拍摄于他把孩子接回国的那天，小杜娟因为妈妈不要自己了而伤心欲绝，父亲于是说，没关系，还有爸爸会保护你，爸爸永远永远不会让宝贝失望。

"这段红绳，是她给我编的。她手上的，是我给她编的……算是我们父女之间的信物吧，说好了，不死不摘。"

杜传宗的脸红了，眼中居然还有泪光，有那么一会儿你甚至怀疑自己看错了。你告诉他，自己到福利院的这三年虽然没再跟杜娟见过，但一直保持着联系，逢年过节会有短信往来。短信中她的状态似乎还不错，虽然没有正式工作，但不时到熟悉的酒吧唱唱歌，自由自在，也有一份收入。

是吗？他冷笑着起身，将你也拉起来，说好朋友几年不见不应该啊，我现在就带你去看看她。

你放下小石头，糊里糊涂跟着他向外走，到了黑色奥迪车前才想起自己还在上班。杜传宗拨通了齐院长的电话，三言两语便替你请好了假。

在高速上的两个小时，你们像老朋友一样聊天。他讲了自己鬼门关前走一遭的感受，以及后面漫长而痛苦的康复过程。他的肾功能一直没有恢复，必须定期透析；看他面色蜡黄的样子，你知道他所言不假。

你小心翼翼地问，有没有研究过怎么突然病倒的？他说大夫说了，是当年的养生茶喝坏了。你装模作样地说都怪你，毕竟养生茶是你替他泡的，他扭头盯着你看了一会儿，突然哈哈大笑起来，说你呀确实比我女儿强太多了，这个时候了还能装得下去。

"程老师，知道为什么这几年我都没来找你吗？甚至杜娟把程丽秋的身份让给你，我都没管？"

你摇摇头说不知道。

"因为我一直好奇你做这些事的原因。你不为了钱，也不为了什么有形的好处，我想观察看看，你到底要做什么。"

"现在有答案了？"

他扭头盯着你："程丽秋到底是你什么人？"

你紧紧握住车门把手，担心自己可能需要在下一秒跳车："你的好奇心满足了，是不是就要杀了我，像杀了程丽秋一样？"

"杀了你？"他大笑起来，"我可没杀她，她是死于意外……所以你是程丽秋的朋友？想为朋友报仇？"

你点头承认。

"好吧，我原谅你了……如果你愿意同样原谅我的话，就让过去的事情过去吧。"

"所以你放过我了？"你问，有点儿不敢相信。

"只要你同样放过我。"他的笑容就像邻家亲切的大叔，"再说，还有一个人是咱们共同关心的，需要咱们一起合力拯救。"

你知道他说的是杜娟。

奥迪驶入中州市区，街道两边渐渐变得熟悉。杏林酒店还是老样子，对面的西苑豪庭小区已经建成并有人入住。在中州师大门口你似乎瞥见了老钱，但很快又被成群结队的同学挡住。路口左拐驶入幸福大街，天歌夜总会的门前却空空荡荡，杜传宗看了看你，说前两年反腐，霞姐受牵连进去了。

你忍不住问，你没受牵连吗？他说托你的福，身体彻底坏掉，低调养病，反而躲过了风头。

从转盘驶入中山路，继续向东几个路口，再向南一拐便到了永明路。他指着路边一栋不起眼的四层小楼让你看，说那就是他的公司。车却停在街对面，你下车跟着他走进一栋公寓楼。三层楼梯他便气喘吁吁，看来身体真的不行了。

他用钥匙开门，一阵恶臭立刻扑面而来。你忐忑地跟随进入，眼前是装修精致的一套小公寓，开放式厨房与客厅连为一体，东南两面都有落地窗。只是厚重的窗帘密不透风，屋内一片昏暗。

杜传宗打开窗户透气，但并没有拉开窗帘。你隐隐有不好的预感，更不安于臭味从何而来。

杜传宗掏出另一把钥匙，打开卧室的门。昏暗中你等了几秒才看清，地上倒着一把椅子，椅子上绑着一个人。

是杜娟，她好像晕了过去。

你一时不知道该做什么。杜传宗扔给你一条毛巾并示意卫生间；你如梦方醒，跑去将毛巾浸湿。他用湿毛巾轻轻擦拭女儿的脸，动作无比温柔，杜娟终于睁开了眼，却突然发狂嘶吼。

最难听的污言秽语、最恶毒的谩骂诅咒，她拼命扭动身体试图挣脱，就像一只躁狂的野兽。突然间她看到了你，一下子安静下来，脸上同时露出渴望和羞耻，但很快渴望占了上风。她艰难地蹭到你腿边，毫无尊严地向你哀求，你看了杜传宗一眼，伸手解开她背后的绑绳。她获得自由的第一件事却不是感谢你，而是冲向客厅翻箱倒柜地寻找什么。

杜传宗从怀中摸出一个银色的扁平小酒壶，杜娟回头看到，立刻恶狼一样扑过来抢去一饮而尽。

"她的人生就要被酒精毁了。你们好歹朋友一场，求你帮帮她。"

杜传宗用痛惜的目光望着女儿。你点点头。杜娟这个样子也不是你想看到的，你的五脏六腑都在抽痛。

"怎么会变成这样？"你明知故问。

杜传宗将一张追悼会的照片摆在你面前。那是你中学副校长的追悼会，红笔圈出悼念人群中一个嘴角带笑的人。

"你可以去问他，程丽秋的弟弟。我相信你们认识。"

大年三十，立军打电话告诉你他已到了南山。同往年一样，你们约在老地方见面。

趁着孩子们午休，你溜出福利院。从早上就开始下雪，上山小路有些泥泞；好不容易爬到那片缓坡处，你已累得气喘吁吁。

"往上看！"

你听到喊声向上方观景台看去，他正居高临下站在石台上，拿着一台相机瞄着你。

你向他招手，喊话说路不好走，自己不上去了。

几分钟后，他一路小跑地冲下山坡，来到你面前。他还是老样子，人模狗样的西装，桀骜不驯的表情，说起话来滔滔不绝、自命不凡，让你总觉得像某个人，却一时想不起来。

你问他这一年怎么过的，他笑嘻嘻地说老样子，吃喝玩乐，享受生活，又说总算明白了为什么大家都要当有钱人，因为有钱人真的可以为所欲为。他又问你怎么样，你说也是老样子，没钱，不能为所欲为，但很充实、开心。

说着话，立军拿出一个厚厚的红包。你不肯要，说自己有工资；他笑，说当初没你送的奶牛自己也发不了家。你只好勉强收了，又劝他赶紧讨个媳妇成个家，也好让老太太放心。

说到母亲，气氛有些尴尬。他说自己2003年回去过，老太太进了敬老院，一切都好。你突然问，他2003年回去的时候，是不是出过车祸，伤了人？他不承认，你说自己都知道了。

"不是奶牛吗？为什么要弄死？"

"不听话，居然威胁我要报警。"他撇嘴说，不以为意的样子，"没事啦，我很小心的，这不到现在都没事吗？"

你心想，没事才怪，小辫子早被人抓住了。杜传宗不是吃素的，早就察觉了程立军的一举一动，但一直引而不发，到底为什么呢？仅仅怕自己当年的丑事曝光吗？

"我给你拍张照片吧，寄回去给妈看看。"你说着，从他脖子上取下相机，给他拍了张照片。他也要给你照，你摇头拒绝。"妈只想看你，看不看我无所谓……对了，还有件事想麻烦你。"

"说，你的事就是我的事！"

"是小石头的事，我骂过他，可他就是不听，这孩子你也知道……"你故意唉声叹气地说，"他知道自己有个舅舅会变戏法，可别的孩子都不信，他就跟另外一个小朋友打赌，说自己舅舅除夕夜会来表演……"

"简单啊！我去一趟不就行了？"

"不行！不能让院长和其他老师知道……所以我想了个办法，但多少要麻烦你……"

你说了你的办法，立军想都没想便答应了。你又假装犹豫，问会不会太危险，他摆手说这算什么，当年跟着马戏班子学艺的时候，耍飞刀走钢索比这危险多了，只是离得这么远，孩子能看清吗？你想了想说也不用多复杂的节目，拿几个荧光球耍一下就行。

又扯了会儿闲话，该回去了。你说会替他把照片寄回去，他说随你的便。照片拍得意外地好，精气神十足，光线角度都好，只是背景有些萧瑟……你心想，做成黑白遗像正合适。

从见面到分别，你一个字也没提到杜娟。

回到院里，你立刻忙得脚不沾地。下午举行全院自己的迎春联欢会，你台前台后穿梭不停，一会儿做节目指导，一会儿做后勤保障，一会儿亲自上台演节目。6点开吃年夜饭，欢乐祥和的气氛被一个入院不久的小姑娘打破，她死活要逃走去找爸爸妈妈，被抓回来便大哭大闹摔盘子摔碗，多数孩子见怪不怪只觉得扫兴，也有几个被她感染得暗暗啜泣。你把小姑娘单独带出去，跟她说话，陪她掉眼泪，你说今后我就是你的妈妈，她呸地一口吐沫啐到你脸上。

吃过年夜饭，大家围坐在一起看春晚。电视里欢声笑语，电视外却稍显冷清。几个小孩子看得直打瞌睡，让他们去睡觉却死活不肯。知名演员的出场引来了一阵议论，可惜直到小品结束也没几处笑声。

按照惯例，除夕夜可以看完春晚再睡觉，终于熬到《难忘今宵》，你和另外两名老师急忙把孩子们轰起来赶去洗漱睡觉。又是一通忙碌折腾，总算孩子们都入睡了，大人们也都筋疲力尽。你看看表已经凌晨1点多，就劝那两位老师先回去休息，又说明天还有活动，自己想去把小礼堂收拾一下；她们笑说人多力量大，居然跟着一起回到了东衬楼。其中一名老师还拿了台相机，说要将你们的辛苦拍照留念。

穿过花园时，你向后山观景台方向远眺，隐约有亮光。在小礼堂收拾了一会儿，你借口上厕所溜了出去，以最快的速度跑向西衬楼的阳光房。

开门进去一片漆黑，四下静悄悄的。你蹑手蹑脚走到望远镜前，熟练地装好目镜，摘下镜头盖，再打开窗户，对准你的目标。一番微调，立军出现在你的视野中。他一手拿着三个发出荧光的彩球，一手正拿着手机发信息。不久你的手机收到短信："演出开始。"

他翻过了栏杆，站到观景台巨石上。红色、黄色和绿色的三个小球在他手中上下翻飞，流光溢彩映亮了那张年轻而自信的脸。

你忽然想起他像谁了……龙诚。他在走向自己的死亡时，也是一模一样的表情。

你不再犹豫，按下了望远镜上指星笔的按钮，一个绿点打在立军的衣服上。你稍稍调整，又试了一次，这次打在了他的脸上。但他浑然不觉。

你不再调整，而是静静等待他自己移动到靶心。等待无比漫长，你又开始胡思乱想。照片已寄出，老太太看到后会很开心吧，等听到儿子的死讯时，又会是什么样的表情呢？

亲爱的弟弟，再见，你不但帮不了我，还会给我带来巨大的麻烦。

亲爱的母亲，抱歉，你的心里从来只有立军而没有我，所以这是你酿成的恶果。

亲爱的程丽秋，还有什么好留恋呢？你已经失去了继续存在的意义，道一声永别吧，你的人生到此为止，这个世界不再有你。

我，陈芳雪，再一次按下指星笔的按钮。

三十三

陈芳雪回忆录的第三部分是在她家中找到的。

之前的第一部分由她主动留给罗忠平和童维嘉两位刑警，内容为程丽秋被冒名顶替后的生活以及与冒名者杜娟的微妙友谊；第二部分在宋光明的工地宿舍被发现，重点记述了陈芳雪与他的爱恨冲突以及对龙诚和杜传宗的复仇。

所有人都相信，拿到手的两部分应该不是回忆录的全部。陈芳雪被刺伤住院后，专案组随即拿到搜查令，很快在她公寓的书桌抽屉里找到了回忆录的剩余部分，此外还有四张珍藏的照片。

第一张是两个年轻女孩的合影，背景是中州市火车站。其中一个正是陈芳雪，另一个显然是十二年前悲惨溺死的无名女。

第二张还是两个女孩，拍摄于夜间的嘉年华游乐场。其中一个还是陈芳雪，另一个换成了杜娟。

第三张来自熟悉的南山市儿童福利院，"程老师"抱着小孟珂面向镜头，大人孩子都笑容灿烂。

第四张是一场追悼会的全景，死者名叫董海燕，原西原县实验中学的副校长。红笔圈出悼念人群中一个青年，经放大辨认正是程立军。

前三张照片没什么好说的，第四张却有力印证了回忆录中陈芳雪的记述。杜传宗已掌握程立军敲诈勒索甚至杀人的事实，并以此威胁陈芳雪杀掉程立军。

杜传宗又是怎么知晓程立军的动作并拍下照片的呢？答案不久也揭晓了：南山市公安局检查了自杀老民警的笔记本电脑，发现他与杜传宗一直保持着密切的邮件联系，也一直在杜传宗的指挥下反跟踪。2003年他目睹程立军撞死了副校长，但杜传宗命令他不要声张。

"老罗，你算是给他们年轻人好好上了一课呀！不管怎么说，最困难的阶段已经过去了，下面就是补充证据，让年轻人多跑跑腿，你就休息休息，想想怎么撬开宋光明和陈芳雪的嘴……"

案情分析会上，白队紧锁多日的眉头明显舒展不少。发现的第三部分回忆录比前两段都长，其中详细交代了她设局除掉龙诚和杜传宗的手段，还有之后跟钱主任分手、生子以及进入福利院并最后杀掉弟弟程立军的全过程。几桩谋杀的手法与罗忠平的推测基本吻合，大家纷纷赞叹老刑警的本事，可罗忠平的眉头皱得更紧了。

"哦，还有，技术组的同志找到了宋光明使用的秘密邮箱，证实他确实与杜传宗有联系，程立军的照片就是杜传宗给的，"白队补充道，"杜传宗很明显想借刀杀人，只是宋光明能上当也挺让人意外的。"

童维嘉将打印出来的邮件记录递给师傅，罗忠平翻了翻，敏锐的目光扫过众人，问大家看过了回忆录，有没有什么问题？所有人面面相觑，都说内容翔实清楚，下一步就是找到足够的证据……老刑警摆摆手，说有一个根本性问题还没解决。

"你们谁能告诉我，在陈芳雪的回忆录里，她为什么要坚持使用第二人称？"

罗忠平不是第一次提出人称的问题了。童维嘉记得一个多月前在芙蓉湖边，他就对回忆录的人称问题耿耿于怀。当时自己同师傅有过讨论，在警校上学时老师做过总结，犯罪嫌疑人故意透露信息，无外乎几种目的：要么干扰办案，散播误导信息；要么故意挑衅，满足挑战公权力的快感；要么诉说自己的冤屈，争取社会舆论的支持；此外还有个别案例中嫌疑人精神分裂，半个人负责犯罪半个人负责忏悔……

然而陈芳雪的回忆录，似乎与上述几种情形都不吻合。首先，她肯定没有精神分裂；其次，如果想诉冤的话应该找报社媒体才对；最后，文字中也没有丝毫挑衅的意味……所以她是想传递虚假线索，误导办案方向吗？

当时只拿到回忆录的第一部分，因此怀疑陈芳雪的目的很可能是故意误导警方调查；然而随着后面两部分内容的相继被发现，误导一说站不住脚了，她在文中完全没有回避自己的谋杀行为，从动机到手段，都写得清清楚楚，简直就像自己的认罪书或供认状——唯一的区别在于，这些谋杀都是"你"干的，而不是"我"……

罗忠平提出的疑问让所有人陷入迷茫。有人说多半是陈芳雪故弄玄虚，也有人说可能她无法面对自己的内心，还有人说这个问题根本不重要，反正能证实几桩案子都是她做的就行……

白队头大如斗，问罗忠平有什么想法，老刑警让童维嘉将之前对宋光明的审讯录像再放一遍。大家聚精会神地从头看到尾，却仍然一头雾水。他又让徒弟重放宋光明在最后爆发怒喊的画面——

"那你为什么要杀人？！"

"我杀的不是人，是鬼！她是比杜传宗和龙诚隐藏还深的鬼！！我被她骗了，你们也被她骗了，所有人都被她骗了！！"

"我们所有人都被陈芳雪骗了，她骗了我们什么呢？"罗忠平一字一顿地说，"她不是人，是鬼……这话究竟什么意思呢？"

白队皱眉："我们之前讨论过啊。他觉得陈芳雪堕落了，从人堕落成了鬼……"

"宋光明的重点，陈芳雪显然不是堕落，而是欺骗！"童维嘉站起来大声说，"他真正的意思是，陈芳雪是鬼，程丽秋是人！！所以他说杀的是鬼，不是人！"

所有人更糊涂了……只有老刑警微笑着看向徒弟，鼓励她继续说下去。

"他跑去南山调查程立军的死因，又跑去找程丽秋的母亲韩彩凤，因为他有了一个无比惊恐的怀疑，而这个怀疑最终被证实，彻底颠覆了他坚守多年的理想，让他变成了最大的笑话！所以他必须杀了陈芳雪！"年轻的女刑警激动得有些语无伦次，眼中烁烁放光，"这个发现就是，陈芳雪并不是当年受冤被顶替的程丽秋！"

全场顿时鸦雀无声。大家面面相觑，都被童维嘉的话震惊了。她看向师傅，罗忠平颔首而笑，显然这也是他所想的。

几秒钟的寂静后，会议室炸开了锅。质疑的声音排山倒海般涌来。

陈芳雪不是程丽秋？怎么可能呢，她不是程丽秋还能是谁？她不是程丽秋，那真正的程丽秋在哪里？

陈芳雪不是程丽秋，那她辛辛苦苦复仇做什么？她和杜传宗无冤无仇，为什么要痛下杀手？

陈芳雪不是程丽秋，她为什么还要努力变为程丽秋？冒充程丽秋对她有什么好处？

陈芳雪不是程丽秋，她写的洋洋洒洒几万字算怎么回事？难道她在编故事？

白队用力拍了半天桌子，好不容易让大家安静下来。他代表大家问童维嘉，你的意思是十二年前芙蓉湖溺死的无名女才是程丽秋？童维嘉点头说正是。白队问能否通过指纹或DNA证明，童维嘉说很难。程丽秋本身就是孤儿，她在九河湾村的老家又被水库淹没了，没留下任何可用的指纹或DNA样本。

有人提出，是否可以考问她童年和少年的经历，比如初中班主任叫什么，高中教室在几层楼……白队哭笑不得，陈芳雪处于失忆状态，就算说不出也证明不了什么。又有人提出喊她的老乡或同学来辨认，罗忠平却甩出两张照片，一张是陈芳雪，一张是解剖台上的无名女死者，大家看了后都安静下来。童维嘉说，之前九河湾村的支书老邵就辨认过，以失败告终；而且同学十多年没见，走在大街上多半都对面不相识了，这种辨认结果能有多大意义？

只有至亲之人的辨认才有意义，但程丽秋的弟弟程立军已死，而养母韩彩凤双目失明。

最后有人忍不住了，质问为什么要相信宋光明的胡言乱语，为了多活两天，他说不定在故意扰乱侦查方向！陈芳雪就是程丽秋，程丽秋就是陈芳雪，这是之前所有案情分析的基础，推翻这一点就等于全部推倒重来，一定要慎重！

这种声音得到了许多人的赞同，白队也忍不住点头。众人的视线再次投向罗忠平，老刑警咳嗽两声站起来，向大家提出一个问题——

"回到原点，我们当初为什么认定陈芳雪就是程丽秋呢？"

众人七嘴八舌。最有代表性的回答是，如果陈芳雪不是程丽秋，她何必这么拼命去奋斗、去抗争，为赢回"程丽秋"的身份而不惜一切呢？

"没错，我跟大家一样，起初也是这么想的……但恰恰这里有个疑点，我们对陈芳雪的印象，大半来自她自己写的回忆录。她的受辱、她的不甘、她的抗争……但这就回到了我刚才的问题，她的回忆录，为什么要别扭地使用第二人称呢？"

除了童维嘉，会议桌前的所有人面面相觑。

"我替师傅说吧，"童维嘉起身走到白板前，拿起笔在白板上画了两个圈，一个写上"你"，一个写上"我"。

"回忆录中的'你'，显然写的是陈芳雪自己的经历，有多少夸张杜撰成分先不提。从十二年前的除夕夜，到认识冒牌货'程丽秋'，也就是杜传宗的女儿杜娟，再到她和宋光明的爱情，再到她后面的坎坷经历……这些全部是'你'。但令人疑惑的是，文中还有数次'我'的出现。如果'你'是陈芳雪自己的话，'我'又是谁呢？

"仔细观察，'我'正面出现的地方，都在十二年前的除夕夜之前。火车站相遇，吃饭加聊大，而那个除夕夜之后，'我'便不见了踪影。因此可以推断，'我'就是十二年前死去的无名女孩。

"当然，死人是不会写回忆录的，更何况死人也没有经历后面这些事。这样的行文给作者带来了不少麻烦，比如在除夕夜之后不得不提到女死者时，用'我'就不合适了，所以她不得不用'你朋友''那个冤魂'这样的虚指代替。这也从另一个侧面证明了，'你'和'我'的关系。

"下面的问题就是，陈芳雪为什么要选择这样别扭的写法呢？她一定有她的目的！而要找到她的目的，就必须回归文本。不知大家有没有发现，虽然这个'你'一直在为了赢回'程丽秋'的身份而努力，但文中却很少提到'程丽秋'在老家的过往，这多少有些反常……就好比你的女朋友被人抢走了，你在思考怎么抢回她的同时，也肯定会想你们在一起时有多么甜蜜……"

"不对！"一名同志反驳道，"回忆录里说到不少她跟弟弟程立军的童年往事！"

"可这些往事都是围绕程立军的，而不是程丽秋自己，因此要么是程丽秋告诉陈芳雪的，要么是后来程立军自己亲口说的……总之，程丽秋自己的童年故事几乎没有出现，而唯一的一次还露出了马脚……回忆录中说自己取名叫'程丽秋'是因为出生在秋天，但村支书老邵明白无误地交代，'丽秋'两个字来自捡到她时身上小褂上绣的字。养母韩彩凤并没有向孩子隐瞒身世，因此'程丽秋'理论上应该知道自己得名的来历，而写回忆录的陈芳雪不知道！"

童维嘉说着，将自己笔记本电脑中几张回忆录的扫描照片投到屏幕上。

"大家看这几句话，都是回忆录中的原文。可能在看第一遍时觉得没什么，但多看两遍，就能体会到其中的深意，也就能明白陈芳雪为什么要苦苦成为程丽秋！"

"你想明白了，你确实要为死者偿命，但偿命的方式也有许多种……你决定选择最难的一种。"

"好了好了，要怕死的话，我替你去，反正我的命更不值钱……"

"你答应我的，要替我而活，所以没有资格自己去死……"

"明白了！"刚才提出质疑的那位同志说，"偿命，替死，替活，显而易见在死和活的选择上，'你'和'我'两个人交换了身份！死人替活人去死，活人替死人去活，这是她们的约定！也就是说，如果十二年前死的那个是真正的程丽秋，那么活下来的这个就要承袭她的全部，不论是她的身份、理想，还是深仇大恨！"

童维嘉开心地打了个响指。

"没错！陈芳雪就是陈芳雪，她还是原来那只寄居蟹，只是这次换上的壳实在有些特殊，特殊到她已无法再抛弃！"

"我也明白了。"白队也点头说，"虽然回忆录中的所有事客观上不是程丽秋经历的，但既然生者为逝者而活，因此所有故事也可以视作'程丽秋'的。换句话说，如果没有当年替死，真正的程丽秋活了下来，也会经历这些事，因此这便是'你'的故事。"

"是啊，这就是'你'的真正用意。"罗忠平开口总结道，"虽然如果真正的程丽秋活下来，故事未必会有同样的走向；但在写作者的角度，陈芳雪的角度，她已努力以'程丽秋'的样子去活了，她问心无愧。"

"这还解释了另外一个疑点，"另一名同志补充说，"十二年前目睹谋杀后，陈芳雪为什么不报警？回忆录中解释为害怕被报复，多少有些牵强；但如果她本身的身份就有问题，那就合情合理了！"

又一名同志激动地喊起来："怪不得她杀程立军可以毫无心理负担，毕竟不是从小相依为命的弟弟！而且程立军知道她是假的，他们的关系很可能不是互帮互助，程立军一直在利用她！而对于宋光明来说，自己一直把她当作误入歧途的程丽秋来拯救，可现在终于发现她不是误入歧途，她本身就是歧途！她玩弄了宋光明的感情和理想，所以宋光明才要杀了她！"

"说得好，陈芳雪就是歧途！……陈芳雪的名字本身也是偷来的，她到底是谁呢？十二年前她到底又目睹了什么？"白队威严的目光扫视众人，"希望在她恢复记忆之前，在座的同志们能告诉我答案。"

三十四

　　程丽秋的故事讲完了，陈芳雪的故事还要继续。而我，就是陈芳雪。

　　当然，陈芳雪也不是我的本名。我的本名不记得了，也许根本没有。阴沟里的老鼠没有名字，砖缝里的蟑螂没有名字，所以一个没人疼爱、没人关心、不知何处来的孩子，没有名字也很正常。

　　我已记不清自己的童年，唯一留有印象的只有挨饿和挨打。挨饿了就会挨打，挨打了就会挨饿，所以如果你非要问，我的童年记忆里只有这两样。而挨饿比挨打更可怕，因为疼可以忍，但饿忍不了。每天如果要不到足够的钱，那么就要挨饿；如果一分钱也没要到，那么就先挨打再挨饿。

　　当然，孩子有好几个，没有个名字不好区分。于是我的第一个名字叫豁牙子，因为门牙被打掉了一颗。后来换牙长出来，就改叫鼻涕虫，因为爱哭鼻子。本来有个鼻涕虫的，一天突然消失不见了，阿花说他死了。等阿花有一天也不见了，他对我说阿花这个名字吉利，讨的钱多，你就叫阿花吧。

　　豁牙子、鼻涕虫、阿花之后，我还叫过很多名字。后来看到路边有摆摊测字算命的，我就不懂我应该用什么来测。

直到长大些我才明白名字好像是不能随便换的。有一种东西叫身份证，还有一种东西叫户口。那上面的名字要有姓，加起来才叫姓名。于是有一天我壮起胆子问他，我的姓名是什么？他揪住我的耳朵说，你姓黑，名户，大名叫黑户，这个名字有个特别好的寓意，就是自由自在，就是姥姥不疼舅舅不爱，就是你死了也不会有人管，除了我。

大家都叫他渣叔，我一直以为他跟我们一样是黑户，直到有一天偷他兜里的钱，摸到一张身份证。身份证上的名字我不认得，照片与他有几分相近，但并不是他。

我偷偷跟踪他，发现他用这张身份证去银行存钱。我们每天撒泼打滚讨来或者小偷小摸挣来的血汗钱，全被他存在了这张身份证下面。

那一年我大概九岁，但早已比背着书包上学的同龄人懂的多得多。记得是个冬天，我再一次偷出了身份证，外加存折，然后去找另一条街上的二傻子。二傻子跟渣叔差不多年纪，脑子不太好使，脏兮兮的，也可以硬说跟身份证有几分像。我让二傻子去银行取钱，答应取出来的钱跟他对半分。

虽然因为不知道密码失败了，但银行的人并没有怀疑二傻子的身份。虽然我被渣叔发现后揍个半死，但依旧是值得的，因为我突然明白了，冒充别人其实非常简单。

到了十二岁时，我已有了丰富的经验。年龄大了，讨钱不再容易，但骗钱更加轻松。最容易的是扮演因家人贫病而失学的少女。用粉笔在地上洋洋洒洒写一篇求助的文字，然后一跪就好了。有个大姐姐传授经验，说一定要把字练好看，这样人家才能相信并更加同情。

于是我开始练字。那之前我根本不认字，但大姐姐的话没错，字练好了真的能骗来更多的钱。也是从这时起，我才意外明白了"知识改变命运，知识就是财富"这句话。

也差不多在同时，我开始寻找机会逃离渣叔。因为我的身体渐渐发育，明显能感觉到他对我有了别的企图。一天夜里他把其他孩子都赶出去，然后偷偷摸摸上我的床，攥住我的手就往他的裤裆里塞，我狠狠抓了一把，趁他哀号时冲到了外面。我们住在一处荒废的破庙里，我从外面把门堵上，然后叫其他孩子抱来柴草。他们乖乖听话，不只因为我当时年龄最大，大概也出于对他的恨意。火很快烧了起来，大家安静地看着，安静地听着，直到里面的叫声没了，才有孩子问我该怎么办。

我说，生死由命，反正不要跟着我。

那个"因家人贫病而失学"的少女名叫蒋春梅，那也是我的第一个正式名字。名字来自我捡来的一本学生证，照片不太像，于是换了自己的照片上去，钢印对不上，但渣叔说没关系。后来我不演失学少女了，那本学生证也在火中烧掉了，但心底萌发的学生梦想并没有一同烧掉。

没有身份户口，自然没有学籍，自然也就没有上学的机会。我会认字读书完全靠从垃圾堆里捡别人的课本和书自学。有一阵我痴迷于看各种小说，琼瑶、雪米莉、倪匡、金庸，随便捡到的报纸也要从头看到尾，中缝广告都不放过。

那时的我已经知道自己不太可能像其他同龄人那样上学了，但小说中构建的世界让我幻想未来人生还有改变的可能，万一一碰到韦小宝那样的奇遇呢？我决定放弃坑蒙拐骗的勾当，至少放弃那些低级的街头把戏，开始在报纸中缝的招工广告上寻找机会。

离开破庙后，我前前后后什么都干过。在菜市场帮人看摊，在流水线拧螺丝，在饭馆端盘子扫地，甚至还去工地扎过几天的钢筋。我很快发现，最粗鄙的临时工也分三六九等，最低一等就是我这样没有身份的黑户。

所以光有名字不行，还需要一个正式的身份。于是我找到了田璐璐。

田璐璐是个做假证的——可能具体做证的另有其人，反正按电线杆上小广告的电话打过去，小树林里抱个孩子出来接头的是她。她说学生证好做，一百就够，身份证要三百。砍价到两百，又担心会不会太假被看出来，她拿出一张身份证说是自己用的，跟真的一模一样。

我说挺好的，加五十块钱，就要这张了。

田璐璐伴随了我三年，我挺满意的。岁数合适，做工逼真，璐璐这个名字叫着顺口，听着也舒服。我特意剪了个跟照片上差不多的发型，拿出来随便一晃也很少有人能发现。唯一的问题是这张证是假的，用来找工作还好，却应付不了突击检查的公安。

那时我在一家足疗按摩店做技师，足疗、修脚、按摩、拔罐、采耳等，后来派出所接了举报来店里挨个查身份证。我其实说没有也问题不大，但偏偏缺心眼儿地拿了出来，还被警察一眼认出是假的。

一位比我大两岁的姐姐救了我，跟警察求情说我是她表妹，在老家还没来得及办身份证，这张是捡的。警察也就没太深究。事后我请那位姐姐吃了顿饭，问她老家是哪里的，她说是西原。

姐姐姓陈，身份证上的名字叫陈芳雪。她的证是真的，刚办下来不久。我拿起她的身份证端详，忽然觉得如果我刻意打扮一下，也能跟上面的照片差不多。

自那以后，我便刻意跟她套近乎，渐渐形影不离。我学会了她的口音，知道了她家的情况，还有意无意模仿她的习惯动作。然后某天我装作烦闷地向她诉苦，说自己想去银行开户存钱，但没身份证……她果然慷慨拿出了自己的，在她看来这显然毫无风险，钱存在自己名下，能有什么损失呢？

她陪着我去银行开了户，存了钱。之后的半年，有时去存钱有时去取钱，她渐渐嫌麻烦就不跟着了，直接把身份证交给我。于是在某一天，我拿了她的身份证把自己的钱全部取出，又换到她存钱的银行，通过挂失把她的钱也顺利取了出来——我早知道她的密码就是身份证上的生日。

我应该是属蛇的。蛇会一次次蜕皮，我也会。从蒋春梅到田璐璐到陈芳雪，每次蜕去旧的长出新的，我也跟着长大。成为陈芳雪那一年我十七岁——至少印象中如此，毕竟没人告诉我具体的生日。

十七岁的我，没有上过一天学。虽然自学了小学中学的课程，也自认为足够聪明，不用老师也能学得七七八八，但还是羡慕那些有机会坐进教室的孩子。我生活的世界与他们的世界完全两样，十分好奇他们是怎么生活的，于是通过一本杂志的交友版联系了一名跟我同龄的女学生做笔友。

那便是你。丽秋，你便这样进入了我的世界。

说来幸运，咱们俩居然特别谈得来。我羡慕你能安心上学，你佩服我有丰富的社会经验。那年你高二，正要升高三，正在犹豫要不要考大学。你家是农村的，条件不好，经济压力大，下面还有个弟弟，但我劝你无论如何不要放过机会，不要让自己留下遗憾。

我们通信了一年多，成为彼此最好的朋友。你讲了自己的身世，我才知道原来你是被收养的孤儿。你感激收养自己的养母，但也能感觉到在养母的心中，自己和弟弟亲疏有别。

我嘲笑你是被当作童养媳收养的……你愤怒反驳，到最后却不得不承认也许我是对的。大概我看多了人性的险恶，总觉得这世上只会有无缘无故的恨，而绝不会有无缘无故的爱。你惊讶于我的冷酷，在得知我的故事后又表示理解和同情。我问你难道不害怕被我伤害吗，你说有一点儿，但你更愿意用自己的努力让我看到世上还有光明。

丽秋，谢谢你，让我于黑暗中看到一抹亮色，就像划过天际的流星，让我相信这世界还有美好的一面。在你的善良面前，我自惭形秽。在你的信任面前，我的阴暗心思无处遁形。我现在必须承认，当初我选你做笔友其实心怀不轨，我特意先看了你发在杂志交友栏内的照片，觉得咱们长得挺像。我当时希望能找个学生交换身份，让我也尝一尝念书的滋味，但我实在不忍心伤害你。

我不想失去你，我害怕失去你。可不曾想到，有一天我还是代替了你。

你考上了朝思暮想的大学，却被人无情顶替了。你到了中州才发现这个事实，哭泣着问我怎么办。你没有多少社会经验，当然不知道该怎么办，我告诉你不能认输，为了你也为了我，一定要把身份夺回来。

你想要报警，被我阻拦。这些年的经历让我对警察有天然的恐惧和不信任，我说咱们自己完全可以搞定。匿名举报信写到学校，联系方式留了我特意新买的呼机号。很快有人主动联系，一个男人说自己是学校的工作人员，偶然看到了举报信，十分同情，而且他手中还有更多的证据，能指向背后操纵的黑手。

这个男人约你见面，说愿意把他手中的证据给你。时间定在除夕夜的0点，地点就在校园内的湖边。后面发生的事情就不用再说了，你落入圈套命丧黄泉，而我可耻地目睹了全过程，却独自逃之夭夭。等天边亮起第一道霞光时，我才意外发现你走向湖边前留给我的包里有你的身份证。那一刻我便坚定了信念，再蜕一次皮，成为你，成为程丽秋。

再之后的事，给你的那些文字里都写明了。我呕心沥血，凤夜忧思，一半为了纪念你，一半为了我自己。我用过这么多名字，本来对哪一个都没有特别的偏好，唯独"程丽秋"这个普普通通的名字，让我投入特别的感情。很长一段时间我都以为，有一天真的成为程丽秋了，就可以结束童年以来的噩梦，做一个正常人；可惜最后才发现这只是不切实际的幻想。我是谁其实与名字无关，我就是我，再怎样努力也不可能成为你，就像你再怎样努力也不可能起死回生。

所以你应该能明白，在替你了结掉那个不争气的弟弟后，我为什么要放弃你。我会永远怀念你，但你对我已经没有用处了。也许还剩余一点用处是迷惑那些没头苍蝇一样的公安，尤其是那个自以为聪明其实却特别好骗的年轻女警。对了，她叫什么名字来着？好像姓童，叫童维嘉，你看，城里人起名就是跟你我不同，感觉就是比陈芳雪、程丽秋更洋气、高级。

故事讲到这里，其实已经差不多了。如果你在天有灵，所有的事都能看见，也用不着我啰唆。我写下来，其实是写给自己的。所谓人过留名，雁过留声，如果有一天我死了，总希望能有人明白我和你的故事。当然过程中还有一点我自己的小算盘，想同那些公安逗逗闷子，从小到大我一直在跟他们做猫捉老鼠的游戏，实在不想放过这难得的乐趣。

好了，这一节先写到这里吧，病床上写字实在劳累。都怪那个冥顽不化又自以为是的宋光明，本想最后再给他一次机会，没想到他根本不给我机会。他应该会被枪毙吧，至少也是无期了，他傻到被那个魔鬼当枪使，完全咎由自取。

那个魔鬼，那个杀了你，害了我，毁掉我们人生的魔鬼……亲爱的，相信我，他的日子也不多了。破庙的那一把火在我心头从未熄灭，等到合适的机会，我一定会将他连同他珍视的世界烧成白地。

我向你发誓。

三十五

医院传来消息，陈芳雪的神志突然恢复了。

"也不能说完全恢复了，"守在病房门口，第一时间打来电话的民警说，"但她记起之前跟童警官聊过，印象还挺好，所以想再跟童警官单独聊聊。"

接到消息时童维嘉正在家中睡觉。从南山回来后又熬了几个通宵，罗忠平说她眼睛红得像只兔子，强令回家休息。她躺到床上还想再捋一遍思路，不料立刻睡死过去，等再醒来才发现手机上有数个白队的未接来电。

定了定神，童维嘉才发现自己不是被手机铃声吵醒的，而是楼下一个小男孩的哭闹声。号啕的声音有些耳熟，童维嘉想起那个差点儿被自己撞到的男孩。应该就是他，差不多七八岁的样子，应该已经念小学了，果然很快听到男孩扯着嗓子大喊，说不喜欢自己的新书包。安慰的声音却不是奶奶的，而是来自那名保姆。

童维嘉关上窗户，把噪声隔绝在外，然后洗了把脸，又给自己冲了杯咖啡，一边喝咖啡一边回电话。白队的怒吼吓得她把杯里的咖啡洒了一半。

"睡死了？就算人死了也得接电话！马上到人民医院来！"

童维嘉慌慌张张地冲到小区门口，乘出租车直奔医院。半路手机又响了，是分局传达室打来的，说有个叫孟瑶的女孩找。童维嘉松了口气，说自己在外面回不去，让她改天再来，或者先留给她自己的电话。

"我师傅呢？"到了医院，童维嘉匆匆跳下出租车，向等在门口的白队发问，转头又惊讶地看到霍达站在旁边，"你从南山回来了？"

白队说："你睡觉的工夫，你师傅一直跟宋光明比赛磨屁股呢，估计快有结果了。"

陈芳雪的精神状态比上一次见时好了很多，脸上有了血色，也能在病房里来回走动了。见到童维嘉进来，立刻热情招呼她在病床边坐下。

"不好意思啊，我只想单独跟你聊聊。"陈芳雪抱歉地说，"说不清为什么，总觉得你跟那些公安同志不一样。"

童维嘉一时不知该怎么接话，也猜不透她的目的，只好笑笑，等着她说下去。

"这些天一直在胡思乱想。大夫说我因为受伤，记忆出了问题，所以我就努力地想，希望能多想起一些事情……总算这两天感觉好多了。"

"想起什么了？"

"我的小石头……想起我生他的时候有多遭罪，发现他有病的时候又有多绝望……"

童维嘉点点头。DNA鉴定小石头就是陈芳雪的孩子，上次见面时取了头发，她肯定知道自己和孟珂的关系藏不住了，索性主动坦白。"因为他的病，所以你把他送去了福利院，后来自己又舍不得，于是又想办法进入福利院工作？"

陈芳雪迟疑地摇了摇头："可我做了一个梦，梦到小石头被我扔了，扔到了冰冷的河里……他只有那么大，裹在襁褓里，我给他换上新衣服，上面有一只黄色的小鸭子，抱着他出门……"说着，她抬头看向童维嘉，"可感觉好真实，像是真的发生过一样，你说会不会是真的？"

"真的什么？"

"我真的把他扔了，那不是梦，而是过去真实发生过的事，而被我忘了？"

回忆录中小石头被妈妈亲手扔进了河里，怎么起死回生的仍属未解之谜。陈芳雪为什么要主动提起这事？也许是有意试探，她一定能想到自己的公寓会被警方搜查……

"应该就是梦吧，小石头不是好好地在福利院吗？你能不能想起当初怎么把他送去的？"见陈芳雪一脸茫然，童维嘉又问，"或者你还记不记得自己怎么进的福利院，为什么要改名程丽秋？"

"改名？我没改名啊，我就叫程丽秋……"

"你叫程丽秋，那陈芳雪是谁？"

"陈芳雪？"她皱紧眉头，一副认真回忆思索的样子，"啊，想起来了，她是我的一个朋友，我们上大学时就认识了，一开始在火锅店打工，后来在食堂……"

"你在食堂打工的时候……"

"不，不是我在食堂打工，是她，陈芳雪在食堂打工的时候！她还帮我写作业呢！我一看书就头疼，但她的学习特别好，只可惜高考落榜了……"

什么意思，太渴望成为程丽秋而彻底精神错乱了吗？还是成心戏弄自己？童维嘉心想，要是师傅在旁边就好了。

"如果你是程丽秋，中州师大毕业后，到去福利院当老师之前，中间几年你在哪里，做什么？"

"我在哪儿？抱歉，想不起来了，能想到的都是梦，好奇怪的梦……"

"梦里的你，叫什么名字？"童维嘉突然明白了她的真正目的，拿精神分裂、神志不清做挡箭牌，就有机会逃脱法律的制裁。"对了，是不是叫璐璐？"

璐璐是她成为陈芳雪之前的化名。童维嘉敏锐地捕捉到她嘴角不自然的抽动。

"一直在说我，说说你吧，我记得你上次说，你家在西苑豪庭？经济适用房只有本地户口才能买，你是中州本地人吧？"

"租的，就算我是本地人也买不起，除非贷款，但银行又不愿意贷款给刑警，高危职业……"

突然转换话题，说明她认输了，童维嘉心中得意。随即又想起有次跟踪陈芳雪到西苑豪庭门口，她在车里望着对面的杏林酒店静坐了两个小时，不知道在等谁……

"对了，你们杜总好像住在杏林酒店？"

"谁？"

"杜总，杜传宗，他在酒店有长期包房。"童维嘉不动声色地瞄着陈芳雪的左手，手腕上戴着根红绳，似乎无意识地捏紧了被角。"上次见面时，你说他肯定会回来，但现在也没回来。"

"他会回来的，就这几天。"

似乎离最终答案越来越近了，年轻的女刑警突然有一种强烈的预感。

"还记得你是怎么认识杜传宗的吗？"

"记得……"她的眼中放出异样的光芒，就像一只暗夜中的黑猫。

"在中州师大的芙蓉湖边？"

"不，1997年，还没升格，还叫中州师范……"

不知不觉间，陈芳雪说话的声调完全变了，低沉沙哑的嗓音，就像半夜电台里讲鬼故事。她主动讲起那一夜的来龙去脉，随着情节推进，她的目光在四周游移，仿佛病房已化作当年的现场。说到激动处她甚至跳下病床，一人分饰性格迥异的两个女孩，对着空气手舞足蹈。

从两个女孩战战兢兢来到夜深人静的芙蓉湖边开始，她们远远看到有个人影在湖边逡巡；程丽秋胆怯了，陈芳雪自告奋勇说可以冒充她，但程丽秋害怕对方察觉，最后还是自己鼓足勇气上前。那个把脸藏在阴影中的魔鬼说东西在冰面上，又说想要的话自己去拿，于是程丽秋哆哆嗦嗦地走上了冰面……

"那个魔鬼是谁？是不是杜传宗？"童维嘉急着追问。

陈芳雪痴痴地点了点头。她站在病房中间，正惊恐低头望着脚下，仿佛正踩在开裂的冰面上。

"然后呢？你是程丽秋，但你落水了？"

"冷，好冷，真的好冷……"女人的手突然攥住童维嘉的胳膊，只觉得冰冷彻骨。童维嘉看向那双眼睛，眼中的恐惧和绝望令人毛骨悚然。"砰！头顶上好漂亮的烟花，你快看！把天都照亮了，快看快看，没有了……好黑，什么都看不见了，好冷，真的好冷，但慢慢就不冷了……"

"你死了？"

"死了，程丽秋死了……但我不甘心就这么死了！所以我附身到陈芳雪身上！所以你看我是陈芳雪，其实不对，这个身子以前是她的，但现在是我程丽秋的！我，就是程丽秋！！"

她突然爆发出一阵狂笑，骇人的声音仿佛来自阴曹地府。童维嘉下意识堵住耳朵，却抵挡不住寒意渗入全身每个毛孔。眼前的女人不是陈芳雪，也不是程丽秋，而是幽灵，是鬼魅，是不甘枉死的冤魂，是要食人血肉的罗刹……

看守所审讯室里，宋光明终于打破了沉默。在罗忠平道出陈芳雪不是程丽秋，而是一个鸠占鹊巢的"鬼"之后，他的心理堤防松动了。之前的抗拒源于无人理解的悲愤，源于自己同邪恶对抗多年而无助的绝望；但老刑警告诉他，我理解你，也愿意帮助你，我们还差最后一步，需要你协助彻底撕下那个魔鬼的伪装。

宋光明交代了与陈芳雪有关的一切。龙诚的死、杜传宗的伤，作案手法同警方推断的基本一致，但他其实已事先察觉到了陈芳雪的谋划，所以才会偷摸翻她的东西，才会忍不住动手。自己对她的跟踪也并非分手后的变态行为，而是想阻止她的行动，不愿看她走上不归路。

龙诚死后，宋光明知道自己的努力失败了。但他对陈芳雪的爱没有改变，仍然幻想拯救她的灵魂。他仍然偷偷监视她，只是由明转暗，并震惊地目睹了她投入钱主任的怀抱，还怀上了他的孩子。

就像剥洋葱，每剥掉外面的一层都辣得宋光明泪流满面，但他固执地相信，一层层剥到最后，总能见到她柔软而善良的内心。程立军的出现曾让他寄予厚望，希望亲情能让挚爱的女人迷途知返，不料现实又给了他重重一击。

宋光明并不知道姐弟俩是怎样重逢的，他第一次见到程立军是暗中跟随陈芳雪来到南山市后。他起初以为程立军是陈芳雪新交的男朋友，后来偷听他们的对话才发觉两人以姐弟相称。程立军正为了欠了一屁股高利贷发愁，陈芳雪于是拿出一份名单给他……

听到这里，罗忠平打断问，敲诈勒索究竟是谁主动提出的？陈芳雪还是程立军？宋光明信誓旦旦，说他听得清清楚楚，就是陈芳雪提议的，而且她特意要求程立军不许竭泽而渔。没文化的程立军不懂这个成语的意思，陈芳雪还特意解释了半天，规定一年最多只能向每个人要五万元。

宋光明的讲述与回忆录中的记载有明显出入。宋光明已没有必要撒谎，那么陈芳雪显然在回忆录中篡改了事实，试图将自己从敲诈勒索的罪行中摘清，这也说明她早就预料到回忆录会落到警方的手里……罗忠平沉吟良久，心头突然一阵焦躁，却找不到根由。

"说说吧，你是什么时候发现陈芳雪是'鬼'的，孩子又是怎么回事？"

"孩子？"

"陈芳雪的孩子，小名叫小石头，患有唐氏综合征，她扔进河里了，但最后又被活着送进了南山儿童福利院，起名叫孟珂。是你救的孩子吧？"

专案组之前花了很大力气寻找陈芳雪养胎生子的农家院，可找遍中州全境也没有一个叫"慈恩桥"的地方。有人灵机一动，一直怀疑宋光明跟随陈芳雪到处走，而他在2002年前后去了南山市打工，那么这个农家院会不会不在中州而在南山呢？于是上网搜索，果然南山市郊外一处名为"醉花谷"的景区内有一座同名石桥，不但周边环境与回忆录中的描述相近，而且距离南山儿童福利院仅仅隔了一道山梁。

所以早在去福利院工作的两年前陈芳雪就到南山了，她在这里生下了小石头，只是孩子后来怎么去的福利院呢？

商量过后，罗忠平决定亲自押宋光明再去一趟南山。宋光明的供述有点儿匪夷所思，需要现场核实，而且还有部分疑点没有弄清，可以顺道去那个农家院看看。比如当年陈芳雪在中州好端端的，为什么突然要去南山呢？如果为了就近调查杜传宗的老底，为什么早不去晚不去，偏偏挺着大肚子去？南山这个依山傍水的小城很可能还隐藏着更多秘密。

"你在哪里捞起小孩的？"

一行人押着宋光明从景区山门进入，沿着河边拾级而上，走到回忆录中所写的石桥边。听到霍达的问话，宋光明指向下游不远的一处浅滩。那里水流稍缓，还有不少上游冲下来的树枝卡在水中的大石之间。罗忠平走过去又回头看了看，距离上面的石桥不远，从位置上来说在这里救下孩子的可能性很大。

"你救了孩子，陈芳雪没发现？"

"发现了。"

宋光明的回答令人惊讶。陈芳雪知道孩子没死？回忆录中并没有写到。

"怎么发现的？"霍达立刻追问，"是你正在救的时候，还是救起来之后？另外她说什么了，有没有阻拦？"

"怎么发现？反正我把孩子埋掉的时候她就看见了。至于说了什么……"

霍达冲过去，一把揪住宋光明的脖领："埋了？！"

"对，埋了！"宋光明得意地冷笑道，"陈芳雪扔到河里的孩子，我给埋了！就在你的脚底下！"

童维嘉首先反应过来，跪在地上用手刨。没多久，浮土下面露出了一抹亮黄色，更多双手加入进来，很快大家看清了，是一个绣在童衣胸口的小鸭子图案。

宋光明没有撒谎。突如其来的转折让所有人目瞪口呆，一时间耳边只有汩汩水声。

很快孩子的身体露出来。黑色头发，圆滚滚的身材，皮肤还保持着弹性，看上去栩栩如生。童维嘉将孩子挖出，抱起展示给大家看。霍达咬牙切齿，恶狠狠地瞪向宋光明："就这？一个塑料洋娃娃？！"

所有人都松了一口气，又哭笑不得。罗忠平接过洋娃娃，上上下下仔细看了一遍："陈芳雪那天夜里，扔的就是这个孩子？"

"没错，我当时的心情，跟你们现在差不多……"

宋光明一步步涉水向河中走去，然后跪了下来，身子浸在湍急的白浪中，发出撕心裂肺的哀号。

三十六

　　我们常常有这样的错觉，每个人都是自己命运的主人，你有多少分努力，就会有多少分收获。比如好好念书就能考上好大学，卖力工作就能赢得升迁的机会，对一个人付出你的爱，就会收获对方的爱⋯⋯但现实呢？你在工厂流水线上做工，抄你作业的家伙却在大学校园里吹牛皮；你独自加班做出的方案拿下了客户，庆功宴上却根本没有你的座位；你爱的人终于有一天单独约你，睡过一夜后却发现他骗了你的身又骗了你的钱。

　　所以醒醒吧，童话故事都是骗人的，不但所有人在互相欺骗，连我们自己也在欺骗自己。

　　回顾半生，我说过数不清的谎言。不论没名字的时候，还是有名字的时候；不论叫田璐璐、叫程丽秋，还是叫陈芳雪⋯⋯也许应该反过来计算，我究竟说过多少实话？

　　有的人说谎话会有心理负担，比如你；另一些人袒露心迹才惶恐不安，比如我。我现在就很忐忑，因为要写下最后这一段文字；但如果不写出来我会更不安，就像前面说的，我害怕没有人知道咱们的故事。

　　好矛盾啊。

　　我最终还是决定写完，做事要有始有终，这是我们的约定。而且这篇文字落到警方手里的时候，他们多半也奈何不了我了。那位小童警官似乎有点儿小聪明，但她的意志不够坚定，容易动摇，所以也不足为虑。

　　2007年的春天，在你葬身芙蓉湖整整十年后，我回到中州，决定把一切了结。十年光阴可以改变很多，所以杜传宗与我达成一致，放下彼此心头的恨意，按照新闻里的说法，建立新型合作伙伴关系。我在名义上成为他的助理，在世纪诚天公司领一份不菲的工资；而实际上我唯一的工作是帮杜娟摆脱酒精。杜传宗相信这个艰巨的任务非我不可——至少口头上他是这样说的。

　　杜传宗是个满口谎言的人。如果有什么是真的，那也只有对杜娟的爱了。我能看出来，他对女儿的堕落痛彻心扉，更让他无法接受的，是他清楚一切恶果都由自己亲手种下。如果当年没有强逼她上大学，没有强逼她放弃自己的名字，如果在命令之外给她更多关怀和耐心，杜娟不会是今天的样子。但为时已晚，杜娟已成为一个废人。

　　杜传宗从未在我面前吐露心声，但他肯定后悔了。后悔有什么用呢？亡羊补牢，就算牢修好了，羊也没了。杜娟还活着，无非一具行尸走肉，不同情她是假的，然而我清楚自己根本拯救不了她，也没有人可以拯救她。

　　可以拯救一个人的，只有她自己。而杜娟的本我，早已在冒充程丽秋的过程中，被一点点残忍地抹掉了。她已经恍惚分不清自己是谁，有时是程丽秋，有时是杜娟，有时还活在无忧无虑有爸爸妈妈的童年，有时又活在孤零零只有一个名叫陈芳雪的朋友的大学时代。

　　按照杜传宗的要求，我搬进那套公寓照顾她的起居，并代为执行他拟订的戒酒方案。杜娟每天可以喝两百毫升她钟爱的威士忌，只限午饭和晚饭时配餐饮用，其他时间不能碰。两个月后减半，再过两个月后再减半，半年后换成半杯红酒，再过半年换成一小杯啤酒，最终换成无酒精饮料。

循序渐进的计划看上去科学合理，成功的关键在于杜绝私藏偷饮。但在杜传宗离开的第一时间，我就拿出一瓶人头马作为见面礼。

好想吃火锅呀，她开心地说，咱们一边吃一边喝吧！

瞧，好朋友之间就是有默契。

火锅仍然很好吃，只可惜已不是当年的味道。想想也不奇怪，当年的底料是牛喜妹自己做的，超市买来的当然无法复制。杜娟却坚持说与当年的味道一模一样，她一定是因为酗酒丧失了味觉。

即便是好朋友，也回不去了。

那一晚我做了个梦，梦中再次回到那一夜的芙蓉湖。头顶烟花绽放，平整的冰面映出光亮，刺骨寒风吹得全身寒战，我发现站在冰面上的不是你，而是我自己。

　　早死早托生，大家都轻松……

冰面在脚下开裂，我的身子向下沉去。四下一片漆黑，我在幽深的湖底看到些许光亮，那是几张漂浮的人脸——龙诚、程立军、宋光明、小石头……他们都死了吗？

最后我看到了你。你站在我面前，手中握紧一把尖刀。我惊叫一声坐起来，揉了揉眼睛，才发现这不是梦。

站在我面前的你，变成了杜娟。

我究竟是谁？她喷着酒气问我。

你是程丽秋。我回答她，然后抱紧她。

从那天起，只有在杜传宗来时她才叫杜娟，其余时间都是程丽秋。程丽秋代表着与我在一起的大学时光，当年以为难熬的折磨，现在才发觉已是人生回不去的想念。

也是从那天起，每个夜晚我们都挤在一张床上共眠。我们会枕着彼此的胳膊商量明天的早餐，她喜欢火腿三明治，而我偏爱白粥加肉松。

争执不下，就来一场挠痒痒大战，或者枕头大战，筋疲力尽打不动了，我们就面对面安静地望着彼此，黑暗中眼睛闪闪发亮。

我们的睡眠都不太好。她经常失眠，我像哄孩子一样轻拍她的脊背哄她入睡；而我经常做噩梦，每次醒来总会发现自己正在她温暖的怀中。有了彼此的陪伴，她失眠的次数少了，噩梦也离我越来越远。只是她表面上的正常依赖于摄入越来越多的酒精，而酒精正显而易见地摧毁着她的健康。

杜传宗每周会过来一次，他能看出女儿的变化，但我用巧妙的办法让他相信这是短期的戒断反应。如果他能多抽一点儿时间来陪伴女儿，就能发现我的谎言多么不堪一击，但他实在太忙了，就像当年一样，为一点儿蝇头小利丧失了拯救女儿的最后机会。

我所谓巧妙的办法，说穿了特别简单，就是用杜娟的语气和字迹，每周写一封信给杜传宗。当年我就替她写了无数作业，所以她的字体和签名我都能模仿得天衣无缝。信中没什么特别内容，汇报每周的日常，发几句牢骚，然后提醒他别忘了允诺。为了让杜娟配合戒酒，杜传宗答应给女儿出唱片，这大概也是她除了酒精外唯一感兴趣的事了。

虽然内容平淡无奇，但每封信都经过精心设计。随着时间推移，词句从颠三倒四到文理顺达，笔迹从哆哆嗦嗦到流畅贯通，至少在纸面上，杜娟正在恢复当中。

每次写完信，我都会给杜娟念一遍，让她熟知里面的内容，以防杜传宗来时穿帮。杜娟非常配合，只要有酒，她什么都愿意做；而且随着酒精中毒越来越深，她精神恍惚的时间也越来越长，也渐渐在我的诱导下模糊了现实的边界，甚至以为那些信真是她写的。

2008年7月的一天，杜传宗来到我们温馨的小家。那天是他的生日，他推掉所有应酬来享受天伦之乐。饭桌上杜娟的反应引起了他的担心，虽然我再度搬出戒断反应的说辞，他还是显出不安，提议让杜娟去医院做个全身体检。

"我当然相信你，但最好再去医院检查一下，好让爸爸彻底放心。"杜传宗对女儿说，"另外爸爸也要跟你说一件事。"

杜娟问什么事，杜传宗拿出一张肾功能检查报告，说自己这几年靠透析维持，但病情持续恶化，医生说唯一的办法就是做肾脏移植。

"我正在想办法，看能不能等到肾源。"杜传宗罕见地动了情，握住女儿的手，"但看来在国内很难，所以我要做第二手准备。"

杜传宗走后，杜娟立刻又豪饮起来，将父亲的话抛在脑后。但这样重要的信息，我可不能当作耳旁风。另外，杜娟的秘密眼看藏不住了，必须走下一步棋。

"你爸处心积虑安排我来帮你戒酒，原来就为了这一天啊，才明白……"那天夜里，我装着一脸愁容，不安地对她说。她果然起了疑心，追问什么意思。

"肾脏移植，"我缓缓吐出这几个字，又补充道，"直系亲属，配型对上的可能性应该很大吧。"

杜娟撇了撇嘴，无所谓的样子。但我知道，怀疑的种子已经成功种下，只等开花结果。

转天我留下杜娟独自在家，自己去公司找杜传宗。在他宽大的办公室，我主动提出让杜娟捐肾的方案，并说自己有信心说服她。

杜传宗摆手说绝不考虑。他深爱自己的女儿，他所有的奋斗都为了她，因此绝不可能为了自己而伤害孩子的身体。

"你也有孩子，肯定能理解。"他掏心掏肺地说，"换了你，要你的儿子切一个肾给你，你能接受吗？"

我立刻摇头，说当然不会接受，孩子是自己的命根……随即又问，那么第二手准备是什么？感觉答案已经到了嘴边，但最终他还是警惕起来，笑而不语。

回去后我撕掉了已经写好的每周一信，斟酌字句写下新的内容。不再虚言客套，直接发泄怒火，宣布已彻底看穿他的虚伪，坚决断绝父女关系。当然这封信发出之前没再给杜娟过目。

落下最后一笔，签上杜娟名字的时候，我已能想象出杜传宗读信时的惊慌失措。他必然会立刻赶来，而我会焦急万分地告诉他，杜娟离家出走了，下落不明。杜娟确实离家出走了，只不过是在与我的一番促膝长谈后。

"我们是朋友，所以我有责任说出来，哪怕你听了跟我翻脸。

"他要我陪你去体检，其实是为了肾脏移植，而且已经偷偷做过配型了。

"他逼我必须说服你，毕竟这个病当初与我有关，否则就报警抓我。

"他说早就放弃你了，还花钱养着你，就是想着会有这一天。"

但杜娟并没有被说动。她仍然无所谓的样子，好像这副躯体的完整与否已不重要，好像这是别人的事。

我用力夺下她手中的酒瓶："听我的话，我保证你到死那天都有酒喝，要多少有多少！"

她立刻点了点头。

我在心底笑自己愚蠢，对于脑子被酒精烧坏的人，简单粗暴就好。

给杜娟披上那件羊绒大衣，牵着她的手打车离开公寓，来到我们都很熟悉的杏园小区。从自行车棚旁边的入口下去，混乱嘈杂的环境一如十年前。漏水的管道、私接的电线、晾在过道上的内衣。唯有科技进步了，人人都有了手机，劣质喇叭外放的《老鼠爱大米》让人上头。

我有点儿担心会撞上牛喜妹，好在前后左右的租客都换了。只有厕所旁边打扫卫生的苏伯还在，他没认出我，庆幸之余又有点儿失落。

秃头房东正在打麻将，头也不回地接了钱，扔出一把钥匙。拿了钥匙，我熟门熟路地找到房间，开门进入，杜娟突然笑起来。

"没想到咱们又回来了，"她望着那扇灰蒙蒙的天窗忽然说，"你说我爸一直等着这天，其实你也一直等着吧？"

我的心里咯噔一下。原来她的脑子并没有被完全烧坏。我稳住心神，告诉她如果不喜欢可以换个地方。她却摇摇头说挺好，这里有许多属于我们的美好回忆。

"是啊，属于我们俩，属于程丽秋和陈芳雪的……"我说，"我现在是陈芳雪，所以你还是程丽秋。"

"我还是程丽秋。"她重复了一遍，然后又重复了一遍，"我还是程丽秋。"

她在极短的时间内灌下一整瓶酒，然后趴在桌上睡着了。我在她旁边坐了许久，看着她发出鼾声，然后将羊绒大衣披在她身上。走之前，我留下一个装有两千元的信封。

"我爱你，爱着你，就像老鼠爱大米，"外面的歌声欢快，我跟着轻轻哼唱，关了灯悄悄走出去。不知是否是走廊的灯光太亮，我鼻子一阵阵发酸，眼眶也有些湿润。

老鼠会怎样爱大米呢？当然是吃了它。

三十七

景区名叫醉花谷，谷口前的村子便叫醉花村。诗情画意的名字，四周景致也称得上名副其实。谷中溪水从村前流过，村后是遍栽桃李的山坡。时值8月底，花期已过，而当年陈芳雪扔掉小石头应在四五月，正是山花烂漫的好时节。

听村长介绍，因为交通方便环境又好，村里一多半的农家院都对外出租了。国家规定宅基地不能买卖，因此很多采取长租的方式，村民拿了钱进城生活，城里人反而到乡下享受田园风光，也算一种围城。

当年陈芳雪所住的院子相对偏僻，绕过一片鱼塘才到，孤零零的，四周没有其他院落。此时在这里租住的是位头发油腻面容憔悴的中年人，自称是位作家，却说不出有什么作品。他揉着僵硬的颈椎告诉突然出现的几位不速之客，从自己租住这处院子，至今已经五年了。

五年了什么也没写出来，童维嘉心中暗笑，估计再给他五年也写不出来。

"在你之前，住在这里的人你了解吗？"

"不知道。我住进来时，这院子已经荒了有些日子了。"失败的作家说，"不过听村里人说过，之前住的是个孕妇。"

罗忠平背着手在院子里逛了两圈，又到几间屋里看了看。

"你吃饭问题怎么解决？自己做？"

"我一个人，做饭太麻烦了，所以到对面老谢家搭伙。"

村长介绍，老谢是旁边最近的一家农户，老两口自己住，没有外租。片刻后童维嘉匆匆跑回来说，老谢家讲，当年那个孕妇平常就在院子里，除了偶尔看到沿着河边散步，基本不出门的。

"那吃饭问题怎么解决呢？她自己做？"

"有个女人陪着她，像是保姆。"童维嘉回答，"应该就是回忆录里写的邻居大嫂。"

问过村长，周围没有符合描述的女性村民，所以这一处很可能又是陈芳雪的曲笔，改动了女人的真实身份。可她究竟是谁，又为何要改呢？

村长打过电话后等了一个多小时，这处院子的主人总算来了。一个满面红光的老头，见到一群警察挤在自家院子里，吓得直哆嗦。他说十多年前老伴儿死后自己投奔城里的儿子，院子腾出来被儿子挂在网上出租。这类出租的农家院很多，所以价格并不高，也无法太挑剔租客，所以2001年的春天有个女人愿意租一年，他立刻答应了。

当时也没有租约合同，女人直接付了一年租金，老头给了钥匙就算成交。只记得女人姓王，三十多岁，城里人，挺有气质的。当时问了一句租来做什么用，女人说家里人身体不好，过来休息疗养。老头又想起半年后有一次屋顶漏雨被喊回来维修，见到一位挺着肚子的孕妇，此外还有一个女的照顾孕妇的起居。

"就是城里那个？"

"不是不是！"老头连连摆手，"城里姓王的，来租院子，后来就再没见过。陪着孕妇的，是另一个，看着土里土气的。"

白队皱眉："这两个女人彼此认识？"

"这不知道，反正陪住的女人跟孕妇挺熟的……"老头努力回想，"对了，那个孕妇喊她'牛姐'！"

牛姐？陈芳雪身边姓牛的，还有点儿土气……童维嘉心念电转，猛然想起一个名字："牛喜妹！"

若真是牛喜妹，倒并不令人意外；只是租下农家院的城里女人又是谁呢？

回到警车上，看到宋光明正望着河水中的漩涡出神，罗忠平点了一根烟塞进他嘴里："陈芳雪逗你，扔了个假孩子。后来呢，真孩子哪儿去了？"

宋光明摇了摇头。于是罗忠平也给自己点上一支烟，自言自语似的说下去。

"你跟着她回到村里，却再没见到她的孩子。然后她就离开了，你也跟着她离开了南山，跟着她满世界瞎转了两年……她知道你的存在，知道你跟着她，但她总是考验你、挑逗你，挑逗的方式就是弄险，玩儿自杀的游戏。其实想甩掉你很容易，但她并不想真正甩掉你，她需要你，毕竟那时候她的孩子没了，处于最脆弱的状态。她需要陪伴，哪怕这种陪伴是在暗中的，是带着怨气的……我没说错吧？"

宋光明盯着老刑警，胸脯起伏。

"把陈芳雪的儿子送去福利院的，如果不是你，那又会是谁呢？"罗忠平说着拍了拍宋光明的肩膀。

大家商议下一步的行动。罗忠平说既然来了南山，想顺道再去趟福利院落实一处新想到的疑点。正说着，霍达的手机响起，他听了两声脸色大变，连连向罗忠平摆手说别去了，赶紧回中州——

"陈芳雪跑了！"

陈芳雪住院已超过两周，恢复顺利。按照大夫的说法，再观察一周就可以出院了。从ICU转到普通病房后，她的门口始终有两位民警把守，之前的十多天没出现任何问题。

当天中午，一名探病家属走错房间闯入了陈芳雪的病房。门口看守的两位民警中，一人去打饭了不在现场，另一人发现后立刻将家属唤出。到了下午3点多，陈芳雪随护士去超声室做心脏彩超，中途突然上厕所。两名民警一名等在超声室，一名守在卫生间外。这时女厕所内突然有人呼喊求助，于是门口的民警冲入，发现一个女孩倒在地上，疑似低血糖昏厥。在后续到来的医护帮助下，女孩吃了糖缓过来，民警再找陈芳雪却已不见了踪影。混乱中那名女孩试图离开，却被超声室门口的另一位民警认出，中午正是她闯入了陈芳雪的病房。

女孩立刻被控制住，很快查明她并非任何病患的家属，同时从她身上搜出一份中州师大的录取通知书。

"是孟瑶！"童维嘉后悔不迭，"她到中州报到，第一时间来找了我，可我没顾上！"

一行人匆匆跳上警车，罗忠平却停了下来，说自己还是要去福利院，而且最好让霍达陪着自己去。大家立刻明白了，陈芳雪逃脱，很可能会来南山找自己的儿子。童维嘉说自己陪师傅留下，罗忠平却要她先押宋光明回中州。

"陈芳雪很可能会与警方联系，而她最愿意对话的人是你。"老刑警告诉徒弟，"一旦建立起联系，你最大的任务就是稳住她！"

高速路上，警车飙到了最高限速。童维嘉回头看了眼身后被夹在两名警员之间的宋光明。他与刚刚被捕时完全两样，眼神涣散，弯腰驼背，仿佛精气神被完全吸干了。谁吸干的？当然是陈芳雪了。童维嘉忽然想，宋光明刺杀陈芳雪何尝不是对自己的拯救呢？他想摆脱她，只可惜陈芳雪早已在他的生命中扎下了根，成了他的一部分，杀死她的同时也必然会杀死自己。

想想可笑，自己上次到南山时对陈芳雪还抱有深深的同情。虽然已大致猜到她是个冒牌货，但托名为冤死的朋友复仇，似乎比为自己复仇还要悲壮；但现在看来她的"大义之举"一点儿都不纯粹，她无非想抓住机会为自己攫取好处罢了，否则怎么会与程立军合谋敲诈钱财？又怎么会为害死朋友的杜传宗卖命？

同样的事，动机变了，味道就变了。之前警方以为她杀掉程立军是被杜传宗所迫，为杜娟出头，现在看来很可能是为杀人灭口。几年下来，程立军食髓知味，肯定不再甘于听从她的指挥，两人也非真正的姐弟，因利益构建的同盟自然会因利益的冲突成为敌人，而陈芳雪先下手为强。

这么想来，陈芳雪做的每一件事都凸显人性之恶。杀了程立军，将他最后一张照片寄给他的母亲，其实对她没有任何好处；假装把亲骨肉丢到河中溺死，又是怎样恶毒的玩笑！很明显她对生命毫无敬畏，对别人的痛楚也毫无同理心。身边之人要么是可利用的棋子，像宋光明和钱主任；要么是必须清除的障碍，如龙诚和程立军。

很可能从一开始，陈芳雪就没想过为真正的程丽秋报仇。对她而言这不过是又一次改变身份的机会，当榨干程丽秋身份的价值后，她便心安理得地回归陈芳雪。在福利院工作的三年里她也许确实尽职尽责，但那完全出于她自己的目的。小石头的死而复生一定让她惊恐不已，以为那是老天的警告，残存的母性让她度过风平浪静的三年，然后恶念再度于心底膨胀……

只是她究竟想得到什么呢？钱财？地位？还是掌控他人命运生死的权力？陈芳雪似乎有一种神奇的能力，可以轻易控制一个人的思想。她控制了杜娟，控制了钱主任，控制了程立军，当然还有宋光明，而孟瑶是最新的受害者。

"'光明代表正义，黑暗代表邪恶……可惜从来没有人质疑过，凭什么黑暗就不能有正义，光明就不能有邪恶？'"

讯问室里，童维嘉拿起孟瑶的手机，念出一条短信。几十条短信来往于孟瑶和陈芳雪之间。

孟瑶承认，她中午假装病患家属闯入病房的时候偷偷塞给陈芳雪一部手机，方便联系。

"什么时候知道的，你的程老师其实没死？"

"也不算知道，但有预感……"孟瑶抬起头说，"你们时隔半年又来调查，还问了很多奇怪的问题，还有你所谓的好消息……"

在分局传达室门口打电话时，孟瑶听说童警官在医院，于是便也跑去医院。本来只是好奇想赶快问个明白，却误打误撞有了令人震惊的发现。

童维嘉摇头："为什么不直接问我呢？"

"你们把她当成了犯人，门口还有人守着……但我不相信程老师是坏人，你们肯定冤枉她了！"

冲动是魔鬼，孟瑶很可能要为自己的冲动付出代价。她的大学生涯很可能没有开始便要结束了。

"'所以你要明白，真正的善与恶往往超出世俗的标准，是大多数人无法理解的，但又是我们应该誓死坚持的……'"童维嘉念出下一条短信，随后语重心长地说，"这话听上去有点儿道理，可孟瑶你有没有想过，就算超出世俗标准，真正的标准谁说了算呢？凭什么要按她的标准？"

孟瑶哑口无言。就当童维嘉失落地起身，正要走出讯问室，她忽然喊了一声。

"程老师让我转告你，她有事情拜托你帮忙！"

童维嘉愣住，回头问："什么事？"

"她说，你很快会知道的。"

果然陈芳雪没让童维嘉等太久。晚上童维嘉正在家洗澡，手机屏幕突然亮起来。因为害怕错过消息，她将手机装进防水套里带进卫生间，每隔几秒便忍不住瞄一眼。

"小石头还好吗？"一个陌生号码发来的短信，不用问也知道是谁。

"很好。你在哪里？"

等了许久。童维嘉开始怀疑自己回复错了，手机屏幕终于再度亮起。

"出来急，有点儿狼狈。能去我家帮我拿点东西吗？"

"为什么不自己拿？"

"我知道你们的人盯着呢，所以只好拜托你。"

"为什么觉得我会帮你？"

"因为，只有你懂得我的苦。"

童维嘉觉得一阵头晕目眩，大概是热气蒸的。她关了水。

"拿了，怎么给你？"

"先拿了，晚点儿告诉你。"

顾不得头发还湿着，童维嘉冲出小区打车直奔永明路，同时电话通知白队。白队说自己会立刻赶去，让她先按陈芳雪的吩咐行事。

到了永明路那栋公寓楼外，白队已带人躲在车里暗中监视。童维嘉匆忙上楼，到了门口才想起自己并没有钥匙。虽然早前已经破门搜查过了，但此刻还是再表演一下为好。她发送短信询问怎么开门，陈芳雪的回复却令人困惑。

"老地方，想想看。"

童维嘉记得自己上次来时是陈芳雪给开的门。她只好认真端详，很普通的防盗门，上面有猫眼，但里面黑洞洞什么也看不见。地上有脚垫，旁边墙上有牛奶箱，再远一点儿有个消防柜。

老地方，也就是陈芳雪习惯放钥匙的地方？童维嘉灵机一动，伸手摸向牛奶箱上面。当年龙诚被炸死，就是从牛奶箱上面找到的钥匙，回忆录中陈芳雪承认是自己告诉他的……

果然摸到了。童维嘉立刻开门进入。室内一片漆黑，她找到灯的开关。

"进来了。"

"聪明。卧室门后有个旅行箱，随便装几件衣服。书桌抽屉里有个夹层，里面有个大信封，也放到箱子里。"

衣服倒好说，但抽屉夹层里的大信封中是她写的回忆录，以及那四张照片，早就拿去刑警队了。陈芳雪这个要求，显然还是试探。

"找到了。"童维嘉回复，"怎么给你？"

等了几秒，电话铃声突然响了起来。童维嘉四下看去，靠近窗边的竹木书架上有一部座机。

"喂？"

果然陈芳雪的声音从听筒中传出："东西都找到了，装好了？"

"装好了。你在哪儿，怎么给你？"

"那个大信封也装好了？"

"装好了，放在箱子里了。"

"你撒谎。看来我不该相信你。"陈芳雪的语气冰冷，"你放了衣服，但根本没去书桌那边。"

电话挂断了。童维嘉惊骇地抬头看向窗外，街对面世纪诚天三楼的办公室亮着灯光，映出女人的剪影。

童维嘉大叫着冲向楼下，告诉守在外面的白队陈芳雪就在对面公司。她随即冲过永明路，冲入世纪诚天的办公楼，冲上三层陈芳雪的办公室，办公室里已空无一人。

又一条短信发到童维嘉的手机上。

"真失望。还以为你是懂我的……也怪我，蠢到相信一个警察。"

"对不起，我错了。"童维嘉瞥了白队一眼，背过身悄悄回复，"再给我一次机会！"

三十八

那晚我坐在公寓的沙发上，在黑暗中等待杜传宗上门。他如期而至，像只发狂的野兽，一边嘶吼一边乱砸，又把那几页信纸摔在我脸上。我装出惊讶的样子重新看了一遍，然后去厨房拿了一把菜刀给他。

我告诉他，杜娟在信里已经写得很清楚，她无法做出决定又无法面对你，所以才要逃离，需要自己的空间想明白一切。我又说，你不让我跟杜娟说捐肾的事，但阻止不了她自己胡思乱想，这不是我陈芳雪的错。我最后说，如果你坚持认为是我的错，那就砍死我好了。

杜传宗接过菜刀，用力砍在面前的茶几上。他面目狰狞地盯着我，说别以为他是傻子，不清楚我打的什么主意。我便问，你说我打的什么主意？他说，我知道你不是什么狗屁程丽秋的朋友，你就是程丽秋！我冷笑，程丽秋不是被你骗到湖里淹死了吗？

杜传宗望着我，就像望着鬼。但在我眼里，他才是鬼。人怕鬼，鬼也怕人，但两个鬼在一起就没什么好怕了。我说，既然如此，我们就把话说开吧，省得彼此猜疑下去没完没了。

我们回到中州师大校园内的芙蓉湖。站在湖边，我告诉他十一年前我藏在哪里，都看到了什么。他盯着我又问了个蠢问题，为什么不报警？我反问，如果我报警了，警察能有足够的证据抓你吗？他自信地摇摇头，说无凭无据，只要自己否认便不会有任何事。我笑了，说你聪明我也不傻，对不起死人顶多心里难受，但惹上活人的麻烦，自己便可能变成死人。

最大的疙瘩解开，再说别的就容易多了。我告诉他，自己同意他一年前在车里说的，过去的就让它过去，毕竟我们还有自己的生活。最为杜娟不辞而别受伤的不是他，而是我，因为这意味着没有完成与他的约定，自己与儿子小石头的团圆彻底无望。

杜传宗冷静下来，点头说确实如此，过去的事改变不了，只能着眼于当下。他问我今后的打算，我说福利院回不去了，只能先勉强找个工作糊口，停了停又问他，公司给我的工资能开到什么时候？他终于笑了，说很怀念当年在杏林酒店茶苑跟我喝茶闲聊的轻松，我也笑了，说还有天歌夜总会那个美妙的夜晚吧。

从中州师大出来，我跟着他回了杏林酒店。他在那里有长期包房，这些年就一直住在酒店里。我又给他泡了茶，开玩笑地问他敢不敢喝，他毫不犹豫地一饮而尽；然后他脱掉我的衣服，问我还怕不怕，我说怕，但怕的内容变了，怕自己对他已没有足够的吸引力。他苦笑着给我重新披上衣服，说他由于身体原因早就对男女之事有心无力，但为了补偿，愿意继续支付我的工资。

我从没见过他的眼泪。但那天在我告辞离开时，他泪湿了衣襟。

那天之后，我开始到世纪诚天上班。最开始连办公桌都没有，杜传宗也没拿我当回事，我就殷勤地帮他端茶倒水、整理文件，一周下来他便离不开我了。我有了自己的办公桌，就在他办公室门外，他的日程安排和工作内容被我整理得井井有条，其他公司高管向他汇报工作也要通过我。

很快，我便发现公司正面临巨大的危机——那些所谓高管都是老油条，不是互相攻讦就是混吃等死，而下面的项目全都一团糟。公司靠着惯性勉强维持，在这样的困境中杜传宗还莫名其妙地并购了一家美国贸易公司，美其名曰国际化发展。

依靠逼真的演技和无懈可击的谎言，我周旋于那些副总和总监之中，不动声色地掌握了他们各自的小秘密，再不动声色地透露给杜传宗。半年之内，一封封劝退信成了我晋升的台阶，我也成为名副其实的董事长助理。

随着病情加重，杜传宗不得不将更多的工作交给我，我也漂漂亮亮地完成了。秋天公司组织团建，酒酣耳热之际他问我想要什么样的奖励。我说，你知道的，我最大的愿望就是多挣钱，好把小石头从福利院领出来。他说只要花钱能解决的都是小问题，然后撩开衣袖给我看手臂上透析的针孔。他曾说自己有第二手准备，可到底是什么呢？

我打起十二分精神盯着公司的上上下下，不放过每一句闲话和碎纸片，终于某一天在复印机中有了发现：一份用于申请美国医疗签证的材料。我瞬间明白了收购那家美国公司的深意。眼下的世纪诚天就像一艘千疮百孔的巨轮，看上去仍然气派非凡，其实不用多大的风浪就能打翻。杜传宗早就做好了弃船的准备，大量资金正以各种方式转移出去；他在美国设立了一家信托基金，受益人正是他女儿杜娟。

2008年年底，杜传宗因病休养了一个多月，在此期间由我代他主持公司的日常工作。剩下的那些老人们反弹激烈，质疑我何德何能，风言风语也不胫而走。有人说我是老杜的情人，靠吹枕头风上位，这样的流言用不着澄清，反而可以适当地推波助澜；还有人调查我的底细，发现天歌的黑历史，对此我就不能客气，直接将贪污吃回扣的证据甩到他们脸上——要么闭嘴，要么请吃牢饭。

几个不识相的家伙落荒而逃，剩下的再没人敢挑战我的地位。不但如此，墙头草居然开始溜须拍马，听着他们肉麻的吹捧，我心中暗笑，一帮附骨之蛆，很快就要连屎都没得吃了。

杜传宗打的什么算盘，我怎么可能不知道呢？他重用提拔我，当然不是什么好意。一旦他远赴美国，毫无根基的我肯定比那些老臣更能乖乖听从大洋彼岸的指挥；而在大厦倾覆时，我也会是一名优秀的背锅者。完全可以想象那时的大众舆论："英雄难过美人关，犯了男人都会犯的错嘛……"杜传宗只不过没管好裤裆，而我陈芳雪才是红颜祸水，是搞垮公司的罪魁祸首。

但不要紧，这正好也符合我的计划。林中的猎人设下陷阱，但自己随时也可能成为猎物。他暗中准备的时候，我也没闲着，关键一步就看杜娟了，而凭借这些年对她的了解，相信她不会让我失望。

行动的日子定在2009年1月25日，除夕夜。中国人讲十二年为一轮，十二年前发生的一切理应做个了结，所以地点也必须是中州师大的芙蓉湖。

寒假加上过年，校园里人很少。我在傍晚溜进校内闲逛，除了南边的正门和主楼周边有个别教职工，没人往北边的芙蓉湖来。我在湖边坐到天黑，只看到有保安巡视。小保安看了我一眼，大概把我当成了学校留守的老师，点点头过去了。大概在他的认知中，破坏分子不会是我这番样子，也不会如我这般坦荡吧。

最让我担心的，是芙蓉湖的冰面。连着几天艳阳，只剩薄薄一层，幸而到了下午，西北风刮起，气温剧烈下降。我试着踩了踩，似乎仍然承受不住一个人的分量，但没办法了，只能祈祷夜里再冷一些。

天差不多黑透了，我起身离开湖边，从正门出了校园，然后沿着院墙绕到北门外的杏园小区。杜娟在地下室等我，我答应陪她过年，给她带一瓶好酒，与她一起痛痛快快地醉一场。但出现在她面前时，我却两手空空。

"你骗我？"她望着我说，憔悴得几乎没了人形。

"我骗了你，我一直在骗你。"我说，"不单单没给你带酒，还有很多事都骗了你。"

屋里很冷，像冰窖一般；还很潮湿，就让人觉得更冷了。没有酒暖身，我和她一起被冻得瑟瑟发抖；地上有个电暖气，好像还是我当年用过的，她说坏了。我们上了床，用仅有的被子裹住身子，用身体给彼此取暖，就如同回到当年。

她关了灯，我们面对面躺在黑暗中，默默望着彼此。她的双眸不再闪闪发亮，大概我也一样。

"还记得从前吗？"我打破沉默。

"还记得从前吗？"她喃喃着重复，"怎么会不记得呢？"

"丽秋……"我喊她的名字。

"小陈老师。"她笑着回答。

"你有什么想跟我说的吗？"我问。

"你有什么想跟我说的吗？"她答，也问。

"你就不问问，我都骗了你什么吗？"我停了下又说，"过了今天，我们估计再也不会见面了。"

我正准备说下去，她忽然捂住了我的嘴，摇头。"我不想听，"她说，"不管好的还是坏的，我都不想听。"

"我骗了你……"

"不，是我一直在骗我自己。"她说完，更加用力地抱紧我。那一刻我突然明白了，她其实什么都知道，什么都明白，虽然她的身体被酒精控制了，但心灵依然是清醒而自由的。

我以为她是我的棋子，其实这是她自己的选择。

"你就说吧，需要我做什么？"

"我需要你死。"我也同样抱紧了她。

晚上9点多，外面传来观看春晚小品的笑声。我走出地下室，给杜娟留出空间让她自己做出最终的决定。走之前我说，不论她的决定最终是什么，我都不会再来了，还用一支红色水笔写下了同她告别的话。

　　　丽秋，我们来世再见！

这是同她的告别，也是同我自己过去的告别。

头顶绽开一朵朵烟花，美极了。有传言明年起市区要禁放烟花爆竹，所以仿佛最后的狂欢似的，夜空中一片姹紫嫣红，空气中也全是好闻的硝烟味道。

我从师大北路走到幸福大街，再拐上中山路，一路向东。北风呼啸，刮到脸上像刀子，我的心里却燃着一团火。

回到公寓，对面办公室的窗户亮着，能看到杜传宗的身影。团圆的日子，他却只能形单影只地守在办公室里。他站在窗前看过来，似乎在与我对视。我没开灯，所以他看不到我。

他应该收到我的信了。确切地说，是我模仿杜娟的笔迹和语气写给他的信。这封信中，杜娟说经过这段时间的思考，愿意捐自己的一个肾给父亲，但心中还有一些疑问，希望父亲能当面解释清楚。自己会在除夕夜0点于中州师大的芙蓉湖边等他。

杜传宗肯定看到信了，他还在犹豫什么呢？

从10点到11点，他一直在办公室里踱步。他平时不喝酒的，但喝了好几杯；他也不怎么抽烟的，却抽了一支又一支。他揪住自己的头发，又用力拍打自己的脸。他拿出手机又放下，放下了又拿起来。

终于，我的手机收到一条短信。

"杜娟12点会去师大芙蓉湖，找到她，带回来。"

我待了片刻，回复："你呢？"

他没有回复。透过窗户，我看到他穿上了大衣，拎出一只大号旅行箱，关了灯走出办公室。片刻他来到楼下路边，拦住一辆出租车，把旅行箱塞进后备厢，然后上车离开。

出租车在路口拐上了中山路，但没有向西往师大，而是向东。很快，车尾灯彻底消失在稀疏的车流中。

他要去哪里？他到底在想什么？我慌了起来，从公寓里跑出，跑进对面的公司。他的办公室锁上了，但我有钥匙，进到里面，一眼便看到地上撕开的信封。

杜传宗看了信，但他仍然决定撇下女儿离开。我打开大班台下面的保险箱，里面空空如也。身为他的助理，杜传宗却从未告诉我保险箱的密码，也从未当着我的面打开过。幸好密码并不难猜，每天趁他不在偷偷摸摸地试验两次，很快便发现密码就是杜娟的生日。

保险箱里存放着杜传宗的所有证件和一些重要文件，包括在美国开设信托基金的所有材料。现在这些都不见了，应该都被杜传宗装到箱子里带走了。

我失神地坐到地上，看了看表。11点半，不出意外的话杜娟应该准备出门了。从杏园小区出来，经过北小门进入校园，前后要不了十分钟。顶多再有五分钟便可走到芙蓉湖边——

没时间耽搁了。我匆匆跑出办公室，心里想着补救的办法。

三十九

　　与一般的企业家不同，杜传宗并不热衷于投资不动产，在他名下甚至一处房产也没有。过去近十年，他一直在杏林酒店包房居住。据说这习惯开始于2000年前后开发西苑豪庭的时候，那个项目是他在中州扩展商业版图的关键一役，大获全胜的同时也毁掉了他的身体——当然现在已经知道，他其实被下毒了。

　　身体稍稍恢复，杜传宗便回到杏林酒店。作为一名离异的单身汉，住在酒店显然比买一处大别墅方便也经济得多。而且杜传宗本人的生活十分简朴，每日粗茶淡饭，只要没应酬也不饮酒。据服务员说，他偶尔会去健身房运动两下，更多时间躲在房间里工作或者看书。他看的书多是经济或市场研究方面的，也有一些企业巨擘的传记。酒店上下对他的印象很好，平易近人没架子，有点儿小疏漏也不挑剔，有一次酒店员工私下为一名患癌症的同事搞募捐，他偶然看到了不但慷慨解囊，还出面介绍了医院的专家。

　　根据边检记录，杜传宗于年初的1月26日从上海乘机飞往美国洛杉矶，这一天也是牛年的大年初一，他女儿杜娟被发现死亡的当天——只不过那时警方误判了死者身份。出境记录显示杜传宗持有的是美国B-2医疗签证，该类型签证可有效停留六个月，目前已经超时，但延期不算难事。在与警方的往来邮件中他主动提供了医院名称和主治医生的资料，核查全部属实；再结合之前他在国内的病历和医生证明，市里最初倾向于相信他确实是出国求医的，只不过随着派驻工作组的调查逐步深入，令人不安的事实浮出水面。

从2006年起，杜传宗通过在海外并购皮包公司、虚假外贸订单及大额保单等方式，有计划、有步骤地向境外转移资产数亿元，并在美国设立了受益人为女儿杜娟的信托基金。可能考虑到自己的身体每况愈下，2008年之后他变本加厉，将本应投入工程建设的银行贷款也大笔转移出去，最终直接造成公司资金链断裂。

工作组向市政府做报告，杜传宗不可能回来了。好不容易把钱转移出去，回来不等于自投罗网吗？可没想到在陈芳雪潜逃的第三天，杜传宗经深圳罗湖口岸入境，回到了国内。

罗忠平在电话中问白队，是否是边检方面发现的。白队说不是，由于杜传宗之前人一直在国外，因此就没列入边控名单，是杜传宗主动发电子邮件告知的。邮件中他坦白，自己是为了陈芳雪回来的，决定同她做个彻底了断，之后会向警方自首。

显然杜传宗知道陈芳雪已逃脱了警方的控制。这自然不会是警方说的，白队猜测，很可能是陈芳雪主动联系了他，诱使他回国。杜传宗想做个了断，陈芳雪又何尝不想呢？而对于专案组来说，不得不从全力找一个人变成全力找两个人，压力成倍增加。

白队再问罗忠平，又跑了一趟福利院后，他的怀疑有没有结果。罗忠平说已有新的发现，证实了自己的推测，只是不清楚陈芳雪的计划，究竟会先去找孩子，还是先与杜传宗决一生死。

"这是她必须要完成的两件事。"老刑警说，"一旦成功，陈芳雪恐怕会从我们的视野中彻底消失。"

正当童维嘉几乎绝望的时候，陈芳雪突然又联系了她。

"加班很辛苦啊，为了我吗？"

陌生的新号码，但童维嘉确信这就是陈芳雪。案情讨论会刚散，她筋疲力尽，正准备在办公室沙发上眯一会儿，手机便响了。

看看周围，几名同事都趴在桌上睡着了，连轴转了好几天，谁都不是铁打的。白队的办公室还亮着灯，里面有说话声传出。童维嘉正要走过去，又一条短信进来。

"童警官，我还能相信你吗？"

"当然。我能怎么帮你？"

窗外夜色茫茫，早已过了下班时间。几分钟后，换上警服的童维嘉根据一条条短信指示，走出了城西分局的大门。陈芳雪显然对周围的环境很了解，连正常步速从一个路口到下一个路口多长时间都计算得清清楚楚，女刑警几乎没有驻足停留的机会。拐进一处僻静的小路，童维嘉看到路边有辆白色宝马轿车打着双闪，车上却没人。

"看到那辆车了吗？"

"看到了。"那是公司之前配给陈芳雪的座驾。

"手机关机，丢进垃圾桶，然后上车。"

"手机刚买的，一个月工资呢！"

"扔了，我送你新的。"

路口有个垃圾桶，童维嘉走过去，动作夸张地把手机丢进去，一阵心痛。然后走到车旁，用力拉开车门。

车没熄火，钥匙插着。童维嘉坐进去，看到仪表盘上夹着张纸。

"谢谢合作，请即刻开至以下地址……"

地址在南山，距离儿童福利院不到一公里的某个路口。

没有手机了，童维嘉想问也没有办法问，唯有按照纸条上的要求去做。刚刚驶上出城高速，一阵夜雨不期而至。车头大灯下雨点如飞蝗，她一阵手忙脚乱才找到雨刷开关。

出城的收费口有警灯闪烁。一名浑身湿透的警员向童维嘉敬礼，示意她降下车窗，又用手电向车里照了照。童维嘉回了礼又亮出证件，问在查什么。警员拿出一张打印在A4纸上的人头像，正是陈芳雪。

陈芳雪从医院逃脱后，白队代表专案组去市局开会，挨了好一顿骂，据说政法委孙书记亲自到会场拍了桌子，逼他立下军令状。白队回来后，立刻发了通缉令。

　　道了声辛苦，童维嘉升起车窗继续向前。如果马不停蹄，大概两个小时就能抵达南山，但她忽然觉得腹中有些饥饿，于是在途经的第一个服务区拐下高速。在停车场停好车，她先去上了个厕所，然后到超市买了一袋薯片和两个汉堡。回到停车场发现雨势小了很多，便把买来的东西放在车顶，然后伸手打开了后备厢。

　　"出来吧，"女刑警说，"不用委屈自己了，吃饱喝足了咱们再去南山。"

　　陈芳雪鼓着腮帮子，一副不开心的样子……她拒绝童维嘉的搀扶，自己慢悠悠从后备厢爬出来，活动僵硬的四肢，用力伸了个懒腰。

　　"怎么发现的？"

　　"当我们警察都傻呢？"

　　"哼，有时候是挺傻的。"

　　童维嘉瞪了她一眼："杜传宗在什么地方？"

　　"不知道啊。"

　　陈芳雪装得一脸无辜，女刑警向她亮出手铐。

　　"不怕我现在把你抓回去？"

　　"不怕。"陈芳雪乖乖地伸出双手，"你要抓我，用不着费力开出中州。"

　　童维嘉犹豫片刻，将手铐收回腰间，拿起汉堡大嚼起来。

　　快到南山时，雨势又大了，童维嘉不得不打开双闪、放慢车速，小心行驶。陈芳雪蜷缩在副驾驶座位上，两手别扭地托腮望着车窗外，似乎出神地想着什么。

　　"想什么呢？"童维嘉瞥了她一眼。

　　"当然是想办法。"陈芳雪苦笑，"虽然有你帮忙，但怎么把小石头弄出来，还是个问题。"

"出来之后呢？打算带着孩子去哪儿？"

"当然是越远越好。这些年真的累了，找个没人知道的地方，安安稳稳过日子吧。"

童维嘉点点头，想了想又摇头。陈芳雪看看她："怎么，你不信？"

"你耐不住的，如果你是真的程丽秋还有可能，可惜你不是。"

听女刑警这样说，陈芳雪不禁苦笑出声。她摇下车窗，把头伸出去，让雨水打在脸上。

"是啊，我不是程丽秋，那我到底是谁呢？陈芳雪？田璐璐？蒋春梅？……哦，后两个名字你大概还不知道吧……"

雨点打在脸上有点儿疼。滑入嘴角，竟也有丝丝咸味。陈芳雪抹了一把脸，不愿承认雨水里混有自己的眼泪。

车已驶下高速，进入南山市区。路两边的灯杆迅速划过，看上去就像扫过的一格格电影胶片，又像进入了时光隧道。从这隧道穿出去，能回到过去吗？她忍不住想，回到最开始的地方——可哪里才算最开始的地方？

就快结束了……找个地方重新开始，说着容易，做起来难，但这确实是自己的真心话。身边这个小女警不会懂的，那张青春稚嫩的脸上写着"一帆风顺"几个字，从小生长在温暖和关爱中，被亲情和友情包围。

真好，让人羡慕，让人嫉妒。可惜人只能活一辈子，投胎投错了便也只能错一辈子。不甘心啊……

突然一脚急刹，车停了下来。

"到了。"

路边有一座歪斜的大门，像是废弃的汽修厂，陈芳雪示意童维嘉开进去。里面空无一人，几辆锈迹斑斑的破车架子趴在空地上，四面的蒿草已长得老高。还有一辆车罩着车衣，看上去也许久没动了。

童维嘉问："然后呢？"

陈芳雪回答："停车等着，等天亮。"

童维嘉看看表，不到晚上10点。雨越下越大，她拿出在服务区买的薯片，两个人默默地吃。吃完了，陈芳雪冒雨到后备厢拿了一个大号保温杯回来。

"咖啡，热的，暖暖身子？"

虽然确实很渴，童维嘉仍摇了摇头，她必须保持警惕。陈芳雪似乎看穿了她的心思，轻蔑地笑了笑，拧开保温杯的盖子，满足地喝了几大口，咖啡的香味飘溢而出，在密闭的车内经久不散。

"随便你，喝两口舒服多了。"

陈芳雪盖上保温杯盖子，出神地注视着车窗外的雨幕。雨越下越大，很快便完全看不清四周了。

"那位罗警官呢，应该是你的师傅吧？"她突然问，"看岁数应该快退休了？"

童维嘉点点头："快了。确切说，年底。"

"那他一定盼着赶紧把我这个案子结了吧……就是不知道，会不会让他失望。"

车窗紧闭，外面下雨气温又低，玻璃上渐渐凝了一层水汽。陈芳雪说着，手指随意在车窗上比画，童维嘉偷眼看，是"再见"两个字。

"这次，又打算跟谁再见呢？"女刑警忍不住问。

"你啊，你们。希望过了今夜，你们再也找不到我。"谜一般的女人笑起来，"当然，你也可以理解为，跟我自己的过去再见。"

"就算再换个名字，你还是你，逃不掉的。"童维嘉说，"再见的意思，不就是'再次见面'吗？"

陈芳雪愣了一下，立刻用袖子把那两个字抹去了，向女刑警吐了吐舌头。

"真扫兴！这么不会说话，小心将来嫁不出去。"

又一阵沉默，彼此都有了倦意。陈芳雪又喝了两口咖啡，余光瞥向童维嘉。想到自己需要提神，身上也确实寒冷，童维嘉点点头，伸手接保温杯，陈芳雪却不给。

"对不起啊，我有点儿洁癖。"

咖啡倒在杯盖里，陈芳雪小心递过来。童维嘉接过来，送到嘴边，又有些犹豫。转念又想，她喝了也没事，应该不会有问题吧。她仰头喝下，一股暖流直通胃里，身子立刻舒服多了。

"能否问你个问题？"归还了杯盖，童维嘉说，"你觉得你所做的一切都值得吗？"

"值不值得，是你有选择的时候所考虑的。"陈芳雪叹了口气回答，"而我，根本没得选。"

"你当然有——"

"童警官，争论这些没有意义，你不是我，我也不是你。就像鲁迅说的，人类的悲喜并不相通，在你们看来，我只是一个自甘堕落、走火入魔的罪犯……"

童维嘉连连摇头："我没这么想！我理解你的很多决定，我看过你的回忆录，但也有很多不理解，你明明可以……"

"我说了，我不需要你的理解。"陈芳雪摆手打断，"我这件案子结了，你还会有下一件，你会见到另一个人的人生，可能也无法理解。可那又怎么样呢？一天天，一年年，最后你也有了你自己的人生，可能别人也不理解，对你指手画脚，比如说你一个女孩子，好好的安稳日子不过，去当辛苦又危险的刑警……可你会在乎吗？你不会，因为你在做你认为正确的事，没有选择……"

"就跟你没有选择一样？"童维嘉望着面前的女人，一阵头晕目眩，"你认为你在做正确的事？"

"没错，正确的道路，永远只有一条。"

这是童维嘉能记起的最后一句话。等她再次醒来，眼前已是火光冲天。

四十

是不是巧合？我不知道。到今天也不知道。后来杜传宗在邮件里解释，以为是女儿的恶作剧呢，而且机票行程早早就定好了，实在没办法更改。但我宁愿相信，他是看到信后才决定一走了之的，他无耻又绝情地放弃了自己的女儿，让她的死失去了本应有的隆重意义。

杜娟死了，穿着一件廉价的红色羽绒服漂在冰封的湖面上。第二天一早，我混在看热闹的人群中间，目睹赶来的警察小心翼翼地将她捞起、检验、装入尸袋。我听到一名老刑警问钱主任死者的身份，而那个与杜娟有着很深渊源的男人说，死者名叫程丽秋。

当然，是我让他这么说的。他很紧张，打不通杜传宗的电话，我说杜总已在去美国的飞机上，国内的公私事务都由我代表。他问为什么不能实话实说，我反问他，你准备好坦白当年的罪恶勾当了吗？

几年没见，老钱胖了、白了，说话时笑眯眯的。可惜面对我他笑不出来。

警察迟早会发现的！他紧张地发抖，纸里包不住火！

我对他笑，早知今日何必当初？能包一天是一天吧。

风平浪静了两天，那个老刑警忽然提出要把湖里的水抽干，找什么东西。老钱更紧张了，问会不会落下了什么证物；我哭笑不得，人又不

353

是我杀的，有什么好担心？

老钱似乎不太信，但我知道他不敢多嘴。骨子里，他是个没有主见、胆小如鼠的家伙，当你的态度坚决、不容置疑时，他就会下意识跟着你走。

芙蓉湖被抽干了，那一老一小两名刑警折腾了半个月，什么也没发现，最后只好草草结案。老钱松了一口气，悄悄问我杜传宗是否知道这件事，我说你不怕触霉头就去说，反正杜总不打算回国了，知不知道也无所谓。

其实我在杜传宗飞机落地的第一时间就告诉他了。他在中州师大的熟人不止老钱一个，瞒是瞒不住的，也没必要瞒。他在电话那头沉默了良久，然后问到底怎么回事，我装作完全不知道，说自己还是从老钱那里听说的。

老钱后来的表现，说明杜传宗并没有进一步打电话找他询问。他应该知道问不出什么，大概也觉得丢人，或者觉得根本没必要了。那封信是女儿最后的呼救，而他选择忽视，也就等于亲手把杜娟送上了绝路。他当然明白这一点，但我不确定他是否会怪罪于自己。

对了，除夕夜发生的事，其实已经写了，但孟瑶突然闯进来吓了我一跳，我还以为是警察，慌张中把那一页给撕了。撕了就撕了吧，也没什么大不了。反正公安早晚会调查清楚，反正调查结果出来后，我也没办法分辩。

我杀了杜娟吗？没有。她因我而死吗？也许。这中间太复杂了，三言两语解释不清楚；既然警方暂时没有查到我，我也懒得多管。

说到孟瑶这个孩子，还真跟我有缘。福利院里那么多孩子，我觉得她跟我最像。平常少言寡语，其实小脑袋瓜里一刻不闲着。有想法、有憧憬、有一颗不安分的心，只等一个机会点燃心头的烈火。偏偏我们的心头火还都是被同一件事点起来的——程丽秋的死——只是前后相隔了十二年。

真的没想到孟瑶会特意跑来中州要程老师的骨灰，想想实在感动。这大概便是老师的成就感吧，即便你死了，还会活在别人的心中。只是她的节外生枝使案子又被翻了起来，老钱又一次紧张分兮地给我打电话，说警方已经查到了宋光明，自己快扛不住了。

扛得住扛不住又怎样呢？纸里终究包不住火。前几年我对老钱还有些同情，但这两年没有了。可怜之人必有可恨之处，他沦落到如今的地步也算活该。只是那两位刑警跑去南山，也让我着实紧张了一阵，他们早晚会发现程丽秋与陈芳雪的秘密，我知道自己必须加快节奏了。

我的战场在不为人知的地方，隐藏在数不清的数字、表格和印章当中。白天，我在世纪诚天的办公室里勉力维持；夜晚，我独自望着窗外的车流，在心中推演计划的关键。

其实如果那天晚上杜传宗没走，乖乖拿着信去了芙蓉湖，那么我的计划已然成功，可惜人算不如天算。我的计划里有三个要点：第一，杜娟要死；第二，解决掉杜传宗；第三，能把我的小石头带在身边。第一点已经完成，第三点也有充分把握，唯独杜传宗跑去美国打乱了我的计划。

我必须把他弄回来。可他刚刚接受了肾脏移植手术，正在休养；而且好不容易连人带钱逃出去了，有什么理由回来自投罗网呢？

如果没有孟瑶好心办坏事，我还可以从容寻找对策，但形势急转直下，也只能铤而走险。女儿的死都无法让他回来，公司垮掉更在他意料之中，思来想去，只有把自己当诱饵抛出去了。这是唯一的希望，但也危险之极，警方的调查正步步紧逼，一旦从暗处转至明处，便没了腾挪的余地。但我只能赌一把，赌杜传宗还是个男人！

中州师大的校庆上，我以陈雪的名字高调出场，就是给警方看的。他们果然立刻盯上了我，跑来公司调查。那时他们还没搞清死者的真实身份，主要精力还在调查陈芳雪和程丽秋的关系和过往，但要不了多久，在我用撰写回忆录等方式的暗中诱导下，当年冒名顶替的旧事便会浮出水面。

一个善良单纯、却被社会黑暗吞噬而堕落的女孩形象将出现在警方的嫌疑人画像中。她可怜、可悲、可叹，令人同情又无限感慨。远在美国的杜传宗不会介意十二年前自己的勾当被揭穿，但警方的调查会让他骇然发现，一切皆是我的谋划。

　　他的肾病，他女儿的酒瘾，他们父女的决裂，还有除夕夜杜娟命丧黄泉。这是一场精心布局并持续了长达十二年的史诗性复仇，针对他的复仇，而他肯定会意识到，十二年前没有人能抓住他的把柄，那么十二年后，警方同样也不能把我怎么样。

　　完美谋杀？不，只是意外，顶多算自杀。

　　杜传宗的面前只有两条路：要么留在美国不回来，我最终会逃脱法律的制裁，成为与他这场战争的最后赢家；要么回国与我决一生死，为自己和女儿复仇，但要冒身陷囹圄的风险……可我实在没想到，他居然找到了第三条路——宋光明。

　　宋光明一直盯着我，视我为堕落天使；但我顾念旧情，一直没把他怎么样。也不知杜传宗用什么渠道联络到他，将我和杜娟的故事和盘托出，宋光明立刻联想到我之前的种种，敏锐地发现我并非真正的程丽秋……

　　宋光明完全打乱了我的计划。他居然跑去西原县程丽秋的老家调查，到敬老院找那个又疯又瞎的老东西打探。我得到消息立刻赶去，抱着最后一丝幻想给他看了我的一部分回忆录，让他知道我当年为他做出的牺牲，为他卖身，还为他杀人，可这家伙冥顽不化不肯领情，还质问程丽秋的弟弟程立军的死是不是我干的。

　　想到那个成事不足败事有余的小流氓我就来气，明明让他不要竭泽而渔，可他倒好，逼死一个又杀了一个，收成少了还平添无数风险。这种垃圾还有什么必要活着呢？如果我还是程丽秋，那姐弟之间多少要留些情面；但既然做回陈芳雪了，也就没情面可讲。

　　可惜，宋光明无法理解我的苦衷，他把我当作魔鬼，想杀了我。这家伙蠢得令人发指，自以为在履行正义的使命，根本没意识到自己早已成为杜传宗操纵的棋子。这世界上满口正义的家伙无非两种人，要么是骗子，要么是傻子，杜传宗是前者，宋光明是后者。

如果我死了，也就一了百了。可老天爷既然让我活过来，那游戏就要继续下去。难度提高了，地狱模式，而且没有退路。那个年轻稚嫩的女刑警在暗示，已经知道了我不是程丽秋，而且也知道除夕夜的死者是杜娟，但只要一天没有正式结案，我就还有翻盘的可能！

谢谢孟瑶同学，她的出现让我起死回生。之前说过，我了解她，也喜欢她，她跟当年的我最像，因此我也知道怎样控制她的思想。必须尴尬地承认，那一刻我也是满口正义的骗子，和杜传宗并无本质区别，希望她能吃一堑长一智吧，正义是最好用的欺骗借口，另一个是爱。

爱，是的，爱。

孟瑶、丽秋、光明、杜娟，我爱你们。我还爱春天的风，夏天的雨，秋天的叶，冬天的雪。我还爱明媚的阳光，熙攘的街道，朗朗的读书声和温暖的拥抱。还有很多很多，我真的爱吃葱油面，真的享受醉花谷的鸟语花香，真的喜欢在小说中体验不同的人生，真的陶醉于孩子们纯真的笑颜。我恨这个世界，但我也爱这个世界，也没有人比我更渴望得到这个世界的爱！

亲爱的，落笔至此，写给你的回忆录总算抵达终点了。说是给你的，其实也不全是，中间耍了点小花招用来对付警察，但想来你不会介意的。你在天上，其实发生了什么你都看得清清楚楚，我的心迹你也清清楚楚。

从写下第一个字到今天，将近一年过去了。写写改改，也不知熬了多少个夜晚，揪掉了多少头发。中间一度想换到电脑上写，修改起来方便些，但对着电脑屏幕总没有感觉，远不如纸笔亲切。后来忽然明白了，因为你走的时候电脑还没普及。

时代的变化真快啊！你走时大家连手机都没有，有个呼机算不错了；谁知后来普及了手机，再后来又全换成了智能手机。马路上的汽车越来越多，大家疯了似的买房，所有人都对新世纪新千年充满了希望。未来总会更好的，好像每个人都是如此感觉，我们有幸生活在伟大的时代，如果遭遇不幸请从你自身寻找原因。

我时常想，如果当初没有遭遇不公，你还活着会是怎样？你多半会毕业、成为一名优秀教师，在某所小学明亮的课堂上教育孩子们各种美德。善良、诚实、勤奋、博爱……美好的种子播撒下去，满怀希望地守护小苗茁壮成长。你还会遇到一位与你同样热爱生活的男生，你们因共同的爱好和理想结为伴侣，并孕育出属于你们的爱情结晶。你将体会到生活的压力，每日辛苦奔波于工作和家庭之间，但你的内心无比充实，因为你的每一天都有盼头。孩子一天天成长，事业一天天成功，你和爱人会有争吵，事后想想争吵的理由都滑稽可笑。

你不会大富大贵，也不会穷困潦倒。你会有一群关系还不错的同事，一两个知己好友。周末跟老公带孩子去看场电影就很开心，最大的愿望是暑假能全家去外地旅游。你们的房子是贷款买的，每个月还贷的负担不轻，爱人想为了孩子上学方便买辆车，但你习惯了居安思危，觉得骑辆电驴子接送孩子上学也没什么。

日子总归一天天更好，你这样想也这样安慰爱人，贷款总能还完的，车子总会买的，孩子会健健康康长大，还有什么好奢求的呢？在春天里放风筝，让夏天的雨丝湿润发梢，欣赏秋天的红叶飘落，将自己和孩子的足印留在冬天的雪地上。做一个平平凡凡的普通人，过平平凡凡的一生。

挺好，真的挺好。

可惜，一切都化为了泡影。

亲爱的丽秋，就算再怎样不舍，也不得不与你道别了。还有很多事要忙，还有许下的誓言没有完成。也许我们会很快相见，看我的运气和修为吧，求你冥冥中为我祈祷祝福，就算输了也不会怨你。我们至少努力过、抗争过，我们至少睁开了双眼，直视面前的黑暗——哪怕最终也成为黑暗的一部分。

我们没有错，错的是他们。

就这样吧，亲爱的。

永别了，好梦。

P.S.刚刚接到杜传宗的电子邮件，他回国了，约我见面。

四十一

齐院长的电话打来时，罗忠平下意识看了看表，夜里10点21分。她的声音发颤，说刚刚接到派出所通知，因为大雨，福利院后山有泥石流滑坡的风险，要求立刻组织转移。

罗忠平问，是否能看清后山状况？齐院长说深更半夜雨又大，根本看不清。不过山坡不算陡峭，植被水土保持得也好，以前没发生过类似的事。罗忠平想了想告诉她，安全第一，先转移再说，就当一次演习吧。

罗忠平随即又拨通派出所的电话，问警报从何而来。对方说附近的村民发现，打电话报告的。不怕一万就怕万一，在派人核实的同时，第一时间通知了山脚下几个最危险的单位转移。

不出所料，打电话报警的是个年轻女人的声音。而来电号码，属于福利院不远处一个公用电话亭。

罗忠平推开面前的窗户，雨点噼里啪啦地砸进来。这里位于招待所最高一层，可以看到马路对面儿童福利院里一片混乱。齐院长正带着老师们声嘶力竭地招呼大家在屋檐下集合，不少孩子还不知道怎么回事，睡眼惺忪打着哈欠。几个大点儿的孩子帮忙维持秩序，还有的推着童车或干脆怀里抱着更小的孩子。

霍达递上望远镜，罗忠平很快找到了小孟珂。他被一个十四五岁的男孩领着，一脸木然，显然搞不懂发生了什么。

集合完毕，齐院长带领所有人沿回廊走到院门口。回廊有顶可以避雨，但再往外就只能淋湿了。他们在回廊的尽头等着，片刻一辆依维柯面包车开过来。这是院里的车，但显然一次装不下那么多孩子。老师安排让年龄小和有残疾的孩子先上车，其他人继续等着。

依维柯驶出福利院大门，向一公里外的一所中学驶去。齐院长在刚才的电话里说，福利院有应对紧急状况的预案，临时疏散安置点在临近的中学。罗忠平问，想必程丽秋也知道这份预案吧？齐院长愣了一下回答，当然。

霍达已经冲到招待所楼下，跳进车里打着火等着，老刑警却不慌不忙。两天的调查里，他心中的疑问已经彻底解开，只不过还需要验证一下。

"还是联系不到童维嘉？"罗忠平上了车，望着左右疯狂摆动的雨刷问，"白队怎么说？"

"雨太大，出了中州不远就跟丢了。"霍达没好气地回答，"你说你徒弟傻不傻？明知道肯定有自己人在后面跟着，还开那么快。"

童维嘉接到陈芳雪的短信，立刻报告了白队。白队与罗忠平电话商议后，决定先顺着陈芳雪的要求，看看她到底想要干什么。童维嘉扔了手机开车出城，后面一直有警员驾车跟随。但过了收费站出城后不久，警员却报告说跟丢了。

如果那辆车的目的地是南山，应该在一个小时前就抵达了，但童维嘉却毫无消息。不过那个报警电话说明，陈芳雪已经到了南山，她很可能是搭那辆车来的，说不定就藏在后备厢里。

霍达驾车冲过一处闪着黄灯的路口，溅起路边积水。路口一侧有个破烂的铁门，上面"某某汽修厂"几个字残缺不全。罗忠平扫了一眼，忽然想起什么。

"宋光明在南山盯着陈芳雪的那两三年，他在哪儿上班？"

"记得是家离福利院不远的汽修厂，给人当小工……"

一脚刹车，霍达看向那个汽修厂大门。罗忠平已经推开车门下去。

"我去看看，你先过去。"

霍达手忙脚乱从手套箱里拿出一把折叠伞，再看老刑警已经浑身湿透，根本用不着了。

警车驶入校门时，那辆依维柯正准备返回去接下一批孩子。除了福利院还有两家单位也疏散过来，一家机关疗养院，一家山庄客栈，此外还有附近的村民，吵吵嚷嚷乱成一团。几个孩子应该是第一次经历这样的场面，不顾大人的呼喊责骂，兴奋地在人群中追跑打闹。

这应该就是陈芳雪想要的局面，霍达心想，然后便可以趁乱把小孟珂带走。他急忙找去，看到福利院先到的孩子们正围着一名女老师。

小孟珂是第一批来的，但此刻不在其中。

霍达冲过去抓住女老师的手臂，大声问孟珂在哪里，对方被吓坏了，问他是谁。霍达急忙掏出证件，女老师也慌了，说刚才还在呢……

应该没走远……霍达向校门口冲去，扯住维持秩序的一名保安，问有没有一个女人带着孩子出去。保安说好像没有，又不耐烦地说这乱糟糟的自己根本没注意。

霍达一边在校园内奔走，一边拿出手机给罗忠平打电话。听到小孟珂不见了，老刑警的声音意外地镇定。

"应该不会，你再找找，也许孩子调皮跑到哪儿去了。找到后就不用管了，马上回汽修厂。"

霍达不知道罗忠平哪儿来的信心，可几乎在放下手机的同时，便看到小孟珂正在房檐下撅着屁股趴在地上，嘴里念念有词。

"看什么呢？"霍达凑过去。

"下雨了！蚂蚁在搬家！"

摸遍全身，什么吃的也没有，霍达只好跑去里面找人要了块巧克力，回来放进孩子的手中。小朋友开心地吃了巧克力，乖乖地让警察叔叔牵着手回到女老师身旁。

"有没有见到程老师？程妈妈？"走之前，霍达忍不住问道。但那名女老师来福利院工作不到两年，不认识什么程丽秋，小孟珂却点头说看到了。

"在哪里？什么时候见到的？"

"就在你后面！"

霍达惊骇地回头，却发现根本没人。小孟珂恶作剧得逞，哈哈大笑起来。

罗忠平在汽修厂院子里找到童维嘉时，她正躺在白色宝马车的后座上，身上盖着毯子睡得正香，怎么叫也叫不醒。老刑警扒开眼皮看了看，又试了试呼吸和脉搏，悬着的心总算放下来。陈芳雪走时给她盖上毯子保暖，所以应该没想把她怎么样，多半就是下了安眠药。可撩开毯子他却吓了一跳。童维嘉只穿着内衣，外衣不见了。

陈芳雪也是女的，不太可能是性侵，体表也没有伤痕。罗忠平车里车外看了一圈，也没找到徒弟的衣服。他急忙给白队打电话，问离开警队时，童维嘉有没有穿警服。

"穿了！"白队大声说，"本来穿的便装，陈芳雪在短信里要她换上警服，我们当时还纳闷儿呢……"

那么陈芳雪是冲童维嘉的警服来的。假称泥石流滑坡制造混乱是她的障眼法，转移警方注意力的，可她要警服做什么呢？略一沉吟，答案已了然于胸。不久霍达驾车到了，正要驶入院子，却被罗忠平拦下。

老刑警示意他下车，观察泥水中的车辙印。

"255的宽胎，好车啊！"霍达看了眼立刻叫起来，"是不是小童那辆宝马找到了？"

罗忠平没说话，示意他再仔细看。霍达很快发现除了宝马车辙外，还有另一组轮胎印。

"这就不好猜什么车了，看花纹像是韩泰的某一款，195的，大众、现代等好多经济型轿车都用。"

"还有呢？"

霍达又认真看了两眼。"看前后轮的轨迹，应该与宝马车的方向相反。宝马开进来，这辆车开出去……陈芳雪换了车？"

"她心思缜密，知道我们会盯着宝马，但换了车，我们就追踪不到了。"老刑警直起腰说，"小童和宝马车都在里面，你进去看看吧。"

霍达跑进去，果然看到了宝马车和车里酣睡的童维嘉。年轻女刑警的旁边还有张字条，显然出自陈芳雪之手。

"不用担心，她只是太累了，需要小睡一会儿。"

客厅传来脚步声。声音很轻，节奏很慢，像是踮着脚尖行走。牛喜妹坐在床上，能想象到老太太的样子，高抬腿轻落地，小心翼翼在黑暗中摸索前进。

不能开灯，因为开灯会有咔嗒声，而声音会吵醒帅帅。老太太前天刚说过，帅帅睡觉浅，有点儿动静就醒，这一点随他爸。

卫生间里也没有开灯。但上完厕所总要冲的，老太太盖好马桶盖，放水的同时爆发出一阵咳嗽。每次都是这样，每次牛喜妹都无比好奇。究竟想用咳嗽声掩盖马桶的水声呢，还是把忍了许久的咳嗽趁机咳出来？

等水箱蓄满了水，完全没了声音，老太太这才轻轻推开卫生间的门。仍然高抬腿轻落地，一步一步慢动作似的挪回房间。三分钟后呼噜声响起，百转千回，如泣如诉……

幸好帅帅不随他爸。牛喜妹心想，不过也真不容易，老太太总算承认有个缺点是随爸爸来的，而不是妈妈。当然睡觉浅也算不上多大缺点，老太太的意思，大概是帅帅跟他爸一样金贵，不像生下他的那个贱女人。

鼾声突然停了，她心头一惊，幸而随即一串咳嗽，老太太喉咙里的痰似乎又被咽了回去。

黑暗中她看了一眼手机，0点22分。约好了最晚不超过0点30分，还有八分钟。屏幕亮起的光线很刺眼，她暗暗祈祷，这八分钟里手机千万不要再亮。

不该答应的，怎么几句话就被陈芳雪带到沟里了呢？

当初确实说好了，只要条件允许，就帮她母子团圆。但时过境迁，七年的光阴已改变了太多。小石头已经上小学，他知道自己的爸爸是大学领导，自己的妈妈在外地是有名的学者；孩子满足于眼前无忧无虑的生活，怎么可能跟着一个突然冒出来的完全不认识又自称母亲的女人离开呢？

陈芳雪不过在痴人说梦，但她允诺的好处实在太诱人了。一百万元现金，事成之前先付二十万元定金，事后再给八十万元。

牛喜妹辛苦一辈子也不可能赚到一百万元，所以才猪油蒙心答应了。可二十万元定金拿到手后她才明白，这不是钱，而是沉甸甸的负担。有命挣钱还要有命花钱才行，孩子没了，公安一定会追查，而自己身为保姆嫌疑肯定最大。陈芳雪可以更名改姓带着孩子跑去天涯海角，但自己呢？做了一辈子的牛喜妹，能往哪里逃？

又看了一眼时间，0点29分，她松了口气。谢天谢地，再过一分钟，这事就算结束了……

但就在此时，"嗖"的一声，手机收到一条新短信。

"我已到，带小石头下楼。"

陈芳雪站在楼边的阴影里，焦急地看了看表，0点35分。短信发出去六分钟了，什么动静也没有。就算牛喜妹反悔，也总应该回一句吧？

抬头看去，十二层楼道电梯间的感应灯忽然亮了。是牛喜妹吗？还有自己的小石头？她抑制住冲进楼道的冲动。楼前有摄像头，虽然做了伪装，但能不被拍到最好。

一层电梯间的灯也亮了。陈芳雪在心中默数，电梯门开，走出几米的过道，走出单元门，二十秒钟怎么也够了。可数到了三十，单元门才从里面推开，出来的也只有牛喜妹一人。

陈芳雪扔了颗石子过去。慌张的牛喜妹发觉后，急忙走过来。

"不行，真的不行！"

"怎么不行？孩子不愿意？"

"肯定不愿意！"牛喜妹紧张地看看左右说，"而且老太太半夜醒了好几次，一直没睡踏实！我叫孩子肯定会惊动她！"

"害怕了直说！二十万退给我！"

虽然牛喜妹表现出迟疑，但陈芳雪清楚，二十万她是不可能还的，就算她愿意，她家老刘也不愿意。

"警察肯定会抓到我的！为二十万被枪毙，不值！"牛喜妹似乎决定了，用力摇头。

"是一百万，而且警察查不到你。"陈芳雪用力攥住牛喜妹的手腕，塞给她一张银行卡。"这卡里有剩下的八十万，完事之后告诉你密码。放心，听我的安排，绝对怀疑不到你！"

牛喜妹握紧那张银行卡，犹豫片刻塞进兜里。听过陈芳雪的嘱咐，她僵硬地点点头，匆匆走回去。看着她的身影消失在单元门内，陈芳雪扭头走向另一边。

事发后，那个单元门所对的监控探头肯定会被警方反复查看，但她有办法躲开。她换到另一边的单元门进入，乘电梯到最高层，再走一层楼梯，就到了通往楼顶天台的栅栏门。栅栏门只象征性地锁着，中间的缝隙足够一个身材瘦削的人钻过去。从天台回到这一边，如法炮制便可以神不知鬼不觉地进入最初单元的楼梯间。

楼梯间的拐角处总是堆满了杂物。枯死的绿植、废旧的家具、落满灰尘的自行车，以及打算攒到一定数量再卖的过期书报杂志。她从怀里摸出一个塑料袋，用镊子夹出两个烟蒂扔在地上，再用火机点着第三个，带着明火扔到一张旧床垫的下面。

床垫被引燃了，开始冒出黑烟。陈芳雪迅速沿楼梯跑回天台，再从另一边楼道跑到外面。她自信不会有人看到，再次出现时，也不会有人认出自己。

四十二

信一：

我的孩子，我的小石头，这是妈妈写给你的信。

很抱歉，妈妈不能陪在你的身边。妈妈很想亲口跟你说一声对不起，但恐怕很难再有机会。

你今年八岁，开学了也才二年级吧，认的字不多，估计看不懂妈妈写给你的信。可见不到你，妈妈也不能给你打电话，所以就麻烦小童阿姨念给你听吧，如果她答应的话。她一定会答应的。

你大概会很困惑，自己有一个妈妈了，怎么又冒出来一个妈妈？你记住，我才是你的真妈妈，你在妈妈的肚子里住了八个多月呢。你那时很调皮，在妈妈的肚子里总也不闲着，一会儿打拳一会儿踢腿。可生出来又老实得要命，不哭也不闹，所以我才给你起小名叫小石头。

可惜你应该已不记得这个小名了，现在的你小名叫帅帅，因为你奶奶夸你最帅，你的大名叫钱超凡，她希望你超越平凡。我对这两个名字没什么意见，帅帅也好，超凡也好，总之你还是妈妈的小石头。

你一定会问，妈妈当年为什么要离开你。老实说，这是个漫长而心酸的故事，真要说清楚，得从妈妈是谁，怎么认识的你爸爸开始讲。不过你还小，很多事我说了你也未必明白，所以你只需要记住，妈妈做的一切，都是为了你好。

妈妈怀你的时候，已经跟你爸爸分开了。你爸爸不想要你，而妈妈那段日子过得很艰难。之前我在一家酒店做服务员，因为有了你而不得不辞工；正好也在那时，你的立军舅舅找来，说自己欠了高利贷。当时我手头还有一点儿积蓄，但替他还清高利贷后便一分钱不剩了。别说将来养你，就连养我自己都成了问题。

你立军舅舅不是个愿意踏实上班的人。而我呢，虽然什么苦都能吃，但挺着肚子又没文凭，也不可能找到任何工作。

妈妈不怕饿肚子，但妈妈的肚子里有你，妈妈不能委屈了你。所以妈妈去找了你现在的妈妈。

该怎么称呼她呢？她姓袁，就叫她袁老师吧。妈妈之前见过她两次，第一次在一场研讨会，第二次在你爸爸的家里。也是这第二次见面，妈妈才知道自己被你爸爸骗了，他们根本没有离婚。

你的袁妈妈是位高级知识分子，有文化有修养。换了任何人被小三找上门，大概都会气急败坏，可她不但沉住了气，还推心置腹地跟我说了一番话。她说由于自己的身体原因没有办法怀孕，但你奶奶迫切想抱孙子，钱家也要延续血脉。因此她提议我把你生下来，交给他们抚养，换取一笔可观的营养费。

皆大欢喜的结果。她甚至为我着想，说我可以借此摆脱窘境，开始新生活。

起初，妈妈没答应。说得再好听，也无异于卖掉自己的孩子。可现实让我很快想通了，既然妈妈一切都是为了你，有什么不能答应的？暂时先答应下来，至少怀孕期间可以衣食无忧。

你爸爸在中州工作，这边人多眼杂，因此袁老师安排我回她的工作地南山市，在郊外一处农家院养胎待产。她还找来一位阿姨照顾我，就是你的牛阿姨。

那段日子很悠闲，很放松。你在妈妈的肚子里一天天长大，我带着你到附近的山谷里散步，享受美好的大自然。那个山谷名叫"醉花谷"，山谷深处有一座石桥，我时常坐在桥头跟你说话，诉说对你的爱，诉说对未来的期许。你也仿佛能听得到，每次都激动地在妈妈肚子里手舞足蹈，只可惜如今都忘记了吧，但妈妈还记得。

2001年10月11日，你比预产期提前一个多月来到这个世界。你差点儿要了我的命，但妈妈不怪你。早产是因为妈妈受了惊吓，一个我以为早已摆脱的男人重新出现在我周围。你不用知道他的名字，反正他这辈子注定要在监狱度过了。

这个男人曾是妈妈的爱人，在我最艰难时送来了光明；我知道他也爱我，只是他的爱令人害怕。你可能会问，被人爱还不好吗？其实想想你的奶奶就明白了。她爱你，但她对你的要求太多、太严、太高，逼你做很多讨厌的事情，你喜欢的事情又不允许你去做。

很多人就是这样，以爱的名义操纵你、控制你。这个男人也是，他倒不说"爱"字，翻来覆去挂在嘴边的只有一句"为了你好"。他不是你舅舅那样的骗子，也确实真心为了我好，只可惜他从来不会撒泡尿照照自己，想一想自己为什么会一败涂地。

很可悲的人，很可悲的人生。妈妈为什么跟你说这些？就是希望你能吸取教训，不要成为这样的人。劝人向善没问题，但如果逼人向善，就跟逼人行恶一样可怕。

到了2002年4月，你半岁了。按照与袁老师的约定，是时候把你移交给她了。我当然舍不得，找了各种借口一拖再拖，说你身体弱，说你还要吃母乳，说你离开我睡不好……我一边敷衍她，一边寻找带你逃走的机会，不料我的心思被她看穿了。

"我知道你是怎么想的，你坚持要带着孩子离开，我也不反对。"她来到农家院，对我说，"但好好想想，你能给孩子什么呢？如果你希望小石头有比你更幸福的人生，就应该放手。"

我被她说得哑口无言。是啊，作为一个没有学历没有一技之长的单身妈妈，我能给你什么呢？我应该能保你饿不死，但肯定无法给你优渥的生活条件和良好的学习环境，你将小小年纪便品尝到生活的艰辛，承受你不该承受的压力……甚至更惨。

每一位母亲都是自私的，希望孩子永远在自己身边；每一位母亲又都是无私的，为了自己的孩子可以牺牲所有。我的小石头，请你明白，离开你绝非妈妈的本意，这是我做过的最难的决定，但这也是对你最好的决定。

你是早产的，从小身体弱，总生病，所以需要最好的营养，最精心的看护，最安稳的环境。

妈妈则有甩不掉的麻烦，那个被自己感动的男人，还有你那成事不足败事有余的舅舅。特别是你舅舅，他吞吞吐吐告诉我一件事，终于让我下定了决心。

具体来龙去脉不讲了，你就理解为有人欠妈妈钱就好。妈妈委托你舅舅去讨债，结果不知怎么搞的，一个人被他逼得跳了楼。死的还是个当官的，搞不好事情闹大，妈妈都要陪着坐牢。你舅舅倒满不在乎，但我不得不想，万一真有那一天，你可怎么办？

我的小石头啊，你可知妈妈自己就是孤儿，从小没人疼没人爱，咬碎了牙才熬到长大。我太清楚其间的痛苦，不堪回首的童年毁掉了我的一生。可你呢，还有选择的机会！我把你抱在怀里，看你皱下眉头就紧张，听你哭一嗓子便六神无主，我怎么能忍心让你成为孤儿，怎么能忍心你重蹈妈妈的覆辙？

因为爱你，妈妈不得不离开你……但请你相信，妈妈从来没有放弃你！

2002年5月17日，正是春暖花开、醉花谷最美的日子。漫山遍野都是桃树，清风吹过，花瓣如雪般飘落到水面上，将整条河染成了明艳的粉色。

我抱着你在河边散步，有花瓣落到你胖嘟嘟的小脸上，逗得你咯咯笑。你趴在我的肩头，伸出藕节似的胳膊挥舞，啊啊地叫个不停。我扭头看你伸手的方向，竟是那座石桥。

慈恩桥，还记得这座桥的故事吗？妈妈给你讲过的。故事中的母亲在桥头日夜期盼，以为儿子把自己忘了；而直到她死后，儿子才想起妈妈……我的小石头呢？你会不会也从此把妈妈忘了？是不是就算我死了，也不会知道妈妈的存在？

当然，这不怪你。你才半岁，什么都不知道。你滴溜溜的大眼睛好奇地打量周围，被一朵花、一只蚂蚁、一声鸟叫吸引。你看见妈妈在笑，但不知道妈妈的心里在哭；你生气妈妈将你抱得太紧，可不知道这是妈妈最后一次抱你。

你饿了，哼哼唧唧地抗议。妈妈很想用自己的乳汁再喂你一次，可你摇头抗拒。你已习惯了奶粉，而且为了让你断奶，每天我都不得不在乳头上涂抹辣椒。

真的很疼，针扎一般。但比起心里的疼，这不算什么。

回到农家院，我为你收拾包袱。你的衣服，你的玩具，你吃辅食用的小勺和小碗，我亲手给你做的小袜子和手套。山里蚊子多，你细皮嫩肉最招蚊子喜爱，所以必须给你戴上手套，以防挠破蚊子包。看到手套你觉得讨厌，用力扔到一边，牛阿姨在旁边劝，说回城里住高楼，蚊子不多用不着了。

是啊，我何必那么操心呢？你的袁妈妈陪着你奶奶来过两次，你奶奶把你当成宝贝疙瘩爱不释手。她们肯定会对你好的，把你照顾得舒舒服服、妥妥当当。还有什么不放心呢，你跟着我只有吃苦，跟着她们才能享福……

我应该笑的，对不起，不应该哭的，你能过上好日子，我应该开心才对！跟在我身边，你什么都没有；跟着她们去，你就有一个完整的家了。妈妈不自私，所以妈妈必须放手，妈妈只是希望能再多抱你一会儿，一小会儿，哪怕多一分钟，多一秒也好……

让妈妈再抱抱你吧！

后来听牛阿姨说，我是抱着你一头栽倒的。那之后的记忆，只剩下一堆支离破碎的片段。衣服上的黄色小鸭子，手心的粉色花瓣，一张金色的银行卡，两个红色的车尾灯……似乎是梦，似乎又不是梦，我努力大喊，却喊不出声，我四处找你，一低头发现你已回到了我的怀中。我抱着你开心得像往常一样散步，只是奇怪那个夜晚一颗星星都没有。不知怎的，我们又回到了那座石桥，桥下水声隆隆，你的身子冰凉。我把你紧贴在胸口，忽然又想起你已经离开了我。

真的是梦吗？为什么记忆如此真实？

如果不是梦，我怀里抱着的又是谁？

你离开后，妈妈大病了一场。等稍稍恢复体力，我便跑去你的新家附近，求牛阿姨把你抱出来让我看一眼。牛阿姨原是妈妈的旧相识，因此袁老师本来打算换掉她的，但她及时报告了我的出现，赢得了主人家的信任。

我说，我只想再看你一眼。可袁老师说，看了一眼，就会想第二眼，然后就要看第三眼，再然后就没完没了。所以为了大家好，一眼都不要看。

　　我不甘心，但知道她说得对，只好在心中向你道别，浑浑噩噩地离开。这之后整整两年的时间，我精神恍惚地四处游荡，不知自己身在何处，也不知自己要去哪里。在有你之前，妈妈曾计划了很多事要做，但有你之后，那些事忽然都不重要了。

　　这两年中，那个讨厌的男人一直尾随着我，大概也救了我几次命。他仍然试图让我重归正途，令人感动，但也荒唐可笑。我问他，你就没有自己的事要做吗？他说，挽救你就是我要做的事。

　　2004年5月，妈妈兜兜转转回到了南山的醉花谷。仍然是桃花盛开的季节，山谷中的溪水仍然被染成粉色，好像一切都没有改变。我沿着溪水一路往上游走，心里想着你，你两岁半了，应该会走了，也在牙牙学语了，应该也会喊妈妈了吧？

　　我走了很久很久，走到天黑发现自己迷路了。孤身一人身处山林中，但并不感到害怕。除了你，这个世界已没什么让我留恋的，就算下一刻死去，也没什么大不了。

　　林间有登山客踩出的小径，我便跟着往山上走，好几次险些失足坠下山崖。不知道走了多久，也不知道走了多远，当第二天霞光初现时，我才发现自己翻过了一道山梁，正站在一处风景绝美的观景台前。

　　说是观景台，其实是一块伸出山体的巨石。站在巨石上可以望见整个南山市，通红的朝阳正从城市后方的地平线升起。

　　我的心情意外平静，空了许久的胸膛似乎被什么东西填满了。山脚下一处院子里传来孩子们的嬉笑声，不知为何，我仿佛听到了你的声音。

你会喊妈妈了，你在喊我妈妈。

那个院子是家儿童福利院，那个似乎在喊我妈妈的，正是福利院中的一名男孩。我站在高处看他，他仰起头仿佛也看到了我，那一刻，我突然知道自己要做什么了。

我的孩子，请你理解。妈妈不是随便找个孩子做你的替身，也没有哪个孩子能代替你在妈妈心中的位置。更何况这个名叫孟珂的男孩虽然与你同龄，但生下来就患有一种发育迟缓、智商低下的病。

因为疾病，他成了孤儿，但每个孩子都是宝藏，小孟珂也不例外。进入福利院工作后不久，我便发现他在音乐方面有天赋，他能将复杂的旋律快速记住，并一点儿不差地哼唱出来。

对了，他跟你一样喜欢八音盒。你还在我身边的时候，妈妈喜欢拿一个集市上买的八音盒逗你，你会跟着节奏快活地挥手打拍子。小孟珂也是，他不但会打拍子，还会在钢琴上敲键，重复听到的旋律，没有人教他，完全无师自通。

我难免会想，他的母亲在遗弃他时，知道他的这份天赋吗？后来发现是知道的，因为每年都有一个新款八音盒匿名寄到福利院，点名送给他。应该就是他妈妈送的，于是我又想，是不是我也应该每年给你送点什么呢？

但你牛阿姨让我不要这么做。也是，你什么都不缺，给你什么也不会珍惜。与其这样，不如将来有条件一次性送你份大礼，让你的人生更精彩的大礼。

看你现在生活得很好，妈妈很欣慰，但总还希望你能更好。所以妈妈最大的愿望就是你能更幸福、更有出息，就像奶奶给你起的名字，超越平凡——怎么才能超越平凡呢？接受妈妈的这份大礼。

还记得我跟你说的话吗？我问你想成为什么样的人，你指着消防车上闪动的警灯说，想成为跟他们一样的消防英雄。

我说问的不是职业，而是成为什么样的人，是掌握自己命运的人，还是被别人操纵命运的人？

你说你听不懂，没关系，你早晚会懂的。就算你拒绝妈妈的这份礼物也要记住，一定要成为前者，牢牢把命运掌握在自己的手中，这是妈妈用半生血泪才总结出的教训。

不要辜负了自己，切记。

爱你的　妈妈

2009年9月1日

四十三

到美国后，杜传宗前后三次梦到在中州师大的芙蓉湖见到女儿。

第一次是刚刚接到女儿的死讯时。挂断陈芳雪的电话，走出机场，钻进租来的车里，沿着一号公路向北开。一边是海，一边是山，降下车窗的同时把油门踩到底，腥咸的海风撞到脸上。

双手缓缓松开方向盘，同时闭上了眼睛。猛烈的撞击如期而至，随即坠入一片黑暗。

"救命！救命！"

黑暗中传来女儿的喊声。杜传宗急忙循声跑去，看到她在一摊死水中挣扎。身子已沉入水下，一只手伸出水面挥舞，手腕上的红绳宛如一道刺目的血痕。

第二次是在做完肾脏移植手术后。病房中充斥着消毒水的味道，床头监护仪发出有节奏的嘀嘀声。忽然听到外面传来啜泣声，走出去看，发现女儿正蹲在墙角伤心落泪。

"没事的，爸爸会好起来的，爸爸不会有事的……"

女儿起身，腰侧竟有一个透明的深洞，正向外汩汩渗血。她头也不回地向外跑去，自己只能在后面紧紧追赶，一晃便追至了湖边。陈芳雪不知怎的出现在面前，手中捧着一个大号保温杯。她将保温杯中的液体倾倒在湖面上，整个湖水立刻变得血红一片……

第三次是得知宋光明刺杀行动成功后。在网上搜到现场照片，确认倒在血泊中的正是陈芳雪。杜传宗忘记医嘱喝得酩酊大醉，桌上的传真机突然吐出纸来，上面只有两行字："早死早托生，大家都轻松。"

两行字倒也罢了，关键还是女儿杜娟的笔迹。

扯下来撕成碎片，碎片却化作炸开的焰火，落在冰封的湖面上。

"爸爸，你为什么不来救我？你答应过我，我们相依为命，你不会扔下我不管……"

她站在那里，脚下是个红色塑料袋。

十二年，快十三年了。杜传宗以为自己早就忘了那座人工湖的样子，可梦中的一切却无比清晰。湖心亭、太湖石、岸边的杨柳和芙蓉、夜空中的焰火和冰面的倒影。十二年间他再没到过湖边，几次到师大办事，也特意避开。

可眼下不得不回来了。

刺耳的警笛声划破宁静的夜，几辆消防车闪着警灯疾驰向西。杜传宗穿过师大北路，由北小门进入师大校园。开学前的最后一个周末，学生们已经返校，但芙蓉湖畔静谧无人。

杜传宗在湖边长椅上坐下。看看表，凌晨1点整。让这一切赶紧结束吧，他想，握紧了外衣口袋里的枪。

仿五四式，弹匣里八发子弹，那年大难不死后托人从黑市买的，花了五万元。当时并未立刻怀疑到陈芳雪头上，只觉得自己病得奇怪，疑心生意场上的对手陷害才买来防身；一晃两年过去了，听到西原县教育局副局长跳楼的消息，才渐渐回过味来，可惜那时陈芳雪已不知去向。

闭上眼睛，仿佛又回到那个夜晚。自己眼看着那女孩走向湖心，看着她坠入冰窟，怎么会死而复生呢？夜里光线不佳，看不清面容，唯一的解释就是死者并非程丽秋，而程丽秋就躲在旁边什么地方，目睹了全过程。

完全是自己的错……杜传宗心中一声长叹，总以为自己是算计人心的高手，没想到却被一个小丫头戏耍了，而且一败涂地。

在美国收到那份女儿笔迹的传真时，他几乎昏厥过去。原来小娟最后一年的信全是陈芳雪伪造的，自己以为她的身体在恢复，实则越来越差；把陈芳雪喊来照顾女儿，其实是把女儿推向了悬崖！陈芳雪的演技太好了，对孩子的不舍，对往事的释然，对小娟的感情，对未来的向往，最让自己放心的是，她甚至亲手干掉了自己的弟弟程立军……

通过QQ聊天，他三言两语便伪装成被世纪诚天拖欠货款的小老板，骗取了宋光明的信任。这家伙是一根筋，几句话便撩拨到他正义的神经——既然陈芳雪是冒充程丽秋的鬼，既然她的灵魂已无法拯救，那就只有消灭！那家伙上当了。他先后跑去南山和西原县做实地调查，确认陈芳雪冒充程丽秋并杀害程立军的事实后，终于决定动手。可惜他功败垂成，陈芳雪死里逃生……

也许是命中注定吧，所有罪孽都是自己欠下的债，到头来也还要自己偿还。

已到约定时间，可湖边除了自己仍然一个人也没有。她大概不敢来吧，或者就在暗中某处盯着自己？杜传宗装作若无其事的样子向四面看去，发现不远处图书馆外墙上的大屏幕亮了起来。

红底的宣传标语，白天看着或许没什么，但半夜亮起实在有些诡异。杜传宗站起来走过去看，内容突然变了，一个女孩的身影出现在画面正中。

她靠着芙蓉湖边的太湖石，手里攥着一瓶人头马XO，向镜头投来难以言说的笑容。她灌下一大口琥珀色的液体，说了什么，可大屏幕没有声音。正心急如焚，画面突然中断，变成了字幕，就像早期的默片电影。

"这是我自己的选择，与任何人无关。"

画面继续，手持DV摄像机的人接过杜娟手中的酒瓶与她共饮。晃动的镜头中露出那人的半张脸，正是陈芳雪，她在与杜娟交谈。

"有什么想跟你爸爸说的吗？"

"爸，十二年前你在这里杀了一个人，对不对？"

杜传宗反应过来，冲向图书馆内。一扇门后亮着灯，他大叫着冲进去，看到与外面大屏幕同步的画面正在一台电脑的屏幕上播放。

电脑前却没有人。

杜娟又说了一句话，字幕清晰地打出了她说的每一个字。

"爸，你杀了人……为了我。以前不知道也罢了，现在知道了，我必须替你偿命。"

杜传宗发狂地搬起电脑要向地上砸，最后一刻又停下了。他痴痴望着屏幕上女儿的身影……

童维嘉醒过来的时间刚刚好。车还没停稳，霍达便冲了出去，夜风裹挟着刺鼻的焦煳味从敞开的车门窜进来，猛烈刺激她的嗅觉神经。

打了个喷嚏，幽幽醒转，感觉脑袋发沉，四肢却轻飘飘的。迷迷糊糊向外面看去，映入眼帘的竟是翻滚的烈焰和闪着灯的消防车。

这是哪里？自己怎么就睡过去了？她晃晃脑袋，才隐约记起自己应该跟陈芳雪在一起，喝了她的一杯咖啡，便中邪似的抵挡不住困意。那咖啡有问题？

踉跄地下了车，童维嘉忽然觉得四周环境有些熟悉。身后是小区大门，大门外是一片街心公园，公园对面有一座气派的高楼。对了，这不是自己家吗？高楼名叫杏林酒店，小区名叫西苑豪庭，通往眼前烟尘滚滚的居民楼的小径，正是自己每天上下班的必经之路。

楼里的住户已经疏散下来，挤在维持秩序的民警和保安后面，无不万分焦急。看他们的样子，绝大多数都是从睡梦中惊醒，不顾一切跑下来的。讲究的还穿着睡衣，不讲究的干脆只穿了裤头。还有人哭天喊地，说自己家的狗没下来，哀求消防员去救；又有不顾一切想冲回去的，担心藏在鞋柜里的私房钱……虽然不算认识，但一个电梯上上下下，多少都还眼熟，童维嘉忽然没来由地想起了自己楼下的那一户，奶奶带着孙子，还有一个住家阿姨，人群中并没看到他们。

霍达不知到何处去了。童维嘉想要越过警戒线，却被一名保安拦住。

"我是警察！"

童维嘉下意识摸兜里的证件，可什么也没摸到。低头看向自己身上，才发现穿着一身宽大的运动服，袖口老长，裤腿拖在地上。她想起来这是霍达的，看他在健身房里练器械的时候穿过，低头闻闻，果然一股汗馊味。

敲敲还有些迟钝的脑袋，怎么会这样，自己的衣服呢？这才想起来，自己去见陈芳雪时，穿的是警服！

"童维嘉，过来！"

白队的喊声救了她，童维嘉推开保安跑过去，看到白队和霍达及消防中队的大侯在一起研判火情。

"起火点已经确定了，就在五六层楼梯拐弯的地方！据最先看见的人说，先烧起来的是个破床垫，很快又引燃了旁边的杂物！"大侯鼓鼓的腮帮子满是黑灰，被淌下的汗水抹成了花脸，"怎么，你们怀疑是人为纵火？"

白队眉头紧锁："所有住户都疏散下来了吗？"

"放心！挨家挨户都看过了，屋里都没人了！"大侯用力拍了拍胸口说，"火把楼梯封了，不过上面楼层的居民可以上天台，从旁边单元下去，所以疏散很顺利！"

童维嘉忙问："十二层看过了吗？1203，老太太带个七八岁大的男孩，还有个四十来岁的保姆。"见所有人投来疑惑的目光，她连忙解释："巧了，我就住这栋楼这个单元……刚才过来，人群里没看到老太太一家。"

大侯略一迟疑，立刻冲了出去。

明火灭得差不多了，但烟还很大。童维嘉一阵咳嗽，下意识伸手捂嘴，又注意到长长的袖子。对了，还有最重要的！

"我们为什么在这儿？陈芳雪呢？我的警服呢？！"她火急火燎地扯

住霍达问，"这场大火，是不是跟陈芳雪有关系?！"

"关系大了！你师傅怀疑，这把火很可能就是陈芳雪放的！"白队替霍达回答，同时摸出一部手机扔给童维嘉。童维嘉接了才发现，那是自己的手机，之前扔进垃圾桶了。

霍达大略讲了罗忠平这两天在南山的发现。老刑警详细调查了小孟珂的身世，福利院的一名护工偶然提到件古怪的事。也许是患病的原因，孤僻的小孟珂对所有玩具都没兴趣，唯独喜欢八音盒。而奇怪的是，每年的固定一天，都会有一个新款八音盒作为礼物寄来，并且点名送给他。

"那名护工反映，当初还是程老师发现的这个规律。大家还议论，说不定就是为抛弃孩子自责的父母送的。"霍达一边说，一边环顾四周，好像在找什么人，"所以你师傅就猜，有没有可能陈芳雪顺着这条线索，找到了小孟珂的生母，拿到了她的头发，再在你取样测DNA的时候骗了你。"

童维嘉连忙回忆，自己取样是在陈芳雪被刺受伤住院后，当时她直接交出了一把梳子，头发就缠在梳子上。现在回想确实大意了，没有当场确认头发是现梳下来的，可话说回来，谁又能料到她会提前做这样的准备？

不管怎么说，陈芳雪肯定谋划已久。她早想好了用小孟珂当幌子转移注意力，明修栈道，暗度陈仓；她甚至不惜血本将这出戏演到了最后一分钟，用一个假警报搅得南山天翻地覆，自己再迅速抽身回到中州……

只是她要警服干什么呢？

"她扒了你的警服，肯定想浑水摸鱼！"白队说道，"还是你师傅仔细，想到陈芳雪的回忆录里有一段，中州师大钱知非的老婆希望买下她的孩子，这才查到钱知非名下除了杏园小区之外，在西苑豪庭还有一处房产。"

"所以陈芳雪真正的孩子，钱知非养着?"

"应该不是他自己，他工作很忙也没时间，他爱人则一直在外地。但听学校同事说，西苑豪庭刚盖好他就买了房，把他妈从老家接过来了。"霍达补充说，"所以应该是奶奶看孙子。"

难道楼下那个男孩真的是陈芳雪的儿子？童维嘉心头抽紧，自己从没见过孩子的父亲，也极少看到母亲，那个四十多岁的保姆姓什么来着？有一次电梯里听到过——

对了，姓牛！跟当年南山农家院陪伴陈芳雪的保姆一个姓！

第一拨消防车赶到时，陈芳雪没有贸然出去。她坐在停靠在小区门外的破车里耐心等待，看着消防战士用高压水枪压制火头，冲进浓烟中疏散惊慌的群众。

刺耳的警报声唤醒了整个小区。周围几栋楼密密麻麻亮起了灯，无数个脑袋在窗口张望。更多人跑下楼来，挤在楼间的绿地上叽叽喳喳，兴奋得就像过年。乱停车堵了消防通道，楼道堆满杂物也没人管管……七嘴八舌声讨物业之余，免不了又庆幸失火受损失的不是自己家。

消防队抵达前，失火单元的低层住户已经自发跑了出来。消防队抵达后，着火点以上的住户在消防员带领下从旁边单元门慌张跑出，场面乱成一团。匆匆赶来的派出所民警招呼小区保安负起维持秩序的责任，一些得救的群众灰头土脸地蹲在地上分析起火原因。

混乱的人群中，陈芳雪看到了目标。小石头一左一右被两只手牵着，左边是他的奶奶，惊魂未定又不住地咳嗽；右边是他的牛阿姨，正慌张地左顾右盼。

陈芳雪整了整身上的警服，下车向他们走过去。

"怎么样，受伤没有？"

看到警服，老太太心安了不少："还好还好，烟呛的……帅帅，没事吧？"

小男孩只穿了背心裤衩，身上裹着一条毛巾。他好奇看向闪着灯的消防车，完全没有听到奶奶的问话。

"大娘，看到那边好多人了吗？麻烦去那边登个记，我们要统计有多少人家出来了，还有多少人家被困！"

老太太听明白了，拉着小男孩就要过去。牛喜妹看到陈芳雪递来的眼色。

"那边太乱了，这里人少点，我带帅帅就在这儿等着吧！"

老太太不疑有他，松开小男孩的手走过去。陈芳雪蹲到孩子面前。

"想不想妈妈？"

男孩有些迟疑，又心不在焉地继续张望消防员灭火。

"认识我吗？"

"你是警察？"男孩突然有了兴趣，"你有枪吗？"

"有啊，不过在车上呢，你想看？"

男孩用力点头。陈芳雪于是拉起他的手，领着他挤过人群，走出小区。大门口的保安看了两眼，显然有些怀疑，但面对警服决定保持沉默。

回到车上，牛喜妹跟了过来："我怎么办？"

"那还不简单，就说我们帅帅淘气，挣脱你跑掉了。"陈芳雪笑着说，一边看向男孩，"怎么样？"

男孩开心地点头："我跑得快，你本来就追不上我！"

陈芳雪发动车子，悄无声息地离开了西苑豪庭小区。男孩起先兴奋地望着外面，当窗外的景物变得陌生时，他不安起来："我们这是去哪儿？"

"去个好玩儿的地方。"

"你怎么知道我的小名？"

"我不但知道你小名叫帅帅，还知道你大名叫钱超凡。"陈芳雪拍了拍他的头，"其实你还有一个小名，叫小石头。"

第二拨消防车拉着警灯呼啸着迎面驶来，陈芳雪靠边避让。

"有没有想过，自己长大了想成为什么样的人？"

"我要当消防员！"男孩望着疾驰而过的红色说，"太帅了！"

"是很帅，但我没问将来的工作。"车队过去，陈芳雪不慌不忙重新开回路上，"我问什么样的人，懂吗？"

"不懂！你到底带我去哪儿？我想回家！"

"好，兜兜风，这就回去。门边有瓶可乐，看到了吗？给你的，喝完了就送你回家……"

话音未落，一辆车突然斜杀出来横在了陈芳雪的车前。一名花白头发的老刑警从车上跳下来，冲到车门旁。

"程丽秋！下车！你的游戏结束了！"

四十四

信二：

老钱，见字如面。

本想当面找你聊聊的，怕你见了我紧张，所以还是写信吧。

匆匆一别，已过了八年。八年的时光，我们的儿子也长成小男子汉了。

前年从南山回中州后，我经常跑去杏林酒店对面的街心公园看他。那时他上幼儿园大班，放学早，总要跟小朋友们在公园里的儿童乐园玩儿到天黑。后来上了小学，大概功课紧了，玩儿的时间也少了。

我有空就去看他，隔得远远的，每次都要忍住上去相见的冲动。每次我都想，怎么总是奶奶和阿姨带着，见不到爸爸呢？

还记得我们最后一次见面是哪次吗？你应该不会忘了吧。总之我是不会忘的。我在你家，跟你爱人一起吃了顿饭，后来你留在家里洗碗，你爱人跟我一起去师大校园里散步谈话。那次谈话，决定了我们以及我们儿子的今天。

　　不瞒你说，我早做好了计划，把孩子从你们手里夺回来。虽然你们给了他很好的物质条件，但我看得出他并不快乐。老钱，我实在搞不懂，特别想问问你，既然你们这么在乎这个孩子，为什么不肯多花时间陪伴他呢？你爱人在外地工作，那也罢了；可你呢，很多次我看到孩子羡慕别人有爸爸陪伴的眼神，心里都特别不是滋味。

　　你怕什么呢？避嫌吗？不想让同事知道孩子的事吗？可既然都上了户口，也没什么好隐瞒的吧？还是只要看到孩子，你就会想到我，因而会感到不安甚至恐惧？

　　我知道你怕我，但没必要怕一个孩子。

　　我原本以为把孩子留给你们，至少对他有好处；可现在不得不怀疑，当初的决定是不是错了。

　　所以我决定，孩子还是跟我吧。他奶奶应该会难过，但也没办法了。

　　你不用担心孩子的未来，我已经全为他安排好了。我会带他去一个全新的环境，那里没有人认识我们，我和他都会结交新的朋友，找到新的乐趣。经济方面也不用担心，别的孩子有的他都不会缺，从小学到中学，甚至大学的费用我都替他准备好了，哪怕他将来不工作也可以安度一生——当然，作为母亲，我仍然希望他在学业和事业上能有所成就。

　　我会把我能想到的一切都给他，最好的一切，而且更重要的是，他的成长过程中会有母亲陪伴。如你所知我是孤儿，所以我绝对不想让我的孩子再成为孤儿。

　　不要怀疑我的决心，也不用怀疑我的能力。再重复一遍，我已经把一切都安排妥当，只要超凡乖乖跟我走就好了。所以请你好好安慰孩子的奶奶，让她知道孩子会很幸福；如有可能让她不要报警——当然，就算报警了也没关系，你们阻挡不了我。

老钱，你一定要明白，我已不是当年的陈芳雪或程丽秋了，你也不能以过去的眼光来看待我了。过去的屈辱早已化为我前进的动力，就因为那些伤疤太疼，所以我要让自己和孩子变得更强大，让外人无法再伤害我们。

对了，这个道理还是你告诉我的。看过的那些小说，《飘》《红字》《荆棘鸟》等，你告诉我一定要把命运掌握在自己的手中。我听进去了，之后的这些年也是这样做的，有成功有失败，但总的来说应该没有辜负你的教诲。

所以，请为我鼓掌吧，欢呼吧，我应该是你最优秀的学生了，我现在给你写这封信，用的还是你当初送我的钢笔。

钱老师，我只是感到奇怪，你明明比我更懂得这些人生道理，为什么自己却总首鼠两端呢？

当年在冒名顶替的事上放弃原则，你说自己是碍于杜传宗的人情面子。后来你貌似真诚地想帮助我，却还是跟我上了床；更讽刺的是，你一开始就骗我说自己是离了婚的。孩子的事更是如此，你明明不想要的，你老婆说了，你妈说了，你也就听之任之；你难道就没有自己的立场吗？

其实你只要坚持一下，不要受别人的影响，都不会是如今的结果。可你没有，你喜欢当好人，喜欢不伤和气，喜欢享受别人的崇拜和仰视，喜欢所谓的师道尊严。

可惜到最后，到今天这个地步，你还有什么尊严可言？

我知道警察找过你了。纸里终究包不住火，只要我们还活在这个世界上，十三年前的事就有被揭开真相的一天。这些年你的日子不好过吧？整日提心吊胆，你应该庆幸，收到我的这封信，便说明这样的日子要结束了。

尊敬的钱老师，为了更正你当年犯下的错误，补偿当年对我造成的伤害，我需要你做一件事。这件事没有商量的余地，你必须完成。做完之后，你将得到我彻底的原谅；否则我有足够多的办法，让你余生不得安宁。

你应该已经看到，随信附有一张光盘。光盘里有一段视频，你看了便会知道内容。我要你在9月1日的凌晨1点钟，把这张光盘拿到中州师大图书馆。图书馆外有一块新装的大屏幕，我要你准时在屏幕上播放那段视频。在这个过程中你可能会受到干扰，但无论发生任何事情，你都必须保障视频的顺利播放，绝不能中断，必须放到最后一秒钟。

你这么聪明，肯定猜到我已邀请了观众来欣赏那段录像。他一定会暴跳如雷，但你不用管他，只要坚持让他看完整段视频就好，如果他向你逼问我在哪里，不妨告诉他，我和他女儿，还有十二年前的冤魂在一起。

老钱，钱老师。不用害怕，我相信你可以完成得很好。记住，你做这件事完全是你自愿的，不是为我所逼，你完全是为了你自己，以获得真正的解脱。

愿我们来生能以真正平等的方式相见。

从心底感激你的　小陈同学
2009年8月29日

顺便，还有一封给宋光明的信，麻烦你转交。他毕竟曾是你的学生，当年你代表学校不分青红皂白地把他开除，也基本等于把他推下了悬崖。没有翻旧账的意思，本来想拜托公安的，但估计他们不肯；所以先放在你这里吧，如果将来有机会，麻烦转给他，如果实在没机会，那就算了。

信三：

　　光明，你还好吗？是我。

　　我是谁呢？陈芳雪还是程丽秋？其实不重要吧。

　　想到要提笔给你写信，我就心慌得厉害。这两天我写了好几封信给不同的人，但都没有这样的感觉。想来想去只能说，光明，我想你，真的好想你！

　　让我再深情地叫你一声"光明"吧……回到那个冬天，我们牵着手徜徉在幸福大街上，似乎真的触摸到了幸福。

　　闭上眼睛，仿佛就在昨日。你还是那么高大伟岸，还是那么不解风情，你滔滔不绝地说着你的理想，可我一个字都听不进去。我只想握住你的手，就那样走下去，希望幸福大街没有终点，希望我们的幸福也可以无限延伸……

　　真可惜，后来一切都变了。我时常想，究竟是你变了还是我变了，还是我们都变了？最后想明白了，还是赖我自己吧。你其实没变，只是当年我只看到了你阳光下的一面，没有看到阴影后的另一面。

　　2000年年底你回来，我们开始吵架，其实就是我们看到了彼此不太美好的另一面。现在争论谁对谁错已没有意义，我们都不肯回头，于是只好分道扬镳，沿着自己认定的路走下去。

　　你还爱我吗？在我一次次让你失望之后？我相信你是爱我的，否则也不会跟着我到南山，又跟着我四处漂泊。这世上有那么多黑暗需要抗争，你明明可以用花在我身上的精力做更多的事。一直盯着我不放，说明我还在你的心里，而且是最重要的，对不对？

　　那时我也怨你、恨你，不明白你为什么要针对我。我只不过想挣扎求生，你为什么不肯睁一只眼闭一只眼放过我？特别在有了小石头之后，我知道你在醉花谷景区上班，你偷偷跟踪我，还以为我不知道。

我假装把小石头扔到河里，你慌里慌张跑去捞，那一刻我才突然明白，你其实还是爱我的，只是你自己不知道，没关系，我知道就好。

虽然你的这份爱让我感觉很沉重，甚至有时压得我喘不过气来，但我还是很开心，想真诚地说声谢谢。在你之前，我从未被人真正地爱过，也从未真正地爱过别人，你让我尝到了爱的滋味，虽然短暂，虽然苦涩，但也值了。你的刀尖插进我胸膛的那一刻，我甚至想，这未尝不是最好的结局。

可惜我没死，我们还要继续面对彼此的分歧。在现实面前，什么样的爱也要低头。

你下决心要杀我，是因为之前的那次争吵吧。你先打电话给我，气势汹汹地质问我到底是谁，说我不是程丽秋；我一时半会儿在电话里跟你说不清楚，才从上海连夜包车赶去，可见了面你也不肯听我解释，还说程立军也是我杀的，你去南山调查过了。我真的不理解，以你的标准，程立军是个十恶不赦的恶棍，死了不正好体现你的正义吗？

好，如果你说除了事实正义之外还要程序正义，那你转天对我下手又算怎么回事呢？不觉得自相矛盾吗？

光明，你仔细想想，你所谓的正义理论早已千疮百孔了，当作笑话讲都没法逗人笑。支持你这套的，除了你自己这样的傻子疯子，就只有杜传宗那样的骗子。

你被他当枪使了，但我仍然不怪你。你的白衬衫曾在我最难的时候给予我勇气，我一辈子不会忘。对了，我至今还保留着一件，不时拿出来嗅一嗅上面的味道，你留下的、带着阳光的味道。

有一段时间——确切地说是我离开福利院，刚刚回中州陪伴杜娟的那段时间——我一边筹划自己下一步的行动，一边想象未来的生活。在我的幻想中总有你的位置，你、我、小石头，咱们三个组成一个温暖的小家庭。以你为榜样，孩子肯定不会学坏，但也不要学你钻牛角尖，否则在社会上将寸步难行。

很遗憾，想象终究是想象，无法变为现实了。在医院养伤时，我每天都惦记你。在看守所里还好吗？吃得怎么样？休息得怎么样？是不是每天都要提审？不知道法院最后怎么判。不由得想起十年前，我一个人孤苦伶仃，也是这样惦记着你。那些恶心的男人压在我身上的时候，我必须闭上眼睛，努力把他们想象成你，否则会控制不住地尖叫。凌晨回到咱们简陋的家，洗过澡后我也必须抱着你的白衬衫才能勉强入眠。

想想令人唏嘘，那样的日子咱们都熬过来了，可惜苦尽没有甘来。

光明，经历了这么多后，你现在也有更多时间思考了，你承不承认自己错了？

正义必胜只是美好的愿望，却并非我们身处的现实。就像你最喜欢的白衬衫，穿得久了难免泛黄破洞，浆洗缝补也没用。我比你早一点儿认清这个世界，所以我还有未来可以憧憬，而你只能把牢底坐穿。

对不起。我犹豫了很长时间，要不要再跟你说这些。我们争论了十年，似乎谁也没能说服谁，但在今天的我看来，你已经认输了，只是嘴上还不肯承认。

不承认也没关系，反正不用给我回信，也不会丢你的面子。

我们有过约定要互相坦白，这些年你我都没能做到。如今没有什么好顾忌了，所以我决定把心里话说出来，听得进听不进随你。

我们有过美好的记忆，也有不那么美好的，我都会铭记在心。不管今天的你是恨我还是爱我，我都感谢你赐予我的一切。

很想再见你一面，可惜没有机会了。如果侥幸你能读到这封信，就当作我留给你的最后的纪念吧。

最后再说一遍——

光明，我不恨你，只为错过而遗憾。

曾经爱过你的　丽秋

2009年8月30日

四十五

钱主任身中三枪，保安听到枪声赶到时，他正靠在芙蓉湖边的太湖石后倒气。一枪打在肩膀，一枪打在右腿，还有一枪打中了肚子。他一只手无力地下垂，另一只手捂住腹部的伤口，鲜血沿着身下的石缝流入墨色的湖水中。

这名保安看到平生所见最诡异的一幕——提着枪的凶手一步步走到钱主任的身边，却没有了结他的意思，反而木然地站在血泊中，扭头向图书馆方向望去。

保安这才注意到，图书馆外墙的大屏幕也亮着，一个穿着红色羽绒服的女孩正在漫天焰火照亮的夜空下，缓步走上冰面。他想起来了，这女孩好像春节时见过，还是自己率先发现的，在大年初一的清晨，那件红色羽绒服漂浮在芙蓉湖的碎冰中。

女孩走向湖心，似乎是奔着中间的湖心亭去的。然而又不是，她在距离湖心亭还有几米的地方停了下来。她转过身，手里提着一个酒瓶，喝了一口，向镜头的方向投来笑容。

她在喊什么，但没有声音。

一口又一口，酒瓶里的酒喝完了，她开始跺脚，似乎在考验冰面的结实程度。脚下似乎还承受得住，于是她开始跳，一下，两下，三下……

大屏幕里的女孩每跳一下，湖边站着的男人就跟着哆嗦一下。他的喉咙发出奇怪的呜噜声，很快又变成绝望的哀号……突然，女孩停下了，他也停下了，时间似乎凝固了——但下一秒，女孩便直直地落了下去。

镜头始终稳稳地对着女孩，在她落水后甚至拉近了画面。女孩挣扎扑打，手持摄像机的人却纹丝不动……

漫长的两分钟后，女孩终于停下了。大概因为羽绒服的浮力，她俯身漂在冰水中，平静得就像在安睡。

湖边的男人跪倒在地，声嘶力竭、泣不成声。钱主任在一旁痛苦呻吟，他看都不看一眼。

更多人听到枪声跑来了。保安、老师、校工、好奇的学生们……最早赶到的那名保安大喊不要靠近，有人喊着快报警，有人说已经报警了。

男人跟跟跄跄站了起来，所有人都看到了他手里的枪，吓得后退。也有人认了出来，说这不是世纪诚天的杜传宗杜总吗？咱们学校的客座教授。

杜传宗扭头看看那些好奇望向自己的看客，一步步向湖中走去。有人注意到，他的腰窝渗出了斑驳血迹。

湖水没过他的小腿、他的膝盖，然后没过他的腰。他在水中摇摇晃晃，看客们聚拢到湖边，这才有人发现了奄奄一息的钱主任，急忙呼喊救助。

就在混乱之际，又一声枪响。所有人惊恐地趴在地上。还是那名保安壮起胆子伸头张望，他看到那男人正缓缓下沉，染红的水波仿佛从幽深湖底浮出的一大朵罂粟花。

图书馆外墙的大屏幕闪了两下，吸引了所有人的目光。对准湖面的镜头突然调转，一张女人的脸出现在画面中。

"早死早托生，大家都轻松。"她无声地说。

9月1日，开学的日子。天亮后无数中小学生及家长挤满了大街小巷，他们都不知道这座城市刚刚度过了多么惊心动魄的一夜。

中州师大发生枪击案，行凶者自杀身亡，伤者被送医抢救；西苑豪庭小区发生火灾，警方怀疑是人为故意纵火，好在没有人员伤亡；全市所有派出所及相关部门都接到协查通报，通缉一名三十岁左右、化名陈芳雪的女子，涉嫌纵火及拐带儿童。

幸亏罗忠平及时赶到截下了孩子，但陈芳雪向小朋友大喊了两声，便匆匆消失在夜色中。喊的什么老刑警没有听太清，大约是"妈妈爱你"之类的话，孩子则神情呆滞，一句话没说。本来还有可能追上她的，但一群见义勇为的民工被陈芳雪所骗，拦住了穿便衣的老刑警……

接近中午，专案组终于等来好消息，牛喜妹落网了。她在一家银行的ATM机上取现，连续输错密码导致卡片被吞。工作人员上前请她出示证件，她却试图逃跑。

牛喜妹被迅速带至刑警队审讯。起初她什么都不肯说，但小区监控清楚拍到她曾在半夜独自下楼，形迹十分可疑。白队故意拍桌子要她承认纵火，牛喜妹吓坏了，只好老实交代，说自己也没料到陈芳雪真敢放火……

牛喜妹坚称自己不知道陈芳雪的去向。那张银行卡里根本没有钱，受了骗的她确实没道理还替陈芳雪隐瞒。况且真想跑路的话，陈芳雪也没必要向她透露自己的计划，增添风险。

偌大的中州市，那个神秘的女人究竟躲在哪里呢？随着时间一分一秒流逝，所有人都明白她逃离中州的可能性越来越大。

在陈芳雪留下的白色宝马车内，找到了回忆录的最后部分，一直写到她恢复"我"的第一人称，并以陈芳雪的身份送杜娟上路。回忆录丢在车里，显然是留给警方的，其目的大概也是文中所写，"希望自己的故事能被更多人知道"。文中还提到她对未来的安排，要带着儿子远走高飞，开始新生活，却没提究竟要去哪里。

除了回忆录，警方在身受重伤的钱主任身上还找到两封陈芳雪的亲笔信。一封是写给他本人的，一封托他找机会转交宋光明。前一封信中交代得明明白白，半夜在图书馆大屏幕放杜娟自杀录像也是陈芳雪的安排。

完全被牵着鼻子走，被耍得团团转……听到有人建议按照过去的经验撒网摸排，白队气得拍案大骂，这样找上一百年也找不到！不要忘了，陈芳雪是天生的寄居蟹，化名冒充是她的看家本领，她绝不会像普通的蟊贼一样躲在阴暗角落等着咱们上门！

转眼又是一天过去，距离陈芳雪失踪已超过三十六个小时，仍然音讯皆无。白队将专案组能调动的人手全都撒出去了，唯独留下了罗忠平和童维嘉。童维嘉向师傅抱怨，为什么别人都在一线而自己只能看孩子，这算不算性别歧视？老刑警正戴着老花镜研究回忆录和那两封信，头也不抬地说，看孩子难倒不重要吗？

童维嘉本想反驳，还是把话咽了回去。想想孩子也挺可怜，不但不能去上学，有家也不能回。阿姨无端失踪，奶奶突然病倒，转眼身边一个照顾自己的人都没了。孩子的心理肯定受了巨大刺激，所以才一句话都不肯说。

"说说你的想法。"罗忠平摘下老花镜揉揉眼睛，看向徒弟问道，"关于陈芳雪的去向。"

"陈芳雪计划中的目的地，必须符合以下条件：一，没人认识；二，相对安全；三，不影响孩子将来的发展；四，经济没压力！"

"具体一点儿。"

"肯定不会是穷乡僻壤！不能是生活太艰苦的地方……所以我猜应该还是大中型城市，不排除潜逃出境，但这种可能性不大。"童维嘉边说边留意会议室里的钱超凡——小朋友正在白板上写写画画。

"为什么可能性不大？"

"道理很简单！在国内，她可以打工赚钱；出去了，就算她想办法解决了身份的问题，也不可能有很高的经济收入，给孩子好生活——她语言不通啊，最多打打黑工！"

罗忠平皱眉："你觉得她不会外语？"

"当然，她不可能会！从小流浪乞讨，读书认字都是后来自学的，包括小学中学那点知识，她不可能会外语……"

不对，陈芳雪会英语，她帮杜娟考过四级……童维嘉突然生出疑问，她连英语都是自学的？

老刑警思索道："彻底没人认识，彻底安全，这样的条件必须出国才有可能。再说去个发达国家对孩子成长也好……"

"钱呢？工作组查过世纪诚天的账，陈芳雪也没从公司拿多少钱……而且出国不是那么容易的，她又没护照，怎么出去？"

正说着，会议室突然传来"咚"的一声。童维嘉急忙跑去看，发现小朋友画画的白板连同整个架子倒了，还好没有砸到身上。

孩子翻身爬起来，不好意思地低下头。童维嘉嘴边埋怨的话咽了回去，摸摸他的头，问有没有磕碰到。他摇摇头，仍旧一言不发。

"没事，这块白板确实不太稳，你要想画画，在纸上画。"童维嘉说着扶起白板，看到上面画了一个女人……

"画的是你妈妈？"

男孩摇摇头，犹豫地瞥了她一眼。

"难道画的是我吗？哦，看出来了，画的是姐姐我对不对？穿的是警服？"

孩子的笔触幼稚，但他心目中的这个女人应该挺好看的，大眼睛，红嘴唇，直直的长发垂到肩膀——不对，孩子没看过自己穿警服的样子，他只见过穿警服的陈芳雪！

童维嘉深吸一口气，再次看向画中的女子。没错，应该就是陈芳雪了，最容易辨识的是头发的长度，陈芳雪一直是及肩的长发，而自己是短发；穿的也确实是警服，胸标都画了出来，警号正是自己的。

"这是什么？"童维嘉指向画中女人手腕上的一道红线。

"没什么！"孩子终于瓮声瓮气地开口。

这孩子的观察力和记忆力很强，说不定能记录下什么不起眼的细节。"是受伤了，流血了，所以才红的？还是你不小心画错了⋯⋯"

孩子赌气，伸手要把画擦掉，但就在这一瞬间童维嘉想起，在医院时确实看到陈芳雪的左手腕上有一根红绳⋯⋯她一把抱住孩子，向会议室外大喊。

"师傅！我知道陈芳雪怎么出去了！"

她向进来的罗忠平示意白板上的杰作："还记得回忆录中写过，杜传宗父女会在手腕上系根红绳代表他们父女相依为命的感情，杜传宗的尸体上还有，但年初杜娟的尸体上却没发现！而现在，这根红绳到了陈芳雪的手腕上！"

老刑警锐利的目光盯着那根红线。

"所以她现在的化名，是杜娟！"

虽然排队的人不少，但手续办理的速度挺快。她快速瞥了一眼，自己这一队的边检柜台后面是位帅哥，正悄悄打哈欠，看上去有些疲惫了。

不会有事的，她努力让自己镇定，只需走到窗口前，递上护照和登机牌，笑一笑便好⋯⋯前后最多不超过半分钟。一旦拿回护照，从旁边那条窄窄的过道走出去，就算大功告成了。将不堪回首的过去抛在脑后，迎接前方的美好新大陆，开始全新的人生⋯⋯

"下一位！"

不知不觉轮到了自己。镇定，镇定⋯⋯她心中默念着走过去，将登机牌夹在护照中递上去。能换登机牌就说明机票没问题，机票没问题就说明自己的身份没问题。

帅哥打开护照，翻到有签证的一页。

"去美国？"

心悬到了嗓子眼儿。前面几名旅客明明什么都没问，直接放行了，为什么忽然问自己？

"对……有问题吗？"

话出口便后悔了。心虚的表现，此地无银三百两……帅哥果然对着护照上的照片多看了两眼。

为了贴近照片上的杜娟，她把长发剪短了一些，但又不敢剪得太短，怕露出自己的招风耳朵。杜娟的眼珠是深棕色的，所以她特意戴了棕色美瞳。本来她们的脸型、相貌就有七分相似，精心化妆后便有了九分，一般人应该分不出来。

帅哥似乎有些犹疑。

镇定，微笑……手心捏出汗来，千万不要笑得太僵硬。

砰砰两声，出境章敲在护照上。她拿了护照立刻向过道里走，几乎小跑起来，却听见后面不止一个人喊。

"回来，回来！"

绝望地回头，帅哥手里正举着登机牌。

之后的安检很顺利，也很快找到了登机口。几排座椅已经坐满了人，多数是金发碧眼的老外，还有一些快活打闹的年轻人，应该是留学生。在角落找到一处空位坐下，对面是位跟自己年龄相仿的年轻妈妈，正与女儿说笑。小女孩六七岁，应该是混血，洋娃娃一般可爱。

去了那边，自己说不定也会找个老外结婚，生个这样可爱的女儿吧？这样想着，眼前却浮现出小石头的面孔。从此跨海相望，不知多久才能再见。现在孩子已不认得自己，再过些年，自己恐怕也会认不出他了……

其实当时那个场面，真要把孩子带出来总还有办法，但老家伙突然出现让自己慌了手脚。为什么最终选择了逃跑？现在回想，已经通过冒充警察引来民工搅局挡住了老头，但小石头的目光让自己在那一刻退缩了。

说不清，就是一瞬间的决定，孩子的眼神仿佛在说，就算你说的是真的又怎样？就算你真是我妈妈又怎样？我还是讨厌你！

那个冰冷仇恨的眼神，让所有信心都没了，所有辛苦的准备也全部报废。自己用杜娟的护照办下真实的美国签证，但小石头的全套证件只能从黑市上购买，极高的价格、极大的风险……

现在好了，再不用担惊受怕了。

阳光从落地窗透进来，洒在身上暖暖的。飞机已连上廊桥，行李正通过输送带运入货舱。自己一件行李都没带，本来还想多少带几件衣服，转念又想既然孩子都舍了，那就彻底求个全新的开始吧。除了背包里的美元现金和几份信托基金文件是到那边安身立命的根本，属于陈芳雪的一切都可以不要了。

再见，陈芳雪，你和程丽秋一样，也已完成了属于你的使命。

杜娟，你好，作为信托基金的受益人，你一辈子不用再为钱发愁。

玻璃窗上映出的女人，既熟悉又陌生。你望着她，她也望着你。你轻轻抬起左手，她也一样的动作，你下意识摸了摸手腕，她的手腕上也系了一根一模一样的红绳……

广播响起，通知可以登机了。转眼登机口排起长龙，你不慌不忙排在了队尾。

　　　　您好，请出示您的登机牌……

　　　　您好，请注意脚下……

　　　　您好，您的座位在这边……

　　　　您好，飞机起飞前请您调直座椅靠背，收起小桌板……

　　　　您好，您的包请放在头顶行李架或放在座椅下方……

　　　　您好，飞机马上就要起飞，请关闭手机以及各类移动通信设备……

　　　　您好，请问是杜娟女士吗？我们是公安局的，麻烦您跟我们下飞机，配合接受调查。

四十六

信四：

　　罗警官、小童警官，你们好。很抱歉给两位添麻烦了。为了我的案子，你们辛苦了大半年，罗警官还救过我的命，所以上次提审时我说谢谢，确实是真心的。

　　当然，你们警察抓了我，所以我有些抵触情绪也可以理解吧？冷静下来想，其实没必要，你们在做你们的本职工作，我的怨气还是对自己，对老天爷。

　　上次提审的最后，罗警官要我想想清楚，除了我做的那些事，还有我为什么会走到今天。

　　是啊，究竟怎么一步步到了今天呢？如果能早点儿认识两位，也许很多事情会不一样。就像一个溺水的人，这些年我只知道自己拼命挣扎，却没想过呼喊求助，真的太傻了。也许喊一声、伸个手，你们就能把我救出苦海。

　　可惜我错过了机会。

　　为什么没有呢？大概与我的经历有关吧。我的人生就是一场悲剧，不幸的种子在成为孤儿时就种下了。寄人篱下，天然没有安全感，因此必须不择手段，抓住任何机会让自己生存下去；同时竭尽所能讨所有人的欢心，掩饰自己的欲望，装成一个乖巧懂事的好孩子。

一面是阴险毒辣的陈芳雪，一面是老实受欺负的程丽秋。人格分裂？就算是吧，但其实都是我，一枚硬币的两面。

程丽秋想求救，陈芳雪拒绝了。就这么简单。

选择决定了我们的人生道路。但其实，更多时候我们没有选择。

我的童年就没有选择，大人让干什么就必须干什么，否则要么挨打要么挨饿；长大一些后，看似可以自己做主了，生活又把我逼到了墙角。

说到底，选择什么样的生活不是问题，有没有能力做选择才是关键。罗警官从警这么多年，一定看过很多鲜血淋漓的人生，相信你能明白我的意思。至于小童警官，多半会不服气吧？你肯定会说人在任何时候都是有选择的，说没有选择纯属推卸责任——就算是吧，但对程丽秋这样的人来说，她该从哪里知道自己还有选择的机会？

程丽秋不知道，所以她悲惨地死了。陈芳雪争取到了选择的机会，她才活到今天。

这就是我得到的教训。我要为自己争取一个有选择的人生。

再举个例子吧，小孟珂的母亲，一个狠心扔掉亲骨肉的女人。

她叫王萍，一个平凡的农村姑娘，热爱生活、喜欢唱歌。记得她最喜欢李娜的《青藏高原》，高音极为干净，比杜娟强上百倍。可惜她没机会登上舞台，初中毕业进了工厂流水线，十六岁时就被管事的工头欺负了。后面的事，用脚趾头也能想出来。

她有选择吗？发现孩子有病，她去找孩子的生父，被打出来。求厂里做主，被塞进面包车丢进荒山里。回自己老家，全村人骂她不检点，父母不给她开门，说她丢了家族的脸，宁可她去死。

我在回忆录里写了发现孩子是唐氏综合征的心路历程。那不是我的，是她的。她椎心泣血地讲给我听，让我意识到自己有多么幸运，如果我的孩子跟她的一样，也许我会真的丢进河里。不要跟绝望的人讲道理，那会让你自己显得无能而残忍。

要说选择，王萍的选择无非是自己死，或是带着孩子一起死。她运气好，孩子被辗转送到了福利院，她也被人救了，但成了残疾，腰部以下瘫痪。

如果不信，你们可以去找她。在南山市一家专做八音盒的小工厂，她负责拧音板螺丝。我那时经常去看她，八音盒在她手中发出叮叮咚咚好听的声音，她的脸上永远带着羞涩的笑容。她问我哪个八音盒好看，哪首曲子好听，她说自己有许多选择，可我望着她只觉得一阵阵悲哀。

我们身边的大多数人都跟她一样，以为自己有选择，其实根本没有。以为有能力看清真相，其实看到的都是别人为你编织的假象。

小童警官，还记得我们在南山的雨夜，坐在车里的谈话吧？你说看了我的回忆录有很多不理解，而我告诉你不需要理解。你明显更糊涂了，但我真不是故意敷衍你。说句实话，其实我跟你们一样，也在努力寻找真相。只是你我眼中的真相天差地别。

你追求的是客观的、冷冰冰的真相，但在我眼中，这样的真相不存在。所谓真相，其实是个难以驾驭的怪物，它是活的，有温度，会呼吸，时而孩子气地跟你捉迷藏，时而向你喷吐暴怒的火焰。

反正，你可以竭尽所能地靠近它，但永远不可能真正看清它。

或者说，每个人通过自己眼睛看到的都是真相。

那份回忆录，你们会说许多内容都是编造的；但对我来说，里面的每一个字都是真的。那就是属于我的真相。

为了帮助你理解，有段内容值得展开说一下。

送走小石头后，我有差不多两年的时间浑浑噩噩。失去了目标，找不到活下去的意义。我做不到像宋光明那样执着，也做不到杜娟那样随性，我好几次试图自杀，却总也死不了；我漫无目的地四处游荡，根本不在乎能否见到第二天的太阳。

记得是个阴雨绵绵的夜晚，我随意搭乘的长途车坏在了前不着村后不着店的荒郊野外。车上只有我一名乘客，我和司机坐在路边的石头上等待救援。那司机五大三粗一脸横肉，看着叫人害怕，我虽然什么都不在乎，但也本能地和他保持安全距离。他看出来了，扔给我一支烟，我也不知道他怎么看出我一个女孩也抽烟。

点上烟，他问我目的地，我说不知道。他说怎么可能不知道，找谁去，干什么去，总要有个地方。我说真的不知道，也不知道找谁，也不知道干什么，所以当然也不知道自己要去哪儿。而他随口的一句话，却让我突然找到了方向。

他说，不知道自己去哪儿，总该知道自己打哪儿来的吧？

那一瞬间我愣住了。我好像从未真正想过这个问题，我究竟是从哪里来的呢？

无论在成为程丽秋之前，还是之后，无论叫陈芳雪还是田璐璐或者别的名字，我就像一个不停旋转的陀螺，唯一考虑的只有怎么继续旋转不要倒下。而司机的话让我第一次思考，我这个陀螺是从什么时候开始转起来的呢？

救援直到第二天才到。我跟着司机到了终点，又跟着他的车折返，回到发车的长途车站。最后下车时他笑我，看来你是真不知道自己要去哪儿。我说会知道的，找到自己从哪里来的，自然也就知道目的地了。

从那天起，我倒着行程往回走。之前是漫无目的的闲游，走到哪儿算哪儿；但既然有了想法，就不得不花心思筹划。回忆当初的行程，寻找熟悉的场景，每到一处便想，上次来这里是什么天气，什么心情，有没有碰到过什么有趣的人，发生过什么难忘的事。

我辗转回到了南山，再从南山回到了中州，再从中州回到陈芳雪身份证上的那个村庄，见到了真正的陈芳雪。我这个陈芳雪是假的，但没关系，再往回，就像倒转的磁带，我找到了做假证的田璐璐，找到了不曾失学的往日少女蒋春梅，找到了被火烧塌的破庙，找到了面目全非的阿花……如果你们看过回忆录的最后部分，一定能明白我在说什么。

最后，我找到一个拾垃圾的老汉。老汉还记得渣叔，记得二十年前渣叔手下有个小黄毛丫头外号叫鼻涕虫。这个鼻涕虫有一个和其他孩子都不一样的特点，她年纪最小，却永远用拳头代替眼泪。

来时的路，决定要去的路。

陈芳雪从哪里来，决定了程丽秋应该往哪里去。

于是我终于明白了，不要做被抽的陀螺，要做抽陀螺的鞭子——这便是这个世界在我眼前呈现出的真相！

小童警官，还记得我受伤在医院时，特意请你来病房聊天吗？你一定好奇，为什么单单找你？

不仅仅因为你也是女的，我们年纪接近，还因为我真的相信咱们有缘。

有一次我到小区外的街心公园看小石头，无意中瞥见了你，还以为自己的秘密被你们发现了……后来我跟踪你，才发现你只是住在小石头的楼上。

跟你聊天十分有趣，咱们说到了小石头，你想知道他是怎么死而复生的；还说到了杜传宗，你问我怎么认识他的。你反复试探，希望得到你所谓符合逻辑的真相，只可惜你犯了同样的错误，只关注冷冰冰的真相，而忽略了文字后面的温度。你用了你的脑子，但没用你的心；所以你听到了我的回答，可又不懂我的回答。

虽然失望，但我并不怪你，毕竟我们的成长环境有天壤之别。解释得清楚一点儿吧，你问我究竟是陈芳雪还是程丽秋，其实我都是，我既是陈芳雪也是程丽秋，什么时候你明白了这一点，才能真正理解我做的每一件事。

最近我时常想，当一切尘埃落定后，我的故事被你们记在案宗里，会不会就此束之高阁，永远再无人知晓？我辛辛苦苦写下的那些字，那些辗转反侧的夜晚，是不是也失去了意义？

8月31日那天，我徜徉在中州师大的校园里，知道应该是我最后一次来这里了。看到一张张朝气蓬勃的面孔，特别是那些刚刚报到的大一新生，他们的脸上洋溢着对未来的憧憬。有希望是一件多么美好的事，于是我打电话问老钱，程丽秋的悲剧会不会重演？

他向我保证，绝对不会。

如果他说的是真的，那也值了。但我知道他也只是随口说说，毕竟我们身处的不是童话世界。

说到钱老师这个人，其实我心里特别矛盾。有时恨他恨得牙痒，有时又特别感激——就跟我想到杜娟时差不多，美好和痛苦的回忆掺杂在一起，很难区分。其实他们两个都不是坏人，与杜娟的友谊在那段特殊岁月里对我意味着很多；老钱呢，甚至称得上我在某些方面觉醒的启蒙。没有他借给我的小说，以及那些深入的讨论，我也不会成为今天的我。

记得许久以前我曾问过老钱一个问题：在你心目中，陈芳雪和程丽秋这两个名字分别意味着什么？他回答，程丽秋是良心上的一个洞，而陈芳雪是这个有了洞的良心在阳光下的影子。

有文化的人就是不一样，对吧？

所以呢，我想恳求两位看在我的面子上对老钱同志网开一面。如果我的面子不值什么，那也看在小石头的份儿上。不管怎么说，他是小石头的父亲，有血缘的父亲。老钱的问题在于耳根子太软，当年扛不住杜传宗的威逼利诱，孩子的事他也根本做不了主。据我所知，这些年他一直回避与孩子见面，我明白他心中的痛苦，这份痛苦已是对他的惩罚。

说完老钱，再说两句杜娟吧。视频可以证明，她是自杀的。她因我而死，但告别这个令人生厌的世界完全是她自己的决定。这样的结果恐怕让你们失望了，你们大概会以为她是懦夫，但恰恰相反，杜娟是我所认识的人中最有勇气的一个。她的问题在于总也找不到自己的方向，但一旦做出了决定便绝不拖泥带水。我和她有着完全不同的成长环境，但我们心意相通，彼此理解，因为归根结底我们有着同样的困境——

这世界不公平地剥夺了我们的选择权。

我们付出一切，才努力赢回了选择权。只是她选择了死，我选择了生。

我们尊重彼此的选择，所以也请你们给予我们足够的尊重。

以上，算是我的自白书吧，反正都是心里话、大实话，是我这两天想到的。

可惜啊，就差了几分钟，如果你们的人晚到几分钟，我现在已经在美国开始新生活了。

杜娟名下的信托基金有两千多万美元，下半辈子足以衣食无忧。小石头跟我走的话，读个贵族私校也够了。

但我不抱怨，做什么样的选择，就要承担什么样的后果。我从小便明白一个道理，耍赖没用的，愿赌服输。

最后，就算你们抓到了我又能怎样呢？且不说你们想加诸于我的罪状都没有证据，就算有了恐怕你们也无法把我送上法庭。一个最简单的问题就难倒你们了——犯罪嫌疑人的名字应该写什么呢？陈芳雪吗？

哈哈，多有意思，是不是？

就这样吧。

签名写什么呢？

2009年9月5日于中州市看守所

对了，如有可能，也请为孟瑶网开一面。

尾 声

"六不准。一不准交谈案情、传递书信，策划对抗审讯、起诉、审判工作。二不准传习作案伎俩，散布反动下流言论。三不准称王称霸，拉帮结伙，打架斗殴……"

"263！"

监规默背到一半，铁门外传来管教的声音。她立刻起身立正站好。

"到！"

铁门打开，管教示意她跟自己走。还没到午饭时间，监室打饭的任务也不归自己，这是要去哪里呢？又一次提审吗？她心中疑惑，却不能问。

"进去，衣服脱了！"

竟然是医务室。入监体检便在这里做的，脱得精光，里里外外看个遍，才不管你是否羞耻。当然，经过天歌那一年的磨炼，她在陌生人面前脱衣服早已没有了心理障碍，更何况眼前的医生还是个女的。

利索地脱掉了衣服，等待医生检查。不是常规体检，她想，难道要放自己出去了？

比入监体检快了很多，只看了看体表有没有外伤。签过字后重新穿上衣服，便被管教领着继续向门口走去。

真要把自己放了？她不敢相信。

"辛苦了！"

听到熟悉的声音，很快也看到了那位老刑警熟悉的面孔。他的身旁跟着年轻的女刑警，正向这边看来。

最后一道铁门打开，她被带到两位刑警面前。

"你的母亲病重。出于人性化执法的要求，根据相关规定，我们得到批准，带你回去探病。"

"我，母亲？"

看守所里不许交谈，几天没说过话了，吐字有些口齿不清。

"程丽秋的母亲。"老刑警点了点头。

罗忠平没有说谎，警车离开看守所便一路朝西南方向驶出了中州。她贪婪地望着公路边的农田和行道树，还有更远处起伏的山峦。

"现在可以说话了，有什么问题尽管问。"开车的童维嘉通过后视镜瞥了一眼，笑着说，"哦，你的信我们看到了，写得挺好，对我们有很大启发。"

也许是圈套，她想。一定是的，千万小心。

"你要没问题，我先问！8月31日夜里咱们在南山，你到底怎么给我下的安眠药呢？我一直想不明白……"

"我告诉她，肯定是下在杯盖里的。保温杯里的咖啡没事，倒在杯盖里给你就有事，那问题肯定在杯盖里啊，对不对？"罗忠平插话，"这不是审讯，也没录音，放心好了，就满足一下她的好奇心……"

"想多了吧？"她毫不犹豫地回答，"童警官就是太辛苦，自己睡着了。"

之前的几次提审，她都小心翼翼守住了底线。冒充杜娟外逃以及偷取警服与孩子见面都被抓了现形，没有办法抵赖，但从远的龙诚之死到近的西苑豪庭小区纵火，坚决不能承认。

没有非法获利，冒用他人身份就算不上诈骗，最多判拘役或管制；就算冒充警察，自己也没有招摇撞骗，正常来说，拘役半年差不多了……

"我们这是去西原吗？"她忍不住问道，也为了岔开话题。

"不然呢？"童维嘉说，"你还有几个妈？"

不祥的感觉涌上心头。难倒他们发现什么了？又或者真在这么短的时间内查清了陈芳雪的身世？最好的策略还是以不变应万变，她决定了，闭上眼睛假装睡去。

不知不觉真的沉入了梦乡。

自己在深夜的大街上奔跑，追赶一个小男孩的背影，好不容易追到，男孩大喊："你不是我妈妈！"是小石头的声音，扭回头却是孟珂那张呆滞有病的脸……"没问题，我给孩子表演个节目！"程立军的声音传来，随后便是三个盘旋的光点，"姐，你真把我照片寄给咱妈了？有没有寄你的呀？"三个光点化作焰火在夜空中炸裂，映亮了杜娟的脸，她攥着酒瓶狂饮，哼唱着张惠妹的《姐妹》，"我终于明白了，"她说，"你不是陈芳雪，你是程丽秋，你假扮了一个人去假扮自己，今后你还要假扮假扮你的人……"冰面在她脚下开裂，挣扎呼救的却是另一个面孔，伴随着一阵夜枭般的笑声，"早死早托生，大家都轻松"……自己急得在漆黑中狂奔，心头却一阵剧痛，闪着寒光的匕首插在胸口，宋光明扭曲的脸正疯狂大喊"魔鬼去死"……

不，不能死，我还不能死！她大叫一声惊醒，发现车已停了下来。

夕阳下，一片洒着金光的湖水。恍惚间她以为自己回到了师大芙蓉湖，但立刻知道不是。童维嘉拉开车门，示意她下车。下车走到湖边，罗忠平正出神地望着平静的湖面。

"很久没有回来了吧？"老刑警幽幽地说，"可惜被淹了，也掩盖了你的过去。"

"我不懂你在说什么。"

"九河湾村，2003年被扩容的水库淹掉了，就在这下面……程丽秋在这里度过了相对还算愉快的童年。"

她哼了一声。

"2003年正好还发生了一起意外,程丽秋的中学副校长在这附近被一辆套牌小货车撞死了,那辆肇事车一直没找到,后来怀疑被沉到了湖里。所以前段时间我们安排了潜水员,找到了车。"停顿片刻,罗忠平扭头看向她,"猜猜看,除了车,我们还找到了什么?"

"我怎么知道。"

"我们在水下找到了九河湾村,程家的老宅。"童维嘉接着说,"虽然被淹了许多年,但还是发现了点有用的东西。一个铁皮饼干盒,里面装满了程丽秋从小学到中学的奖状和证书。我们找到了一个塑封的市图书馆借阅证,并在借阅证照片的背后提取到了一枚指纹……"

原来在这儿等着呢……她立刻明白了,想诈我。

"程丽秋的指纹怎么了?"

"她的指纹,偏偏跟你的一样呢……所以你信里的那个问题,起诉书上犯罪嫌疑人的名字写谁?就写程丽秋。"

一阵风从湖面刮来,卷起周围的落叶。她打了个寒战,老刑警脱下外套给她披上,继续说下去——

"你一直是程丽秋,所以归根结底,不是陈芳雪在冒充程丽秋,而是程丽秋在冒充陈芳雪……当然,这么说也不准确,你真正扮演的是十二年前死在师大芙蓉湖的那位伙伴!"

"有意思……可我为什么这样做?对我有什么好处?"

"在她死后,你这么做的好处显而易见,可以避人耳目,保证自己的安全;但确实眼下的情形不一样了,似乎没有必要再扮演下去……"罗忠平看了徒弟一眼,停顿片刻又继续说下去,"你花了无数心思,写了十万字的回忆录,别出心裁地用第二人称的方式暗示我们你不是程丽秋,生怕我们看不懂,还特意留了几处破绽给我们。此外,你还故意先把一部分回忆录给宋光明看,让他先来怀疑你,再用他来影响我们,真是煞费苦心啊……"

"不好意,你还是没回答我的问题,我为什么这么做?吃饱了撑的吗？"女人冷静下来，裹紧了大衣，嘴角露出惯常的冷笑，"为我逃跑方便？可好像不管我是谁，对于你们抓人都没有区别吧？"

"是啊，你究竟是谁对于抓人没区别，但对于我们结案区别可大了。如果你是冒牌陈芳雪，真实身份不查清，我们就结不了案，而你非常清楚这一点！"

"你的意思是，我用这种方法来对抗你们，逃避坐牢？"她不禁冷笑道，"你们总不可能因为查不出身份就把我放了吧？我还宁可去监狱呢，条件至少比看守所好一些……"

罗忠平点点头："不，你考虑的不是坐牢，而是你冤死的朋友。在给我们的信里，你特意强调自己一步步倒回去寻找你所谓的来路，你在告诉我们该顺着怎样的线索调查陈芳雪的身世，你当初没有找到最终的答案，你是希望我们能替你完成！"

童维嘉死死盯住女人漆黑发亮的眼眸，看到其中有泪光闪动。

"我猜，这也是你十多年来耿耿于怀的心愿吧？你从来没有忘掉你的朋友，你从来也不是单纯利用她的身份。你信里的那句话没撒谎，你既是程丽秋，也是陈芳雪，你的朋友就活在你身上……你希望搞清陈芳雪的身世，因为这始终也是她自己最大的心愿！"

女人低下了头，沉默半晌，索性在湖边坐了下来。

"当然，除了给冤死的朋友一个交代，你还有一层动机——我不知道哪个更重要，也许都重要吧。"老刑警索性也在女人身旁坐了下来。"你离开西原老家已经十三年了，中间却一次都没有回来……为什么？"

女人僵住了，就像忽然有人喊了一声"木头人"，嘴巴半张，双手死死攥紧了拳头……罗忠平看看她，继续说下去。

"你不敢回来，因为你不知道该用什么样的表情面对那个名叫韩彩凤的瞎眼老太太。她是养育你长大的慈母，但也夺走了你人生最大的希望；你的一连串不幸都是她的自私偏爱造成的，可没有她，你在两岁时候就淹死了！而且你清楚，总有一天会水落石出，她会知道自己最宝贝的儿子是程丽秋杀死的，到那时该怎么办？对你，对她，这都是无法承受的折磨，所以你想到最好也最简单的办法，就是告诉她，杀死她儿子程立军的不是程丽秋，而是一个不相干的人，只不过这个不相干的人冒充了程丽秋而已！"

"罗警官，那你说，我该恨她，还是心怀愧疚呢？"女人僵硬的表情松弛下来，露出如释重负的笑容，又无比凄凉。"这个世界太苦了……我只想让大家都轻松一点儿，我错了吗？"

"你没错，你想轻松一点儿，所以归根结底你为什么要舍弃程丽秋而化身陈芳雪？因为你想彻底告别过去，把那些黑暗连同程丽秋的名字一起埋葬，然后再找合适的时机把陈芳雪的名字埋葬……如果你成功到了美国，相信有一天也会把杜娟的名字埋葬……可到那之后，你叫什么呢？你是谁呢？"

"我是谁？"女人摇摇晃晃地站起来，面对一望无际的湖水，发出凄厉的笑声，"是啊，我究竟是谁呢？"

警车驶入敬老院大门，引来许多好奇的目光。吴所带着人迎上来，显然已等候多时。

"一路还顺利吧？"吴所急忙与罗忠平握手寒暄，又回头招呼，"老邵，老邵？还认得罗警官、童警官吧？"

听到喊声，一名黑瘦的老人殷勤跑过来，耳朵上夹着一支烟："记得记得！上次为了程家闺女的事来过嘛！"

与两位警官打过招呼，老邵眯起眼睛打量眼前戴手铐的女人。吴所想说什么，罗忠平咳嗽一声制止了。

韩彩凤的房间在一楼尽头。一行人到门口，童维嘉看看师傅，取下女人的手铐。女人感激地点点头，轻轻迈步走进去。

第一眼以为房间里没有人，然后才发现靠窗的病床上躺着一位干瘪的老妪。背对门口，身子弓得像虾米，稀疏的白发打绺，床边挂着尿袋。走近了，似乎还听到她口中喃喃有声。

414

"我儿子冤……政府，我儿子他冤啊……"

"他不冤。"不知怎的，话语仿佛不经大脑自己冒出来，"立军死得不冤。"

老妪听见了，颤颤巍巍转过身，两眼混浊无光。

"谁?！"

鸡爪一样的手伸过来，攥住了她的衣服，顺着摸上她的脖子，再摸上她的脸。她一动不动，感受着粗砺如锉刀的手指划过。

嗓子哽住了，仿佛一个拳头堵在喉咙里，又好像宋光明的那把匕首再次扎入了心窝。该死，为什么控制不住泪水?

"你到底是谁?！"

"我是谁重要吗? 你能记住的只有你儿子!！"

她吼出来，刹那间一片死寂，只能听见风吹动窗户，生锈合页发出的吱扭声……韩彩凤停止哭泣，坐了起来，另一只手也贴在面前女人的脸上，就像捧着一个易碎的花瓶。

一点点摩挲，从额头到眼眉，从鼻尖到腮边，有点儿招风的耳朵，剪短的发梢，颀长的脖颈……指尖触到了眼角的泪珠，也摸到嘴唇的颤抖，双手渐渐用力，存着污泥的指甲死死抠入女人的肌肤。

"丽秋，丽秋! 你是我上辈子的冤家，程丽秋!！"

西原县到中州两百多公里，山路崎岖，小车要开四个多小时，长途车则要六七个小时。程丽秋永远记得十三年前，自己乘长途车从西原返回中州，将家乡抛在身后时的绝望。

所有的信任、所有的亲情、对这世界残存的最后一点儿美好幻想，那一刻通通烟消云散。车上的乘客全是串亲戚的西原老乡，新年将至，人人脸上洋溢着笑容，但对于十九岁的程丽秋来说，离开西原无异于逃出地狱。

她本是抱着希望回来求助的。一个没见过什么世面的农村女孩，发现自己的大学名额被人冒名顶替，自然本能地回老家寻求家长帮助，却意外目睹自己敬爱的中学副校长上门，送上购买录取通知书的尾款。

她这才知道，那个平素对自己还不错的"母亲"把自己卖了。不但卖了，还能假装无辜地带着自己去学校讨说法，还脸不红心不跳地说，女孩子念大学也是浪费，不如出去打工，还能攒点儿钱给你弟弟结婚。赚不到钱？那也好办，反正你是我抱来的，肉烂在锅里，还省了彩礼钱。

原来我不过是个童养媳啊……那时的程丽秋终于明白，这世上谁都不能相信，靠谁都不如靠自己。她逃也似的跳上长途车，将西原抛在身后，十三年中再也没有回去。

苍茫暮色渐渐笼罩大地，远近景物变得模糊。也许为了防止长时间驾车犯困，小童警官降下车窗，凛冽的寒风灌进来。再过几天就立冬了，她想到，春夏秋冬，转眼又是一年。可惜时光对自己没有意义了吧，程丽秋看来要在监狱里度过余生了。

"看来你们也找到定我罪的证据了。"她打破沉默，心底决定做个了结。

罗忠平点燃一支烟，递给她。

"西苑豪庭小区外的监控拍到，你8月31日下午在街心公园捡烟头，后来那些烟头出现在起火点。2007年的除夕夜，南山市环境学院一位大四学生做烟花爆竹对空气污染影响的论文，拍了许多张环境照片，其中一张拍到一束绿光从福利院的方向射出。此外，宋光明做证，你们同居时你曾向他询问马兜铃的药用功能和毒性；方姐则说，你借住她家时曾偷偷熬制中药却没见你喝。"老刑警望着车窗外的暮色停下想了想，又接着说，"至于龙诚的死，现在确实有力的证据不多，但不妨再回忆一下那篇小说，其实它早就告诉了你一个深刻又浅显的道理——久赌必输。"

是啊，输了。赢了一路，最后还不是输了……她苦笑出声，忽然觉得心底轻松了许多。就算自己成功去了美国，也无非又是一场赌博；就算拿到巨额财富，可在异国他乡举目无亲，早晚还是会输吧……

"放心，我马上退休了，会有大把时间帮你查清陈芳雪的身世。"老刑警最后说，"我向你保证。"

"好吧，愿赌服输……能否让我回去一趟，跟她们道个别？"

紧握方向盘的童维嘉点点头，默契地没有问回哪里，与谁道别。

警车停在杏园小区外的临时停车位，两位刑警陪着程丽秋下车。一件外套搭在她的双手上，盖住手铐。穿过师大北路，来到中州师大的北小门。几名女生欢声笑语着回校，程丽秋默默跟在后面，偷听她们讨论恋爱八卦和食堂饭菜。其中一名女生突然说，知道吗，校办的钱主任好像离婚了，不但离婚还辞去了所有公职。另一名女生搭腔说，肯定因为私生子，他和一个姓杜的老板共享情人，所以才有开学时芙蓉湖狗血刺激的那一出。

童维嘉轻轻按住程丽秋的肩头，程丽秋笑笑表示不用担心。走到芙蓉湖边，那几个女生开玩笑说这里死过人，夜里会闹鬼，于是加快脚步跑向了宿舍。程丽秋则停下来，她站在湖边，安静地望着黑夜中的湖水。

月影映在湖面上，风吹散了波纹。干枯的荷梗中似乎有鱼儿游弋，荡开层层涟漪。湖心亭中一个女孩戴着耳机大声跟读英语，旁边穿白衬衫的男生满眼柔情地望着女孩。

"孟瑶，太晚了，回去吧。"白衬衫说，"这湖里有冤死鬼呢，你不怕？"

"不怕！"女孩回答，"我的一位老师说过，她们会保佑我的！"

真好。她望着，满足地想，真好。

读客®
悬疑文库

认准读客读悬疑，本本都是大师级。

专注出版中、英、美、日、意、法等世界各国各流派的顶尖悬疑作品。

为读者精挑细选，只出版两种作品：
经过时间洗礼，经典中的经典；口碑爆表、有望成为经典的当代名作。

跟着读客悬疑文库，在大师级的悬疑作品中，
经历惊险反转的脑力激荡，一窥人性的善恶吧。

扫一扫，立即查看悬疑文库全书目，
收集下一本精彩悬疑！